PUROS

Também de Jennifer L. Armentrout

SÉRIE COVENANT

Vol. 1: *Meio-sangue*
Vol. 2: *Puros*

JENNIFER L. ARMENTROUT

PUROS

Tradução
LÍGIA AZEVEDO

Copyright do texto © 2012, 2022, 2024 by Jennifer L. Armentrout

Publicado por Companhia das Letras em associação com Sourcebooks USA.

Grafia atualizada segundo o Acordo Ortográfico da Língua Portuguesa de 1990, que entrou em vigor no Brasil em 2009.

TÍTULO ORIGINAL Pure

CAPA Nicole Hower e Brittany Vibbert/Sourcebooks

FOTO DE CAPA Lisa-Blue/Getty Images, Sybille Sterk/Arcangel, highhorse/Getty Images, Anna Kim/Getty Images, SENEZ/ Getty Images, kharp/Unsplash, creativejunkie/Unsplash

ADAPTAÇÃO DE CAPA Danielle Fróes/BR75

PRODUÇÃO EDITORIAL BR75 TEXTO | DESIGN | PRODUÇÃO

Dados Internacionais de Catalogação na Publicação (CIP)
(Câmara Brasileira do Livro, SP, Brasil)

Armentrout, Jennifer L.
  Puros / Jennifer L. Armentrout; tradução Ligia Azevedo. –
São Paulo: Bloom Brasil, 2025. – (Série Covenant ; 2)

  Título original: Pure
  ISBN 978-65-83127-16-7

  1. Ficção norte-americana I. Título. II. Série.

25-251747   CDD-813

Índices para catálogo sistemático:
1. Ficção : Literatura norte-americana 813

Cibele Maria Dias – Bibliotecária – CRB-8/9427

Todos os direitos desta edição reservados à
EDITORA SCHWARCZ S.A.
Rua Bandeira Paulista, 702, cj. 32
04532-002 – São Paulo – SP
Telefone: (11) 3707-3500
facebook.com/editorabloombrasil
instagram.com/editorabloombrasil
tiktok.com/@editorabloombrasil
threads.net/editorabloombrasil

À minha família e ao Loki.
(Sim, estou dedicando este livro a um cachorro.)

1

Olhei para o teto do ginásio enquanto manchas dançavam no meu campo de visão. Minha bunda doía. O que não era nenhuma surpresa, já que eu tinha caído em cima dela umas cinquenta vezes seguidas. Meu rosto era a única parte do corpo que não latejava — estava pegando fogo, mas era por outro motivo.

Minha aula de defendu não estava indo nada bem.

Aquele estilo de combate corpo a corpo não era meu forte. Meus músculos gritaram quando levantei do tatame e encarei Romvi, nosso instrutor.

Ele passou a mão pelo cabelo ralo, decepcionado com a turma toda.

— Se fosse um daímôn, você estaria morta. Entende isso? Morta, ou seja, sem vida, srta. Andros.

Como se ele precisasse me explicar. Cerrei os dentes e me esforcei para assentir.

Romvi voltou a me olhar com severidade.

— É difícil acreditar que há éter em você, srta. Andros. É um desperdício da essência dos deuses. Você parece uma mortal, lutando assim.

Eu já não tinha matado *três* daímônes loucos por éter? Não valia nada?

— Se posiciona. Foco no movimento dos músculos. Você sabe o que fazer.

Virei para Jackson Manos, o maior gato do Covenant e, no momento, meu adversário. Com aquela pele negra e olhos escuros e sedutores, ficava difícil me concentrar.

Jackson piscou para mim.

Estreitei os olhos. Era proibido conversar durante o treino. Romvi achava que feria a autenticidade da luta. Na verdade, Jackson em toda a sua glória não era o que me fazia errar os socos e chutes giratórios.

A fonte do meu fracasso absoluto estava recostada na parede da sala de treino. Cachos escuros sobre a testa até a altura dos olhos cinza como metal. Alguns diriam que Aiden St. Delphi precisava de um corte de cabelo, mas eu adorava o visual desarrumado que ele tinha adotado recentemente.

No instante seguinte, nossos olhares se cruzaram. Aiden reassumiu uma postura que eu conhecia bem — braços bem definidos cruzados, pernas abertas. Atento, sempre atento. Transmitindo pelo olhar que eu deveria estar concentrada em Jackson, e não nele.

Foi como se eu despencasse do alto de repente — outra sensação também bastante comum pra mim. Era o que sentia quando olhava para Aiden. Não tanto pela curva perfeita das maçãs do rosto ou pelas duas covinhas que se insinuavam quando ele sorria. Ou pelo seu corpo inacreditavelmente definido...

Voltei a mim bem na hora. Parei o joelho de Jackson com o braço e procurei golpear seu pescoço. Jackson se defendeu com facilidade. Ficamos nos rodeando, desferindo golpes e esquivando. Jackson deu um passo para trás e baixou os braços. Vi uma oportunidade e fui com tudo. Com um giro, arrisquei uma joelhada. Ele tentou desviar, mas não rápido o bastante. Acertei a barriga dele com tudo.

Romvi bateu palmas, o que foi uma surpresa.

— Boa...

— Ah, merda! — soltou Caleb Nicolo, meu melhor amigo e comparsa de todas as horas, em meio ao grupo de alunos que assistia a tudo encostados na parede.

Quando damos um chute defensivo, ele precisa ser fatal ou então temos que recuar. E, no momento, não fiz uma coisa nem outra. Jackson segurou meu joelho e caiu, me levando junto. Aterrissou no tatame em cima de mim — eu duvidava de que por acidente.

Romvi começou a gritar em outra língua — romeno ou sei lá o quê.

O que quer que ele tenha dito parecia um palavrão.

Jackson levantou a cabeça, o cabelo na altura do ombro escondendo seu sorriso do restante da turma.

— Você prefere ficar por baixo, é?

— Nem sua namorada deve gostar de ficar por baixo de você. Cai fora. — Empurrei os ombros dele.

Rindo, Jackson rolou para longe e se levantou. Depois que minha mãe matou os pais da namorada dele, Jackson e eu nos desentendemos. Na verdade, graças à minha mãe daímôn, agora morta, eu não me dava bem com a maioria dos alunos. Vai entender...

Vermelha de vergonha, levantei e olhei rapidamente para Aiden. Sua expressão estava neutra, mas ele com certeza já tinha uma lista de tudo o que eu havia feito de errado. Aquele era o menor dos meus problemas, no entanto.

O instrutor caminhou pelo tatame e parou diante de mim e de Jackson.

— Absolutamente inaceitável! Você tinha que recuar ou eliminar o adversário.

Para ser bem didático, ele empurrou meu peito com força. Cambaleei para trás e cerrei o maxilar. Cada célula do meu corpo exigia que eu devolvesse na mesma moeda.

— Esperar não é uma opção! E você... — Romvi se voltou para Jackson. — Acha engraçado se deitar em cima de daímônes? Quero só ver quando chegar a hora.

Jackson ficou vermelho, mas não respondeu. Ninguém retrucava na aula de Romvi.

— Pra fora, agora. Você não, srta. Andros!

Parei na hora, olhando impotente para Caleb e Olivia. A expressão de ambos espelhava a minha. Resignada com o que eu sabia que aconteceria a seguir, porque acontecia em todas as aulas de defendu, virei para o instrutor e aguardei por um sermão épico.

— Muitos de vocês não estão prontos para se formar. — Romvi rondava o tatame. — Muitos de vocês morrerão na primeira semana de trabalho, mas você, srta. Andros... Você é uma vergonha para o Covenant.

O instrutor era uma vergonha para a raça humana, mas fiquei bem quietinha.

Ele me rodeou, devagar.

— É difícil acreditar que tenha enfrentado daímônes e tenha sobrevivido para contar a história. Alguns talvez achem que você tem potencial, srta. Andros. Mas eu não tenho motivos para isso.

Pelo canto do olho, notei Aiden. Ele estava tenso, assistindo de testa franzida. Também sabia o que estava vindo, mas, mesmo que quisesse, não podia fazer nada.

— Prova que merece estar aqui — Romvi me disse. — Prova que voltou ao Covenant por mérito, e não por sua família.

Romvi era mais babaca que a maioria dos instrutores. Era um dos puros que haviam escolhido se tornar sentinela em vez de viver do dinheiro de seus antepassados. Puros-sangues que haviam escolhido aquele estilo de vida, como ele e Aiden, eram raros, mas a semelhança entre ambos terminava ali. Romvi me odiava desde o primeiro dia de aula, e eu gostava de acreditar que Aiden sentia o oposto.

Romvi atacou.

Para alguém tão velho, ele sem dúvida era rápido. Recuei, tentando invocar tudo o que Aiden havia me ensinado ao longo do verão. Romvi desferiu um chute, o salto da bota mirando minhas costelas. Empurrei sua perna e desferi um soco com toda a vontade. Ele se defendeu. Continuamos assim, trocando golpes. Ele me encurralava, sempre me conduzindo para a beira do tatame.

Os ataques do instrutor se tornavam mais brutais a cada soco ou chute. Era como lutar contra um daímôn, porque eu acreditava que Romvi queria mesmo me machucar. Eu até que estava segurando a onda, mas meu tênis escorregou na beirada do tatame. Cometi um erro tático.

Me distraí.

Romvi aproveitou. Agarrou meu rabo de cavalo e me puxou para si.

— Você deveria deixar a vaidade de lado — disse, me virando de modo que eu ficasse de costas para a porta. — E cortar o cabelo.

Ataquei, acertando a barriga do instrutor, que não se abalou. Usando meu impulso — e meu cabelo —, Romvi me derrubou no tatame. Rolei quando caí, em parte grata por ter terminado. Não me importava que ele acabasse comigo na frente da turma toda. Desde que...

Romvi segurou meu braço e o puxou acima da minha cabeça, me pondo de joelhos.

— Quero que todos os meios me escutem. Morrer em batalha não é seu pior pesadelo.

Meus olhos se arregalaram. *Ah, não. Não, não, não. Ele não se atreveria...*

Ele arregaçou a manga da minha camiseta, expondo a pele até o cotovelo.

— É isso o que acontece com vocês quando fracassam. Deem uma boa olhada. São transformados em monstros.

Senti as bochechas queimarem e a cabeça esvaziar. Eu havia me esforçado muito para manter as cicatrizes escondidas dos colegas de classe. Procurei me concentrar no rosto dos alunos enquanto ele mostrava ao mundo minhas marcas. Meus olhos pousaram em sua mão áspera e envelhecida, depois subiram por seu braço, com suas próprias cicatrizes de batalha. Sua manga havia levantado, revelando a tatuagem de uma tocha de ponta-cabeça.

Ele não me parecia o tipo de pessoa que tinha tatuagem.

Romvi soltou meu braço, permitindo que eu baixasse a manga. Tudo o que queria era que ele fosse devorado por daímônes vorazes. Minhas cicatrizes podiam fazer com que eu parecesse uma esquisita, mas a verdade era que eu não havia fracassado. Tinha matado a daímôn responsável por me deixar daquele jeito: minha própria mãe.

— Nenhum de vocês está pronto para se tornar sentinela, para encarar um daímôn meio-sangue e também treinado. — A voz do instrutor reverberava na sala de treino inteira. — Duvido de que estejam melhores amanhã. Turma dispensada.

Resisti à vontade de pular como um macaco nas costas de Romvi e quebrar seu pescoço. Eu não ganharia fãs assim, mas a satisfação quase valia a pena.

Na saída, Jackson trombou em mim.

— Seu braço parece um tabuleiro de xadrez. Curti.

— É o que sua namorada diz do seu pa...?

A mão de Romvi me interrompeu, segurando meu queixo.

— Sua boca também não é das melhores, srta. Andros.

— Mas Jackson...

— Não quero saber. — Ele me soltou, mas continuou olhando feio para mim. — Não tolero esse tipo de palavreado na minha aula. É seu último aviso. Da próxima vez, vai para a diretoria.

Inacreditável. Fiquei só observando enquanto Romvi deixava a sala de treino. Caleb passou sua mochila para Olivia e veio falar comigo. Seus olhos, que eram da cor do céu aberto, transmitiam empatia.

— Ele é um cretino, Alex.

Balancei a mão, sem saber ao certo se ele falava de Romvi ou de Jackson. Para mim, os dois eram cretinos.

— Um dia desses, você vai surtar e matar esse cara. — Luke passou os dedos por seus cachos acobreados.

— Qual deles? — perguntei.

— Os dois. — Luke sorriu e deu um tapinha no meu braço. — Só espero estar presente.

— Eu também. — Olivia enlaçou o braço de Caleb.

Ambos fingiam que o lance entre eles era casual, mas não me enganavam. Sempre que ela tocava o braço dele, o que acontecia com frequência, Caleb se esquecia completamente de todo o resto e ficava com um sorriso bobo.

Por outro lado, vários meios ficavam com a mesma cara quando a viam. Olivia era deslumbrante. Sua pele escura era invejada pela maioria. Assim como seu guarda-roupa. Eu faria qualquer coisa pelas roupas dela.

Uma sombra recaiu sobre nosso grupinho, que logo se dispersou. Nem precisei erguer a cabeça para saber que se tratava de Aiden. Apenas ele tinha o poder de fazer praticamente qualquer pessoa seguir na direção oposta. Era o que respeito e medo provocavam.

— A gente se vê depois — Caleb me disse.

Assenti vagamente, olhando para os tênis de Aiden. O constrangimento pela ceninha de Romvi não me deixava encará-lo. Eu lutei muito pelo respeito de Aiden, para provar que tinha o potencial que ele e Leon viram em mim quando Marcus tentou me mandar embora do Covenant.

Aparentemente, bastou uma pessoa para estragar tudo aquilo em questão de segundos.

— Olha para mim, Alex.

Obedeci, a contragosto. Não tinha como evitar, com ele falando daquele jeito. Aiden se encontrava à minha frente, com o corpo alto e magro todo tenso. Estávamos fingindo que eu não havia tentado entregar minha virgindade a ele na noite em que descobri que era o segundo Apôlion. Aiden parecia estar se saindo muito bem nisso. Por outro lado, eu não conseguia parar de pensar a respeito.

— Você não fracassou.

Dei de ombros.

— Mas parece que sim.

— Os instrutores são mais duros com você por causa do tempo que ficou fora e porque seu tio é o diretor. Todos os olhos estão em você. Atentos.

— E meu padrasto é ministro do conselho. Já sei, Aiden. Vamos acabar logo com isso. — Minha voz saiu um pouco mais ríspida do que eu pretendia, mas ele tinha presenciado a vergonha que havia sido aquela aula.

Não precisávamos repassar tudo.

Aiden pegou meu braço e subiu a manga. O efeito foi totalmente diferente. Um calor subiu pelo meu peito e se espalhou pelo meu corpo. Puros-sangues estavam fora do alcance dos meios, o que significava que o que havia acontecido entre nós se equiparava a passar a mão no papa ou oferecer um bife a Gandhi.

— Você nunca deve se envergonhar de suas cicatrizes, Alex. Nunca. — Aiden soltou meu braço e fez um gesto para que eu o acompanhasse até o centro do tatame. — Agora vamos, pra que você possa descansar.

Eu o segui.

— E você, não vai descansar? Vai ficar de guarda esta noite?

Aiden fazia dupla jornada: me treinava e cumpria seus deveres de sentinela.

Ele era especial. Havia sido escolhido para ser sentinela e, ainda assim, se voluntariou para trabalhar comigo, para que eu não ficasse atrasada em comparação aos outros alunos. Não precisava de nada disso, mas seu senso de justiça o levou a se tornar sentinela. Eu desejava o mesmo. O que o motivava a me ajudar? Eu gostava de pensar que Aiden sentia uma profunda atração por mim: como eu sentia por ele.

Aiden me rodeou, parou e ergueu um pouco meus braços.

— Você está posicionando seus braços errado. Por isso os golpes de Jackson passavam.

— Você não vai descansar? — repeti.

— Não se preocupa comigo. — Aiden se endireitou e fez um sinal para que eu avançasse. — É melhor se preocupar consigo mesma, Alex. Vai ser um ano difícil para você, com três treinadores.

— Eu teria mais tempo livre se não precisasse treinar com Seth.

Aiden atacou tão rápido que quase não consegui me defender.

— Já falamos sobre isso, Alex.

— Eu sei. — Impedi outro golpe.

Eu treinava um dia com Aiden e outro com Seth. Nos finais de semana, eles se intercalavam para me orientar. Era como se dividissem minha guarda. Eu ainda não tinha visto Seth aquele dia, o que era estranho, porque ele estava sempre à espreita.

— Alex. — Aiden desfez a postura ofensiva para me avaliar mais de perto.

— Que foi? — Baixei os braços.

Ele abriu a boca, ponderando as palavras.

— Você anda parecendo meio cansada. Tem descansado o suficiente?

Senti as bochechas corarem.

— Pelos deuses, estou tão ruim assim?

Aiden inspirou fundo e soltou o ar devagar. Suas feições se aliviaram.

— Não estou criticando sua aparência... É só que... você tem passado por bastante coisa e parece cansada.

— Estou bem.

Aiden levou a mão ao meu ombro.

— Alex?

Meu coração acelerou em reação ao toque.

— Estou bem.

— Você já disse isso. — Ele passou os olhos pelo meu rosto. — Sempre diz isso.

— Porque não tem nada de errado comigo!

Tentei afastar a mão dele, mas Aiden segurou meu outro ombro, me prendendo à sua frente.

— Não tem nada de errado comigo — insisti, muito mais baixo. — Estou bem. Cem por cento bem. Com tudo.

Aiden abriu a boca, provavelmente para me incentivar de alguma maneira, mas não disse nada. Só ficou olhando para mim e senti suas mãos mais firmes. Ele sabia que era mentira.

Não estava tudo bem.

Pesadelos com aquelas horas terríveis na cidade de Gatlinburg me mantinham acordada à noite. Quase todo mundo na escola me odiava, acreditando que eu tinha sido o motivo de daímônes terem atacado Lake Lure no verão. O fato de Seth estar sempre de olho em mim só contribuía para a desconfiança.

Caleb era o único meio-sangue que sabia que eu estava fadada a ser o segundo Apôlion — fadada a *completar* Seth como seu supercarregador sobrenatural ou coisa do tipo. A atenção contínua de Seth não me deixava bem entre as meios-sangues. Todas o desejavam, enquanto eu só queria me livrar dele.

No entanto, quando Aiden olhava para mim como naquele momento, eu me esquecia de tudo. Sua expressão talvez não revelasse muito, mas seus olhos... Seus olhos me diziam que ele não estava se saindo tão bem com aquela história de fingir que não tínhamos quase chegado às vias de fato. Se Aiden ainda não tinha pensado a respeito, estava pensando naquele exato momento. Talvez imaginasse — tanto quanto eu — o que teria acontecido sem a interrupção de Leon. Talvez recordasse a sensação dos nossos corpos juntos quando se deitava à noite. *Como eu recordava.*

A tensão atingiu outro nível e uma nova onda de calor tomou conta do meu corpo. Era por momentos como esse que eu vivia. Me perguntei o que Aiden faria se eu desse um passo à frente. Não custaria muito. Ele pensaria que eu só queria conforto? Aiden me reconfortaria, porque era desses. Então, quando eu inclinasse a cabeça para trás, ele me beijaria? Porque parecia querer. Querer me abraçar, me beijar e fazer uma série de coisas proibidas e maravilhosas.

Dei um passo à frente.

Senti suas mãos hesitarem sobre meus ombros, a indecisão se insinuar em suas feições. Por um segundo — por apenas um segundo —, acho que considerou seriamente a possibilidade. Então barrou meu avanço.

A porta se abriu e Aiden baixou os braços. Eu virei, louca para dar um soco na cara de quem quer que fosse. Por um triz, quase consegui o que queria.

O corpo largo de Leon se encontrava no batente, com o uniforme preto dos sentinelas.

— Desculpe interromper, mas é urgente.

Leon sempre tinha algo importante a dizer a Aiden. Na última vez, nos interrompeu apenas dois segundos depois que falei para Aiden para irmos até o fim.

O cara tinha o pior timing da história.

Claro que aquela interrupção tinha ocorrido por um motivo bem sério. Encontraram o sentinela meio-sangue Kain, que ajudava Aiden a me treinar. Ele sobrevivera ao ataque daímôn, em Lake Lure, retornando ao Covenant como algo que, até então, julgávamos impossível: um daímôn meio-sangue. Agora Kain estava morto e eu tinha presenciado sua morte. Gostava dele e sentia sua falta, mesmo que tivesse matado vários puros e acabado comigo. Aquilo não tinha sido feito pelo Kain que eu conhecia. Como minha mãe, ele tinha se transformado em uma versão terrível de si mesmo.

Leon avançou, gigantesco. Ele parecia o garoto propaganda de uma marca de anabolizantes.

— Houve um ataque daímôn.

Aiden ficou tenso.

— Onde?

— Aqui no Covenant.

2

O treino foi oficialmente cancelado.

— Vai direto para o dormitório, Alex, e fica lá — disse Aiden antes de sair.

Em vez disso, fui para o refeitório.

De jeito nenhum ia ficar trancada no quarto enquanto havia um daímôn à solta. Por um momento, considerei a possibilidade de seguir os dois, mas duvidava da minha capacidade de passar despercebida.

Quando cheguei ao pátio, o céu já estava escuro e agourento. Acelerei, porque aquilo era um sinal de alerta. Setembro era mês dos furacões. Também podia ser apenas Seth puto — seu humor tinha um efeito impressionante no tempo.

Todos estavam no refeitório, em grupinhos animados. Peguei uma maçã e um refrigerante, notando que não havia nenhum puro ali. Depois sentei ao lado de Caleb.

Ele voltou os olhos iluminados para mim.

— Ficou sabendo?

— Leon foi buscar Aiden durante o treino. — Olhei para Olivia. — Você tem mais detalhes?

— Só ouvi que uma aluna mais nova, Melissa Callao, não apareceu na aula hoje. As amigas ficaram preocupadas e foram até o quarto dela. A menina estava na cama, com a janela aberta.

Me recostei na cadeira, procurando controlar o desconforto que tomava conta de mim.

— Ela sobreviveu?

Olivia espetou o garfo no pedaço de pizza. Sua mãe era puro-sangue e trabalhava em contato com o conselho. Para nossa sorte, ela mantinha a filha bem-informada.

— Foi por pouco, mas sobreviveu. Não sei como a outra menina do quarto não percebeu nem por que não foi atacada também.

— Por Hades, como pode ter um daímôn solto aqui? — Luke ergueu a mão, com a testa franzida de preocupação. — Como pode ter passado pelos guardas?

— Só pode ser um meio — Elena disse, mais adiante na mesa.

Parecia uma Sininho extraordinariamente alta, com cabelo curto e olhos verdes enormes.

Até aquele verão, todos acreditavam que meios não podiam ser transformados em daímônes. Os puros transbordavam éter e um daímôn morderia, roeria e mataria para chegar a essa essência, como dependentes químicos psicóticos. Depois de sorver todo o éter, o daímôn podia deixar o puro morrer ou transformá-lo, acrescentando-o ao seu bando. Ninguém acreditara que meios-sangues tinham éter o bastante para serem transformados, mas para um daímôn paciente e mais interessado em construir um exército do que em garantir a refeição, valíamos tanto quanto os puros.

Sacanagem só sermos iguais aos puros em um destino pior que a morte.

— Meios transformados não mudam como os puros. — Olivia sacudiu o garfo entre os dedos compridos. — São imunes a titânio, não é? — Seus olhos pousaram em mim.

— Isso. Só decapitando. É nojento, eu sei.

Ou Seth podia usar seu poder de Apôlion. Ele havia liquidado Kain com akasha — o quinto e último elemento.

Caleb esfregou um ponto no braço onde eu sabia que havia sido marcado. Só parou quando seus olhos encontraram os meus. Forcei um sorriso.

— Se é um meio, pode ser qualquer um. — Luke se recostou na cadeira e cruzou os braços. — Eles não precisam de magia elementar para esconder sua aparência. Pode ser literalmente qualquer um.

Quando os puros se tornavam maus, os meios notavam facilmente — *muito* facilmente. Órbitas pretas e vazias, pele pálida e boca cheia de dentes afiados não passavam despercebidas. Os meios tinham a estranha habilidade de enxergar além da magia elementar que os daímônes puros-sangues usavam, e por outro lado mantinham sua aparência ao serem transformados em daímônes. Ou pelo menos Kain havia mantido.

— Teria que ser um meio que já foi atacado por um daímôn — se intrometeu uma voz rouca e gutural. — Mas quem? Não é como se houvesse muitos casos desses.

Levantei a cabeça e dei de cara com Lea Samos e Jackson. Estávamos no meio de setembro e a garota continuava superbronzeada, tão linda que eu queria enfiar um garfinho de plástico no olho dela.

— Pois é. Faz sentido — eu disse, sem me alterar.

Aqueles olhos cor de ametista focaram em mim.

— Quantos meios que foram atacados recentemente nós conhecemos?

Fiquei olhando para Lea, dividida entre a descrença e o desejo de atirar algo nela.

— Pode parando. Não estou a fim de aguentar palhaçada sua hoje.

Ela curvou os lábios grossos em um sorriso cruel.

— Sei de dois.

Caleb ficou de pé na mesma hora e sua cadeira caiu.

— O que você quer dizer com isso?

Dois guardas à porta se aproximaram, avaliando a situação com interesse. Olivia pegou a mão de Caleb, que a ignorou.

— Anda, Lea. Fala logo.

Ela jogou o cabelo acobreado por cima do ombro.

— Relaxa, Caleb. Você foi marcado quantas vezes? Duas? Três? É preciso muito mais que isso pra transformar um meio-sangue. — Lea fez questão de olhar para mim. — Certo? Foi o que ouvi os guardas dizerem. Que os meios são sugados devagar, para só depois receberem o beijo da morte do daímôn.

Respirei fundo. Lea e eu éramos inimigas. No passado, tive empatia pelo seu sofrimento por conta do assassinato de seus pais, mas aquilo já parecia outra vida.

— Não sou uma daímôn, sua idiota.

Lea inclinou a cabeça de lado.

— Se uma pessoa parece um daímôn...

— Vai arranjar o que fazer, porra. — Caleb voltou a se sentar. — Ninguém quer ouvir suas bobagens. É até engraçado. Acha que todo mundo se importa com o que tem a dizer, mas, na verdade, todo mundo só pensa em você quando quer um brinquedinho fácil.

— Ou quando quer fofocar sobre o vidro de poção que os instrutores encontraram no seu quarto na semana passada — Olivia acrescentou, com os lábios se curvando em um meio-sorriso. — Não sabia que você gostava dessas coisas. Ou talvez seja assim que convence os caras a ficarem com você.

Dei risada. Eu não estava sabendo daquilo.

— Uau! Derrubar os caras só pra conseguir sexo? Que beleza! Deve ter sido por isso que Jackson quase trepou com a minha perna na aula de hoje.

As bochechas de Lea ganharam uma cor estranha entre marrom e vermelho.

— Sua piranha escrota, adoradora de daímônes. Por sua causa, meu pai morreu. Você deveria ter...

Várias pessoas agiram ao mesmo tempo. Olivia e Caleb correram para me segurar, mas eu sabia ser rápida.

Nem pensei. Só atirei minha maçã na fuça de Lea. Uma maçã podia ser uma arma perigosa na mão de uma meio-sangue. Quando ela atingiu o alvo, o ruído de algo quebrando foi audível.

Lea recuou e levou as mãos ao rosto. Sangue da mesma cor de suas unhas escorria por entre os dedos.

— Você quebrou meu nariz!

Todos no refeitório ficaram imóveis. Os empregados meios pararam de limpar as mesas para ver. Ninguém gritou ou pareceu se assustar. Afi-

17

nal, éramos meios-sangues — um tipo violento. Em geral, os serventes estavam dopados demais para se preocupar.

De alguma maneira, eu havia me esquecido dos guardas ao atacar Lea. Gritei quando um deles passou o braço pela minha cintura e me puxou, derramando comida e bebida da mesa e sujando minha calça de carne processada.

— Parem com isso, agora mesmo!

— Ela quebrou meu nariz outra vez! — Lea afastou as mãos do rosto. — Ela não pode se safar de novo!

— Ah, cala a boca. Os médicos arrumam. Metade do seu rosto já é cirurgia plástica mesmo. — Eu me debati até o guarda torcer tanto meu braço que o menor movimento fazia meu ombro doer.

— Ela queria meu éter. — Lea apontou para mim, com a mão suja de sangue. — A mãe dela matou meus pais, e agora ela quer me matar!

Dei risada.

— Ah, pelo amor...

— Cala a boca! — sussurrou o guarda na minha orelha. — Cala a boca antes que eu faça você calar.

Ameaças feitas por guardas meios não deviam ser ignoradas. Sosseguei, enquanto o outro guarda segurava Lea. Mesmo sentindo o coração batendo nos ouvidos e com a fúria alojada no peito, eu me dei conta de que talvez tivesse exagerado.

E estava *muito* encrencada.

Meios brigando entre si não era nada de mais. Agressividade e violência controladas muitas vezes passavam da sala de treino para lugares como o refeitório. Sempre que meios eram punidos por brigar, acabavam nas mãos de um dos instrutores responsáveis por medidas disciplinares.

Havia um deles para cada andar do dormitório. A do meu andar era Gaia Relis, uma mulher bem legal, que não era rígida demais e não me irritava. Só que não foi para ela que me mandaram. Cinco minutos depois de ter quebrado o nariz de Lea pela segunda vez, eu estava na diretoria.

Aquilo era apenas um dos muitos pontos negativos de ser sobrinha do diretor.

Fiquei olhando para o peixe colorido que ia de um lado a outro do aquário e tentando arrancar um fiapo da calça enquanto aguardava por Marcus. Às vezes, me sentia como um daqueles peixes — encarcerada em paredes invisíveis.

Quando a porta se abriu atrás de mim, me encolhi. Ia ser dureza.

— Se descobrirem mais alguma coisa, me avisem imediatamente. Dispensados. — A voz grave de Marcus viajou pelo espaço.

Guardas adornavam a porta de sua sala como se fossem estátuas de guerreiros gregos. Então, ele fechou a porta com um baque.

Dei um pulo.

Marcus atravessou o cômodo, vestido como se tivesse passado a maior parte do dia jogando golfe. Achei que ele fosse sentar atrás de sua mesa, como um diretor faria, por isso, quando ele se pôs à minha frente e apoiou as mãos nos braços da minha cadeira, fiquei um pouco chocada.

— Tenho certeza de que você tem noção do que aconteceu hoje. — O tom de voz era ao mesmo tempo frio e educado. A maioria dos puros falava daquele jeito, com classe e refinamento. — Uma puro-sangue foi atacada durante a noite.

Me afastei tanto quanto possível, procurando me concentrar no aquário.

— É...

— Não desvie os olhos, Alexandria.

Mordi o lábio e o encarei. Seus olhos eram iguaizinhos aos da minha mãe, antes que ela se tornasse uma daímôn — verdes e vibrantes, como esmeraldas cintilando.

— Fiquei sabendo.

— Então compreende com o que estou tendo que lidar agora. — Marcus baixou a cabeça para ficarmos cara a cara. — Tem um daímôn meio-sangue no campus, caçando os alunos.

— Então é um meio-sangue?

— Você já sabia disso, Alexandria. Você pode ser muitas coisas... Impulsiva, irresponsável, malcriada... Mas não é burra.

Eu estava mais interessada naquele daímôn meio-sangue que em minhas características negativas.

— Quem é? Vocês já descobriram, né?

Marcus ignorou minha pergunta.

— Então, sou tirado de uma investigação que pode fazer minha carreira ou acabar com ela porque minha sobrinha meio-sangue quebrou o nariz de uma menina no refeitório... Com uma maçã, ainda por cima.

— Ela me acusou de ser uma daímôn!

— E sua resposta foi atirar uma maçã na cara dela com força o bastante para quebrar um osso? — Ele baixou a voz, enganosamente controlado.

Marcus parecia um Chuck Norris de polo cor-de-rosa. Eu havia aprendido a não subestimá-lo.

— Ela disse que os pais morreram por minha causa.

— E de novo: então você decidiu atirar uma maçã na cara dela com força o bastante para quebrar um osso?

Eu me remexi no lugar, desconfortável.

— É. Acho que sim.

Ele soltou o ar devagar.

— Isso é tudo o que você tem a dizer?

Olhei em volta, sem conseguir pensar em nada.

— Eu não achei que a maçã fosse quebrar o nariz dela.
Ele se levantou, sua sombra me cobrindo.
— Espero mais de você. Não porque é minha sobrinha, Alexandria. Nem mesmo porque tem mais experiência com daímônes do que qualquer outro aluno.
Cocei a testa.
— Todo mundo está de olho em você. Todo mundo que importa. Você dará a Seth um poder sem precedentes. Não podemos nos dar ao luxo de um comportamento equivocado de sua parte. Seth não pode.
Uma irritação tomou conta de mim. Quando eu fizesse dezoito anos, passaria por algo chamado palingenesia, uma espécie de puberdade sobrenatural. Despertaria e meu poder seria transferido para Seth. Que poder? Eu não fazia ideia, só sabia que Seth se tornaria o Assassino de Deuses. Todo mundo se importava com Seth, mas comigo... Ninguém parecia interessado no que aconteceria comigo.
— Todos esperam mais de você. Estão de olho por causa daquilo que vai se tornar, Alexandria.
Eu discordava. Eles estavam de olho porque temiam que a história se repetisse. A única vez em que houvera dois Apôlions na mesma geração, o primeiro se voltara contra o conselho. Ambos haviam sido executados. Dois Apôlions simultâneos era algo considerado perigoso pelo conselho e pelos deuses. Motivo para minha mãe ter me tirado do Covenant três anos antes. Acreditando que poderia me manter segura, me esconder entre os mortais.
— Para o conselho, você não pode se comportar assim. Não pode sair comprando briga e xingando as pessoas — ele prosseguiu. — Existem regras, regras a serem seguidas nessa sociedade! Não vou pensar duas vezes antes de te relegar à servidão, não interessa quem são seus parentes. Está entendendo?
Soltei o ar devagar, ergui a cabeça e olhei para Marcus, próximo ao aquário. Ele estava de costas para mim.
— Estou, sim.
Marcus passou a mão pela cabeça.
— Você só sairá do quarto para estudar, treinar e jantar nos horários certos. Por ora, nada de amigos.
Estreitei os olhos.
— Isso é um castigo?
Marcus virou o rosto para mim.
— É, e nem pense em discutir comigo. Você não pode ficar sem punição pelo que fez.
— Mas por quê?
Marcus se virou devagar.

— Você quebrou o nariz de uma garota com uma maçã.

De repente, eu não queria mais discutir. Estava no lucro. Um castigo não significava nada. Não era como se eu tivesse muitos eventos na agenda.

— Então tá, mas vai me contar se encontraram o daímôn?

Ele ficou me olhando por um momento.

— Não. Ainda não o encontramos.

Segurei a cadeira.

— Então... ele continua à solta?

— Sim. — Marcus fez sinal para que eu levantasse, depois me acompanhou até a porta, se dirigindo a um dos guardas. — Clive, acompanhe a srta. Andros até o quarto.

Gemi por dentro. Clive era um dos guardas que eu desconfiava de que estavam dormindo com Lea. Todas as conversas que se passavam na diretoria de alguma forma acabavam chegando a ela. Considerando que ele tinha um fraco por jovenzinhas que usavam sapatos Prada falsos, era o principal suspeito.

— Sim, senhor. — Clive se curvou.

— Não se esqueça da nossa conversa — Marcus disse.

— Mas que...

Ele fechou a porta.

Que parte eu não podia esquecer? A parte de eu ser uma desgraça para ele ou de haver um daímôn à solta? Clive agarrou meu braço com força. Eu estremeci e tentei me soltar, mas o guarda só aumentou a pressão. Minhas marcas ainda pareciam estranhamente sensíveis.

— Imagino que você esteja gostando. — Trinquei os dentes.

— Imaginou certo. — Clive me empurrou na direção da escada.

Os puros eram ricos: tinham mais dinheiro do que conseguíamos imaginar. No entanto, não havia um único elevador em todo o campus.

— Você acha que pode se safar de tudo, não é? Por ser sobrinha do diretor, enteada do ministro, o próximo Apôlion. Se acha tão especial...

Havia uma boa chance de que eu acabasse batendo nele com meus próprios punhos em vez de uma maçã. Consegui soltar o braço.

— É, acho que sou bem especial.

— Não esquece que você é só uma meio-sangue, Alex.

— Não esquece que ainda sou a sobrinha do diretor, a enteada do ministro e o próximo Apôlion.

Clive subiu um degrau e quase encostou o nariz no meu.

— Está me ameaçando?

Eu me recusava a recuar.

— Não. Só estou te lembrando de quão especial eu sou.

Por um momento, ele ficou só me olhando, depois soltou uma risadinha seca.

— Talvez a gente dê sorte e você vire comida de daímôn enquanto segue *sozinha* para seu quarto. Boa noite.

Ri tão alto quanto consegui e fui recompensada com o som da porta batendo. Clive não estava mais na minha mente enquanto corria escada abaixo. Havia um daímôn no campus, que já tinha atacado e quase matado uma puro-sangue. Ninguém sabia quanto tempo mais levaria para que ele precisasse de outra dose. Minha mãe falou que um puro sustentaria um daímôn normal por dias. Mas e quando se tratava de um daímôn meio-sangue?

Ela não disse nada a respeito, embora tenha falado muito de seus planos para derrubar o conselho e os puros enquanto me manteve presa. Minha mãe e Eric, os únicos daímônes sobreviventes de Gatlinburg, planejavam transformar os meios e fazer com que se infiltrassem nos Covenants. Aparentemente, aquilo já estava em andamento... Ou se tratava de um ataque aleatório?

Eu duvidava.

Graças ao que eu havia descoberto em Gatlinburg, teria que comparecer à reunião de novembro do conselho, ainda que agora meu depoimento parecesse sem sentido.

Parei abruptamente quando cheguei ao primeiro andar, sentindo um frio na espinha. Era aquela estranha sensação que os meios carregavam. Olhei por cima do ombro, esperando que um serial killer meio-sangue estivesse bem atrás de mim ou no mínimo Clive, prestes a me empurrar escada abaixo.

Contudo, não havia nada ali.

Treinada para não ignorar a espécie de sexto sentido que alertava para todo tipo de problema, reconheci que talvez não devesse ter irritado Clive. Afinal, havia um daímôn à solta. Desci dois degraus por vez e abri a porta do térreo.

O medo ainda me acompanhava. Para piorar, o longo corredor estava iluminado apenas por lâmpadas piscando, que contribuíam para a sensação de medo. Onde estavam os instrutores e guardas? Aquilo parecia um túmulo.

— Clive? — Meus olhos devoravam cada centímetro do corredor vazio. — Se estiver brincando comigo, vou quebrar seu nariz, de verdade.

Silêncio foi a única resposta que obtive.

Fiquei arrepiada. À frente, estátuas das musas lançavam sombras sobre o saguão. Continuei avançando pelo corredor à procura de possíveis ameaças em cada canto. Meus passos ecoavam, quase como se rissem de mim. Parei de repente, com a boca aberta. Havia algo diferente no saguão da academia, algo que não estava lá quando fui levada para a diretoria.

Havia três estátuas de mármore novas. As mulheres belas e angelicais se encontravam próximas umas das outras, os braços cruzados, as asas arqueadas bem acima da cabeça inclinada.

Ai, meus deuses.

Havia *Fúrias* no Covenant.

Embora ainda se encontrassem presas, a chegada delas era um sinal de deuses muito insatisfeitos. Passei devagar, como se a qualquer momento pudessem abandonar aquela casca e arrancar meus membros um a um. Era como se aguardassem, afiando as garras que apareceriam quando assumiam sua forma verdadeira.

Fúrias eram deusas antigas e horrendas, que, no passado, capturavam aqueles que cometiam um mal e escapavam sem punição. Agora elas apareciam sempre que surgia uma ameaça aos puros... ou à humanidade.

Algo estava prestes a acontecer, talvez já até tivesse acontecido.

Tirei os olhos da expressão serena das Fúrias e abri a porta pesada. Uma mão se fechou em meu braço. Minha surpresa se expressou em um grito, ao mesmo tempo que eu erguia a perna para um chute violento. O identifiquei um instante antes de atingi-lo.

— Merda! — gritei.

Aiden segurou meu joelho, com as sobrancelhas erguidas.

— Bom, pelo menos seus reflexos estão melhorando.

Com o coração acelerado, fechei os olhos.

— Meus deuses, que susto você me deu.

— Deu para ver. — Ele soltou meu braço e reparou na minha calça. — Então é verdade.

— O quê?

Eu ainda não havia conseguido controlar meu coração acelerado. Pelo amor dos deuses, havia pensado que ele era um daímôn prestes a devorar o que restava do meu braço.

— Que você entrou numa briga com Lea Samos e quebrou o nariz dela.

— Ah. — Endireitei o corpo e franzi os lábios. — Ela disse que eu era uma adoradora de daímônes e...

— Foram apenas palavras, Alex, apenas palavras. — Aiden inclinou a cabeça de lado. — Já não tivemos essa conversa?

— Você não conhece Lea. Não sabe como ela é.

— E importa como ela é? Você não pode brigar com todo mundo que diz algo negativo a seu respeito. Se eu usasse a mesma abordagem, estaria sempre brigando.

Revirei os olhos.

— Ninguém fala mal de você, Aiden. Todo mundo te respeita. Você é perfeito. Ninguém acha que você é um daímôn. De qualquer maneira, tem uma família nova no saguão.

Ele franziu a testa.

— Tem Fúrias no saguão. Estátuas de Fúrias.

Aiden passou a mão pela cabeça, suspirando.

— Temíamos que isso pudesse acontecer.

— Por que elas estão aqui?

— O Covenant foi invadido, algo que o conselho garantiu aos deuses que nunca aconteceria. Era parte do acordo de eras atrás, quando o primeiro Covenant foi estabelecido. Os deuses veem isso como uma incapacidade do conselho de lidar com o problema dos daímônes.

Meu estômago revirou.

— E o que isso significa?

Ele fez uma careta.

— Significa que, se os deuses acreditarem que os puros-sangues perderam o controle, vão libertar as Fúrias. Ninguém quer isso. As Fúrias vão atrás do que quer que vejam como ameaça. Daímônes, meios-sangues ou...

— Apôlions? — sussurrei. Aiden não respondeu, confirmando minha suspeita. Gemi. — Ótimo. Bom, com sorte, isso não vai acontecer.

— Sim.

Fiquei desconfortável, meu cérebro era incapaz de processar inteiramente a nova ameaça.

— O que você está fazendo aqui, aliás?

Aiden me lançou um olhar sombrio.

— Estava indo ver Marcus. E você, por que está perambulando sozinha?

— Clive ia me acompanhar até o quarto, mas meio que deu errado.

Ele estreitou os olhos, depois suspirou. Então, acenou com a cabeça na direção do dormitório e enfiou as mãos nos bolsos da calça preta.

— Vamos, eu te acompanho. É melhor você não ficar sozinha.

Me afastei da porta.

— Porque tem um daímôn no campus? E Fúrias prontas pra atacar?

Ele olhou para mim com a testa franzida.

— Sei que esse seu atrevimento é forçado. Provavelmente, foi o que te fez transformar uma maçã em uma arma mortal. Você, entre todas as pessoas, tem noção da gravidade.

Sua repreensão fez minhas bochechas queimarem. A culpa me embrulhou o estômago e baixei os olhos para o chão.

— Desculpa.

— Não é para mim que você precisa pedir desculpa.

— Bom, eu é que não vou me desculpar com Lea. Esquece.

Aiden balançou a cabeça.

— Sei que o que Lea disse mexeu com você. Posso até entender sua reação, mas você precisa tomar cuidado. Estão todos...

— É, eu sei. Estão todos me observando e coisa e tal. — Apertei os olhos para as sombras dos guardas de serviço.

Era o momento entre o pôr do sol e a noite quando as lâmpadas ainda não estavam acesas. As maiores construções — onde ficavam a escola, o centro de treinamento e o dormitório — lançavam sombras escuras no chão.

— E vocês têm alguma ideia de onde o daímôn pode estar?

— Não. Já procuramos por toda parte, mas não vamos parar. Só que, no momento, a prioridade é manter os alunos seguros.

Paramos diante dos degraus à frente do dormitório. A varanda estava vazia, um sinal da inquietação das alunas. Elas costumavam ficar por ali, onde ainda podiam conversar com os garotos.

— Melissa viu o daímôn? Ela conseguiu passar alguma informação?

Aiden passou a mão pela testa.

— Ela mal se lembra do ataque. Os médicos... bom, eles acham que é por conta do trauma. Que é um mecanismo de defesa.

Desviei os olhos, grata pela escuridão lá fora. Por que eu não conseguia esquecer o que havia acontecido em Gatlinburg?

— Deve ser mais do que isso. Ela é puro-sangue. Nós podemos ser treinados para prestar atenção aos detalhes, para reunir o máximo de informações possível, mas Melissa não. Ela é como uma garota normal. Se o ataque aconteceu ontem à noite, Melissa deve ter achado que não passava de um pesadelo. Acordar com algo assim... Não posso nem imaginar. — Parei de falar. Aiden me olhava de um jeito estranho. — O que foi?

— Só estou impressionado com sua linha de raciocínio.

Não consegui reprimir um sorriso bobo.

— Sou incrível mesmo. Eu sei.

Seus lábios se retorceram como se ele quisesse sorrir também.

— Bom, qual o tamanho da encrenca em que você se meteu?

— Na prática, estou de castigo, mas acho até que foi pouco. — Eu continuava sorrindo como uma idiota.

— Foi mesmo. — Aiden pareceu aliviado. — Procura se manter longe dos problemas e não fica perambulando, *por favor*. Duvido de que o daímôn ainda esteja por aqui, mas nunca se sabe.

Respirei fundo e cruzei os braços.

— Aiden?

— Hum?

Tentei me concentrar nas botas dele. Brilhavam, sem nenhum arranhão.

— Está começando, não é?

— Você está falando do que sua mãe te disse?

— Ela avisou que era o que fariam. E Eric continua à solta. Se ele estiver por trás disso e...

— Alex. — Aiden se inclinou na minha direção. Estávamos próximos, ainda que não tanto quanto na sala de treino. — Se é Eric ou não, não faz diferença. Vamos garantir que não aconteça de novo. Você não precisa se preocupar.

— Não estou com medo.

Aiden estendeu a mão e seus dedos roçaram os meus. Foi um toque breve, o que não impediu meu corpo de formigar todo.

— Eu não disse que você estava. Na verdade, talvez você seja um pouco corajosa demais para seu próprio bem.

Nossos olhos se encontraram.

— Está tudo mudando.

— Já mudou.

Naquela noite, fiquei me revirando na cama. Minha cabeça não desligava. O ataque do daímôn, a maçã atirada, as Fúrias, a sessão do conselho por vir e todo o resto giravam na minha mente sem parar. Conforme eu me virava, ia ficando mais irritada com a perspectiva de mais uma noite sem dormir.

Meus problemas de sono tinham começado aproximadamente uma semana após meu retorno de Gatlinburg. Eu dormia por cerca de uma hora e, então, um pesadelo interrompia meus sonhos. Em geral, estrelado pela minha mãe. Às vezes, eu revivia nossa luta na floresta; às vezes, não a matava; outras vezes, estávamos só eu e Daniel, o daímôn que me marcara.

E havia os sonhos em que eu *queria* ser transformada em daímôn.

Eu me virei de bruços e enfiei o rosto no travesseiro quando senti um estranho formigamento na boca do estômago — como o friozinho na barriga antes de um primeiro beijo, só que *muito* mais intenso.

Sentei e olhei para o relógio. Passava de uma da manhã e eu estava totalmente desperta e absolutamente quente. Achando que o termostato estava com problema de novo, eu me levantei e abri a janela próxima à cama. A entrada do ar fresco e úmido do mar foi um alívio. A temperatura não estava mais insuportável, mas meu corpo inteiro ainda ardia. Passei as mãos pelo rosto, com um anseio que me lembrava do tempo que havia passado com Aiden. Não durante os treinos, mas na noite antes de encontrarem Kain, na noite em que eu havia me deitado nua na cama de Aiden.

Não era apenas a parte física que eu recordava. Eu não esqueceria as palavras dele, nem em um trilhão de anos — *você está dentro de mim, se tornou uma parte de mim*. Nunca haviam me dito algo do tipo. Voltei a olhar para o relógio e suspirei. Cinquenta minutos tinham se passado, depois mais vinte, então mais meia hora. Por fim, parei de acompanhar. Meu coração batia forte e me esforcei para fechar os olhos. Quase conseguia ver Aiden, sentir o leve roçar de seus dedos, ouvir suas palavras de novo. De repente, sem aviso, a sensação de formigamento sumiu. E o ar fresco que entrava pela janela passou a parecer opressivo.

— O que foi isso? — Voltei a me deitar de costas. — Onda de calor? Sério?

Ainda levou um bom tempo para que eu conseguisse pegar no sono.

3

Tudo mudou no dia seguinte.

Olivia e eu dividíamos o livro na aula de trigonometria, tentando entender a diferença entre seno e cosseno.

Considerando que passaríamos a maior parte da nossa vida adulta caçando e matando daímônes, aprender trigonometria parecia sem sentido, portanto não nos esforçávamos muito.

Desenhei seios enormes em um espaço em branco e escrevi *Olivia*. Ela imediatamente riscou seu nome e escreveu *Alex*.

Dei risada e levantei os olhos bem a tempo de ver a sra. Kateris, uma puro-sangue com formação suficiente para lecionar em Yale, se virar e olhar feio para nós.

— Ótimo — Olivia murmurou. — Se ela pegar o livro e perguntar o que estamos fazendo, vou morrer. De verdade.

Bocejei alto.

— Relaxa.

A sra. Kateris deixou o giz de lado e bateu palma.

— Srta. Andros e srta. Panagopoulos. — Ela ficou em silêncio por tempo o bastante para que os outros alunos se virassem nas carteiras e olhassem para nós. — Gostariam de dividir conosco...

— Gosto de como ela diz seu sobrenome — murmurei para Olivia no exato momento que a porta da sala se abria para que um pequeno grupo de guardas entrasse.

— O que é isso? — Olivia se endireitou na cadeira.

A sra. Kateris recuou um passo, limpando as mãos na frente da camisa.

Os guardas fizeram uma reverência, como era o costume quando se reportavam a puros de status elevado — na prática todos.

— Perdão por interromper a aula, sra. Kateris — disse o primeiro guarda.

Quase não o reconheci. Era o guarda da ponte, que havia me seguido na ilha: Crede Linard. Devia ter sido promovido.

A sra. Kateris respondeu com um sorriso apreensivo.

— Não há necessidade de perdão. Como podemos ajudar?

— O diretor está convocando os meios-sangues. Eles devem vir conosco.

Todos os meios da turma olharam em volta, confusos e preocupados. Teria havido outro ataque?

A sra. Kateris entrelaçou as mãos. Linard olhou para a classe, com a expressão tão neutra que chegava a impressionar.

— Por aqui, por favor.

Olivia fechou o livro, com o rosto pálido.

— O que está acontecendo?

Peguei a mochila do chão, pensando nas Fúrias. Todos já tinham notado as estátuas e acharam bem legais. Ninguém parecia ter ideia da importância de sua presença.

— Não sei.

Vários meios-sangues faziam perguntas enquanto deixávamos a sala. Linard franziu a testa para eles.

— Silêncio.

A mesma coisa acontecia em outras turmas. Portas se abriam e guardas conduziam meios-sangues em fila única pelo corredor. O som de passos em rebanho vindos do andar de cima nos seguia. Quando olhei para trás, vi Caleb e Luke.

Voltei a me virar, com a respiração curta. Era sério, todos percebiam. A tensão cortava o ar e a sentíamos na pele enquanto avançávamos. Descer as escadas levou um tempo inacreditável. De novo, fiquei com vontade de mencionar que precisávamos de elevadores.

Passamos pelo saguão da escola, pelos prédios administrativos e fomos parar no meio do Covenant — no coliseu fechado. Era o único lugar grande o bastante para abrigar todos nós.

Uma vez dentro do que nos referíamos simplesmente como o "ginásio", ordenaram que nos sentássemos e nos mantivéssemos com nossas turmas. Olivia e eu ficamos na terceira fileira. Caleb e Luke ficaram na décima primeira, o que era péssimo. Eu queria estar sentada perto de Caleb quando anunciassem qualquer que fosse a bomba que estava por vir e sabia que Olivia se sentia da mesma maneira.

Fiquei sacudindo o joelho, com a testa franzida. As arquibancadas eram de pedra e absolutamente desconfortáveis.

Olivia se contorceu.

— Você...

No meio do ginásio, logo à nossa frente, Linard se virou para nós.

— Silêncio.

Olivia ergueu as sobrancelhas, e eu me perguntei se o guarda se incomodaria caso eu perguntasse quem estava de vigia na ponte. Suspirei ruidosamente enquanto passava os olhos pelo mar de meios-sangues de uniforme verde de treino. Um bando de guardas de uniforme azul nos vigiava. Não vi muitos uniformes pretos de sentinelas, os caçadores de daímônes.

Até que deparei com um loiro alto recostado à parede. Reconheci os braços musculosos e os quadris estreitos. Uma das pernas compridas estava dobrada e a sola de sua bota tocava o mosaico de Zeus seminu.

Seth.

Seu cabelo estava preso com uma tira de couro, mas, como sempre, os cachos mais curtos escapavam e emolduravam seu rosto. O tom dourado de sua pele era único, o rosto parecia perfeito e os estranhos olhos cor de âmbar tinham um formato exótico. Às vezes, eu me perguntava se os deuses haviam moldado pessoalmente aquelas maçãs do rosto e aqueles lábios carnudos, se eram os responsáveis pela covinha em seu queixo e pelo maxilar esculpido. Não havia ninguém igual a ele.

Afinal, Seth era o primeiro Apôlion de sua geração. Meu padrasto achava que Seth e eu estávamos destinados a nos unir em uma estranha transferência de energia. Já eu achava que Seth era um pé no...

Ele inclinou a cabeça na minha direção e deu uma piscadela. Endireitei as costas e procurei me concentrar nos guardas mais abaixo. Seth e eu não andávamos nos dando bem. No último treino, ele havia me atingido "acidentalmente" com uma rajada de energia pura e eu havia atirado uma pedra "acidentalmente" em sua cabeça.

Realmente, talvez eu atirasse coisas demais.

Depois do que pareceu uma eternidade, Marcus entrou no ginásio, fazendo todos os estudantes se debruçarem para a frente. Éramos cerca de duzentos ali, entre sete e dezoito anos de idade. Os menorzinhos se encontravam sentados no chão, lado a lado. Provavelmente não faziam ideia do que estava acontecendo.

Marcus não chegara só. Guardas do conselho, de uniforme branco, o seguiam. O conselho se assemelhava ao tribunal olimpiano, com oito puros e dois ministros — um homem e uma mulher. Eles se reuniam apenas em instalações do Covenant — na Carolina do Norte, onde nos encontrávamos, no norte do estado de Nova York, em Dakota do Sul e no Tennessee.

O conselho constituía nosso governo de fato, estabelecendo leis e aplicando punições. Os ministros eram os únicos que se comunicavam com os deuses, mas se era verdade o que Lucian disse no verão, fazia eras que os deuses não falavam com eles.

Parecia muita pompa para um único ministro. Não era como se todo o conselho entrasse no ginásio. Só Lucian estava ali, com seu cabelo incrível: totalmente preto, caindo liso até a cintura. Isso era tudo o que eu tinha a dizer de positivo sobre meu padrasto. Além do fato de que ele me mandava rios de dinheiro.

Os guardas se curvaram e se ergueram devagar. Notei que Seth permaneceu como estava. Lucian deu um passo à frente e entrelaçou as mãos. Usava uma espécie de túnica toda branca. Achei ridículo.

— Houve um ataque de um daímôn dentro do Covenant ontem. — A voz clara de Lucian ressoou no ginásio em silêncio. — Foi algo sem precedentes, e nesse caso é preciso agir sem demora. Acreditamos que não haverá mais... brechas na segurança.

Ele devia ter visto as Fúrias. Provavelmente torcia para não haver mais brechas.

— Agora precisamos seguir adiante e nos concentrar na prevenção — prosseguiu Lucian.

Como uma maré violenta chegando, a apreensão nos varreu. Segurei o fôlego.

— O conselho e o Covenant concordaram que medidas devem ser tomadas para garantir que outro ataque não ocorra.

Marcus deu um passo à frente, sorrindo de um jeito que me provocou arrepios.

— Muito vai acontecer ao longo da próxima semana. Novas regras serão implementadas. Regras indiscutíveis e com efeito imediato.

Começou, pensei, com raiva. Um único meio-sangue se voltava para o mal e todos os outros eram punidos. Eu reconhecia a gravidade do ocorrido, o que não tornava mais fácil engolir aquilo.

Marcus passou os olhos pela multidão, encarando os meios-sangues. Ele parou em mim por um momento, depois seguiu em frente.

— A partir de hoje, haverá um toque de recolher para todos os meios, às sete da noite... — A reação dos estudantes foi turbulenta. Eu mesma fiquei de queixo caído. — A menos que o meio esteja acompanhado de um guarda e participando de uma atividade escolar. Essa será a única exceção. Meios-sangues estão proibidos de entrar no quarto de puros-sangues sem a presença de um instrutor ou guarda. Meios-sangues não poderão deixar a ilha controlada pelo Covenant sem permissão e precisarão estar acompanhados de um guarda ou sentinela.

— Meus deuses — murmurou Olivia, esfregando as pernas. — Eles podem fazer isso?

Não respondi. Os puros podiam fazer o que quisessem. E eu tinha a sensação de que a coisa estava prestes a piorar.

— Sentinelas e guardas ficarão postados do lado de fora dos quartos. Além disso, todos os meios-sangues serão submetidos a um exame físico. Esses... — Marcus olhou para as arquibancadas mais altas, de onde vinha o som abafado de reclamações. — Esses exames serão obrigatórios. Mesmo depois que todos os meios-sangues forem examinados, haverá novos testes em caso de necessidade.

Foi como se gelo corresse pelas minhas veias e se alojasse na boca do meu estômago. Claro que fariam exames físicos. Como saberiam se algum meio-sangue havia sido transformado? Seu corpo, como o meu, traria marcas variadas: eram o único sinal da transformação de um meio.

Tive vontade de vomitar.

— Os exames terão início amanhã e serão feitos por ordem alfabética. — Marcus deu um passo para trás e permitiu que Lucian voltasse a ser o centro das atenções.

— Nenhum de nós gosta da ideia de ter sua liberdade limitada ou de se ver sujeito a situações possivelmente desconfortáveis. — Lucian espalmou as mãos à frente. — Mas nos preocupamos com nossos meios e isso é para o bem de vocês tanto quanto para o bem dos alunos puros-sangues.

Tapei a boca, com medo de dizer alguma coisa. Para nosso bem? Restringir nosso ir e vir, nos submeter a exames físicos forçados? Não havia diferença entre nós e os meios-sangues que os serviam — só não teríamos a sorte de estar dopados e alheios ao que acontecia conosco.

Meus olhos foram de Lucian para Seth. Seu rosto havia endurecido em reprovação, seus olhos ardiam como o sol. Eu sentia sua raiva como se fosse minha.

Depois de mais algumas regras relacionadas a nossas permissões para circular pelo Covenant e a revistas aleatórias nos quartos, a reunião chegou ao fim. Tive dificuldade de me concentrar no que Marcus e Lucian haviam falado. A raiva se agitava dentro de mim, e a multidão que se formava contra a parede prendia minha atenção.

Ordenaram que saíssemos do ginásio da mesma maneira que havíamos entrado: em uma fila única e em silêncio. Vi de relance o rosto de Caleb. Descrença e raiva marcavam suas feições infantis, fazendo com que parecesse muito mais velho. Ninguém havia considerado o que aquilo significava para mim e Caleb. Encontrariam sinais de ataques recentes de daímônes em nós dois. E o que fariam então? Colocariam puros sangrando na nossa frente e aguardariam para ver se atacávamos? Olhei por cima do ombro, em busca de Seth. Ele estava com Lucian, longe dos guardas de uniforme branco, aparentemente... discutindo.

No almoço, repassamos em voz baixa as novas regras. Havia mais guardas que o normal por perto, e até alguns sentinelas, o que limitava nossa conversa. Eu me perguntei o que os sentinelas meios-sangues, que também seriam submetidos aos tais exames, pensavam a respeito.

Em geral, aquele era um momento em que os puros se misturavam com os meios, mas naquele dia foi diferente. Os meios-sangues ficaram de um lado do refeitório, enquanto os puros ocuparam as mesas mais distantes. Olhei para Cody Hale e sua turma. Ele, às vezes, andava com meios, quando não tinha nada melhor para fazer. Em vários momentos do verão eu havia tido vontade de bater nele, mas bater em um puro implicava expulsão e, por consequência, servidão.

Cody e os amigos conversavam baixo. De tempos em tempos, ele passava a mão pelo cabelo castanho bem cortado, olhava para nossa mesa e ria. Não fui a única a notar.

Caleb parecia estar fermentando por dentro, em um silêncio furioso. Eu não o vira muito desde o ocorrido em Gatlinburg. Eu treinava no meu tempo livre, e ele ficava com Olivia. Percebi que eu devia ter dado um jeito de passar mais tempo com Caleb. Talvez assim houvesse notado as mudanças sutis, as sombras que pareciam cercá-lo, a rapidez com que ele reagia raivosamente.

— Ignora, lindo. — Olivia apontou com a cabeça na direção da mesa de Cody, forçando um sorriso casual. — O cara é um idiota.

— Não é só Cody. — Caleb soltou uma risadinha tensa. — Não viu como os outros puros olham pra gente? Como se estivéssemos prestes a atacar?

— Eles estão assustados. — Olivia apertou a mão de Caleb. — Não é pessoal.

— Caleb tem razão. — Luke se inclinou para a frente e baixou a voz para falar. — Na aula de hoje, Sam, um puro que conheço há anos, pediu pra mudar de lugar. Não queria se sentar perto de mim ou de qualquer outro meio. Por Hades, a impressão foi de que não queria ficar nem na mesma sala que a gente.

Esfreguei a têmpora, perdendo o apetite.

— Estão todos com medo. É a primeira vez que tem um daímôn no campus.

— Não é culpa nossa. — Luke me encarou. — E eles não precisam ter medo. O ministro deu a entender que o daímôn nem está mais aqui.

— Não dá pra ter certeza. — Peguei meu refrigerante e fiquei observando Caleb, que não disse mais nada o restante do almoço. Assim que saímos do refeitório, eu o puxei de lado. — Tudo bem com você?

Ele fez que sim.

— Tudo.

Eu o abracei e procurei ignorar como o corpo de Caleb enrijeceu.

— Não parece. Eu...

— Você entende que somos os principais suspeitos, Alex? — soltou ele.

— Que nada disso é certo ou justo? Não quero que tirem a sua roupa, ou a de Olivia, em busca de sinais de que estamos devorando puros no nosso tempo livre. E você...

Ele parou de falar e olhou em volta no corredor. Luke e Olivia caminhavam mais à frente, mas dois guardas nos observavam, os mesmos do dia anterior.

— Lea foi uma vaca ontem, mas está todo mundo...

— Está todo mundo comentando? Caleb, está todo mundo comentando desde que descobriram que minha mãe era uma daímôn. E daí?

33

Quem se importa? — Apertei a mão dele com força, como Olivia havia feito. — Por que não escapa hoje à noite e vemos um filme?

Caleb puxou a mão de volta, balançando a cabeça.

— Estou enrolado.

— Com Olívia? — brinquei.

Ele quase sorriu.

— Vamos, você vai se atrasar pra aula. E tem treino com Seth...

Soltei um grunhido alto.

— Nem fala o nome dele, por favor. O cara parece achar que atirar bolas de energia na minha cabeça é um jogo.

— Ele pareceu puto durante a reunião.

— Pareceu mesmo. — Pensei na discussão entre Seth e Lucian, só os deuses sabiam a respeito do quê. — Bom, não quer mesmo dar uma passada?

— Não estou a fim hoje. Fora que evitar os guardas já é difícil normalmente, imagina evitar o dobro deles. Até eu posso me encrencar por isso.

Fiz bico, mas aceitei e nos separamos. O restante da tarde se arrastou, mas me animei quando vi Aiden entrar no ginásio perto do fim da aula de defendu. Tentei controlar o entusiasmo, mas fracassei.

— Cadê o Seth? — perguntei.

Os olhos de Aiden brilharam, como se ele achasse graça.

— Está com o ministro. Você prefere treinar com ele?

— Não! — respondi, um pouco ansiosa demais. — O que Seth está fazendo com Lucian?

Aiden deu de ombros e me acompanhou até o centro do tatame.

— Não perguntei. Está pronta?

Confirmei, e Aiden me passou as adagas sem corte. Ele havia permitido que eu treinasse com espadas reais na semana anterior. Infelizmente, a empolgação de usá-las no treino acabou sendo engolida pelo fato de já tê-las usado na vida real. O peso das adagas finas nas palmas, a sensação delas cortando carne daímôn não eram mais desconhecidos para mim. Usá-las em batalha havia matado o apelo inocente de antes.

Aiden repassou comigo várias técnicas que havíamos aprendido no treino de silat. Depois, ele foi buscar o boneco para eu golpear. Girei as adagas nas mãos como se fossem bastões.

— As novas regras são péssimas. Você sabe disso, não sabe? Os exames físicos, as revistas nos quartos...

Aiden estendeu a mão e prendeu com cuidado uma mecha de cabelo atrás da minha orelha. Ele sempre fazia aquele tipo de coisa, ainda que não devesse.

— Não concordo com todas, mas algo precisa ser feito. Não podemos fingir que nada aconteceu.

— Sei que não podemos fingir que nada aconteceu, mas isso não significa que os puros têm o direito de punir todos os meios-sangues.

— Não estamos punindo os meios-sangues. As regras foram estabelecidas para proteger os meios-sangues também.

— Pra proteger os meios-sangues? — Olhei para ele. — Tudo o que ouvi hoje foram regras limitando o que podemos fazer. Não ouvi nada sobre puros serem submetidos a exames constrangedores ou proibidos de visitar a ilha.

— Você não estava na reunião em que foram apresentadas as novas regras para os puros, estava? — Ele começou a transparecer certa frustração por meio das sobrancelhas franzidas.

— Não, mas não ouvi nenhum puro reclamando.

Aiden respirou fundo.

— Então você não prestou atenção. Eles não podem ir a lugar nenhum sozinhos. Não podem deixar a ilha sem um guarda ou sentinela...

— Nossa! — Dei uma risada dura. — Os coitadinhos agora vão precisar de babás? Pelo menos não precisam de permissão pra sair. Nós precisamos.

— Você não está de castigo de qualquer maneira? E a proibição de saída dos meios-sangues é pra garantir a segurança deles.

Apertei tanto a adaga que achei que ela fosse quebrar.

— As novas regras são injustas, Aiden. Você tem que reconhecer isso. Sei que é puro, mas não precisa fazer essa cena comigo. Não precisa dizer que concorda só porque esperam que concorde.

— Não estou fazendo cena, Alex. E isso não tem nada a ver com ser puro. Concordo que medidas drásticas precisam ser tomadas. Se os meios-sangues tiverem que sacrificar algumas semanas de festas e visitas nos quartos pra que se garanta...

— Sacrificar algumas semanas de festas? Está falando sério? Acha que é por isso que estamos chateados?

Aiden veio na minha direção.

— Você está sendo irracional e teimosa. Está deixando que suas emoções atrapalhem seu raciocínio. Se parasse para pensar por cinco segundos, veria que as regras se fazem necessárias.

Dei um passo para trás, sem conseguir recordar a última vez que Aiden havia falado comigo daquele jeito. Uma sensação desagradável se espalhou pelo meu corpo a partir do peito.

— Vamos ver se eu entendi. — Minha voz saiu trêmula. — Você acha que tudo bem restringir aonde podemos ir e o que podemos fazer. Revistarem nossos quartos a qualquer momento. Você acha aceitável exames corporais completos? E tudo bem iniciar uma caça às bruxas sempre que acharem que tem um daímôn se aproximando.

— Não é uma caça às bruxas, Alex! Concordo que medidas precisam ser tomadas, mas não concordo com...

A raiva tomou conta de mim. Joguei a adaga no chão.

— Meus deuses, você é como os outros puros, Aiden! Não tem diferença entre vocês. Fui *irracional* por ter pensado que era diferente.

Aiden se encolheu, como se eu tivesse batido nele.

— Não tem diferença entre nós? Você está se ouvindo?

— Esquece. Quem se importa? Sou apenas uma meio-sangue.

Comecei a sair antes de fazer algo de que me arrependeria, como chorar na frente dele. Não cheguei muito longe, no entanto. Eu vivia esquecendo como Aiden era rápido.

Ele me impediu, com os olhos cintilantes.

— Como pode dizer que sou igual aos outros puros? Responde, Alex.

— Você deveria saber que essas regras são injustas!

— Não estou falando da porcaria das regras, Alex. Sou como os outros puros? — Ele soltou uma risada baixa e cortante. — Acredita mesmo nisso?

— Se você acha que...

Aiden agarrou meu braço e me puxou para si. O contato inesperado fritou meu cérebro.

— Se fosse como qualquer outro puro-sangue, eu já teria te tomado para mim, sem nem pensar nas consequências para você. Luto todo dia para não ser igual a eles.

Fiquei olhando para Aiden, chocada ao ouvi-lo falar de maneira tão clara. As palavras, que nunca me faltavam, falharam comigo naquele momento. *Eu já teria te tomado para mim.* Eu estava bastante segura de que sabia o que ele queria dizer.

— Então não me diga que sou como os outros puros.

— Aiden... eu...

— Esquece. — Ele me soltou. Uma máscara fria cobriu seu rosto. — O treino acabou.

Aiden foi embora, mas eu permaneci na sala por alguns minutos. Nunca havíamos discutido. Discordávamos de tempos em tempos, claro — sobre os melhores programas de TV, por exemplo. Ele gostava dos clássicos, em branco e preto. Eu odiava. Tínhamos chegado perto de perder a paciência por conta daquilo, mas nunca havíamos discutido um assunto tão delicado.

Para piorar, estavam revistando meu quarto quando voltei para o dormitório. Eu não sabia o que procuravam. Se eu tinha um daímôn escondido na gaveta das meias? Provas de que ia atacar um puro e sugar seu éter em meio a minhas calcinhas? Fiquei aguardando porque não tinha como impedi-los. Quando eles terminaram, estava tudo uma bagunça. Levei a maior parte da noite para reorganizar meu quarto.

Depois de tomar banho e vestir o pijama, comecei a andar de um lado para o outro. Revisitar a conversinha agradável que havia tido com Aiden fazia meu estômago se revirar. Eu havia passado do limite, precisava pedir desculpa. Ouvi-lo falar sobre o que tínhamos... Ouvi-lo dizer que, se quisesse ser como os outros puros, ele simplesmente me tomaria para si...

Eu estava tão envolvida em pensamentos que bati o cotovelo no batente da porta. Soltei um palavrão e me dobrei para a frente, sem ar. Ali, sentindo uma dor lancinante no braço, pensei em minha mãe.

Pensei se ela havia mesmo ficado aliviada no instante imediatamente anterior a seu fim. Teria eu visto aquilo em seus olhos só porque queria ver? Porque queria acreditar que havia feito a coisa certa ao matá-la?

Aiden acreditava que era a coisa certa. E eu... bom, eu não tinha mais certeza.

Ouvi uma batida leve, depois outra. Havia alguém do lado de fora da janela do meu quarto.

Caleb? Talvez ele tivesse mudado de ideia e quisesse ver um filme. Animada com a perspectiva de passar um tempo com ele, abri a persiana.

— Droga! — Reconheci na hora aquela nuca loira. — Seth!

4

Seth se virou e apontou para o trinco da janela.
— Abre.
Entendi pelo movimentos de seus lábios.
Levei às mãos à cintura.
— Por quê?
Seus olhos de repente pareceram perigosos.
— Agora.
Contra a minha vontade, destranquei a janela e a abri. Tive cerca de um segundo para recuar antes que Seth pulasse para dentro, como um gato de rua. O quarto estava escuro, mas o brilho sinistro em seus olhos não passava despercebido.
— O que você quer? Ei! Não fecha a janela. Você não vai ficar.
— Quer que eu deixe aberta para o próximo guarda fazendo a ronda olhar para cima e me ver no seu quarto?
Ele fechou a janela e a persiana, que bateu contra o peitoril.
— É só eu dizer que você entrou à força. — Fui até o abajur e o acendi.
Ficar em um quarto escuro com Seth não estava na lista de coisas que eu queria fazer no momento.
Ele sorriu.
— Vim pedir desculpa por não ter aparecido no treino hoje.
Fiquei olhando com certa cautela. Ele afastou alguns cachos dos olhos enquanto me olhava da mesma maneira.
— Beleza. Agora pode ir embora.
— O que aconteceu com seu braço?
— Oi?
Ele se inclinou na minha direção e roçou os dedos no cotovelo que eu havia acabado de bater.
— O que é isso?
Havia uma mancha vermelha minúscula ali, quase imperceptível.
— Como você conseguiu enxergar? Bati na porta há uns minutos.
Um sorriso surgiu nos lábios de Seth.
— Você é tão jeitosa. Quer que eu dê um beijinho pra sarar?
Eu sabia que só era brincadeira em parte. Sua presença no Covenant provocava rebuliço. Assim como suas... atividades extracurriculares. Se pular

de cama em cama fosse um esporte, Seth poderia se profissionalizar. Ou era o que diziam. Desviei dele.

— Valeu, mas dispenso.

Seth me seguiu até a beirada da cama.

— Já me disseram que meus lábios são capazes de fazer uma garota esquecer tudo. Você devia experimentar.

Franzi o nariz.

— Voltando ao assunto: o que você estava fazendo com Lucian no horário do treino?

— Isso não é da sua conta, Alex.

De alguma maneira, acabei encurralada entre a parede e a cama.

— Ele é meu padrasto, então é da minha conta, sim.

— Não entendi a ligação.

Cerrei os punhos.

— Olha, então você pode ir. Já pediu desculpa. Tchau.

Seu sorriso se alargou com uma olhada para o meu quarto.

— Acho que vou ficar. Gostei daqui.

— Quê? — soltei. — Você não pode ficar. É contra as regras.

Seth deu risada.

— Desde quando você se importa com as regras?

— Me converti.

— E quando foi isso? Neste instante? Porque fiquei sabendo da confusão no refeitório ontem. — Um sorriso travesso se insinuou nos lábios dele. — Aliás, foi incrível.

— Está falando sério? Ninguém mais achou incrível. Todo mundo achou que eu estava sendo... irracional. — Eu me afastei da parede para sentar na cama. — Acha que sou irracional?

Seth se sentou ao meu lado, com a perna tocando a minha.

— É uma pegadinha?

Fui mais para cima da cama.

— Então sou mesmo irracional?

Ele se inclinou para alongar o corpo.

— Você é um pouco impulsiva. Joga maçãs na cabeça das pessoas quando está brava. Age de maneira impensada na maior parte do tempo, o que é divertidíssimo. Se isso é ser irracional, espero que você continue assim. Eu adoro.

Franzi a testa.

— Que ótimo. Obrigada.

— Pessoas racionais são comuns e sem graça. Por que você ia querer ser assim? — Ele estendeu a mão e puxou de leve a bainha do meu pijama. — Não é natural.

— Como assim? — perguntei, afastando a mão dele.

Claro que Seth se interessaria pela parte mais instável da minha personalidade. Ele mesmo era um pouco louco. Eu não sabia se era o excesso de éter ou se ele era simplesmente desequilibrado.

— Você é selvagem demais para ser equilibrada e normal. Ou lógica — acrescentou ele, como se a última parte só tivesse lhe ocorrido na hora.

— Sou pura lógica. Você não sabe do que está falando.

Seth me lançou um olhar cúmplice antes de se deitar de costas.

— Acho que vou passar a noite aqui.

— Quê? — Fiquei de joelhos na mesma hora. — De jeito nenhum, Seth. Você não pode ficar aqui.

Ele riu e levou as mãos à barriga chapada.

— Não tenho dormido bem. E você?

— Tenho dormido superbem. — Empurrei os ombros dele, mas nada aconteceu. — Você não vai ficar aqui, não muda de assunto.

Seth se virou levemente e pegou minhas mãos.

— A gente não treinou hoje. Você está me devendo uma hora do seu tempo.

Tentei puxar as mãos de volta.

— Isso é ridículo.

Ele se sentou em um único movimento.

— Começando agora.

— Quê? — Meus dedos se curvaram, impotentes. — Está tarde. Tenho aula amanhã.

Seth sorriu e me soltou.

— Você não dormiria mesmo que eu não estivesse aqui.

Voltei a me afastar e dei um chute na coxa dele.

— Você é um pé no...

— Podemos trabalhar o controle de suas emoções.

Tentei chutar Seth de novo, mas ele segurou minha panturrilha.

— Solta.

Seth se inclinou na minha direção e baixou a voz para dizer:

— Para de me chutar.

Ficamos olhando fixo um para o outro.

— Me solta.

Devagar, ele me soltou e se sentou.

— Preciso de toda a sua atenção por um momento. — Seth parou de falar e suas sobrancelhas se franziram. — Se você for capaz de se concentrar...

— Ai, tá bom.

— Qual é sua opinião sobre o ataque?

Olhei para ele. Tudo em Seth mudava em um instante.

— Sinceramente? Acho que foi só a ponta do iceberg. Até onde sabemos, pode estar acontecendo há um tempão.

Ele se sentou ao meu lado, então assentiu.

— Tem uma coisa que você não sabe, mas que eu acho que deve saber.

Me inclinei para a frente.

— O quê?

— O conselho tem acompanhado incidentes que parecem ataques de daímônes meios-sangues. A coisa se acentuou nas três últimas semanas, e agora são dois ou três ataques por semana. Acontecendo em todo lugar.

— Mas... ninguém disse nada. — Na verdade, Aiden não havia falado nada. Eu achava que ele me contava tudo. — Como você sabe disso?

— Tenho minhas fontes. Os ministros não querem que os puros e os meios saibam ainda. Receiam que isso cause pânico.

— Por isso você estava conversando com Lucian? É ele quem te passa essas informações? — perguntei, mas Seth só ergueu as sobrancelhas em resposta.

Deixei o corpo cair contra a cabeceira, suspirando.

— Não contar é burrice. As pessoas precisam saber o que está acontecendo. Que é exatamente o que minha mãe me contou.

— Pois é. — Ele baixou a cabeça, os cílios espessos escondendo os olhos. — Acho que o conselho prefere não acreditar.

— Que idiotice. Eles deveriam se concentrar nisso em vez de tentar controlar a gente.

— Concordo. As regras são absurdas. — Seth olhou nos meus olhos. — Mas você não precisa se submeter a elas.

— Bom, não parece que eu tenha escolha.

— Os meios-sangues não têm escolha, mas você é diferente.

Fiquei olhando para ele, perplexa.

— Não sou diferente, Seth.

Ele não desviou os olhos.

— É, sim. Você vai se tornar o segundo Apôlion, o que te torna muito diferente dos outros meios-sangues. Não precisa se submeter aos exames.

— Foi sobre isso que você e Lucian falaram depois da reunião?

Seus olhos pareciam intensos e calculistas.

— Entre outras coisas. Nada com que você precise se preocupar.

— Sério? Você tem muita coragem se discutiu com o ministro, Seth.

A expressão dele se desfez e foi substituída por um ar de convencimento.

— Lucian me prometeu que você... não passará pelos exames.

Me afastei, olhando para Seth com desconfiança.

— Eu não sabia que você era influente a ponto de conseguir uma promessa do ministro.

— Você não precisa se preocupar com os exames. Então não se preocupa.

— E quanto aos outros meios-sangues? Eles não deveriam ter que passar por isso.

Seth desviou o rosto e soltou o ar devagar.

— Posso te fazer uma pergunta? Uma pergunta séria?

— Claro.

Baixei os olhos para minhas mãos arranhadas. Duvidava de que Lucian fosse se dar ao trabalho de manter sua promessa.

— Por que quer se tornar sentinela? Sente que é sua obrigação ou...?

Precisei de um bom momento para responder.

— Não é pra defender os puros, se era o que você estava pensando. Os guardas já cumprem esse papel.

— É claro que você não se conformaria em ser guarda — comentou Seth, mais para si mesmo.

— Daímônes matam sem motivo, inclusive mortais. Que tipo de criatura mata só por diversão? Bom, prefiro fazer algo a respeito em vez de ficar sentada esperando que eles ataquem.

— E se você tivesse escolha?

— A servidão? — Fiquei olhando para ele. — Está falando sério?

Seth revirou os olhos.

— E se você tivesse outra escolha, que os meios-sangues não têm? De levar uma vida normal.

— Já levei uma vida normal — lembrei a ele. — Por três anos.

— E gostaria de levar de novo?

Por que ele estava me perguntando aquilo?

— Você levaria?

Seth riu.

— Eu não desistiria de ser sentinela por nada neste mundo. Ou de ser o Apôlion. Sou incrível.

Ri também, revirando os olhos.

— Nossa. Quanta humildade.

— Para que ser humilde se eu sou demais?

Não me dei ao trabalho de responder, porque sabia que Seth falava sério. Ficamos em silêncio por um breve momento. Ele reparou que eu ainda não havia respondido, mas não insistiu, o que era típico dele.

— Você viu as Fúrias no saguão? — perguntei.

Seth confirmou.

— Aiden disse que estão aqui porque os deuses sentem que o conselho não está fazendo um bom trabalho. — Fiquei mexendo na bainha da blusa do pijama. — Você acha... que devemos nos preocupar com elas?

— Bom... Se elas ficarem livres, pode ser um problema.

— Ah. — Não sei o que fez as palavras seguintes saírem da minha boca. — Gritei com Aiden no treino de hoje.

Seth deu uma ombrada de leve no meu braço.

— Fico até com medo de perguntar a respeito.

— Aiden concorda com as novas regras. — Bocejei. — Então gritei com ele.

— E ele disse que você está sendo irracional.

— É, por isso eu gritei mais ainda. Disse que ele era igual aos outros puros.

— Bom, ele é igual aos outros puros.

Eu me mexi no lugar, tentando abrandar uma dor que sentia na lateral do corpo.

— Não totalmente.

Seth franziu a testa para mim.

— Alex, ele é um puro-sangue. Ter escolhido se tornar sentinela não o torna diferente. Aiden sempre vai ficar do lado dos deuses. Não do nosso.

— Do lado dos *puros*, não dos deuses. — Cansada, deitei a cabeça no travesseiro e fechei os olhos.

Nossa hora juntos estava quase terminando. Talvez eu conseguisse dormir um pouco aquela noite.

— Você não conhece Aiden, Seth.

— Não preciso conhecê-lo para saber do que ele é capaz.

Ergui as sobrancelhas, mas procurei ignorar o que Seth disse.

— Preciso pedir desculpa a ele.

— Não precisa, não. — Seth se inclinou para afastar uma mecha da minha bochecha. — Estou falando sério. Você vai ser o próximo Apôlion, Alex. Não precisa se desculpar com Aiden, com qualquer puro ou mesmo com os deuses.

Após alguns momentos de silêncio, eu disse:

— Você sabe que precisa ir embora, né? Se eu pegar no sono, você vai embora?

— Claro que sim.

Eu não conseguia vê-lo, mas por sua voz sabia que Seth estava sorrindo. Ele continuou falando, me bombardeando de perguntas, que eu parei de responder à medida que o sono vinha, o tipo de sono do qual eu não despertaria depois de uma hora ou duas. Finalmente me entreguei, confiante de que, quando acordasse, Seth não estaria mais lá.

Parecia que alguém me prendia de bruços na cama. Achei que estivesse tendo um daqueles lances de paralisia do sono sobre os quais tinha lido, mas me dei conta de que o que me segurava era um braço.

Um braço que pertencia a Seth.

Ele não havia ido embora e tudo indicava que era do tipo que gostava de dormir de conchinha.

Seu braço envolvia minhas costas, seus dedos agarravam o edredom. Eu sentia sua respiração diretamente na nuca, como se ele tivesse tirado meu cabelo da frente. Em outras circunstâncias, eu teria desfrutado da sensação de ter alguém tão juntinho de mim. O calor que Seth emanava era agradável, muito agradável. Ainda que se tratasse de Seth, por um momento muito breve, fechei os olhos e curti o calor.

Então, saí de baixo dele e soquei seu peito até que acordasse, depois gritei questionando o motivo de não ter ido embora. Acabei me atrasando para a primeira aula, e o episódio todo me deixou meio esquisita. Encontrar Lea no corredor não ajudou em nada.

Mesmo com o olho roxo e o curativo no nariz, ela estava bonita e continuava sendo a rainha do desprezo. Eu a ignorei, mas me senti meio dividida ao fazer aquilo.

Na aula de verdade técnica e lendas, uma mistura de história e inglês, eu costumava me sentar ao lado de Thea, uma puro-sangue quietinha que havia conhecido no verão. Naquele dia, no entanto, quem ocupou o assento ao meu lado foi Deacon St. Delphi.

Eu gostava de Deacon por uma série de motivos — nenhum deles relacionado ao fato de se tratar do irmão mais novo de Aiden.

Ele tendia a beber um pouco além da conta, mas era divertido, e muito.

— Oi. — Deacon deixou o livro na carteira.

— Cadê a Thea?

Ele deu de ombros, e cachos loiros caíram sobre seus olhos cinza — o único traço que ele e o irmão tinham em comum.

— Alguns puros estão com medo de você. Thea sabe que somos amigos e me pediu pra trocar de lugar com ela.

— Thea está com medo de mim? Desde quando? O que foi que eu fiz pra ela?

— Nada. Mas vários de nós estão meio surtados.

— Bom saber. — Eu me concentrei na lousa. A professora ainda não havia aparecido.

— Foi você quem perguntou.

— Verdade.

— Seja legal comigo.

Ofereci um quase sorriso a ele.

— Sou sempre legal com você, Deacon.

— É verdade, então seja mais legal ainda. Estou perdendo pontos de popularidade só de ser visto com você.

Fiz uma careta para ele.

Deacon sorriu. Uma covinha surgiu em sua bochecha direita.

— Não só com você, mas com qualquer meio. Não confiamos em nenhum de vocês. São todos suspeitos. Estamos só esperando um de vocês atacar e sugar nosso éter.

— Então por que está conversando comigo?

— Alguma vez me importei com o que os outros puros pensam? — Sua voz soou alto o bastante para que vários puros sentados em volta ouvissem. Eu me encolhi por dentro. — De qualquer maneira, meu irmão acha que preciso de babá enquanto ele vai falar com o conselho. Provavelmente acha que vou ter uma overdose ou algo do tipo sem ele pra encher meu saco.

— Ele não acha isso. Só deve estar preocupado com a possibilidade de alguém sugar todo o seu éter.

Deacon arqueou uma sobrancelha para mim.

— Você sempre defende meu irmão.

Virei o rosto, mas senti as bochechas queimando.

— Não. Mas não pega no pé dele só porque está cuidando de você.

— Sei lá. Aiden acha que sou um inútil e bebo demais, essa é a verdade. — Deacon abriu um sorriso, mas não pareceu sincero. — Bom, o aniversário dele está chegando. Meu irmão vai fazer vinte e um anos, mas age como se tivesse trinta.

— Ah, sim. Porque trinta é velho — disse eu.

Não tinha me esquecido do aniversário de Aiden, claro. Era no dia anterior ao Halloween, cerca de uma semana antes da reunião do conselho.

— Bom, pensei em fazer uma festa para ele. Você devia ir.

Balancei a cabeça, sorrindo.

— Deacon, não posso sair. Nenhum meio pode. — Eu também duvidava de que Aiden ficaria feliz com uma festa, mas não disse nada. Deacon parecia ter boas intenções e eu não queria magoá-lo.

— Mas e aí, está animada para o conselho? Ouvi dizer que eles são bem animados.

O nervosismo fez meu estômago se revirar.

— *Animada* não é a palavra certa.

A professora finalmente apareceu e deu início a uma palestra longa e sem graça sobre arquétipos e a criação do conselho. Apesar da vontade de bater a cabeça contra a parede, a aula passou tranquilamente. Assim como o resto da manhã, depois que me acostumei com os olhares de desconfiança, que não eram direcionados apenas a mim, mas a todos os meios-sangues.

Os puros eram um pessoal bem paranoico.

No meio do treinamento de silat, guardas entraram, fazendo todos pararem. Dirigi um olhar nervoso a Caleb e Luke quando o primeiro guarda começou a proferir uma lista de nomes em um tom sem emoção. Eu estava entre os dez chamados.

Com o estômago embrulhado, peguei a mochila e saí com os outros meios. Estavam todos pálidos, olhando com desconfiança. Em silêncio, seguimos os três guardas até o centro médico. Uma sensação desagradável se espalhou dentro de mim quando percebi que estávamos indo para a mesma sala onde Kain havia sido mantido preso. Aquilo era o bastante para me fazer querer fugir.

Um enfermeiro puro de cabelo grisalho encarou nosso grupo. Parte de mim torcia para que Lucian houvesse mesmo prometido a Seth que eu não seria examinada, mas não queria me iludir. Não havia nenhum vínculo entre nós, nada que o levasse a se importar comigo.

O enfermeiro sorriu, revelando uma fileira de dentes retos. Algo em seu sorriso me fez perder o ar. Havia três alunas meios-sangues no grupo e os lábios dele se retorceram de maneira desagradável. Senti náusea na hora.

— Vai ser um por vez. O mais rápido possível — disse o puro. — Alguma pergunta?

Levantei a mão, sentindo o coração martelar no peito.

— Sim? — Ele pareceu surpreso.

— E se não aceitarmos nos submeter ao exame?

O enfermeiro olhou para os guardas mais atrás, depois para mim de novo.

— Não há motivo de preocupação. São só uns minutinhos.

Assenti devagar, sentindo os olhos dos outros meios em mim e os movimentos desconfortáveis dos guardas.

— Bom, eu não aceito.

— Mas... você não tem escolha — disse ele, devagar.

— Tenho sim e estou escolhendo dizer não. Se não gosta disso, pode tentar me forçar.

Nesse momento, os guardas que estavam atrás de mim decidiram que iam me forçar. E eu decidi que ia me meter em confusão outra vez.

5

Dei uma cotovelada na barriga do primeiro guarda. A segunda guarda tentou me encurralar, mas saiu voando com um chute giratório e aterrissou contra uma maca. O terceiro e último guarda arriscou um soco. Não sei muito bem o que aconteceu, só que meio que perdi as estribeiras.

Uma fúria profunda e terrível fluía por mim. O tempo passava inacreditavelmente rápido. Segurei a mão do guarda, torci seu braço para trás e o virei. Com o pé em suas costas, eu o joguei em cima de uma mesa. O primeiro guarda ressurgiu. Desviou de um chute, mas girei antes que ele pudesse antecipar meu próximo movimento e acertei seu queixo com outro chute. O impacto o fez cambalear para trás.

A guarda veio em minha direção. Saltei por cima da mesa de luvas cirúrgicas e cotonetes com uma graça inesperada. Por um segundo, reconheci que *não* deveria ser capaz de fazer aquilo. Não deveria ser capaz de pular uma mesa de um metro e meio. Sem olhar para trás, meu calcanhar bateu em um carrinho, que atingiu com tudo o peito da segunda guarda. Agora os três se debatiam no chão, em diferentes graus de agonia.

As paredes brancas do consultório giravam enquanto eu encarava aqueles puros encolhidos.

— Ainda não tenho escolha?

O enfermeiro ficou colado à parede, com o rosto tão branco quanto seu jaleco, as mãos estendidas à frente como se pudessem me parar. Dei um passo em sua direção, só de sacanagem. Não era como se eu fosse bater em um puro... *de novo*. Ele correu para a porta, gritando:

— Guardas! Guardas!

Vários meios-sangues pareciam chocados, como se não conseguissem acreditar no que eu havia feito. Dois deles, no entanto, pareciam querer se juntar a mim.

— Vocês não precisam fazer isso — disse eu, sincera. — Eles não podem obrigar vocês se não...

Minhas palavras foram interrompidas pelo primeiro guarda. Ele se pôs de pé, já recuperado.

— Não foi uma boa decisão, srta. Andros. Ninguém ia te machucar.

Eu me virei. Os guardas não iam mais vir um por vez. Minha fúria diminuiu um pouco enquanto eu cambaleava para trás. O tempo desacelerou um pouco. Os três me atacaram juntos. Consegui derrubar um, mas outro agarrou meu braço. Eu juro que teria conseguido acabar com ele se a horda de guardas chegando à porta não tivesse me distraído. Assim como os dois meios-sangues retardando sua entrada, oferecendo resistência. Quase sorri. Um segundo depois, estava caída sobre o piso frio, com dois guardas segurando meus braços e a segunda guarda sentada em cima de mim. Eu me debatia, tentando me soltar.

— Pare. — Ela segurou minha cabeça e a levantou. Sangue escorria de seu nariz. — Pare de brigar. Ninguém quer machucar você.

Eu ainda ouvia a luta à porta.

— Você está me machucando agora mesmo — soltei. — Esmagando meu baço.

A comoção logo cessou. Por um momento, tudo o que eu ouvia era o som do meu coração batendo dolorosamente contra minhas costelas.

— Tá bom. Já chega.

Ela olhou feio para mim.

— A gente é que vai decidir isso.

— Não. Sou eu quem decide. E já chega — uma voz diferente disse, dura, fria e estranhamente musical ao mesmo tempo.

De repente, eu não sentia mais um peso sobre meu peito. A guarda havia se levantado e disparado para o outro lado do consultório, trombando com um dos muitos carrinhos alinhados contra as paredes no processo. Fiquei de joelhos e tentei respirar.

Seth deu um passo à frente, com uma raiva evidente nos olhos.

— Ajudem a garota a se levantar.

— Mas... precisamos seguir as ordens. Ela se recusou a obedecer — disse um guarda.

— Vocês não devem ter prestado atenção. O ministro ordenou que os meios-sangues fossem examinados, com exceção de sua *enteada*. Duvido de que vá ficar satisfeito ao descobrir que vocês três o desobedeceram. — Seth olhou para mim. — Por que ainda não ajudaram a garota a se levantar?

O guarda que havia falado se adiantou e me colocou de pé com toda a delicadeza.

— Agora peçam desculpas. Todos vocês.

Olhei para Seth, surpresa. Ele estava falando sério. Queria mesmo que os guardas se desculpassem por fazer seu trabalho. E a expressão em seu rosto... parecia que Seth queria que eles sentissem arrependimento fisicamente. Havia certa instabilidade em seus olhos.

— Seth, isso não...

— Silêncio, Alex. Quero ouvir os guardas pedirem desculpas.

Minhas sobrancelhas se ergueram.

— Olha...

— Desculpe, srta. Andros — interrompeu um guarda, tão pálido quanto um daímôn. — Sinto muito.

Seth fez questão de olhar para os outros guardas. A mulher veio à frente, mancando, e pediu desculpas profusamente. Quando assenti, todos saíram do consultório, e Seth e eu tivemos alguns minutos a sós.

— Você não precisava ter feito os guardas pedirem desculpas, Seth. Só estavam fazendo o trabalho deles. Não...

Ele se colocou bem à minha frente, em um movimento tão rápido que nem o registrei. Então pegou meu queixo com as pontas dos dedos e inspecionou meu rosto. Minha bochecha estava um pouco dolorida, mas eu duvidava de que ficaria um hematoma.

— Um "obrigada" cairia bem. Fiz com que os guardas parassem, não sei se você percebeu.

Eu me remexi no lugar, desconfortável.

— Obrigada.

Seth arqueou uma sobrancelha enquanto inclinava minha cabeça para trás.

— Também seria legal se fosse sincero.

— É sincero, mas você constrangeu os guardas.

Seth largou meu queixo, satisfeito com o fato de que meu rosto não estava detonado.

— E você bateu em guardas que só estavam fazendo o trabalho deles. Então acho que estamos quites.

Droga! Seth tinha razão. Soltei um suspiro.

— Lucian... disse mesmo para não me examinarem?

— Disse, mas parece que não foi claro o bastante.

— E os outros meios-sangues? Eles não deveriam ter que passar por isso.

Em vez de responder, Seth estendeu a mão e ajeito minha gola. Devia ter arregaçado durante a luta, expondo as marcas no meu pescoço.

— Seth, e os outros meios-sangues?

Ele baixou a mão e deu de ombros.

— Não sei. Só sobra espaço na minha cabeça pra me preocupar comigo e com você.

Desdenhei daquilo.

— Fiquei surpresa que te sobre espaço para pensar em alguém além de si mesmo.

O sorriso convencido dele retornou.

— Eu também. Na verdade, não estou gostando nada disso.

Seth passou um braço sobre meus ombros e me conduziu até a saída. Passamos pelos meios-sangues que aguardavam lá fora e pelos olhares raivosos dos puros.

* * *

Aiden encerrou o treino mais cedo aquela tarde. Não falamos muito, mas ficou evidente que ele estava sabendo do que havia acontecido mais cedo. A única coisa boa aquela noite foi que consegui jantar com Caleb. A notícia chegara a ele também e provavelmente a todos no Covenant.

— Quão encrencada você está? — perguntou Caleb.

Dei de ombros e mergulhei uma batata frita na maionese.

— Nem um pouco. Lucian ordenou que não me examinem.

Caleb pareceu chocado enquanto eu enfiava a batata coberta de maionese na boca.

— Você foi agraciada pelos deuses, juro.

— Agraciada e amaldiçoada — retruquei. — Cadê a Olivia?

— Por que não coloca algo normal nas batatinhas, tipo ketchup?

Voltei a mergulhar uma batata alegremente na maionese.

— Cadê a Olivia?

Caleb jogou o corpo para trás de modo que o assento ficou apoiado apenas nas pernas traseiras e, depois, suspirou.

— Ela ficou brava comigo ontem e acabamos brigando hoje de manhã.

— Sério? Vocês não estão se falando?

— Acho que não. Que besteira, né? Bom, alguma novidade sobre o daímôn?

Contei a ele o que Seth havia comentado sobre mais puros-sangues sendo atacados e transformados. Caleb reagiu da mesma maneira que eu: com descrença e raiva. Às vezes, eu acreditava mesmo que os conselhos funcionariam melhor se os meios-sangues estivessem no comando. Parecíamos ser melhores em pensamento crítico e bom senso.

Após um momento, Caleb falou.

— Achei incrível o que você fez, sabia?

Dei de ombros, pensando em como os guardas pareciam constrangidos.

— Valeu. Mas não estou me sentindo muito bem a respeito no momento.

As sobrancelhas de Caleb se ergueram.

— Bom, estão comentando sobre o que aconteceu. Isso fez todo mundo pensar sobre o assunto. Ninguém quer ter que passar pelos exames. Todos acham que você foi muito corajosa.

— Não fui corajosa. Fui sem noção mesmo.

— Não — insistiu ele. — Você foi muito corajosa.

— Caleb, você sabe que os puros vão pirar se a gente forçar a barra. Uma meio-sangue se recusar a passar pelo exame é uma coisa, mas dezenas? Seria visto como uma traição. E você sabe o que eles fazem com os acusados de traição.

Quase não reconheci a expressão determinada em seus olhos.

— Como falei, acho que as coisas precisam mudar por aqui.

Eu me inclinei para a frente.

— Caleb, não vai se meter em encrenca.

— Por que está discordando de mim, Alex? Você os enfrentou hoje, mas é como se achasse que ninguém mais deveria. Por quê? Só você pode? O resto tem que concordar com o que eles quiserem?

— Não. Não acho isso. Mas a coisa é séria, Caleb. Não estamos falando de entrar escondido no dormitório ou sair da ilha. As pessoas podem acabar expulsas ou coisa pior.

— Não foi o seu caso.

— Tá, mas... sou diferente. Não estou dizendo isso porque me acho. Só não me dei mal por causa de Lucian. Não sei por que ele ficou do meu lado. Mas vocês podem se encrencar.

Incrédulo, ele jogou as mãos para o alto e balançou a cabeça.

— Você está sendo tão...

— Tão o quê?

Caleb franziu a testa.

— Não sei. Tão racional a respeito, acho.

Por um momento, fiquei só olhando para ele, então uma gargalhada me escapou.

— Tem noção de que você é a única pessoa me acusando de ser *racional*?

Um sorriso apareceu em seus lábios, que me lembrou de um Caleb mais jovem e despreocupado, um Caleb que não se animava com a perspectiva de enfrentar um conselho de puros-sangues.

— Bom, acho que há uma primeira vez pra tudo.

Compartilhamos um sorriso por um momento, antes que o meu se desfizesse.

— Você mudou, Caleb.

O sorriso dele se desfez também.

— Como assim?

— Não sei. Mas você está diferente.

Não achei que Caleb fosse dar continuidade ao assunto, ainda mais depois que se levantou.

Porém ele deu a volta na mesa e se sentou ao meu lado, então franziu os lábios por um momento, enquanto refletia.

— Estou diferente.

— Eu sei — sussurrei.

Um breve sorriso apareceu.

— Fico pensando o tempo todo em quando estávamos naquela cabana e eu não podia fazer nada pra te ajudar. Não sei como pensei que seria enfrentar um daímôn. Acho que não fazia ideia. — Um músculo em seu maxilar pulsou enquanto seus dedos passavam por um vinco na mesa.

— Fico pensando que deveria ter algo que eu podia ter feito pra que parassem de te machucar. Eu devia ter enfrentado a dor ou sei lá...

— Não, Caleb. — Peguei suas mãos frias. — Não tinha nada que você pudesse fazer. A confusão toda foi culpa minha.

Ele me encarou, seus lábios retorcidos em um sorriso cínico.

— Eu nunca tinha me sentido tão... impotente. Não quero me sentir assim nunca mais.

— Você tem poder. Sempre teve.

Cheguei mais perto e passei os braços por seus ombros rígidos. Caleb pareceu meio sem jeito a princípio, depois descansou o queixo no topo da minha cabeça. Ficamos um bom tempo daquele jeito.

— Tem maionese no seu cabelo — murmurou ele.

Eu me afastei dando uma risadinha.

— Onde?

Caleb apontou.

— Você faz muita sujeira pra comer.

Ele continuou me olhando mesmo depois que limpei a maionese do cabelo.

— O que foi? Tem mais?

— Não. — Ele olhou em volta. O refeitório estava vazio. — Como andam as coisas entre você e Aiden?

Deixei o guardanapo cair. Caleb sabia que eu não gostava de falar de Aiden.

— Sei lá. Igual, acho.

Agora ele descansou o queixo no meu ombro. As pontas de suas mechas macias fizeram cócegas na minha bochecha.

— Ele ficou bravo com o lance dos guardas?

— Não falou nada, mas imagino que sim.

— Vocês já...?

— Não! — A pergunta me fez recuar de tal maneira que acertei seu braço de leve. Caleb pareceu desconfiado. — Não pode acontecer nada entre a gente, sabe disso. Para de me olhar desse jeito.

— Como se proibições tivessem te impedido alguma vez... Mas toma cuidado. Não vou ficar dando sermão...

— Que bom!

Ele abriu um sorriso rápido.

— Mas se alguém descobrir o que quase aconteceu entre vocês...

— Eu sei. — Fiquei olhando para o restante das batatas. — Não precisa se preocupar, tá bom?

A conversa se tornou menos séria depois, o que foi ótimo. Precisávamos nos recolher cedo demais. Quando fui tomar banho, eu já estava me sentindo um pouco melhor em relação a tudo. Continuava preocupada com

Caleb, no entanto, e com a possibilidade de que os eventos em Gatlinburg o tivessem afetado permanentemente.

Depois de me vestir, senti outra vez um estranho formigamento. Minha pele esquentou e um anseio intenso se instalou em minha barriga. Eu me esforcei ao máximo para ignorar. Peguei até o livro de trigonometria, mas não conseguia me concentrar. Recorri à televisão, mas a força daquilo que me acometia tornava quase impossível pensar em qualquer coisa além do fato de que eu não tinha um namorado. Talvez aquela fosse uma maneira de meu corpo me dizer que eu precisava encontrar alguém — alguém disponível e que não fosse puro-sangue.

Quando a sensação finalmente passou, caí em um sono agitado que durou apenas algumas horas. De repente, eu estava sentada na cama, com o coração acelerado. Passei os olhos pelo quarto escuro, tentando desesperadamente apagar a imagem do rosto de Daniel da minha mente, apagar seu toque das minhas lembranças.

Eu me revirei na cama e olhei pela janela. Um segundo se passou antes que meu cérebro processasse a sombra escura do outro lado da persiana. Meu coração saltou para a garganta. Afastei as cobertas de lado e me levantei, para me esgueirar até lá. A sombra continuava ali, o que me deixou toda arrepiada. Seria Seth tentando me espiar?

Se fosse, eu ia acabar com ele.

Também podia ser o daímôn, que ainda não havia sido pego. Mas, se fosse, ele não faria cerimônia para entrar.

Levantei a persiana e dei um pulo para trás. Um rosto pálido — que claramente não era de Seth — olhava para mim. Ao luar, quase parecia um daímôn.

Era uma sentinela, no entanto. Uma sentinela com o cabelo loiro quase branco, chamada Sandra, se eu não estava enganada. O que ela estaria fazendo, olhando pela janela do meu quarto? Algo naquilo me deixou ainda mais assustada. Na mesma hora, destranquei a janela e a abri.

— Está tudo bem?

Os olhos de Sandra foram atraídos pelas marcas nos meus braços expostos. Só depois retornaram ao meu rosto.

— Achei ter ouvido um grito vindo do seu quarto.

Corei quando me dei conta de que devia ter sido eu gritando, por causa do pesadelo.

— Desculpa. Está tudo bem.

— Não se esqueça de trancar a janela de novo. — Ela sorriu. — Boa noite.

Assenti, fechei a janela e tranquei. Minhas bochechas ainda queimavam quando voltei a me deitar e puxei as cobertas acima da cabeça. Meus gritos infantis podiam ter atraído uma sentinela em vez de um daímôn ao meu quarto, mas a sensação estranha permaneceu comigo pelo restante da noite.

Passei o dia me sentindo esquisita. Não como se fosse vomitar, mas nervosa. Peguei no sono no meio da aula, mas Deacon me acordou antes que eu fosse pega no pulo. Minhas mãos tremiam quando peguei um refrigerante no almoço, o que levou a uma série de perguntas preocupadas de Caleb e Olivia.

Talvez eu estivesse ficando doente. Talvez fossem os pesadelos duas noites seguidas. Eu não sabia, mas tudo o que queria era me arrastar até a cama e dormir.

Na aula de defendu, tive dificuldade de acompanhar os movimentos da minha dupla. Luke pegou leve comigo e só me derrubou algumas vezes. Só que o dia não estava nem perto do fim.

O treino com Aiden veio em seguida e eu me saí muito mal também.

Fintei para a esquerda, mas meus movimentos saíam desajeitados e lentos. A perna de Aiden atingiu minha panturrilha. O impacto me jogou para a frente, de cara no tatame. Soltei as adagas e procurei me segurar, sem jeito. Apoiei todo o meu peso nos punhos e arquejei.

— Alex! Você está bem? — Aiden se agachou ao meu lado.

Ignorando a dor, eu me levantei.

— Estou.

Aiden manteve o braço estendido, como se tivesse se esquecido dele, e ficou ali, olhando para mim.

— O que aconteceu com você hoje? Vai acabar quebrando o pescoço desse jeito.

Minhas bochechas queimaram enquanto eu recolhia as adagas do tatame.

— Nada.

Eu queria pedir desculpa por tê-lo acusado de ser como os outros puros antes que voltássemos a treinar, mas as palavras simplesmente não saíram da minha boca. Logo Aiden reassumia sua posição.

Ele girou suas adagas nas mãos.

— De novo.

Ataquei. As lâminas de Aiden tocaram as minhas, e o som do choque do metal ecoou pela sala de treino. Ele me empurrou para trás e mirou minha barriga. Desviei o golpe com o antebraço.

— Boa — Aiden disse. — Continua se movimentando. Não fica parada.

Passei por baixo de seu braço, me mantendo fora de alcance enquanto estudava seus movimentos. Sempre havia algo que entregava a ação, a técnica. Às vezes, um leve tremor de um músculo, um movimento de olhos. Sempre havia algo.

Aiden atacou, mas só para me distrair. Percebi aquilo imediatamente antes que ele se abaixasse para me dar uma rasteira. Pulei e ataquei de maneira mortal. Seria o fim para alguém sem treinamento.

No entanto, Aiden não só havia sido treinado como ainda era incrivelmente talentoso. Ele se reergueu com um movimento rápido e ficou com as duas adagas em uma única mão.

Saltei, com as adagas abaixadas. Aiden agarrou meu braço quando eu estava no ar. Em um segundo, eu estava de costas para ele, com duas lâminas no pescoço.

Aiden baixou a cabeça. Eu sentia sua respiração na minha bochecha.

— O que você fez de errado?

Também sentia seu coração batendo forte. Estamos *muito* próximos.

— Hum...

— Você me viu segurando as duas adagas com uma única mão, uma demonstração de vulnerabilidade. Devia ter atacado aquela mão. Com um golpe limpo, eu acabaria desarmado.

Pensei a respeito e concluí que ele estava certo.

— Bom, agora já era.

Ele abaixou a cabeça um pouco mais. Seus cachos mais compridos roçaram minha bochecha. Nenhum de nós se moveu. Deixei meus olhos se fecharem, enquanto o calor de Aiden me cercava. Poderia até ter dormido naquela posição.

— Agora você sabe. — Aiden me soltou. — Tenta de novo.

Obedeci. Repetidamente, nós nos enfrentamos. Contive uma série de golpes, e ele conteve todos os meus. Após um tempo, eu estava exausta e um suor frio cobria minha pele. Tudo o que queria era me sentar.

Aiden avançava e eu me afastava. Mantendo a distância entre nós, eu me lancei para a direita, meus dedos formigavam em torno do punho da adaga. *Chuta. Chuta*, ordenei a mim mesma. Aiden desviou do golpe de mão, mas não do meu chute. Ele perdeu o controle de uma adaga, que foi ao chão. Surpresa e orgulho passaram por seu rosto antes que Aiden me atacasse com a outra adaga. Eu me defendi, com os braços trêmulos. Ele recuou com a intenção de me dar uma rasteira, o que eu identifiquei na mesma hora.

Só que não consegui fazer com que minhas pernas se movessem rápido o bastante.

Tudo desacelerou, garantindo que a situação ridícula não passasse despercebida. Eu me aproximei da beirada do tatame. A perna comprida dele passou entre as minhas, me fazendo cair. Soltei as adagas e caí para trás. Um segundo depois, minha cabeça bateu no chão.

Permaneci deitada, atordoada e um pouco nauseada.

O rosto de Aiden surgiu no meu campo de visão, ainda que um pouco borrado.

— Você está bem, Alex?

Pisquei devagar. Minha cabeça doía de tal maneira que eu sentia até nos dentes.

— Acho que... sim.
— Consegue se sentar?

Cada parte do meu corpo protestou contra o movimento, mas eu me sentei. Os dedos rápidos e gentis de Aiden procuraram imediatamente por algum ferimento na nuca.

— Foi... idiotice minha.
— Não foi nada de mais. Você estava se saindo muito bem. Chegou até a me desarmar. — Aiden se sentou. Suas mãos pegaram minha bochecha e inclinaram minha cabeça para trás. Ele sorriu. — Não parece que tenha havido algum dando permanente.

Tentei sorrir, mas não consegui.
— Desculpa.

Uma ruga surgiu na testa dele.
— Não precisa pedir desculpa. Acontece. Nem sempre somos rápidos o bastante...
— Previ seu movimento, Aiden. E tive tempo de sobra pra me esquivar. — Baixei os olhos. — Mas estou muito cansada.

Ele se aproximou e seus joelhos tocaram minha coxa.
— Olhe para mim, Alex. — Suspirei e ergui os olhos. Aiden penteou meu cabelo para trás, com um sorrisinho no rosto. — Os treinos estão pesados demais?
— Não...
— Seja sincera comigo, Alex. Você treina o tempo todo. Tem sido demais?

Se sua mão permanecesse no meu cabelo, eu admitiria tudo.
— Não é demais, Aiden. De verdade. Mas... não tenho conseguido dormir.

Ele se colocou bem ao meu lado e sua outra mão repousou no meu ombro. Inspirei seu perfume único, que misturava mar e folhas queimadas. A proximidade e o fato de que uma de suas mãos alisava meu cabelo enquanto a outra se mantinha no meu ombro me deixavam muito tranquila. E acho que Aiden sabia.

— Por que você não consegue dormir? — perguntou ele, com a voz baixa e suave.
— Tenho pesadelos. Toda noite, a noite toda. — As palavras jorraram de mim.
— Pesadelos? — repetiu Aiden. Não parecia achar aquilo divertido, só parecia não ter entendido bem.

Fechei os olhos, com a respiração curta.
— Você não sabe como foram aquelas horas todas em Gatlinburg, sem ser capaz de fazer algo de fato. E as marcas... Parecia que estavam arrancando pedaços de mim. Você não sabe o que eu teria feito para que parassem... só parassem.

O corpo de Aiden enrijeceu. Seus dedos se fecharam em torno da minha nuca.

— Você tem razão, Alex. Não sei. Mas gostaria de saber.

— Você não está falando sério — sussurrei.

— Estou. — Ele voltou a passar os dedos pelo meu cabelo. — Assim talvez conseguisse te ajudar. Seus pesadelos são sobre isso?

— Às vezes são sobre minha mãe. Às vezes, sobre os outros dois... Eric e Daniel. E são tão vívidos. É como se estivesse acontecendo de novo.

Pressionei os lábios um contra o outro, impedindo a emoção que tentava se libertar. Falar daquela noite, do que eles haviam feito, embrulhava meu estômago.

— Então não tenho dormido muito.

— Quanto... quanto tempo faz que isso está acontecendo?

Dei de ombros.

— Mais ou menos uma semana depois de tudo.

— Por que não disse nada? É tempo demais para lidar com isso sozinha.

— O que eu ia dizer? É tão infantil ter terror noturno...

— Não se trata de terror noturno, Alex. É estresse. Você teve que lidar com... — Aiden desviou o rosto e um músculo pulsou em seu maxilar. — Não é à toa que você anda tendo pesadelos. Ela podia ser uma daímôn, mas também era sua mãe.

Eu me afastei um pouco para encará-lo. A preocupação era visível em seus traços e deixava seus olhos cinza tempestuosos.

— Eu sei.

Ele balançou a cabeça.

— E agora você não tem um minuto de descanso. Não tem um minuto para... desligar. O ataque recente deve ter piorado as coisas. Não sei como não percebi antes... como ninguém percebeu. É coisa demais. Precisamos...

— Não conta pro Marcus, por favor. *Por favor*. — Comecei a me levantar, mas ele me segurou no lugar. — Se ele achar que tem algo de errado comigo, vai me expulsar.

Eu tinha certeza. Se Marcus achasse que eu não tinha conserto, seria condenada à servidão. Meios-sangues não faziam terapia. Não sofriam de transtorno do estresse pós-traumático. Só *lidavam* com as coisas. Não perdiam o sono e iam mal no treino.

— Meus deuses, Marcus vai me mandar embora.

Aiden segurou meu queixo.

— Não era isso que eu ia dizer. Você se preocupa demais, ágape. Não vou dizer nada a ninguém. Nem uma palavra. Mas isso não significa que vou esquecer.

— Como assim?

Ele sorriu, mas de um jeito estranho e meio triste.

— Bom, você precisa descansar e precisa de tempo para relaxar. Não sei. Vou pensar em alguma coisa.

Cobri sua mão com a minha. Aiden soltou meu queixo e entrelaçou os dedos com os meus. Meu pobre coração quase explodiu de alegria.

— O que ágape significa?

Aiden pareceu surpreso.

— Como?

— Você me chamou de ágape... algumas vezes. É uma palavra linda.

— Ah... Nunca... percebi. — Ele recolheu a mão. — É numa língua antiga. Não significa nada.

Aquilo era uma decepção. Relutante, eu me pus de pé. Respirei fundo e fiquei observando enquanto ele se levantava.

— Estou me sentindo normal...

A porta da sala de treino se abriu na mesma hora, batendo contra a parede. Seth entrou a passos firmes, como se fosse o dono do lugar.

— O que está acontecendo?

Olhei feio para ele.

— O que parece que está acontecendo?

Aiden recolheu as adagas do tatame.

— Preciso encontrar uma maneira de trancar essa porta.

Seth olhou na mesma hora para Aiden.

— Quero ver você tentar.

Aiden baixou os braços, seus dedos fechados no punho das adagas.

— Você não tem mais nada para fazer? Não consigo acreditar que só está aqui para ajudar Alex alguns dias por semana e ficar circulando pelos corredores do dormitório feminino.

— Na verdade, é só pra *isso* que estou aqui. Não sabia?

— Bom, o treino acabou, Aiden? — interrompi antes que os dois tentassem se estrangular.

— Acabou. — Seus olhos se mantiveram fixos em Seth.

Havia uma boa chance de que ele cravasse uma adaga em Seth. Também havia uma boa chance de que Seth atacasse Aiden.

— Então tá. Valeu pelo treino... e tudo o mais.

Seth abriu um sorriso irônico e ergueu as sobrancelhas para Aiden.

— Não foi nada — foi sua resposta.

Gemendo por dentro, fui pegar minha mochila. A caminho da saída, meus dedos se fecharam na camiseta de Seth.

— Vem.

— Por quê? — resmungou ele. — Acho que Aiden quer passar um tempinho comigo.

— Seth!

— Tá bom. — Ele se virou e ajeitou a camiseta.

Não olhei para trás. Depois que saímos, eu o encarei.
— Você precisa de alguma coisa?
Seth sorriu.
— Não.
— Então interrompeu meu treino sem motivo? Até parece.
Seth passou um braço sobre meus ombros.
— Fica à vontade pra achar o que você quiser. Agora vamos comer alguma coisa. Você ainda pode comer, né? Ou seu castigo te impede de entrar no refeitório?
— Não posso ficar de bobeira com amigos.
— Então ainda bem que não somos amigos.

6

Após mais um dia de aulas longas e chatas, eu estava aguardando o treino com Seth, rezando para não bater a cabeça de novo. Havia tido uma noite de sono razoável depois que ele aparecera com um DVD, então estava me sentindo revigorada.

Eu ainda tinha alguns momentos a sós antes do treino, então me aproximei da parede de destruição em massa. Estava prestes a pegar a adaga preferida de Aiden quando me dei conta de que havia algo de errado ali.

Todas as armas ficavam penduradas em ganchos pretos, mas no momento vários deles se encontravam vazios. Sempre treinava naquela sala e nunca havia visto um faltando. Aquelas adagas e espadas eram exclusivas para os treinos. Cada uma exigia uma técnica diferente e era usada em um momento diferente do dia. Seria possível que tivessem levado para limpar? Não era como se acumulassem muito pó ali.

— Está pronta, meu Apôlion em treinamento?

Deixei a mochila no chão e me virei. Seth se aproximava pelo tatame, com um sorriso convencido no rosto. Seu cabelo estava molhado da chuva e gotas escorriam para seu pescoço, deixando-o com uma aparência selvagem. Eu me esqueci das lâminas faltando assim que vi a expressão travessa em seu rosto. Ele estava tramando alguma coisa.

— Na verdade, não.

Seth começou a estalar as juntas dos dedos.

— Está a maior chuva lá fora e pensei que a gente podia treinar um pouco de combate corpo a corpo, já que você é péssima nisso. Eu sei, eu sei. Saber que você não vai praticar com os elementos hoje te deixa devastada, mas veja pelo lado bom: vamos rolar no tatame. Juntos.

Arqueei uma sobrancelha.

— Parece divertido.

Ele parou atrás de mim e levou as mãos aos meus ombros.

— Pode ser?

Eu me soltei e tirei o elástico de cabelo que tinha no pulso.

— Claro, sou perfeitamente capaz de fazer isso.

— Eu não disse que você não era.

— Podemos treinar em silêncio?

Seth fez beicinho.

— Sei de algo que você pode querer saber.
— Duvido.
— Tenho uma pergunta: você se sente mal por ter feito os meios se recusarem a se submeter aos exames? Vi mais de cinco machucados hoje.

Caleb falara sério quando dissera que vários meios-sangues estavam planejando aquilo. Era fácil identificá-los. Embora não houvesse nenhum sinal de que o daímôn permanecesse no campus, os puros haviam mantido as regras e os exames. Aquilo devia estar relacionado ao fato de que ninguém sabia quanto tempo um daímôn suportava sem éter.

— Não obriguei ninguém a fazer nada — retruquei.
— Estão seguindo seu exemplo e se me lembro bem você disse que eles não precisavam aceitar os exames.

Minhas bochechas ficaram vermelhas de frustração.
— Cala a boca.
— Então vamos brincar, Alex.

Ele considerava o combate corpo a corpo uma brincadeira só porque envolvia rolar bastante... e às vezes puxar o cabelo. Provavelmente, usava aquilo para passar a mão nas garotas. Como agora. Tirei sua mão da minha bunda e disse:
— Você é um cretino.
— E você é péssima no corpo a corpo. — Seth me prendeu no chão pela terceira vez. A maior parte de seu cabelo tinha se soltado e caía sobre seu rosto. — A maioria das mulheres é péssima. É um lance de força física. Os homens têm mais massa corporal. Então você precisa se manter de pé.

Eu me virei e consegui tirar Seth de cima de mim, depois me levantei.
— É, acho que já entendi isso.

Deitado de lado, ele jogou a cabeça para trás.
— Então você dormiu como um bebê Apôlion ontem à noite. Por que será?

Olhei feio para ele.
— Odeio você.

Seth riu.
— Você gosta de mim, ainda que contra a vontade.
— Tanto faz. Agora me diz... Por que está sempre com Lucian? Ele entrou pro seu fã-clube?
— Meus fãs *adoram* ouvir minhas histórias de guerra. — Seth ficou de pé também e tentou me golpear. — São obcecados por mim. O que posso dizer? Sou legal mesmo. E não estou sempre com Lucian.

Segurei o braço dele e o torci para trás.
— Até parece.

Seth parou.

— Quer saber, Alex?

Endireitei o corpo e relaxei a pegada em seu braço.

— O quê?

Ele olhou por cima do ombro para mim.

— Você precisa mesmo descansar mais. A falta de sono está atrapalhando seu julgamento. Sou legal mesmo, e você acabou de cometer um erro fatal.

— É?

— Nunca se deve relaxar a pegada. — Ele me virou por cima do ombro e eu aterrissei no tatame com um grunhido alto. — Opa. Você caiu?

— Não. — Virei de costas, fazendo careta. — Ataquei o chão.

Com uma perna de cada lado do meu corpo, ele se agachou e pegou meu queixo.

— O que você e Aiden estavam fazendo ontem?

Agarrei o punho de Seth, com a intenção de torcê-lo. Ele pareceu adivinhar minha intenção, porque estreitou os olhos e soltou meu queixo.

— Estávamos treinando. E por que você precisa estar em cima de mim pra me perguntar isso?

— Porque posso e porque gosto.

Minha vontade era de bater nele.

— Bom, eu não gosto. Então sai.

Seth se inclinou para a frente e ficou com o rosto a centímetros do meu.

— Não gosto de seus treinos com Aiden. Então não vou sair.

Senti a garganta seca.

— Você só não gosta de Aiden.

— Tem razão. Não gosto de Aiden. Não gosto do jeito como ele olha pra você e não gosto nem um pouco do jeito como ele olha pra mim.

Procurei manter a expressão neutra, ainda que sentisse as bochechas arderem.

— Aiden não me olha de jeito nenhum. E ele olha pra você de um jeito esquisito porque *você* é esquisito.

Seth riu.

— Acho que não é isso.

Seria possível que ele percebesse meus sentimentos por Aiden, como havia percebido meu medo enquanto eu estava em Gatlinburg? Aquilo seria péssimo.

— Onde quer chegar com isso?

Seth se afastou e se sentou de pernas cruzadas ao meu lado.

— Não estou querendo chegar a lugar nenhum. Aliás, tenho algo a te dizer.

Eu nunca ia me acostumar com como Seth mudava de assunto do nada. Fazia meu cérebro fundir.

— O quê?

— Houve um ataque ontem à noite, no Covenant do Tennessee. De um meio-sangue transformado. Ele chupou todo o éter de um puro e o atirou da janela do sétimo andar do dormitório.

Eu me sentei na hora, horrorizada.

— Meus deuses! Por que não disse nada no começo do treino?

Ele ficou olhando para mim.

— Eu me lembro claramente de ter dito que sabia de algo que você ia querer saber, e de você ter dito que duvidava.

— Bom, você podia ter explicado um pouco melhor. — Voltei a me deitar no tatame. — Nossa, e o que vão fazer agora?

— A mesma coisa que estão fazendo aqui. Mas eles pegaram o daímôn. Era um guarda. Como um puro morreu, vão tomar medidas extremas.

— Como assim?

— Estão falando em separar os puros e os meios.

— *Quê?* — gritei.

Seth se encolheu e se afastou um pouco.

— Ai! Nossa, Alex. Imagina como você não grita no...

— Está falando sério? — Voltei a me sentar, com as pernas cruzadas. — Eles não podem fazer isso. Ficamos no mesmo dormitório que os puros. E estudamos juntos. É assim em todo lugar!

— Pelo que ouvi, vão colocar todos os puros em um dormitório e todos os meios-sangues em outro. E mudar as turmas.

Revirei os olhos.

— Então os dormitórios vão ser mistos? Que beleza... Vai rolar sexo adoidado.

— Do jeito que eu gosto. — Seth sorriu. — Talvez eu consiga um quarto pra mim.

— Você nunca leva nada a sério? — Eu me levantei.

Seth se levantou também, assomando sobre mim.

— Levo você a sério.

Olhei para ele e recuei.

— Para, Seth. E se fizerem algo do tipo aqui? E se tudo mudar?

A mistura onipresente e irritante de convencimento e divertimento desapareceu de seus olhos dourados e sinistros, revelando uma seriedade da qual eu nem acreditava que Seth era capaz.

— Tudo já mudou, Alex. Não consegue ver?

Engoli em seco e abracei meu próprio corpo, o que não impediu um frio repentino de me invadir, como se eu tivesse saído na chuva congelante lá fora.

Aiden disse o mesmo.

— Há dois de nós — disse Seth, baixo. — Tudo mudou desde quando você nasceu.

* * *

Eu tamborilava a beirada do teclado. Era uma daquelas noites em que eu questionava tudo e já estava irritando a mim mesma.

Culpava Seth.

Tudo mudou desde quando você nasceu.

Na maior parte do tempo, eu procurava não pensar naquela história toda de Apôlion. Em geral, fingia que não se tratava de nada de mais. O que não significava que eu não lidasse com a situação — eu só sabia que não havia nada que pudesse fazer a respeito. Não adiantava chorar pela vodca derramada ou algo do tipo. No entanto, havia momentos, como mais cedo com Seth, em que a ideia de me tornar *algo* de que as pessoas esperavam coisas milagrosas e, ao mesmo tempo, que morriam de medo me aterrorizava.

Fiquei olhando para a tela do computador, me esforçando para não pensar naquela história e no que estava acontecendo nos Covenants. Depois joguei campo minado e paciência vezes seguidas — o importante era manter a cabeça vazia. Por um curto tempo, funcionou lindamente.

Outra questão me incomodava. Por que Lucian havia interferido? E por que estava passando tantas informações a Seth? Tá, ele era o Apôlion, mas Lucian era o ministro, enquanto Seth não passava de um meio. Por que Lucian o deixaria a par de tudo?

Também havia a questão do conselho. Eu tinha a sensação de que não tinha muitos fãs entre seus membros e de que meu tempo com eles seria pouco proveitoso.

Meu cérebro estava fundindo.

Gemendo de frustração, deixei a cabeça cair sobre o teclado. Um zumbido agudo tomou conta do quarto antes silencioso, mas eu o ignorei até que uma ideia brilhante me veio. Não tinha nada a ver com o Apôlion, o Covenant ou Lucian.

Mas tinha tudo a ver com Aiden.

Levantei a cabeça, mordi o lábio e abri o navegador. Eu passara a semana anterior revirando a internet atrás do presente perfeito para ele. Seria não apenas um presente de aniversário, mas uma oferta de paz. Minha ideia era comprar algo especial. Até então, não conseguira pensar em nada, mas agora a coisa mudava de figura.

Estava relacionado ao que eu havia visto no chalé dele aquela noite — um número ridículo de livros e quadrinhos, além de palhetas de guitarra de todas as cores. Eu ficara com a impressão de que se tratava de algo estranho para colecionar, mas pelo menos não era nada nojento, tipo unhas cortadas. Bom, eu sabia que ele não tinha uma palheta preta, mas não queria comprar uma de plástico, porcaria. Queria — *precisava* — de algo especial.

Uma hora depois, deparei com uma loja especializada e soube que havia encontrado o presente perfeito. Havia uma palheta de ônix, aparentemente extraordinária. Eu não fazia ideia do motivo. Mas não tinha como concluir a compra, porque não possuía conta em banco.

No dia seguinte, encurralei Deacon antes que a aula começasse.

— Pode me fazer um favor?

— Qualquer coisa pela minha metadinha preferida. — Ele assentiu enquanto olhava para Luke, que gesticulava com exagero na frente da classe.

— Metadinha? — Deacon era o único capaz de se safar com uma coisa daquelas. — Bom, você tem cartão de crédito, não tem?

Ele afastou um cacho rebelde dos olhos e sorriu.

— Tenho vários.

Enfiei um papel na cara dele, onde havia escrito o nome do site e a referência da palheta.

— Pode comprar isso pra mim? Te pago em dinheiro.

Deacon olhou para o papel e ergueu a cabeça para me encarar.

— Devo perguntar mais?

— Não.

— É pro meu irmão, não é?

Senti as bochechas ficando vermelhas.

— Isso é perguntar mais.

Ele dobrou a folha e guardou no bolso, balançando a cabeça.

— Verdade. Vou comprar hoje à noite.

— Valeu — murmurei, me sentindo um tanto exposta.

Enquanto olhava para a frente da classe, sem ver nada que era escrito na lousa, eu torcia para que Aiden gostasse da palheta — na verdade, para que *amasse*. Meus músculos se tensionaram à mera relação entre a palavra "amor" e o nome de Aiden.

Comprar aquela palheta idiota para ele não significa nada. Não era porque ele me deixava louca que eu... estava apaixonada. Meios não se apaixonavam por puros. De onde aquele pensamento teria vindo?

Ignorei Deacon pelo restante da aula e passei o resto do dia de mau humor. Nem mesmo as cutucadas hilárias entre Caleb e Olivia no almoço melhoraram as coisas. Nem mesmo Lea escorregando no corredor. Nem mesmo o treino com Aiden.

Seus olhos tensos e preocupados acompanhavam cada um dos meus movimentos. Parecia que ele estava esperando que eu caísse no sono e batesse a cabeça ou coisa do tipo.

Não foi o caso.

Ao fim do treino, parte da tensão havia deixado seu rosto. Quando ele pegou minha mochila, foi com um sorriso torto nos lábios.

— Quero fazer algo diferente amanhã.

— Vou ser dispensada do treino de sábado? — perguntei, só em parte de brincadeira. A ideia de passar o dia deitada na cama soava ótima.

— Não. Não era nisso que eu estava pensando. Nem um pouco.

Estendi a mão para pegar minha mochila, mas ele não a passou. Sorri.

— No que você estava pensando?

— É surpresa.

— Ah. — Eu me animei toda. — Conta, vai.

Aiden riu.

— Não vai ser surpresa se eu contar, Alex.

— Posso fingir que estou surpresa amanhã.

— Não. — Ele voltou a rir. — Estragaria tudo.

— Então tá, mas é melhor ser bom. — Voltei a estender a mão para pegar a mochila, mas Aiden a segurou.

Seus dedos envolveram os meus. Nossas mãos se encaixavam perfeitamente. Ou pelo menos era o que eu pensava.

Senti um friozinho na barriga. Seus olhos se iluminaram e fui imediatamente fisgada. Sempre sabia o que Aiden estava pensando com base na cor de seus olhos.

Em geral, eles eram de um cinza-claro e frio, mas quando passavam a um prateado intenso, eu sabia que Aiden estava prestes a fazer alguma coisa — algo que provavelmente não deveria, algo que eu queria *muito* que fizesse. No momento, eles pareciam de um tom de mercúrio bem forte.

— Vai ser bom. — Seus olhos desceram para meus lábios. — Eu prometo.

— Tá — sussurrei.

— Use roupas quentes, que não sejam de treino.

— Que não sejam de treino? — repeti, como uma boba.

— E me encontre aqui às nove. — Com cuidado, ele colocou a alça da mochila no meu ombro.

Seus dedos se demoraram o suficiente para dificultar minha respiração. Minha pele continuou formigando por conta daquele contato breve e maravilhoso muito tempo depois de Aiden ter deixado a sala de treino.

Mais tarde, eu e Olivia pegamos qualquer coisa para comer no refeitório e voltamos para o dormitório. Nenhuma de nós havia chegado a tempo de jantar. Aparentemente, ela e Caleb haviam tido outra briga.

— Não sei mais o que fazer. — Olivia segurava uma lata de refrigerante com tanta força que parecia que ia esmagá-la a qualquer segundo. — Cada hora ele está de um jeito.

Eu não sabia o quanto Caleb havia contado sobre o que acontecera com ele em Gatlinburg, por isso não fazia muito ideia de até onde podia ir.

— Sei que Caleb gosta muito de você. — Decidi que aquela era a melhor tática. — Passou o verão todo obcecado.

Uma brisa leve brincou com os cachinhos dela, fazendo com que entrassem na frente de seu rosto.

— Sei que Caleb gosta de mim, mas ele anda tão... não sei, *diferente*. Só se importa com o que Seth está fazendo. É como se estivesse apaixonado pelo cara.

Eu me concentrei em como o horizonte e o céu se misturavam e me esforcei para não rir.

— Infelizmente, parece que Caleb admira muito Seth.

Olivia parou de andar.

— Não entendo o que ele tem que deixa todo mundo louco.

— Nem eu.

— Então somos as duas únicas meios-sangues no mundo que não acham Seth incrível. — Ela voltou a falar de repente, gritando de tal maneira que algumas gaivotas se assustaram. — Não entendo mesmo! Ele é arrogante, grosseiro e ainda acha que é melhor do que todo mundo!

Fiquei só olhando para ela, o que me fez pensar que eu não era muito boa em conversas como aquela. Não fazia ideia de como o assunto havia passado de Caleb a Seth.

— Caleb está com ele agora?

Olivia pareceu um pouco menos raivosa. Ela suspirou e balançou a cabeça.

— Não. A gente estava no salão de jogos e eu perguntei se ele já tinha pensado em onde gostaria de trabalhar como sentinela. Meio sem compromisso, mas é um assunto importante.

Assenti e passei meu refrigerante para a outra mão enquanto tentava, sem sucesso, afastar uma mecha de cabelo do rosto.

— Tipo, eu sei que dizemos que não temos nada sério, mas na verdade eu acho que temos — ela prosseguiu, voltando a andar. — Vamos nos formar na primavera e, em geral, temos algumas opções. Seria legal se Caleb escolhesse ir para o mesmo lugar que eu, ou pra algum lugar próximo, pra podermos continuar juntos.

— Sei... e o que ele disse?

— Que ainda não havia pensado a respeito. Então eu fiquei toda "Como assim?". Se eu sou importante para Caleb, ele devia ter pensado a respeito, não acha? Bom, eu disse isso pra ele. — As bochechas de Olivia escureceram. — Sabe o que Caleb disse? "Qual é o sentido de escolher um lugar? No fim, é o conselho que determina pra onde a gente vai." Bom, claro, obrigada pela notícia bombástica. Essa não é a questão. A questão é que podemos torcer pra terminar juntos, não é?

— Olivia, não acho que isso tenha a ver com você. No momento... — De repente, estava sentindo calor, embora fosse um dia nublado e fresco.

— Ele te contou sobre...

Incapaz de ignorar o intenso calor que eu sentia por dentro, parei e tentei inutilmente respirar fundo. Meu corpo todo ficou dolorosamente tenso.

— Alex? — Olivia deu um passo na minha direção. — Você está bem? Ficou meio vermelha.

Não. Ah, não. Não podia estar acontecendo durante o dia, na frente de Olivia. Era muito injusto.

Além de tudo, eu estava perdendo o...

Risadinhas deliciadas chegaram a nós, vindas do pátio. Seguidas por uma gargalhada muito masculina e muito satisfeita. Ouvimos mais sons, indicando que alguém estava sofrendo ou se divertindo muito.

— Estão de brincadeira comigo? — Olivia deixou sua comida nas minhas mãos fracas. — Pelo amor dos deuses, tem salas e camas vazias pra esse tipo de coisa.

Antes que eu pudesse impedi-la, Olivia abriu o portão do pátio. Pelo visto, se ela não estava transando, ninguém mais ia transar.

— Olivia?

— Ei! — gritou ela, avançando. — Ei! Seus pervertidos! Vão procurar um lugar adequado!

Olivia desapareceu atrás de um arbusto denso. Fui atrás dela, revirando os olhos. Adentrar o pátio era como passar para outro mundo. A mistura selvagem de flores e plantas, seu perfume doce e pungente misturado com a amargura das ervas, era um ataque aos sentidos. Havia algo de único nas plantas dali. As folhas nunca pereciam, fosse verão ou inverno. Devia ser obra dos deuses.

Estátuas gregas ladeavam a passarela, servindo como um lembrete de que os deuses estavam sempre de olho. Havia runas gravadas no caminho, assim como vários símbolos representando os deuses. Quem quer que tivesse feito aquilo poderia aprender umas coisinhas fazendo aulas de arte. O lugar como um todo, no entanto, meio que lembrava o Jardim do Éden.

E tinha alguém experimentando o fruto proibido.

— Vocês precisam... *ah.*

Olivia parou tão inesperadamente que quase trombei com ela. Estava ao lado de uma petúnia, uma planta que o oráculo havia comparado a "beijos daqueles que caminham entre os deuses", ou algo assim. Não sei por que notei o tom roxo das pétalas primeiro. Talvez por um instinto de preservação.

Então notei Elena.

Eu nunca a havia visto tão exposta. Sua saia estava levantada, a camisa aberta e... bom, eu não queria ver mais nada. Meus olhos depararam com seu companheiro.

— Ai, meus deuses! — gritei, desejando que minhas mãos estivessem vazias para poder tapar os olhos, ou arrancá-los.

Olhos dourados, que pareciam achar graça, encontraram os meus.

— Posso ajudar as duas com alguma coisa? — perguntou Seth, sem se abalar com nossa intromissão.

Dei as costas para eles e fechei os olhos.

— Não. Nem um pouco. — Olivia recuou um pouco. — Desculpa interromper.

— Tem certeza? Sempre tem espaço pra mais uma... ou duas.

— Seth! — Elena gritou, embora não parecesse totalmente avessa à perspectiva.

Voltei para o caminho, com Olivia no meu encalço. A risada profunda de Seth nos seguiu por todo o caminho até o pátio. Só voltamos a falar quando estávamos diante do dormitório. O choque extinguiu minha estranha onda de calor. Por inúmeras razões, eu me sentia grata.

— Bom — disse Olivia, um pouco hesitante.

— É...

Seus lábios se franziram.

— Odeio Seth. Ele é um babaca. Mas tem uma bunda...

— É...

Olivia arregalou os olhos.

— Quer saber? Acho que vou atrás de Caleb. Agora mesmo.

Dei risada.

— Isso, vai lá.

7

Seth bateu à janela do meu quarto àquela noite, o que não chegou a me surpreender. O toque de recolher era um saco — ficar confinada no quarto sendo que eu nem estava conseguindo dormir me deixava no maior tédio —, então eu meio que estava gostando das visitinhas. Principalmente quando ele só queria ver um filme e eu pegava no sono.

Aquela noite, no entanto, era diferente.

Eu ainda não havia decidido o que ia usar no dia seguinte e era uma decisão importante. Aiden só me via usando roupas sem graça de treino. Eu precisava de algo fofo — e meio sexy —, mas não queria passar a impressão de que estava me esforçando muito. Meu guarda-roupa inteiro se encontrava em cima da minha cama. Fora que eu tinha acabado de ver partes bastante íntimas de Seth, então não estava muito a fim de lidar com ele.

Seth bateu de novo, com mais urgência. Gemendo, fui até a janela e a abri. Estava vestido, graças aos deuses.

— Que foi?

Seth pulou o parapeito, se convidando a entrar.

— Pijama legal.

— Cala a boca!

Peguei uma malha da cama e vesti, desejando ter vestido calça comprida em vez de short e uma regata fina.

— As marcas não me incomodam. Fazem você parecer perigosa, de um jeito bem sexy.

— Você sabe muito bem que não são as marcas que eu estou cobrindo.

— Não é totalmente verdade. As cicatrizes te constrangem, porque você é surpreendentemente vaidosa pra uma garota que quer se tornar sentinela. E se sente desconfortável ficando seminua comigo...

— Não estou seminua! Não fico desconfortável com você. E não sou vaidosa.

— Você mente muito mal. — Ele se sentou ao meu lado na cama.

Tá. Eu estava mentindo. Era vaidosa, mas aquele não era o pior dos pecados. E Seth me deixava desconfortável por muitos motivos. Mas não interessava.

— Por que está aqui?

— Queria ver como você estava.

Franzi a testa.

— Por quê?

Seus olhos passaram pelas roupas espalhadas no quarto.

— Não sabe o que vestir?

— Eu... estava só fazendo uma limpa no guarda-roupa.

— Dá pra ver.

Suspirei e passei a mão na testa, cansada.

— O que você quer? Como pode ver, estou meio ocupada.

Ele arqueou a sobrancelha.

— Ah, sim. Você está fazendo uma limpa no guarda-roupa em uma sexta-feira à noite. Emocionante.

— Nem todo mundo tem uma vida tão emocionante quanto a sua, Seth.

Seus lábios se abriram em um sorriso satisfeito.

— Eu sabia.

— Sabia o quê?

— Você está brava comigo.

Olhei para ele e ergui os braços, à espera de uma explicação.

— Você está brava por causa de hoje à tarde. — Ele afastou várias opções de roupas para o dia seguinte e se recostou. — Seria ciúme, Alex?

Meu queixo quase caiu. Precisei de um momento para responder.

— Não sei o que te faz pensar que poderia ser.

Seth me olhou como quem tinha mais informações.

— Então você não ficou com ciúme de Elena?

— Quê? — Peguei uma malha bonitinha que eu havia comprado antes de sermos proibidos de sair. — Eu, com ciúme de Elena e seu cabelo de Sininho? Nem pensar.

Ele se esticou e puxou a malha da minha mão.

— Ah! Botando as garras de fora!

— Para com isso. Se eu soubesse que você tinha complexo de Peter Pan, teria apresentado os dois antes. — Tentei pegar a blusa de volta, mas ele a amassou e atirou do outro lado do quarto. — Argh! Você é tão irritante!

— Admite logo que você ficou com ciúme. É o primeiro passo. O segundo é fazer algo a respeito.

Olhei feio para Seth.

— Eu não poderia me importar menos com o que você faz no seu tempo livre. — Então me dei conta de algo. — Peraí. Quer saber? Isso é zoado.

— O que é zoado?

— Todo mundo sempre me dá bronca porque cada coisinha que eu faço reflete em você, mas você transa no jardim! Aí tudo bem?

— Você faz parecer tão absurdo. — Ele sorriu como um gato. — Não descarta antes de experimentar. Ah. Espera. Você nunca experimentou nada, não é mesmo, meu Apôlionzinho virgem?

Tentei acertá-lo com toda a minha força. Seth antecipou o golpe e segurou minha mão. Seus olhos brilhavam perigosamente quando ele me puxou para a frente. Caí, em consequência do meu próprio movimento.

Seth se virou de lado e me abraçou.

— Você é muito violenta — disse ele, alegre. — Precisamos dar uma melhorada nesses modos.

A lateral do meu rosto estava amassada contra uma pilha das blusas possíveis.

— Para com isso. Você está amassando minhas roupas, seu babaca.

— Suas roupas estão bem. Quero conversar.

Tentei dar uma cotovelada nele, que me agarrou.

— Você quer conversar? Sério?

Ele chegou um pouco mais perto.

— Sério.

— E por que precisamos estar deitados pra isso?

— Não sei. Faz com que eu me sinta bem. E sei que faz com que você se sinta bem. E não estou falando no sentido em que tenho certeza de que você acha que eu estou falando. — Seth ficou em silêncio por um momento. Eu sentia seu peito subindo e descendo contra minhas costas. — Nossos corpos relaxam com a proximidade.

Fiz uma careta, sem acreditar nem um pouco naquilo.

— Podemos conversar sobre outra coisa?

— Claro. — O sorriso em seu rosto ficava claro em sua voz. — Vamos conversar sobre o fato de você não conseguir dormir.

— Quê? — Consegui soltar um braço e me deitar de costas. — Eu... eu durmo bem.

— Você dorme só algumas horas, depois acorda. Por causa dos pesadelos, não é?

Olhei para ele.

— Por que você tem que ser assim?

Os lábios de Seth se retorceram. Por um momento, ele pareceu estar achando graça, depois sua expressão retornou à máscara de presunção habitual.

— Sempre que está chateada, você me puxa. Acordo toda noite por isso, a ponto de eu só conseguir dormir quando estou com você.

Tentei me afastar, mas o braço dele me segurou.

— Bom, desculpa, mas não sei como evitar. Se soubesse, não atrapalharia seu precioso sono.

Uma risadinha saiu do fundo de sua garganta.

— Acho que é porque a conexão entre nós está ficando mais forte, já que agora passamos mais tempo juntos. Com você e esse caos emocional dos últimos dias, passo metade do tempo precisando de um diazepam.

Senti um forte impulso de chutá-lo para fora da cama.

— Não estou um caos emocional.

Seth nem se deu ao trabalho de responder.

— Você não acha estranho que as únicas vezes que dorme a noite toda sejam quando estou com você?

Eu achava mesmo estranho. E irritante.

— E daí?

Seth se inclinou para mim.

— Seu corpo relaxa comigo e você consegue descansar. Tudo graças à minha coisa preferida no mundo: nossa conexão. Quando está chateada, tudo que precisa é de mim. Vai ser uma via de mão dupla depois que você despertar.

Eu me afastei dele tanto quanto possível, que não era muito.

— Ah, pelo amor dos deuses, você só pode estar de brincadeira.

— Alex, isso é sério como um ataque daímôn.

Eu sabia que era mesmo, só não queria admitir. A ideia de que Seth vivenciava minhas emoções me revirava o estômago. Se eu quisesse chorar, ele saberia. Assim como se eu quisesse socar alguém ou se estivesse numa pegação forte...

Meus olhos se arregalaram quando caí na real. Uma estranha sensação tomou meu estômago.

— Espera. Espera um segundo. Então você sente o que eu sinto, e eu sinto o que você sente...

— É, mas ainda...

Eu me movi tão rápido que me livrei de seu abraço e consegui ficar de pé. Seth permaneceu na cama, ainda meio deitado.

— Ai, meus deuses! Já senti você.

As sobrancelhas dele se ergueram devagar.

— De jeito nenhum. Sei como me proteger para não transmitir cada desejo meu, como você faz.

— Ah, não! Aí é que você se engana.

Minhas bochechas queimavam só de pensar. As noites que eu havia sentido um calorão, um formigamento... o momento antes de pegá-lo com Elena... Não era apenas coisa dos meus hormônios superativos.

— Que merda.

O interesse fez com que seus olhos brilhassem. Ele se sentou, com as mãos apoiadas nos joelhos.

— Do que está falando?

— Senti você algumas vezes... à noite. Como se você estivesse fazendo... seu lance.

Ele soltou uma risada curta, então pareceu se dar conta e ficou boquiaberto.

— Fazendo meu lance?

— É — confirmei, frustrada. Ia ter que desenhar? — Mas esquece o que eu falei.

— Não. Não tem como. O que você sentiu?

Era uma merda mesmo. Eu estava mortificada.

— Você sabe... Senti... você.

Seth ficou me olhando por tanto tempo que achei que tivesse perdido a capacidade de falar. Então, quando estava começando a me preocupar, ele jogou a cabeça para trás e riu. Riu bem alto, sem parar.

Olhei para ele.

— Não tem graça!

— Ah, acho que é a coisa mais engraçada que eu ouço em um bom tempo. — Seth parou de rir por tempo o bastante para respirar fundo. — Excelente.

— Não mesmo. Que tipo de conexão é essa? Uma linha direta com a Pervertilândia? — Dei um passo à frente. — É nojento, esquisito... para de rir, Seth!

— Não consigo — ele soltou. — Entre todos os momentos que você poderia se conectar comigo, foi nesse? Nossa, Alex, eu não sabia que você gostava de espiar...

Acertei seu braço com tudo. Não foi um tapinha de brincadeira. Ia deixar um hematoma. Eu queria ainda mais — tipo chutar sua cabeça.

— Nossa! Você é tão violenta! Tem ideia de como isso me deixa...

Tentei socar Seth de novo, mas daquela vez ele estava preparado. Desviou e me pegou pela cintura. Antes que eu conseguisse me soltar, ele me derrubou de costas. Então ficou pairando sobre meu corpo, com os braços apoiados um de cada lado da minha cabeça. Um sorriso lindo e desenfreado afastou parte da frieza de sua expressão. Não tudo, só parte dela.

— Isso é impagável.

— Você é tão irritante!

Aquilo pareceu diverti-lo ainda mais. Seth riu tanto que sua risada reverberou em mim. Não como a risada de Aiden costumava reverberar. A risada de Aiden fazia com que eu me sentisse leve e esvoaçante. A risada de Seth fazia eu me sentir esquisita, incandescida. Uma parte de mim queria ouvi-la de novo — ou senti-la de novo. O que era errado — por muitos motivos, inclusive porque eu não pensava nele naquele sentido. Ou pelo menos meu cérebro não pensava. Meu corpo, por outro lado, tinha um ponto de vista totalmente diferente.

Meu corpo devia ser uma coisa triste e solitária.

— Você não devia ter me contado, sabe? — falou Seth, sorrindo. — Agora vou me aproveitar disso... O que você está fazendo, Alex?

A princípio, eu nem sabia do que ele estava falando. Então baixei os olhos e vi minha mão em sua barriga, meus dedos agarrando sua camiseta. Como ela havia ido parar ali? Eu *certamente* não tinha sido a responsável.

Seth parecia prestes a dizer alguma besteira, como sempre, mas de repente ficou completamente imóvel. Parecia que nem respirava. Devagar, ergui os olhos e encontrei o que esperava. Os glifos rodopiantes espalhados pelo lado esquerdo de seu rosto. Os sinais intricados que desciam por seu pescoço e desapareciam sob a gola da camiseta preta, para reaparecer no braço esquerdo e seguir até a mão.

E Seth... bom, Seth não estava mais rindo. Seus olhos castanhos, estranhos e ardentes se mantinham fixos nos meus. Ele baixou a cabeça. Seus cachos soltos roçaram minhas bochechas. Recolhi a mão, mas Seth continuava perto, perto demais. Então eu fiz a única coisa possível em uma situação daquelas. Dei uma joelhada em sua barriga — com toda a minha força.

Ele rolou e se deitou de costas, dando risada ao sair de cima de mim.

— Porra, Alex, por que você fez isso? Meio que doeu.

Eu me levantei da cama para colocar tanta distância quanto possível entre nós dois.

— Odeio você.

— Odeia nada. — Seth inclinou a cabeça para trás e seus olhos me encontraram. — Acho que está fadado a acontecer. Quanto mais tempo passamos juntos, mais nos conectamos. É assim com os Apôlions.

— Por que não vai embora daqui?

Seth se virou de bruços e apoiou o queixo nas mãos.

— Eu adoraria. Poderia estar repetindo a dose com Elena agora mesmo.

Soltei um grunhido e revirei os olhos.

— Não tem ninguém te impedindo.

— Verdade, mas aí você pegaria no sono depois de ficar andando de um lado para o outro do quarto ou estudando alguma matéria insuportavelmente chata e teria outro pesadelo com sua mãe, que me deixaria acordado a noite toda. — Seth levantou uma sobrancelha loira para mim. — E eu preciso do meu sono de beleza.

Olhei feio para ele.

— Você não vai ficar aqui, Seth. Tem sua própria cama. E a das outras. Tchau.

— Das últimas vezes você não se incomodou.

— Bom, das últimas vezes foi diferente — soltei, passando a mão pelo cabelo. Virei e comecei a recolher as roupas do chão. — Não sabia que você ia ficar. Você simplesmente ficou.

Seth suspirou.

— Então você não gostou?

— Não. Não gosto de não estar no controle. Você sabe disso. — Peguei outra blusa. Eu tampouco gostava de como meu corpo reagia a ele mesmo que meu coração não reagisse. — Gosto de ter controle sobre... — Deixei as roupas caírem e endireitei o corpo. — Lembra o que você me disse no verão, na noite em que veio ao meu quarto?

Seth pareceu confuso.

— Na verdade, não.

Respirei fundo, tentando reunir uma paciência que eu não tinha.

— Você prometeu que iria embora se as coisas saíssem do controle. Lembra agora?

Os lábios dele se franziram.

— Lembro.

— Isso ainda vale? — Dei um passo e me coloquei bem à frente dele. — Ou não?

— Vale sim. Prometi. E cumpro minhas promessas. — Seth estendeu a mão para pegar a minha. Então me puxou delicadamente para que eu me sentasse ao seu lado. Qualquer alívio que eu tivesse sentido foi temporário. — Sabe o que acho interessante?

Fiquei olhando para ele, cansada.

— O quê?

Seth virou a cabeça para mim.

— Você nunca demonstrou nenhum interesse em me conhecer melhor. Não sabe nada sobre mim.

— Não é verdade.

Seus lábios se curvaram em um sorriso irônico quando ele soltou minha mão.

— Você nem sabe meu sobrenome, Alex.

Ele não precisava de um sobrenome. Era só *Seth* para mim.

— Não sabe de onde eu sou, ou se meu pai ou minha mãe era puro — Seth prosseguiu. — Aposto que nem sabe minha idade.

Fiz menção de negar, mas Seth tinha razão. Fazia cerca de quatro meses que nos conhecíamos, uma ou duas semanas a mais ou a menos, e eu não sabia nada sobre ele. Em todo o tempo que havíamos passado juntos, treinando ou quando ele aparecia no meu quarto, nunca tínhamos conversado sobre nada pessoal. E eu nunca me dei ao trabalho de perguntar a respeito. Franzi a testa. Seria mesmo tão egocêntrica?

Seth suspirou.

— Sua cabeça é unidirecional.

Olhei para ele na mesma hora.

— Você não consegue ler meus pensamentos, né?

— Não. Mas isso não significa que parte do que você pensa não fica tão óbvio quanto se eu conseguisse. — Seth se virou para mim. — Tudo o que você pensa e tudo o que você sente ficar sempre evidente no seu rosto. Você é péssima em esconder suas emoções e o que está pensando. Como eu disse, sua cabeça é unidirecional. Você se concentra totalmente no Covenant, ou em lutar contra sua mãe, ou em lutar contra seu destino, ou... naquela pessoa *especial* na sua vida.

— Não tenho uma pessoa especial na minha vida! — Senti as bochechas voltarem a arder. — E não faço ideia de onde você tira essas coisas.

Um canto de seus lábios se curvou para cima enquanto ele olhava em meus olhos.

— Dezenove.

Pisquei.

— Oi?

Seth revirou os olhos.

— Tenho dezenove anos.

— Ah... *Ah!* Só dezenove? Nossa. Achei que fosse mais velho.

— Não sei se isso é um elogio ou uma crítica.

— Um elogio, acho.

Alguns momentos se passaram antes que ele voltasse a falar.

— Sou de uma ilha bem pequena perto da Grécia.

— Isso explica seu sotaque. Que ilha?

Seth deu de ombros e não respondeu. O momento de se abrir e se importar parecia ter passado. Por que eu nunca pensara em conhecê-lo melhor? Afinal, ia passar um tempo presa com ele.

Mordi o lábio.

— Acha que sou egocêntrica?

Uma risada surpresa escapou dele.

— Por que a pergunta?

— Porque você disse que minha cabeça é unidirecional. E tudo o que listou tinha a ver comigo, como se eu não pensasse nos outros.

Sua garganta produziu um ruído áspero. Ele se levantou.

— Quer que eu seja sincero?

— Sim.

Vários segundos se passaram com ele só me olhando.

— Às vezes, você parece mais puro-sangue que meio.

Fiquei boquiaberta, chocada que ele tivesse dito aquilo a *meu* respeito. Seth passou a mão pela cabeça.

— Olha, tenho que fazer umas coisas. A gente se vê depois.

Eu não disse nada enquanto ele saía pela janela. Fiquei sentada na cama. Escolher uma roupa bonita para usar no dia seguinte tinha perdido toda a graça.

Você parece mais puro-sangue que meio.

Era algo terrível de se dizer a um meio-sangue, como se eu fosse alguém em quem não se pudesse confiar — uma vendida, uma falsa, uma farsa. Como se, caso pudesse escolher entre ser meio e puro-sangue, eu fosse escolher ser puro.

Algo devia ter entrado no meu cabelo e feito um ninho durante a noite, porque nada que eu fizesse — nem o babyliss, nem a chapinha — parecia levar ao resultado esperado. Um lado estava ondulado e o outro, completamente escorrido.

Talvez eu estivesse sendo crítica demais, mas realmente acreditava que minhas olheiras passavam a impressão de que eu estava no primeiro estágio da transformação zumbi. Eu havia exagerado no brilho labial, depois tirado e reaplicado. A quantidade enorme de corretivo que havia aplicado em uma espinha nojenta na têmpora só a destacava ainda mais.

Quase peguei o brilho labial de novo, mas então consegui me convencer a sair da frente do espelho do banheiro. Acabei escolhendo jeans skinny — não de marca, como os que Olivia usava —, uma blusa de frio vermelha meio decotada e sapatos de saltos lindos que havia roubado do guarda-roupa dela.

Antes de sair para encontrar Aiden, entretanto, a possibilidade de que se tratasse de uma aula prática, em vez de um encontro, me ocorreu. Então o que eu estava fazendo?

Se fosse tudo parte do treinamento, eu pareceria ridícula de salto alto e com os peitos pulando para fora. Alguns talvez gostassem daquele tipo de coisa, mas eu duvidava de que fosse o caso de Aiden. Sem tempo a perder, vesti uma sapatilha xadrez e uma blusa mais discreta — uma blusa de lã preta com trança.

Cheguei atrasada à sala de treino, claro.

— Desculpa — disse eu assim que identifiquei a cabeça preta de Aiden perto da parede das armas, sem fôlego depois de ter cruzado o pátio correndo. — Eu... precisei fazer uma coisa antes...

Todas as desculpas que havia treinado no caminho sumiram da minha mente quando dei uma boa olhada em Aiden. Seu jeans velho parecia tão confortável que dava até vontade de vestir, além de uma blusa cinza que, *pelos deuses*, ficava maravilhosa nele, como se tivesse sido feito para se ajustar a seus ombros e seu peitoral largos, seus braços grossos e tudo mais.

Eu precisava me controlar.

Conhecia seu corpo, mas eram raras as vezes que via Aiden usando qualquer coisa que não fosse uniforme ou roupa de treino. A noite em que eu enviei os barcos de espíritos para o mar foi uma exceção, mas eu não tinha prestado muita atenção — minha mente estava ocupada.

Agora, no entanto, ela estava ocupada com algo completamente diferente.

— Não tem problema — garantiu ele. — Você está pronta?

Assenti, com um movimento brusco. De repente, eu me sentia como um elefante em uma loja de cristais.

— O que vamos fazer? — perguntei, só para sentir a humilhação de ouvir minha voz falhando.

Aiden não notou ou fingiu não notar.

— É uma surpresa, Alex. — Ele começou a andar. — Você vem ou não?

Corri atrás dele. Minhas suspeitas foram confirmadas quando ele me conduziu para os fundos.

— Vamos sair do Covenant, não é?

Aiden afastou o cabelo da testa se esforçando para não sorrir. Então enfiou a mão no bolso, tirou um molho de chaves e o sacudiu na frente do meu rosto.

— Isso.

— Vamos pra prática! Eu sabia. — Agradeci em silêncio a todos os deuses que havia pelo meu bom senso de trocar de sapato.

Aiden me olhou de um jeito meio estranho.

— Acho que dá para chamar assim.

Eu o segui até uma SUV preta, satisfeita comigo mesma por ter descoberto do que se tratava.

— O que vamos fazer? Seguir daímônes até a colmeia? — Entrei no banco do passageiro e aguardei que ele ocupasse o lugar do motorista. — Preciso admitir que não sou muito boa nesse tipo de coisa. Sou mais...

— Eu sei. — Aiden deu a partida e saiu com o veículo gigantesco. — Você é mais do tipo que age do que do tipo que fica em silêncio e espera.

Sorri, ainda que duvidasse de que fosse um elogio.

— Acho que estou precisando desenvolver minhas habilidades ninjas mesmo.

Outro sorriso rápido.

— Já as outras habilidades vão de vento em popa. Não acho que você vá precisar por muito mais tempo dos treinos extras. E sem eles teria mais tempo para si. Mais tempo para descansar.

Abri um sorrisão no rosto... por uns três segundos. Sem treinos extras, sem Aiden. Fiquei olhando para ele, agora sem sorrir. De repente, era como se um relógio gigante se colocasse entre nós, com uma contagem regressiva indicando quando ele estaria fora da minha vida.

Aquilo era bem deprimente.

— O que foi?

Eu me forcei a olhar para a frente e engolir o nó na garganta.

— Nada.

Quando deparamos com o primeiro grupo de guardas, achei que fossem perguntar o que Aiden estava fazendo com uma meio. No entanto, eles nos deixaram passar sem exigir explicações. O mesmo aconteceu na segunda ponte, aquela que levava às ilhas Divindade e Bald Head.

— Nem consigo acreditar que deixaram você sair comigo da ilha sem perguntar nadinha — comentei, enquanto Aiden nos guiava pelas ruas da ilha mortal. — E quanto às regras?

— Sou puro-sangue.

— E eu sou meio. Uma meio-sangue que não deveria poder sair do Covenant, muito menos entrar na ilha Divindade. Não que eu esteja reclamando nem nada do tipo. Só fiquei surpresa.

— Eles devem presumir que se trata de treinamento de campo.

Olhei para ele.

— É isso mesmo?

Sorrindo, Aiden se inclinou para ligar o rádio. Escolheu uma estação de rock, e eu continuei olhando. Minha convicção anterior começou a fraquejar. Aiden não deu mais informações quando voltei a perguntar e acabei desistindo, optando por conversar sobre coisas normais. Minhas aulas, um episódio de um programa de TV antigo chamado *Sanford and Son* do qual eu nunca havia ouvido falar, no qual aparentemente o cara fingia ter um ataque do coração todo episódio. Aiden achava hilário, mas não me convenceu muito.

Conversamos sobre como eu quase o havia vencido no treino ontem e sobre o fato de que ele estava pensando em comprar uma moto. Eu era totalmente a favor, porque a única coisa que podia fazer Aiden ficar ainda mais interessante era uma moto.

— Em que tipo de moto você está pensando?

Uma expressão sonhadora tomou conta do seu rosto, quase como acontecia comigo quando eu via um chocolate... ou Aiden.

— Uma Hayabusa. — Ele passou uma fileira de carros, sem perder tempo.

— Uau, uma moto de alta velocidade? — Eu me estiquei para mudar de estação. Aiden teve a mesma ideia na mesma hora e seus dedos acabaram roçando os meus. Recolhi o braço, vermelha.

Ele pigarreou.

— É mais do que isso. Vamos dizer que, se eu tivesse que escolher entre uma Hayabusa e o ministro, não saberia o que fazer.

Uma gargalhada me escapou.

— Meus deuses, não consigo acreditar que você admitiu isso.

Ele abriu um sorrisinho.

— Bom...

— Que demais! — soltei.

O sorriso se ampliou, expondo as covinhas profundas de suas bochechas. Por um momento, parei de rir, de sorrir, de respirar. Então vi a placa para Asheboro e foram mais alguns segundos sem fôlego.

Estávamos a cinquenta quilômetros da cidade.

— Conheço Asheboro... — sussurrei.

— Eu sei.

Senti que ele me observava, mas não consegui tirar os olhos da janela. As árvores que ladeavam a estrada exibiam uma variedade de marrons, vermelhos e amarelos. A última vez que eu passara perto de Asheboro fora no verão, e as colinas estavam verdejantes.

Fazia sete anos.

Eu me forcei a virar e olhar para Aiden. Ele se concentrava na estrada.

— Sei para onde estamos indo.

— Sabe?

Meu entusiasmo ameaçava extravasar. Mas eu ainda alimentava certa descrença. Inclinei o corpo para a frente.

— Não é um treinamento de campo.

Os lábios de Aiden se retorceram.

— É um treinamento de *descanso*. De normalidade.

— Você vai me levar ao zoológico! — gritei, pulando no banco.

O cinto de segurança quase me enforcou.

Ele não conseguiu evitar sorrir de volta. O sorriso se espalhou por seu rosto e ficou evidente em seus olhos.

— Isso, vamos ao zoológico.

— Mas... por quê? — Eu me virei no banco e pressionei o rosto contra a janela. O sorriso no *meu* rosto era simplesmente gigantesco. — Não mereço isso.

Vários segundos se passaram.

— Merece sim. Acho que você merece uma folga de tudo. Vem trabalhando duro, se dedicando o dobro... o *triplo*. E sem reclamar.

Eu me virei para encará-lo na hora.

— Até parece. Eu sempre reclamo.

Aiden balançou a cabeça e riu.

— Verdade.

O choque fazia idiotices saírem da minha boca.

— Eu só me meto em encrenca. Atirei uma maçã no rosto de Lea. Briguei com os guardas. Colei na prova de trigonometria.

Aiden olhou para mim, com a testa franzida.

— Você colou na prova de trigonometria?

— Deixa pra lá. Mas, nossa, que surpresa!

— Alex, você precisa se afastar de tudo de tempos em tempos. Precisa de uma folga, uma folga real. Tanto quanto eu. — Ele ficou em silêncio por um momento, concentrado na estrada. — Achei que seria bom darmos uma escapada juntos.

Meu coração talvez tenha explodido naquele exato momento. A importância do que Aiden estava fazendo — a implicação do que ele estava fazendo — não passou despercebida. Era algo imenso — para nós.

Puros e meios não davam uma escapada para relaxar juntos. Podíamos coexistir, mas nossos mundos eram muito diferentes. Tinham que ser. Pelas regras que regiam a sociedade. Aiden estava se arriscando muito ao fazer aquilo. Se por um acaso fôssemos vistos, ele estaria encrencado. Talvez não tanto quanto eu, mas eu não me importava. Só me importava com o fato de que ele queria fazer aquilo *por mim*.

Tinha que significar alguma coisa — alguma coisa maravilhosa.

Aiden olhou para mim, com os olhos brilhando. O motivo para isso, eu não sabia. Naquele instante, no entanto, tudo em que conseguia pensar era em como me sentia por Aiden. Até então, eu não estava disposta a admitir que se tratava de algo mais que uma quedinha ou um desejo sexual, até porque quem não sentiria isso por ele? No entanto, o que se expandia no meu peito e enchia meu coração até eu ter certeza de que ia explodir não podia ser apenas um interesse juvenil. Não podia ser apenas atração física.

Era amor.

Eu estava apaixonada por Aiden. Estava apaixonada por um puro-sangue.

8

Fiquei olhando para ele, diante daquela constatação. Eu estava apaixonada por Aiden. Eu o amava, de verdade.

Pelos deuses, estava totalmente ferrada.

Apesar da pele morena de Aiden, dava para ver que suas bochechas estavam vermelhas.

— Quer dizer, todos precisamos de um dia de folga do nosso mundo. De momentos para respirar e esquecer. — Aiden olhou para mim, e um sorriso irônico substituiu aquele pelo qual eu jogaria qualquer outra pessoa na frente de um daímôn. — Então, hoje vamos ter um dia normal. Não vamos falar de treino ou do ataque recente.

— Tá.

Respirei fundo para me acalmar e me convencer a segurar a onda. Então vi a placa do zoológico e voltei a me virar para a janela.

— Não podemos ficar mais que algumas horas, ou os guardas vão desconfiar. Também vamos precisar guardar segredo. Ninguém pode descobrir.

Assenti.

— Claro. Não vou falar nada. Não consigo acreditar que você lembrou. — Tampouco conseguia acreditar que estava apaixonada por um puro-sangue.

Ele pegou uma saída, com a expressão repentinamente séria.

— Eu me lembro de tudo o que você diz.

Tirei os olhos da janela. Não tinha nenhuma dificuldade de recordar o dia em que eu havia lhe contado sobre meu amor pelos animais e por zoológicos. Estávamos em um consultório apertado, com ele cuidando dos meus machucados. Eu não esperava, no entanto, que Aiden se lembrasse daquele dia, ou de qualquer outro. E se ele realmente se lembrava de tudo o que eu dizia, então...

Meus dedos se curvaram sobre as pernas. Eu era uma idiota. Dizia coisas horríveis. Com frequência. Respirei fundo.

— Desculpa.

Aiden me olhou na mesma hora.

— Por quê?

Olhei para minhas mãos, enquanto a culpa me devorava por dentro. Como podia não ter me desculpado antes?

— Desculpa por ter dito que você era igual aos outros puros-sangues. Foi errado da minha parte. Porque você não é. Você não tem nada a ver com eles.

— Alex, você não precisa pedir desculpa. Estava brava. E eu também. É coisa do passado. Acabou.

Eu já me sentia um pouco menos culpada enquanto olhava pela janela, acometida pela saudade. Minha mãe adorava aquele lugar, o que despertava uma mistura de tristeza e alegria em mim. Suspirei, desejando ficar feliz, mas sentindo certa melancolia.

Árvores pontuavam a estrada sinuosa que conduzia à entrada. Minha mãe sabia o nome de todas elas. Eu não. À distância, já identificava o alto da construção principal.

— Mas te deixei chateado — falei, enquanto Aiden parava o carro.

O estacionamento estava cheio para aquela época do ano, provavelmente porque ainda não tinha esfriado de vez. O zoológico devia estar lotado. Desafivelei o cinto e me virei para Aiden.

— Sei que deixei.

Ele desligou o motor e tirou a chave da ignição. Então, levantou a cabeça e me lançou um olhar penetrante.

— É...

Mordi o lábio, com vontade de pedir desculpa outra vez.

— Não quero que você me veja assim. — Uma risada breve e dura escapou dele, enquanto se concentrava no volante, segurando firme a chave. — O curioso é que o que você disse não deveria ter me incomodado. Sou puro-sangue. Devia ser como os outros. Não deveria me importar com como você me vê. Devia me preocupar com como os outros puros-sangues me veem.

— Tenho certeza de que eles também te acham maravilhoso. — Fiquei vermelha assim que percebi o que tinha dito, porque era meio bobo. — Bom, mas dane-se o que os outros pensam. Não é?

Sorrindo, ele olhou para mim, e eu senti o coração palpitar.

— Quem se importa? Estamos no zoológico. Eles que se danem.

— Isso aí, eles que se danem.

Aiden inclinou a cabeça para trás e soltou um suspiro aliviado.

— Você acha que ainda vendem aquela massa frita?

— Provavelmente. Quero um hambúrguer e um cachorro-quente. — Pensei por um momento. — E sorvete de casquinha. Ah, e quero ver os grandes felinos!

— Que exigente... — Aiden murmurou, sorrindo. — Bom, então é melhor a gente começar.

A primeira parada foi para comprar a tal da massa frita com um homem corpulento e careca usando uma camisa mais engordurada que a própria frigideira. Enquanto eu aguardava na fila ao lado de Aiden, notei um comerciante virando hambúrgueres. Fui até ele, só para Aiden comentar depois que nunca havia me visto correr tão rápido.

Quando finalmente passamos pela parte das comidas e chegamos ao zoológico de verdade, eu transbordava alegria. Uma brisa leve carregava o cheiro estranhamente atraente dos animais e das pessoas. A luz do sol atravessava a copa densa das árvores, formando pontos mais quentes enquanto avançávamos pelas atrações.

Eu devia parecer uma boba, andando aos pulinhos e sorrindo para todos que passavam. Mas estava feliz demais de sair para o mundo outra vez — e com Aiden, entre todas as pessoas. Ver como os mortais reagiam a ele era bem interessante. Talvez por sua altura impressionante ou por sua beleza divina, tanto mulheres quanto homens paravam na hora. Ou talvez fosse o modo como ele ria, jogando a cabeça para trás e soltando um som profundo e rico. De qualquer maneira, eu adorava vê-lo se esforçar ao máximo para ignorar as reações.

— Você não se mistura muito com os nativos, né? — perguntei, enquanto víamos um gorila se sentando em uma pedra, catando pulgas. Emocionante.

Aiden riu.

— Sou assim tão óbvio?

— Um pouco.

Ele chegou mais perto e baixou a voz.

— Mortais me assustam.

— Quê? — Soltei uma risada descrente.

Sorrindo diante da minha expressão, ele acertou meu quadril de leve com o seu.

— É verdade. Eles são imprevisíveis. Nunca se sabe se vão te abraçar ou apunhalar. Se deixam governar pelas emoções.

— E você não?

Aiden pareceu pensar a respeito.

— Não. Eles... bom, somos ensinados a controlar nossas emoções. A não deixar que guiem nossas decisões. Tudo no nosso mundo, no meu e no seu, é uma questão de lógica e de continuidade da raça. Você sabe disso.

Olhei para ele, notando como suas feições orgulhosas estavam relaxadas. Naqueles momentos, Aiden parecia mais jovem e despreocupado. Eu gostava daquela versão dele — com os olhos cheios de vida, parecendo achar graça, seus lábios curvados para cima. Vendo-o naquele momento, ficava quase difícil acreditar que ele era muito mais mortal que qualquer animal do zoológico.

— Mas você parece ficar à vontade com eles. — Aiden assentiu para um grupo do outro lado. Um casal com duas crianças pequenas. A menina mais nova passava ao irmão um sorvete de chocolate pela metade. — Você tem mais experiência com eles que eu.

Assenti, voltando a me virar para o gorila que estava sobre a pedra, do qual outro se aproximava. Talvez algo interessante acontecesse agora.

— Eu me misturava, mas nunca me encaixava. Eles sentem que tem algo de diferente na gente. Por isso não se aproximam de nós.

— Nem consigo imaginar você se misturando.

— Por quê? Fiz um ótimo trabalho passando despercebida por três anos.

— Não consigo mesmo. Você se destaca muito, Alex.

Sorri.

— Vou considerar um elogio.

— E é. — Aiden me deu um cutucão, e meu sorriso se tornou ainda mais absurdo, lembrando o tipo de sorriso que Caleb abria para Olivia quando os dois não estavam brigando. — Você é incrivelmente inteligente. E divertida e...

— Bonita? — sugeri, brincando só em parte.

— Não, bonita não.

— Fofa?

— Não.

Franzi a testa.

— Então tá.

A risada de Aiden fez com que eu me arrepiasse toda.

— Eu ia dizer *deslumbrante*. Você é deslumbrante.

Inspirei fundo, com as bochechas vermelhas. Quando inclinei a cabeça para trás, nossos olhos se encontraram. De alguma maneira, eu não havia percebido como estávamos próximos. Próximos o bastante para que eu sentisse seu hálito quente na minha bochecha, acelerando meu coração.

— Ah — sussurrei. Não era a resposta mais eloquente, mas era o melhor que eu podia fazer.

— Bom, e qual é o seu lance com zoológicos? — Aiden esticou os braços acima da cabeça e se espreguiçou.

Um suspiro trêmulo me escapou, meu olhar retornou à família e se concentrou na menina. Ela usava marias-chiquinhas muito fofas e sorria para mim. Sorri de volta.

— Gosto de animais — disse eu afinal.

Quando Aiden olhou para mim, seus olhos pareceram repletos de... bom, repletos de anseio.

— Foi isso que quase te fez engasgar no carro?

Eu me encolhi.

— Você percebeu, foi? Minha mãe também adorava animais. Uma vez, ela comentou que éramos muito parecidos com os animais do zoológico.

Bem alimentados, bem cuidados, mas ainda assim dentro de uma jaula. Mas eu nunca concordei com isso.

— Não?

— Não. Os animais estão seguros aqui. Na natureza selvagem, estariam matando uns aos outros ou sendo caçados. Sei que perderam sua liberdade, mas às vezes sacrifícios se fazem necessários.

— Estranho você ter essa perspectiva.

— Porque sou meio-sangue, você quer dizer. Eu sei. Mas todos temos que sacrificar coisas para ganhar outras.

Aiden estendeu a mão e pegou a minha para me tirar da frente de uma mulher empurrando um carrinho de bebê. Eu ficara tão envolvida na conversa que nem a tinha visto — ou ouvido o bebê chorando. Olhei para baixo. Aiden não havia soltado minha mão. Aquele gesto simples e inesperado fez uma onda de calor subir pelo meu corpo.

Ele me guiou pela multidão cada vez maior de visitantes do zoológico, que se abria como se fosse o Mar Vermelho. As pessoas simplesmente saíam do caminho à medida que deixávamos uma seção e passávamos para a outra.

— Posso fazer uma pergunta?

— Claro — disse ele.

— Se você não fosse puro, o que estaria fazendo agora? Tipo, como gostaria de que sua vida fosse?

Aiden baixou os olhos para nossas mãos, depois me encarou.

— O que eu estaria fazendo neste instante? Muito mais do que tenho permissão de fazer.

O calor retornou ao meu corpo, confundindo meus pensamentos. Quase me convenci de que eu mesma havia inventado aquela resposta e de que a falta de sono me deixou louca. Alucinações auditivas existiam.

Seus dedos apertaram os meus.

— Mas tenho certeza de que não foi isso que você perguntou. O que eu estaria fazendo se fosse apenas um mortal? Não sei. Nunca pensei a respeito.

Tive que me chutar mentalmente para recobrar a voz.

— Você *nunca* pensou a respeito? Sério?

Aiden desviou de um casal tirando foto e deu de ombros.

— Nunca precisei. Quando era mais novo, sabia que seguiria os passos dos meus pais. O Covenant me ajudou nesse sentido. Fiz as aulas mais adequadas: política, costumes, negociação. Basicamente, as mais chatas possíveis. Depois do ataque daímôn, tudo mudou. Fui de querer seguir os passos dos meus pais a querer fazer algo para garantir que ninguém tivesse que passar pelo que Deacon passou.

— E você também — acrescentei, baixo.

Ele assentiu.

— Não sei o que eu faria se acordasse amanhã e tivesse uma escolha. Bom, posso pensar em algumas coisas, mas numa carreira...

— Você tem uma escolha. Puros sempre têm escolhas.

Aiden olhou para mim, com a testa franzida.

— Não temos não. Esse é um dos maiores equívocos entre nossas raças. Os meios-sangues acham que temos escolhas, mas também somos limitados, ainda que de maneiras diferentes.

Eu não acreditava naquilo, mas não queria estragar o momento discutindo.

— Então... você não sabe mesmo o que faria? — Aiden balançou a cabeça e eu dei uma sugestão. — Policial.

As sobrancelhas dele se ergueram.

— Você acha que eu seria um policial?

Confirmei.

— Você quer ajudar as pessoas. Não acho que seja corruptível. Ser policial é quase a mesma coisa que ser sentinela. Você luta contra os malvados, mantém a paz e coisa e tal.

— Acho que você tem razão. — Ele sorriu. Uma mortal mais ou menos da minha idade tropeçou ao passar por nós. Aiden pareceu nem notar. — Eu teria um distintivo. Sentinelas não têm um.

— Também quero um distintivo.

Aiden inclinou a cabeça de lado e riu.

— Claro que sim. Ei, olha só. — Ele apontou para a esquina.

— Os felinos!

Sua mão se fechou sobre a minha de modo mais descarado, quase como se uma parte inconsciente dele respondesse a mim.

Vários metros de espaço vazio e cercas separavam um leão dos visitantes. A princípio, nem o vi, então ele surgiu de trás de uma pedra, sacudindo a juba. Seus pelos entre o amarelo e alaranjado me lembravam dos olhos de Seth. Na verdade, o modo como o leão parou diante da multidão reunida e bocejou — revelando uma fileira de dentes afiados — também me fez lembrar dele.

— Que lindo... — sussurrei, desejando que houvesse uma maneira de chegar mais perto. Não era lunática a ponto de tentar entrar na jaula de um leão, mas tinha uma vontadezinha de tocar um — um leão domesticado, que não tivesse qualquer chance de arrancar minha mão.

— Ele parece entediado.

Ficamos ali por um momento, vendo o felino passear pela grama para então subir em uma pedra grande e se deitar, balançando o rabo para um lado e para o outro. Finalmente, algumas leoas decidiram aparecer. Eu disse a Aiden que elas que mandavam, recordando algo que havia visto no Animal Planet sobre leoas serem mais duronas que os machos da espécie. Em alguns minutos, duas delas subiram na pedra também.

Grunhi quando as fêmeas se deitaram ao lado do leão.
— Anda, derruba ele daí.
Aiden riu.
— Acho que ele tem duas namoradas.
— Para com isso... — murmurei.
Saímos de lá e seguimos para a seção de animais norte-americanos, que estava vazia em comparação com as demais. Ursos e outras criaturas familiares deviam deixar os mortais meio entediados. Aiden, no entanto, pareceu fascinado com eles. Quando vi um lince, soltei a mão dele e corri até a barreira de proteção. Havia uma leve brisa no ar. Estávamos muito mais perto do que de qualquer outro animal. Perto o bastante para que o lince parecesse nos farejar.

Até aquele momento, ele estivera atrás de uma presa que não conseguíamos ver. Então parou e inclinou a cabeça em nossa direção. Um ou dois segundos se passaram e, então, nossos olhos se encontraram. Seus bigodes longos e finos se retorceram enquanto o lince farejava.

— Acha que ele sabe o que somos? — perguntei.

Aiden se apoiou na grade.

— Não sei.

Animais de estimação eram proibidos na ilha. Alguns puros eram capazes de controlar suas ações, o que significava que daímônes também eram. Tratava-se de algo raro que exigia um poder enorme, porém ninguém queria correr aquele risco. Quando pequena, eu era louca para ter um animal de estimação — um gato.

— Minha mãe achava que sim — comentei. — Ela dizia que os animais sentiam que éramos diferentes dos mortais, principalmente os felinos.

Ele ficou em silêncio por um momento. Eu sabia que pensando, montando as peças de um quebra-cabeças.

— Sua mãe gostava de felinos?

Dei de ombros.

— Acho que tinha a ver com meu pai. Sempre que a gente vinha, dava pelo menos uma passadinha aqui. — Olhei por cima dos ombros e acenei com a cabeça para os bancos antigos. — Ficávamos vendo os felinos sentadas.

Aiden chegou mais perto, mas não falou nada.

Voltei a me virar para os animais, sorrindo.

— Era o único momento em que minha mãe me falava do meu pai. E, mesmo assim, não revelava muita coisa. Só que ele tinha olhos castanhos calorosos. Eu ficava pensando se ele tinha alguma relação com animais, sabe? — Fechei os dedos em torno do arame do alambrado. — Bem, da última vez que viemos, ela me disse seu nome e que ele estava morto. Na verdade, ela escolheu meu nome em homenagem a ele, sabia? Acho que é por isso que Lucian odiava quando minha mãe me chamava de Alex. Então, depois de um tempo, ela começou a me chamar de Lexie. O nome do meu pai era Alexander.

Um longo momento se passou antes que um de nós voltasse a falar. Quem quebrou o silêncio foi Aiden.

— É por isso que você gosta tanto do zoológico.

— Pois é. — Dei uma risadinha meio constrangida.

— Querer estar perto de algo que te lembra das pessoas que ama não é motivo de vergonha.

— Eu nem conheci meu pai, Aiden.

— Ainda assim, ele era seu pai.

Fiquei observando o lince por mais alguns segundos. Ele rondava os limites do terreno, tendo perdido o interesse em nós. Seus músculos poderosos se flexionavam sob a pele manchada. Havia algo de incrivelmente gracioso na maneira como se movia.

— Odeio dizer isso, mas precisamos ir, Alex.

— Eu sei.

Começamos a fazer o caminho de volta pelo zoológico. Aiden se encontrava muito mais quieto agora, perdido em pensamentos. Chegamos aos portões de saída rápido demais. Árvores densas davam ao lugar um aspecto quase surreal enquanto seguíamos para a SUV.

Antes que eu percebesse, já estava sentada no banco do passageiro. Aiden enfiou a chave na ignição, mas não deu a partida. Quando ele se virou para me encarar, sua expressão fez meu coração pular.

— Sei que você é uma pessoa muito corajosa, Alex. Mas não precisa ser assim o tempo todo. Tudo bem deixar que alguém seja corajoso por você de vez em quando. Não é nenhuma vergonha. Não para você, que provou ter mais dignidade que qualquer puro-sangue.

Eu me perguntava de onde vinha aquilo.

— Acho que você comeu açúcar demais.

Aiden riu.

— É que você não vê o que a gente vê, Alex. Mesmo quando está sendo ridícula por algum motivo, ou quando não está fazendo nada, é difícil não notar. E, como puro-sangue, é a última coisa que eu deveria notar. — Ele fechou os olhos, e seus cílios compridos tocaram suas bochechas até que se reabriram para revelar um tom de prata intenso. — Acho que você nem faz ideia.

O mundo fora do carro deixou de existir.

— Não faço ideia do quê?

— Desde que te conheci, quero quebrar todas as regras. — Aiden se virou, com os músculos do pescoço tensos, então suspirou. — Um dia, você vai se tornar o centro do mundo de alguém. E ele vai ser o filho da puta mais sortudo do mundo.

Suas palavras deram origem a uma confusão de fortes emoções em mim. Senti calor — *muito* calor. Foi como se o mundo tivesse acabado ali mesmo. Aiden olhou para mim, com os lábios entreabertos. A intensidade em seus olhos, a voracidade neles, me deixava tonta. Seu peito subia e descia visivelmente.

— Obrigada. — Minha voz saiu carregada. — Obrigada por fazer tudo isso por mim.

— Não precisa agradecer.

— Nunca vai me deixar agradecer por nada?

— Vou. Quando for por algo digno de agradecimento.

Suas palavras mexeram comigo. Não sei quem se moveu primeiro, quem se inclinou antes, quem cruzou a barreira invisível entre nós, quem quebrou as regras.

Aiden? Eu? Tudo o que sei foi que nos movemos. Suas mãos pegaram meu rosto, minhas mãos repousaram em seu peito e sentiram seu coração bater tão rápido quanto o meu. Em um instante, nossos lábios se encontraram.

Foi um beijo muito diferente do anterior. Seu vigor nos deixou sem ar. Não houve nem um momento de hesitação ou indecisão. Só desejo, necessidade e mil outras coisas poderosas e doidas. Seus lábios queimaram os meus, suas mãos passaram pelos meus ombros e desceram até meus braços. Eu suava. Era muito mais do que um beijo. Ele tocava as partes mais profundas de mim. Meu coração e minha alma nunca mais seriam os mesmos. A constatação de algo tão poderoso era quase excessiva, despertando um senso de urgência que me conduzia ao desconhecido.

Aiden recuou e descansou a testa contra a minha. Sua respiração permanecia pesada. Eu não planejei o que saiu da minha boca a seguir. As três palavras simplesmente subiram pela minha garganta, quase inaudíveis.

— Eu te amo.

Aiden se afastou, com os olhos arregalados.

— Não. Alex. Não diga isso. Você não pode... você *não pode* me amar.

Fiz menção de estender as mãos na direção dele, mas acabei as recolhendo para o meu peito.

— Mas amo.

Seu rosto ficou tenso, como se Aiden sentisse uma dor terrível. Então, seus olhos se fecharam e ele se inclinou para a frente e deu um beijo na minha testa, demorando um momento para se endireitar. Fiquei só olhando para Aiden, cujo peito subia e descia.

Ele passou as palmas das mãos pelos olhos e soltou o ar de forma entrecortada.

— Alex...

— Ah, deuses... — sussurrei, olhando para a frente do carro. — Eu não deveria ter dito isso.

— Tudo bem. — Aiden pigarreou. — Não tem problema.

Tudo bem? Não parecia que estava tudo bem. Fora que aquelas não eram as palavras que eu queria. Eu queria ouvir que ele me amava também. Não era o que se dizia após uma declaração de amor? E não "tudo bem". Eu sabia que Aiden se importava comigo e que me desejava fisicamente, mas ele não ia dizer as mesmas três palavrinhas.

E aquelas três palavrinhas eram muito importantes. Mudavam tudo.

Tentei convencer meu coração a não doer como doía. Talvez fosse a surpresa que o mantivesse em silêncio. Talvez ele não soubesse como se expressar. Talvez sentisse o mesmo, mas não pudesse dizer.

Talvez eu devesse ter mantido o bico calado.

Peguei no sono durante a volta, o que foi muito útil. Consegui tirar uma soneca revigorante e ainda evitar o que provavelmente teria sido a viagem de carro mais desconfortável da minha vida. Fingi ainda estar dormindo enquanto atravessávamos as pontes.

Aiden manteve a tranquilidade, como se não tivesse me beijado e como se eu não tivesse professado meu amor por ele. Até se apressou a sair e abrir a porta para mim enquanto eu ainda tirava o cinto de segurança. Era um cavalheiro — ou estava louco para se livrar de mim.

Depois de uma despedida bem mais ou menos, retornei ao dormitório. Fui pelo pátio, torcendo para evitar as áreas mais movimentadas. Repassava mentalmente tudo o que Aiden havia feito e dito.

O beijo ainda me provocava um friozinho na barriga. O modo como ele me beijou tinha que significar alguma coisa, aquilo não podia ser comum. Aiden tinha me levado para passear, tinha planejado a ida ao zoológico. Devia sentir alguma coisa por mim, alguma coisa forte.

No entanto, ele não falou que me amava. Não disse praticamente nada depois que eu me declarei.

Chutei uma pedrinha, que foi parar perto do arbusto de lilás. Havia uma boa chance de que eu estivesse exagerando. Era algo que eu fazia com frequência. Tudo o que Aiden havia feito nas horas anteriores provava que ele se importava comigo e era mais importante que o fato de não ter dito que me amava.

Fui até uma roseira e peguei uma flor. Por algum motivo, as rosas dali não tinham espinhos. Eu não fazia ideia do motivo, mas também não fazia ideia de muita coisa... Fechei os olhos e senti seu perfume fresco. Minha mãe adorava hibiscos, mas eu adorava rosas. Elas me lembravam da primavera e de coisas novas.

— Essa rosa não vai aliviar seu coração, menina. Seguir em frente? Abrir mão? Se manter no caminho que seu coração escolheu? Os assuntos do coração nunca são fáceis.

Meus olhos se abriram na mesma hora.

— Nunca é fácil quando o coração reivindica alguma coisa...

A risada seca e áspera, que parecia a um passo da morte, confirmou quem se encontrava atrás de mim. Eu me virei. No meio da passarela, curvada e apoiada em uma bengala retorcida, estava vovó Piperi — oráculo extraordinário. Seu cabelo permanecia igual à última vez em que eu havia visto, como se seu peso pudesse derrubá-la.

Ela sorriu, o que fez sua pele fina demais se esticar. Foi um sorriso meio grotesco e desvairado.

— E sabe por que o coração faz reivindicações? Sobrevivência. Para garantir a sobrevivência de sua espécie.

Mais uma vez, eu me encontrava diante do oráculo, enquanto ela soltava as maiores maluquices que eu já havia ouvido.

— Por que não disse à minha mãe que ela era uma daímôn? — Meus dedos se fecharam com mais força em torno da haste frágil da rosa. — Por que não me contou a verdade?

Piperi inclinou a cabeça de lado.

— Digo apenas a verdade, menina. Disse a verdade a você.

— Você não me disse nada!

— Não. Não. — Ela balançou a cabeça. — Eu te disse tudo.

Olhei para o oráculo.

— Você me disse um monte de maluquice que não fazia o menor sentido! Poderia ter dito: *Olha, você é o segundo Apólion. Sua mãe é uma daímôn e vai tentar te transformar. Aliás: ela vai tentar matar seu amigo!*

— E não foi isso que eu disse, menina?

— Não! — gritei, atirando a rosa no chão. — Não foi isso que você me disse.

Piperi estalou a língua.

— Então você não me ouviu bem. Ninguém ouve. As pessoas só ouvem o que querem ouvir.

— Ai, meus deuses! Você é o motivo pelo qual minha mãe foi embora daqui. Ela acabou transformada na porcaria de uma daímôn. Se não tivesse falado sobre mim...

— Sua mãe queria salvar você, salvar você de seu destino. Se não tivesse feito isso, você não seria nada além de uma lembrança e um medo há muito esquecido. Como todos vocês que misturam raças. O que eles querem de vocês dois, o que eles planejaram...

Ela balançou a cabeça. Quando voltou a olhar para mim, foi com tristeza no rosto.

— Eles temem vocês, temem o que vem de vocês. Eu disse, menina. Eu disse que seu caminho seria repleto de coisas sombrias a serem realizadas.

Pisquei.

— Hum... então tá.

Piperi cambaleou para a frente e parou diante de mim. Chegava à altura dos meus ombros, porém lembrei que era forte. Recuei um passo. Ela riu, mas, daquela vez, a risada evoluiu para um guincho desagradável. Pelos deuses, eu só torcia para que ela não caísse dura ali mesmo. Piperi ergueu a cabeça e abriu um sorriso largo e sem dentes.

— Quer conhecer o amor, menina?

— Ah, pelo amor... — gemi. — Você me faz querer arrancar meus próprios olhos.

— O amor, menina, o amor é a raiz de tudo de bom, e a raiz de tudo de ruim. O amor é a raiz do Apôlion.

Fiquei inquieta.

— Tá, acho que é hora de dar tchau. Espero que você tenha uma boa viagem de volta até o buraco de onde saiu.

A mão livre dela cobriu a minha. Sua pele parecia papel, de tão fina e seca. Era nojento. Tentei puxar a mão de volta, mas Piperi me segurou. Sua força era sobrenatural. Seus olhos se mantiveram fixos em mim.

— Ouça, menina. O destino está em andamento. Não há como desfazer isso. O destino olhou para o passado e para o futuro. A história se repete, e esse é o momento de parar. De mudar tudo.

— Não sei do que você está falando. Sinto muito. Você não faz...

— Ouça!

— Estou ouvindo! Mas será que, uma vez na vida, você poderia falar uma frase coerente?

Seus dedos deslizaram sobre os meus, e Piperi me soltou, ofegante.

— Não sou mais nada. Você deve ver o que mostrei. Ouvir o que disse. Nada é o que parece. O mal se esconde nas sombras, tramando enquanto você teme daímônes.

Franzi a testa.

— Não temo daímônes.

Ela fixou os olhos pretos e penetrantes em mim.

— Você deve temer aqueles que seguem as antigas maneiras. Aqueles que não buscam mudança e nem permitem que as coisas permaneçam como estão. E que caminho... que caminho os poderes escolheram. O fim está próximo. Ele garantirá isso... — disse ela se voltando para o céu.

Revirei os olhos.

— Pelo amor dos deuses, isso não faz o menor sentido!

Piperi balançou a cabeça outra vez.

— Você não compreende. Ouça. — Ela tocou meu peito com um dedo ossudo. — Você deve escolher entre o destino e o desconhecido.

— Ai! — Dei um passo para trás. Ela me acertou de novo. — Ei! Para com isso!

— Corra o risco ou sofra as consequências! — Piperi parou de repente. Seus olhos se arregalaram, depois ela pareceu ficar procurando algo no jardim silencioso a não ser por nós. — Não aceite presentes daqueles que pretendem destruí-la.

— Ou doces... — murmurei.

Piperi ignorou a piadinha.

— Mantenha-se distante de quem só traz dor e morte. Você ouviu? Ele só traz morte. Sempre foi assim. Entenda a diferença entre necessidade e amor, destino e futuro. Se não entender, o sacrifício de sua mãe terá sido em vão.

Aquilo chamou minha atenção. Era o mais perto de clareza que ela havia chegado comigo.

— Quem é *ele*?

— Ele não é o que parece. Enganou a todos... enganou a *ele*. O pobrezinho não vê. Não vê, mas seu destino está selado. — Piperi suspirou. — Ele serve a dois mestres. Você não sabe, não tem como saber. Ele... — Foi como se o corpo de Piperi tivesse sido jogado para trás. A bengala escapou de sua mão, bateu contra o piso de mármore e se estilhaçou.

Tentei segurá-la, achando que ela cairia de costas no chão. Fiquei surpresa quando aquilo não aconteceu... e chocada quando seu corpo se dobrou sobre si mesmo e se desfez, deixando apenas uma pilha de pó no lugar.

9

— O oráculo se foi. — Lucian se virou, dirigindo-se a cada um de nós. Parecia ridículo, com as vestes brancas sobrando no corpo magro. — Outro assumiu seu lugar.

Minha cabeça doía.

Aparentemente, a morte do oráculo não era nada de mais. Vovó Piperi era uma anciã e, por acaso, eu havia presenciado seu último momento. Sorte a minha...

Nossa.

Leon ergueu o braço grosso e apertou a ponte do nariz. Aquela reunião improvisada não estava indo muito bem. Eu procurei Marcus assim que vovó Piperi desapareceu e ele convocou todos à sua sala. Infelizmente, Lucian chegou com um Seth muito contrariado. Pior ainda: por algum motivo, Aiden já se encontrava na sala do diretor.

Marcus respirou fundo.

— O que aconteceu exatamente, Alex?

— Já contei tudo. Trombei com ela no jardim. Num segundo, vovó Piperi estava falando, e no outro... *puf*.

— *Puf*? — Seth riu. Estava a um canto, com os braços cruzados e aquele seu sorriso maldito no rosto. — Sério?

— Sério. Num segundo estava lá, no outro era uma pilha de pó.

— Ninguém some com um *puf*, Alex. Isso não acontece.

— Mas aconteceu. Ela enfiou o dedo no meu peito e disse umas maluquices. E aí... *puf*.

As sobrancelhas de Seth se ergueram, e ele riu de novo.

— O que você estava fazendo antes? Fumou alguma coisa?

Joguei as mãos para o alto e me virei para Marcus. Não fazia ideia de por que Seth estava sendo um babaca comigo desde que entrara na sala. Agora eu queria matá-lo.

— Ele precisa mesmo estar presente?

— Ele está onde preciso que esteja — respondeu Lucian, no lugar do diretor. — E preciso que esteja aqui.

— Não pode pelo menos ficar de bico calado? — Eu estava com saudade da versão mais charmosa de Seth. Aquela versão era um pé no saco.

— Ele não precisa comentar tudo o que sai da minha boca!

— Estou comentando tudo o que sai da sua boca porque parece que você andou usando drogas — retrucou Seth. — Onde você esteve o dia todo?

— Seth... — alertou Aiden.

Era a primeira vez que falava desde o início da reunião. Estava usando seu uniforme de sentinela e eu vinha tendo muita dificuldade em não o encarar.

— Pode ficar calado por cinco segundos?

Os olhos amarelos de Seth arderam em chamas.

— Ele precisa mesmo estar aqui? É só um sentinela.

— Aiden chegou antes de vocês — respondeu Marcus, com um sorriso tenso. — Então tente maneirar nos comentários, Seth.

Seth se recostou contra a parede e ergueu as mãos como se estivesse se entregando.

— Claro. Claro. Vamos, *Alexandria*. Repita como o oráculo sumiu com um p*uf*.

— Já contei tudo — falei. — Não é difícil de entender. Nem mesmo pra você. Ou acordou meio burro hoje?

— Alex. — Aiden suspirou. — Concentre-se em falar com Marcus.

Senti o corpo enrijecer.

— Desculpa, mas se Seth me dirigir mais uma palavra que seja, vou arrancar aquela adaga da parede e enfiar no olho dele.

Seth se endireitou no lugar, como se todas as células de seu corpo tivessem sido provocadas.

— Ah, quanta coragem para um Apôlion ainda em treinamento. Quero só ver você experimentar.

— Seth! — gritou Marcus, batendo as palmas contra a mesa e fazendo livros e cadernos estremecerem.

Eu não conseguia me controlar.

— Quer saber? Aposto que sua mãe quis te afogar quando você nasceu.

— Alexandria! — Marcus deu a volta em sua mesa. — Vocês dois...

— Deve ter um motivo pra uma mãe se transformar em daímôn e tentar matar a própria filha.

Atravessei a sala na mesma hora, com os olhos fixos na adaga atrás da mesa de Marcus. Aiden me impediu. Pensei em insistir, mas ele parecia disposto a tomar qualquer medida necessária para que eu não matasse Seth.

— Não faça isso — ordenou Aiden, em voz baixa. — Só ignore.

— Não me diz o que fazer — soltei. — Vou pegar essa adaga e retalhar esse idiota.

— Me retalhar? — Seth riu. — O que você é? Uma ladrazinha de rua prestes a me atacar?

Lucian se sentou em uma das poltronas de couro.

— Quanto fogo entre vocês... — murmurou ele. — Mas imagino que seja esperado, já que são iguais. Os dois estão dispensados. Vamos seguir com a conversa sem interrupções, por mais divertidas que elas sejam.

Parei na hora. Seth também. Na verdade, todo mundo na sala que não parecia estar dopado parou para olhar para Lucian.

— Quê?

Sorrindo como se guardasse um segredo importante, ele fez um movimento elegante de punho.

— Os dois estão dispensados. Alexandria já contou o que aconteceu. O oráculo se foi e outro assumiu seu lugar. Essa briguinha de casal pode continuar sem nós.

Aquilo fez até mesmo os olhos de Seth se arregalarem. Minha resposta foi um pouco mais censurável e deixou Marcus com cara de quem queria me trancafiar em uma sala escura pelo resto da vida.

— Ainda não compreendemos o que o oráculo disse a Alexandria — comentou Leon em um canto.

Eu havia quase esquecido que ele estava ali.

— Ela já passou tudo o que tem de informação. Não foi, querida? — Lucian sorriu para mim de maneira afetada. Minha mão coçava para dar um tabefe nele. — O oráculo disse que o destino pode ser mudado. Não é uma ótima notícia? E fez referência a nossos dois Apôlions.

Franzi a testa para ele.

— Por que pra você tudo está sempre ligado ao Apôlion?

Lucian me dispensou com um gesto.

— Podem ir.

Os olhos de Aiden se alternaram entre nós.

— Não acho que seja uma boa ideia. Um deles pode acabar ferindo gravemente o outro.

Eu me perguntei se era mesmo o que ele achava, ou se a ideia de uma "briguinha de casal" o incomodava.

Marcus suspirou.

— Acho que é uma excelente ideia, já que não estamos indo a lugar nenhum com os dois na mesma...

— Achei que Lucian precisasse de Seth aqui — interrompeu Aiden, com os olhos gelados.

Era ridículo e tolo, mas senti um calorzinho no peito. Estaria Aiden com ciúme?

— Quer saber? — Olhei para ele, em desafio. — Então vamos. Anda, Seth. Vamos resolver essa *briguinha de casal*.

Seth se afastou da parede, com uma sobrancelha arqueada.

— Claro, *meu amor*, parece fantástico. Não esquece de pegar a adaga pra arrancar o meu olho. Ah, é verdade! — Ele fez cara de pena. — Só sentinelas treinados podem carregar adagas.

Revirei os olhos, dei meia-volta e saí da sala. Minha cabeça latejava. Muito embora tivesse concordado em me retirar, não queria falar mais com Seth. Pelo menos conseguimos chegar ao andar de baixo antes que as coisas voltassem a sair dos trilhos.

Seth agarrou meu braço e me puxou para uma sala vazia, fechando a porta.

— Onde foi que você andou o dia todo, sua pirralha?

Consegui me soltar e fui para o outro lado da sala. Seth veio atrás de mim e eu me lembrei do leão do zoológico. Só faltava o rabo balançando. Dei risada, não consegui evitar. A imagem de Seth com um rabo era engraçada demais.

Ele parou na mesma hora e franziu a testa.

— Qual é a graça?

Voltei a ficar séria.

— Nenhuma, nossa.

— Onde você estava, Alex?

— Onde *você* estava? — Voltei a aumentar a distância entre nós. — E por que não parece se importar com a morte do oráculo?

— Ela era uma velha, Alex. Tinha umas boas centenas de anos. Ia acontecer, uma hora ou outra. Lucian tem razão. Já tem outra pessoa no lugar e blá-blá-blá.

— Ela morreu na minha frente! Foi bem perturbador.

Seth inclinou a cabeça de lado.

— Ah, coitadinha de você! Quer que eu chame outra pessoa com quem você possa chorar as pitangas?

— Meus deuses, mataria você ser um pouquinho mais legal? Ah. Espera. Acho que sim. Então dá licença, porque tenho mais o que fazer. — Fiz menção de ir para a porta, mas Seth me segurou pelo braço. Sua pele queimava. — Anda, Seth. Estou com dor de cabeça e...

Seus olhos se concentraram no meu rosto.

— O que você estava fazendo?

Comecei a ficar desconfortável.

— Eu estava treinando. O que mais poderia ser?

— Treinando? — Seth soltou uma risada dura. — Onde?

— Aqui — retruquei na mesma hora.

Ele estreitou os olhos.

— Mentirosa! Te procurei na sala de treino, e você não estava lá. — Ah, droga!

Um sorriso convencido surgiu em seu rosto.

— Então eu procurei nas outras salas, no ginásio, na praia, e até no seu quarto. E você não estava em lugar nenhum.

Droga mesmo.

— Não minta pra mim. — Ele avançou, me encurralando contra a mesa. — Suas bochechas estão vermelhas, seu coração está disparado... Você é uma péssima mentirosa.

Eu me segurei à beirada da mesa.

— Não tenho ideia do que você está falando.

Seth se inclinou para olhar no fundo dos meus olhos.

— Não tem?

— Não.

— Vou te perguntar mais uma vez, Alex. Onde você estava?

— Vai perguntar mais uma vez e vai fazer o quê? — retruquei. — Aliás, por que se importa?

— Porque o que você sentiu hoje foi ultrajante.

— Deuses, esse dia nunca vai terminar... — murmurei. Apesar da dor de cabeça, eu estava certa de que ainda era capaz de vencer Seth naquela discussão. — E daí?

— E daí que você deveria estar treinando com Aiden hoje, e de jeito nenhum estaria se sentindo daquele jeito se...

Seus olhos se arregalaram. Eu nunca havia visto suas pupilas tão dilatadas. Ele me soltou com uma rapidez impressionante, considerando que até então insistia em me puxar para si.

— Ah... Não, não, não.

A apreensão me fez gelar rapidamente por dentro.

— O que foi?

— Você não faria isso. — Ele passou a mão pelo rosto. — Espera. O que estou dizendo? É claro que você faria algo assim idiota.

Eu me recostei na mesa.

— Nossa, valeu!

Seth segurou meus ombros. Eu me encolhi, sem conseguir conter minha reação.

— Por favor, me diz que estou errado. Me diz que você não está de bobeira com um puro-sangue. Droga, Alex! *Ele?* Meus deuses, isso explica muita coisa.

Minha cabeça esvaziou completamente. Meu cérebro tinha uma capacidade impressionante de fazer aquilo sempre que eu precisava pensar rápido.

Ele deu uma risada irônica.

— Pelo menos agora sei por que ele me odeia. Ou por que está sempre em cima de você. Achei que fosse só no sentido figurado, e não no literal. No que você estava pensando? No que ele estava pensando? Você vai acabar com tudo! Seu futuro, meu futuro, e pra quê? Pra ser mais puro-sangue?

Tentei tirar suas mãos de meus ombros pela centésima vez.

— Você não tem ideia do que está falando! Não estou "de bobeira" com Aiden.

— Não se atreva a mentir pra mim sobre algo assim! — Seth enfiou o dedo na minha cara. Minha vontade era de quebrá-lo. — Você não pode fazer isso, Alex. Não vou permitir que continue. — Ele fez menção de ir para a porta.

— Não. Não! Para, Seth! Por favor. — Daquela vez, fui eu que o segurei, para impedi-lo de sair. — Me escuta, por favor. Não é o que você está pensando!

Seus olhos praticamente ardiam de raiva.

— Não é o que eu estou pensando. É o que eu *senti* hoje!

— Por favor. Me escuta só por um segundo. — Cravei os dedos em seus braços. — Você não pode dizer nada. Eles...

— Não vou dizer nada pro conselho, sua tonta. Você seria relegada à servidão na mesma hora. — Ele se soltou de mim, xingando baixo. — Acredita que cheguei a pensar que ele podia ser diferente dos outros puros? Mas está na cara que age igual. Você sabe o que eles dizem, Alex? Quem come uma meio-sangue escraviza uma meio-sangue.

— O que está fazendo? Você não pode...

— Vou ter uma conversinha com Aiden.

Eu me joguei na frente dele e procurei bloquear a porta.

— Você não vai falar com ele! Você vai brigar com ele.

— Provavelmente. Agora sai da frente.

— Não.

— Sai da frente, Alex! — rosnou ele. Os sinais do Apôlion começaram a se insinuar em sua pele antes impecável.

— Tá — soltei, com o corpo contra a porta. — Eu te conto tudo. Só não faz nenhuma idiotice, por favor.

— Não acho que você esteja em posição de me passar sermão quanto a não fazer nenhuma idiotice.

Contei até dez. Não era hora de perder a paciência.

— Não aconteceu nada entre a gente, tá? Mas eu me importo com ele. Sei que é errado. — Fechei os olhos, desejando que as palavras não doessem tanto quanto doíam. — Sei que é idiota. Mas não tem nada rolando entre a gente.

— Não foi o que senti de você hoje, Alex. Você continua mentindo pra mim.

— Tá. A gente se beijou, mas... para! — Segurei Seth, que tentava me tirar da frente da porta. — Me escuta. A gente se beijou, mas não foi nada. Foi um erro idiota. Não precisa surtar por isso. Beleza?

Ele ficou olhando para mim, com os lábios franzidos. Então fechou os olhos. Ficamos os dois em silêncio por um momento.

— Você... você ama o Aiden, não é?

Eu o encarei, com o coração martelando no peito.

— Não. Não, claro que não.

Seth assentiu e passou a mão pelo rosto de novo.

— Alex... Você é maluca.

É claro que ele não acreditava em mim. Eu precisava fazer Seth entender que nada precisava ser feito a respeito. Ele não podia ir atrás de Aiden de jeito nenhum. Só os deuses sabiam o que Seth, ou Aiden, faria. Eu já podia ver os dois brigando na praia. Uma coisa levaria à outra e o conselho descobriria. Os puros me dopariam para suprimir o Apôlion em mim, e eu passaria o resto da vida esfregando o chão. Aiden nunca me perdoaria. Eu não podia deixar que acontecesse. E ainda tinha o idiota que agora se encontrava à minha frente. Se Seth atacasse um puro, seria o fim. O conselho agiria contra ele. Muito embora minha vontade fosse de estrangulá-lo, eu não queria... bom, eu não queria que nada acontecesse com ele.

Talvez fosse um instinto de sobrevivência.

— Não tem nada acontecendo — garanti. — Então promete que não vai dizer nada.

Seth ficou olhando para mim por tanto tempo que o silêncio que nos envolvia começou a me dar nos nervos. Então, as tatuagens começaram a desaparecer e ele pareceu surpreendentemente calmo.

— Você não vai fazer nada, né?

— Não. — Seth arrancou minha mão da maçaneta. — Não vou dizer nada.

Um alívio doce e maravilhoso me inundou. Soltei o ar.

— Obrigada.

— Não vai perguntar por quê?

— Não. — Balancei a cabeça. — Cavalo dado não se olha os dentes.

— Por acaso você sabe o que isso significa?

— Não — falei. — Mas parece ser apropriado.

Seth arqueou uma sobrancelha e me tirou da frente da porta.

— Agora vamos.

Olhei de relance para minha mão, que ele havia acabado de pegar.

— Aonde?

— Treinar, algo que você não parece ter feito nem um pouco hoje.

— Ela simplesmente *puf*? Cara, não acredito!

Fiquei olhando para Caleb, desejando que ele "simplesmente *puf*" também.

— Por que é tão difícil? Juro pelos deuses, se mais alguém duvidar de mim, vou surtar.

— Duvido... — sussurrou Olivia, sorrindo.

Olhei feio para ela.

— Rá! Engraçadinha.

— Desculpa. — Olivia abraçou Caleb.

Aparentemente, estavam de bem outra vez, o que me deixava feliz. Eu gostava do jeito como os dois se olhavam quando não estavam brigando.

— Mas aposto que foi bizarro.

— Bizarro é pouco.

— Ela era velha pra caramba — disse Caleb. — Mas ainda assim... Era até meio divertida.

"Divertida" não era uma palavra que eu usaria para descrever vovó Piperi. Eu me recostei na cadeira e deixei que meus olhos se fechassem enquanto Olivia e Caleb falavam sobre a festa à qual tinham ido em segredo na noite anterior. Senti certa inveja e amargura por não ter sido convidada. Talvez Caleb também achasse que eu era mais puro-sangue que meio. *Eca!*

Meus pensamentos retornaram a Piperi. Eu andava envolvida demais com Aiden quase sendo descoberto e com meu relacionamento não existente para refletir a respeito do que o oráculo havia me dito antes de morrer.

Nossa conversa não fizera muito sentido, o que não chegava a surpreender. A única coisa importante que eu absorvera era que havia um cara que não era quem parecia, que enganava todo mundo. Se ela não tivesse se desvanecido um segundo depois, talvez tivesse dito o nome dele, o que ajudaria muito. Aquela parte eu não havia revelado a ninguém. Não podia ter certeza de que não se tratava de um amigo meu. Em algum momento da minha reflexão, devo ter pegado no sono, porque de repente precisei me recompor ao ouvir meu nome.

— Srta. Andros.

Abri os olhos e deparei com Leon à porta da sala de jogos.

— Oi?

— Você não deveria estar aqui.

Estranho. Quando tinham destacado Leon como minha babá? Eu só o via no campus quando ele tinha notícias terríveis e urgentes a dar.

— Ah, vai — resmunguei.

Caleb olhou por cima do encosto do sofá.

— Ela não está incomodando ninguém.

Leon nem olhou para ele.

— Vamos.

Caleb se virou para mim.

— Um dia desses, você vai estar livre. E aí tudo que tem de errado no mundo vai se acertar.

Me levantei da cadeira, revirando os olhos para Caleb.

— Leon, podemos marcar para eu brincar com meus amiguinhos? — perguntei, arrancando uma risadinha de Olivia.

A expressão de Leon permaneceu neutra.

— Talvez você possa brincar com seus amiguinhos se passar uma semana sem arranjar encrenca.

— Então não. — Caleb sorriu para mim. — Bom, pelo menos você sabe o que precisa fazer. Ficar uma semana longe de encrenca. *Uma semana inteira.*

Dei um tapa na nuca de Caleb enquanto passava pelo sofá. Ele tentou revidar, mas Olivia o conteve.

— Tchau! — ela me disse, já se aconchegando no namorado.

Acenei para os dois e segui Leon até o corredor. Eu me sentia um pouco desconfortável andando ao lado dele. Ele tinha mais de dois metros de altura e parecia ser um lutador profissional. Fora que eu não sabia o quanto ele estava a par da situação. Tinha ficado surpreso quando Marcus mencionou que eu era o Apólion.

Procurei algo para dizer, mas não encontrei. Então meus olhos recaíram sobre a estátua de Apolo.

— Ei, você é meio parecido com Apolo. Já te disseram isso? Só falta ser loiro e com os hormônios à toda. Talvez ele seja seu tatatatataravô ou coisa do tipo.

Leon olhou para a estátua de mármore.

— Não. Ninguém nunca me disse isso.

— Ah! Estranho. Porque você parece mesmo. Será que tem mais alguma coisa em comum com ele?

— Como o quê?

— Apolo não gostava de rapazes bonitos? — Dei risada. — Espera, Apolo não gostava de qualquer criatura capaz de andar? Antes que elas fossem transformadas em árvores ou flores, claro.

— *Quê?* — Leon parou na hora e me olhou feio. — Alguns mitos são verdadeiros, mas a maior parte é exagero.

Ergui as sobrancelhas.

— Não sabia que você era fã dele. Desculpa.

— Não sou.

— Tá. Então esquece.

— Sabe o que eu gostaria de saber, Alexandria? — perguntou Leon após um momento.

— Não. Não sei. — O ar esfriava rapidamente e eu estremeci.

— Como foi que você deparou com o oráculo imediatamente antes que ela morresse?

Olhei em volta, para o campus quase vazio, e vi apenas sentinelas e guardas. Não tinha percebido a hora passar.

— Não faço ideia. Acho que dei sorte.
— Duas vezes?

Fiz questão de encará-lo. Era outra coisa que eu não sabia que ele tinha conhecimento.

— Acho que sim.

Leon assentiu. Seus olhos foram para o caminho que levava ao dormitório feminino.

— Sabia que o oráculo só procura quem ele quer? Que muitos, *muitos* puros-sangues passam a vida toda sem deparar com ele uma única vez?

— Não. — Abracei meu próprio corpo, me perguntando onde o verão havia ido. Era quase fim de outubro, mas em geral não esfriava tanto.

— Então ela devia ter algo muito importante para te dizer — prosseguiu Leon. — E não só que a história pode ser mudada.

Meus passos se tornaram mais lentos conforme eu repassava as palavras do oráculo. *Ele não é o que parece. Enganou a todos... Ele serve a dois mestres.* Olhei para Leon, preocupada com o rumo que aquela conversa estava tomando. Não sabia nada a respeito dele, só de sua enorme habilidade de aparecer quando eu não o queria por perto. E sua adoração por Apolo, claro.

— Mas foi só o que ela disse.

Leon parou diante dos degraus do dormitório e cruzou seus braços enormes.

— Parece bastante vago.

— Piperi é... *era* sempre vaga. Nada que ela dizia parecia fazer sentido pra mim.

Ele inclinou a cabeça e um sorrisinho apareceu em seu rosto. Acho que foi a primeira vez que o vi sorrir.

— Oráculos são assim. Dizem a verdade, você só precisa realmente ouvir.

Levantei as sobrancelhas.

— Bom, então acho que não ouvi.

Leon me olhava com uma expressão dura.

— Tenho certeza de que, no momento certo, você vai ouvir. — Então ele deu meia-volta e foi embora.

Permaneci ali um momento, olhando para suas costas. Fora a conversa mais longa que já havíamos tido. E rivalizava com as que eu havia tido com o oráculo em falta de sentido.

Também me deixou bastante desconfortável. Havia algo esquisito em Leon — um traço sobrenatural que eu não conseguia identificar. Poderia ser ele o homem misterioso que o oráculo mencionou?

Estremeci e subi. Torcia para que não fosse o caso. De jeito nenhum conseguiríamos derrubar um homem daquele tamanho em uma batalha.

10

Eu estava supernervosa.

O que tinha tudo a ver com a caixinha na minha mochila. Havia sido legal da parte de Deacon embrulhar a palheta de guitarra, porém eu me sentiria uma idiota entregando a Aiden o presente, depois de tudo o que havia acontecido entre nós no zoológico.

No entanto, precisava entregar o presente, ou correria o risco de Deacon fazer um comentário e piorar ainda mais as coisas para mim. Fora que era só uma palheta de guitarra. Não era como se gritasse *"eu te amo"* nem nada do tipo. Não que importasse, depois de já ter lhe falado aquilo.

Passei o treino todo com Aiden meio distraída e superatenta ao mesmo tempo. Perdi várias chances de dar os parabéns e de entregar a porcaria do presente. Mas não conseguia me convencer a fazê-lo.

E se ele risse de mim? E se odiasse o negócio? E se olhasse pra mim, perguntasse "Pra que isso?", atirasse a caixinha no chão e pisasse em cima?

Eu não conseguia parar de pensar de quantas maneiras aquilo podia dar errado. A reação dele realmente importava? Desde a visita ao zoológico e minha declaração constrangedora, Aiden vinha sendo supertranquilo. Poucas vezes eu o peguei me observando com interesse. Eu sempre me perguntava o que se passava na cabeça dele naqueles momentos.

Aiden me olhou estranho outra vez, e eu senti o rosto queimar. Nunca me odiei tanto.

O treino acabou. Com o coração martelando no peito, eu me inclinei e peguei a caixinha branca da mochila. Deacon tinha até amarrado um laço preto em volta. Eu não fazia ideia de que ele fosse tão cuidadoso.

— O que está fazendo, Alex?

Eu me levantei, com a caixinha nas mãos.

— E aí, você vai fazer alguma coisa, hã, especial hoje à noite?

Aiden deixou cair o pedaço de tatame que tinha nas mãos.

— Não. Por quê?

Eu me remexi, desconfortável, mas mantive a caixa escondida na mão.

— É seu aniversário. Não deveria comemorar?

A surpresa ficou evidente em seu rosto.

— Como você sabia que era hoje? Espera... — Ele abriu um sorriso pesaroso. — Deacon contou.

— Bom, seu aniversário é um dia antes do Halloween. Meio difícil esquecer.

Aiden limpou as mãos.

— Vamos sair para jantar, nada de mais.

Sorri, chegando mais perto.

— Bom, já é alguma coisa.

— É, já é alguma coisa.

Dá logo a caixinha, Alex.

— Você não vai trabalhar à noite, né? — *Dá logo a caixinha e para de falar, Alex. Pra sempre.*

Aiden abriu um sorriso rápido e olhou para mim.

— Não. Estou de folga. Alex, eu queria dizer que...

Dei um passo à frente e estendi as mãos na direção do peito dele. Bom, estendi a caixinha na direção do peito dele.

— Parabéns! — Eu parecia e me sentia uma boboca.

Ele arregalou os olhos surpresos, depois voltou a olhar para mim e sacudiu a caixinha.

— O que é isso?

— É só um presentinho. Nada demais — disse eu depressa. — De aniversário. Claro.

— Alex, você não precisava ter feito isso. — Ele virou a caixinha com seus dedos graciosos. — Não precisava ter comprado nada.

— Eu sei. — Afastei o cabelo do rosto. — Mas eu quis.

— Posso sacudir?

— Pode, sim. Não quebra.

Sorrindo, ele sacudiu a caixinha. A palheta bateu contra as laterais. Aiden voltou a olhar para mim, depois desamarrou o laço preto. Prendendo o fôlego, eu o observei abrindo a tampa e olhando dentro. Seus olhos se estreitaram e seus lábios se entreabriram. Eu não sabia o que aquela expressão significava. Devagar, ele tirou a palheta da caixinha.

Aiden a segurou entre dois dedos compridos, incrédulo.

— É preta.

Olhei em volta.

— Isso. É preta. Hum, notei que você tinha de várias cores, mas não preta. — Ele continuou olhando para a palheta, perplexo. Cruzei os braços, com vontade de chorar. — Se não gostou, dá pra devolver. Comprei pela internet. Eles...

— Não. — Aiden levantou a cabeça, e seus olhos encontraram os meus. Estavam cinza-escuros, quase prateados. — Não. Não quero devolver. — Ele virou a palheta nos dedos e passou o dedão em cima. — É perfeita.

Fiquei vermelha. Ainda sentia vontade de chorar, mas no bom sentido.

— Acha mesmo?

Aiden deu um passo à frente. Seus olhos pareciam piscinas. Eram todo o seu rosto, todo o meu mundo. Eu não sabia o que ia acontecer a seguir. Tudo o que sabia era que estava ligada a ele, de maneira irrevogável.

— Aí estão vocês. — Marcus se encontrava à entrada da sala de treino. — Procurei os dois em toda parte.

Houve certa graça no modo como Aiden enfiou rapidamente o presente no bolso da calça e se virou. Não pude mais ver seu rosto, mas sabia que não transmitia nenhuma emoção. Seus olhos talvez entregassem tudo, mas Marcus não era capaz de ler a emoção neles como eu era.

Por outro lado, eu estava certa de que meu rosto entregava tudo. Corri até a mochila e fiquei olhando para as alças como se fossem fascinantes.

— O que posso fazer por você? — perguntou Aiden casualmente.

— O treino de vocês passou um pouco do horário, não?

— Já estávamos terminando.

— O que você está fazendo aí, Alexandria? — quis saber Marcus.

Xingando baixo, coloquei a mochila no ombro e encarei meu tio. Marcus usava um terno de três peças. Ninguém mais no campus se vestia tão bem quanto ele.

— Nada, só estava pegando minhas coisas.

Marcus ergueu uma sobrancelha com toda a elegância.

— Você se atrasou e segurou Aiden? Devia ter mais respeito pelo tempo dele.

Olhei feio para meu tio, mas consegui manter a boca fechada.

— Está tudo bem — garantiu Aiden. — Ela não se atrasou.

Marcus assentiu.

— Que bom que peguei vocês dois juntos!

Ergui as sobrancelhas, morrendo de vontade de rir. Aiden não pareceu achar graça naquilo.

— Pensei no que você sugeriu e concordo, Aiden.

Rugas de expressão se formaram em torno da boca dele.

— Ainda não tive a chance de discutir o assunto com Alex.

Marcus franziu a testa.

— Não precisa se preocupar com isso. Você se saiu maravilhosamente bem com ela. Devo admitir que não acreditava que Alexandria conseguiria recuperar o atraso, mas você tinha razão. Podemos encerrar os treinos extras.

Dei um passo à frente, sem sentir o chão sob os pés.

— Encerrar os treinos extras?

— Aiden acha que você não precisa mais deles, e eu concordo. Ainda vai trabalhar com Seth, no entanto, mas assim vai ter mais tempo para si e Aiden poderá retornar integralmente a seus deveres de sentinela.

Fiquei olhando para Marcus, ouvindo o que ele dizia sem entender. Então me virei para Aiden. Seu rosto estava inexpressivo. Eu sabia que deveria me sentir bem a respeito, porque era um passo enorme na direção certa. Marcus havia meio que me elogiado. Contudo, não conseguia superar o buraco que se abria no meu peito. Aiden e eu nunca nos veríamos se não treinássemos juntos.

— Você e Seth já conversaram, Aiden? — perguntou Marcus. — Já discutiram o que ainda pode ser melhorado?

— Sim, Seth sabe o que pode melhorar. — A voz de Aiden soava surpreendentemente vazia e constante.

Ele já havia falado a respeito com Seth? Inspirei fundo, mas parecia que meus pulmões não absorviam o oxigênio. Senti um estranho aperto no peito enquanto meu cérebro tentava me dizer que eu sabia que aquele dia chegaria. Só não pensava que viria tão cedo.

— Bom, não quero segurar você. Aproveite o jantar. — Só então Marcus pareceu se lembrar de que eu continuava ali. Ele se virou para mim com um sorriso educado. — Boa noite, Alexandria.

Meu tio não aguardou por minha resposta, o que era bom, porque eu não tinha uma. Assim que tive certeza de que não me ouviria, eu me virei para Aiden.

— Você não vai mais me treinar?

Ele não conseguiu me encarar.

— Eu ia conversar com você sobre isso. Acho que...

— Você *ia* conversar comigo? Por que não conversou antes de falar com Marcus?

— Falei com Marcus na semana passada, Alex.

— Quando... quando voltamos do zoológico? Por isso você estava na sala dele quando cheguei?

Aiden ainda não havia olhado para mim desde que Marcus soltara a bomba.

— Isso.

— Eu... não entendo. — Eu me agarrei à alça da mochila, como se fosse um salva-vidas. — Por que não quer mais me treinar?

— Você não precisa mais que te treine, Alex. — Seu corpo ficou tenso. — Já tirou o atraso em relação aos outros alunos.

— Se é verdade, então por que passou os pontos em que ainda posso melhorar pro Seth? Por que não faz isso pessoalmente?

Aiden me deu as costas de vez enquanto passava a mão pelo cabelo.

— Você precisa de tempo livre. Está sempre exausta. Algo tinha que ser cortado. Seu trabalho com Seth é muito mais importante que seu trabalho comigo. Ele pode te ajudar com os elementos, preparar você para quando despertar.

Eu ouvia um estranho zumbido, que só fazia tudo parecer ainda mais surreal.

— Não é verdade. Não preciso de Seth.

Aiden finalmente virou a cabeça na minha direção.

— Você não precisa de mim, Alex.

Foram necessárias várias tentativas para que as palavras seguintes passassem pelo nó na minha garganta.

— Preciso sim. Sem os treinos, não vamos mais nos ver.

— Vamos nos ver no conselho, vamos nos ver por aqui. Não seja ridícula.

Ignorei a frieza em sua voz.

— Mas e depois? Não vou mais te ver.

Minha voz falhou. Foi humilhante e triste ao mesmo tempo.

— Bom, acho que... é melhor.

Parecia que ele esmagava meus pulmões com as mãos. Respirei fundo e procurei me acalmar, mas sentia uma dor crua no peito. Ela latejava de uma maneira que me parecia muito real. Por um tempo, fiquei só olhando para Aiden.

— Isso é por causa... do que eu te disse no zoológico? É o motivo de você não querer mais me treinar?

O corpo magro de Aiden voltou a ficar tenso, e um músculo em seu maxilar palpitou.

— Tem a ver com isso sim.

Senti meu coração quebrando.

— Foi porque... porque eu disse que te amo?

Ele produziu um ruído no fundo da garganta.

— E porque eu não... — Aiden desviou o rosto. — Não sinto a mesma coisa. Não posso sentir. Tudo bem? Não posso me permitir me apaixonar por você. Se me apaixonasse, tiraria tudo de você, *tudo*. Não posso fazer isso. Não vou fazer isso com você.

— Quê? Isso não...

— Importa sim, Alex.

Tentei pegar seu braço, mas Aiden se afastou de mim. Magoada, abracei minha própria cintura.

— Você está dizendo isso...

— Chega. — Ele voltou a passar a mão pelo cabelo.

A crueza de suas palavras foi cortante.

— Então por que falou aquelas coisas no zoológico? Que se importava comigo. Que queria quebrar as regras por mim. Por que disse aquelas coisas?

Os olhos de Aiden estavam cinza como metal quando se fixaram em mim e tive que recuar. Eu não o reconhecia. Ele nunca havia me olhado com tanta frieza, com tanto desapego.

— Eu me importo mesmo com você, Alex. Não... não quero que nada de ruim te aconteça e não quero que você se machuque.

— Não. — Balancei a cabeça. — É mais que isso. Você... você... segurou minha mão. — A última parte saiu em um sussurro digno de pena.

Ele se encolheu.

— Foi... um erro bobo.

Agora quem se encolheu fui eu. Não consegui evitar que as palavras seguintes saíssem.

— Não. Você me quer...

— É claro que eu te *quero* — disse ele, duro. — Sou um homem, e você é uma mulher bonita. Não tenho como evitar. Desejar você fisicamente não tem nada a ver com como me sinto em relação a você.

Minha boca se abriu, mas nada saiu. Pisquei contra as lágrimas quentes que ameaçavam rolar.

Aiden cerrou as mãos em punho.

— Você é meio-sangue, Alex. Não pode me amar. E puros-sangues não amam meios-sangues.

Recuei, como se ele tivesse me dado um tapa na cara. Eu me sentia constrangida, humilhada até. Como pude me confundir tanto em relação a seus sentimentos? Eu tinha entendido *tudo* errado. Minha respiração saiu entrecortada. Me virei enquanto Aiden fechava os olhos e baixava a cabeça. Com o estômago embrulhado e atordoada, retornei ao dormitório.

O pior era a vergonha. Eu não conseguia ver mais nada, não conseguia pensar. Lutava desesperadamente contra a ardência em meus olhos. Chorar não resolveria nada, porém era tudo o que eu queria fazer. Meu peito parecia ter sido rasgado e meu coração, destroçado.

Quando abri a porta do quarto, não fiquei exatamente surpresa ao deparar com Seth no sofá. Apenas curiosa. Precisava dar um jeito de impedir que abrissem minha janela.

Ele nem levantou a cabeça.

— Oi.

— Vai embora, por favor. — Larguei a mochila no chão.

Seus lábios se franziram, mas Seth permaneceu olhando para a frente.

— Não posso fazer isso.

Uma emoção feroz me tomou, agonizante e pura. Eu não podia... não ia perder o controle na frente de Seth.

— Estou falando sério. Cai fora.

Ele levantou a cabeça. Seus olhos estavam da cor do pôr do sol.

— Sinto muito... mas não posso ir.

Dei um passo à frente, com os punhos cerrados.

— Não me interessa o que estou transmitindo agora ou como afeta você. Vai embora, por favor.

Devagar, Seth se levantou.

— Não vou. Você precisa de companhia.

De repente, eu odiava a conexão que revelava minhas emoções a Seth mais do que qualquer outra coisa na vida.

— Não me obrigue a te mandar embora, Seth.

Em um segundo, ele estava bem à minha frente. Pegou meus braços e baixou a cabeça para que nos encarássemos.

— Olha, eu posso sair do seu quarto. Beleza. Mas você ainda vai se sentir péssima, o que significa que *eu* ainda vou me sentir péssimo.

Inspirei com dificuldade, incapaz de escapar dele. Lágrimas faziam meus olhos arderem e eu quase engasgava com o nó na minha garganta.

Ele respirou fundo.

— Eu sabia que você estava mentindo quando disse que não o amava. Por que está fazendo isso consigo mesma? Aiden é como qualquer outro puro, Alex. É claro que, em alguns momentos, não parece, mas, no fundo, ele é um puro-sangue.

Desviei o rosto, mordendo o lábio até sentir gosto de sangue. Uma hora atrás, nunca teria concordado com aquilo, mas o próprio Aiden disse o mesmo.

— E mesmo se ele te amasse, o que aconteceria? Você se contentaria em ser algo que Aiden precisa *esconder*? Toparia mentir pra todos e vê-lo fingir que não se importa com você? E quando vocês fossem pegos, abriria mão de sua vida por ele?

Eram boas perguntas, perguntas que eu já havia feito a mim mesma inúmeras vezes.

— Você é importante demais, especial demais, para jogar tudo pro alto por um puro. — Seth suspirou e pegou minhas mãos. — Bom, eu trouxe um filme pra gente ver, aquele com os vampiros cintilantes. Achei que toparia.

Eu o avaliei em silêncio. Sua aparência permanecia igual — como a de uma estátua viva e respirando. Perfeição sem nenhuma humanidade. No entanto, ali estava ele.

— Não consigo te entender.

Seth não respondeu, só me sentou no sofá. Então, colocou o filme e voltou para se sentar também.

— Sou inconstante — disse ele afinal, mexendo no controle remoto.

Olhando para ele, uma risadinha abafada me escapou. Inconstante? Era mais como se tivesse dupla personalidade. Mas quem era eu para julgar a sanidade de alguém? Havia me apaixonado por um puro-sangue.

Só de pensar em Aiden senti uma pontada no peito. Meu coração devia ter ficado na sala, sangrando no tatame. Procurei me concentrar no filme, mas meu cérebro não estava a fim. Imediatamente, comecei a reviver a conversa com Aiden — todas as nossas conversas, na verdade. Como ele podia ter passado do rapaz para quem eu podia contar tudo, em quem eu podia confiar e me apoiar, que fazia meu coração acelerar com o menor sorriso ou elogio, a alguém tão frio quanto eu acreditava que Seth fosse?

Seth, no entanto, estava bem ao meu lado.

Talvez ele não fosse tão frio quanto parecia, e talvez Aiden não fosse tão perfeito quanto eu acreditava que fosse.

Talvez, além de ter um péssimo gosto para homem, eu julgasse mal as pessoas.

Seth voltou a suspirar, agora mais alto que antes. Devagar e quase casualmente, ele estendeu o braço e me deitou no sofá. Acabei com a bochecha esmagada contra sua coxa e seu braço pesado sobre mim.

— O que você...?

— Shh... — murmurou ele. — Estou vendo o filme.

Eu tentei me sentar, mas não cheguei muito longe. Seu braço pesava uma tonelada. Desisti após várias tentativas malsucedidas.

— Então... Hum, você é time Edward?

Ele desdenhou.

— Não. Sou time James ou time Tyler, mas é inútil, porque ela continua viva.

— Pois é.

Seth não disse mais nada. Uma hora, meu corpo relaxou e a dor se abrandou. Continuava ali, porém abafada pela presença quase opressora de Seth, com nossa conexão fazendo seu trabalho. Talvez aquele fosse o motivo de Seth ter aparecido. Ou talvez ele só quisesse testemunhar minha tolice.

11

A semana seguinte foi péssima.

Péssima de um jeito com o qual eu não estava totalmente desacostumada. Tinha gostado de outras pessoas antes, tinha até ficado louca por algumas delas. Mas nunca havia amado ninguém além de minha mãe e Caleb, o que era totalmente diferente.

Porque doía pra caramba.

Não ver mais Aiden depois da aula parecia errado. Era como se tivesse algo faltando, como se eu tivesse esquecido algo superimportante. Nos dias em que treinaria com ele, eu procurava me distrair com Caleb e Olivia, mas acabava indo para o quarto e ficando na fossa até Seth aparecer.

Sentia saudade de Aiden, e muita. A dor consumia cada minuto que eu passava acordada, me transformando em uma daquelas meninas cujo mundo acabava quando levava um fora. Passei a viver uma existência miserável — e insuportável.

— Você vai se levantar em algum momento do dia? — Caleb estava sentado com as costas apoiadas na cabeceira da minha cama. Tinha um livro fechado sobre a perna.

Eu havia contado sobre minha humilhação alguns dias antes. Assim como Seth, não ficou surpreso com o final da história e ficou puto com o fato de eu ter alimentado a ideia de um relacionamento com Aiden aquele tempo todo. O que só fazia com que eu me sentisse ainda mais tonta.

Quando não respondi, ele me cutucou com o joelho.

— Alex. São quase sete e você ainda não se mexeu.

— Não tenho nada pra fazer.

— Pelo menos tomou banho? — perguntou Caleb.

Eu me virei e enfiei o rosto no travesseiro.

— Não.

— É meio nojento.

Minha resposta saiu abafada.

— É.

Um segundo depois, o celular de Caleb fez um barulhinho irritante na mesa ao lado da cama, e o livro foi ao chão. Não me movi. Caleb se esticou por cima de mim, enfiando um cotovelo nas minhas costas.

— Deuses! — gritei no travesseiro. — Ai!

— Xiu — fez Caleb, ainda estendido sobre mim. Seus cotovelos ossudos pressionavam minhas costas enquanto ele pegava o celular para ver as mensagens.

Virei a cabeça para o lado, a única coisa de que era capaz de fazer.

— Nossa, como você é pesado! Quem é? Olivia?

Caleb se virou de lado, fazendo minhas costas estalarem no processo. Foi até gostoso.

— É. Olivia quer saber o que é o fedor que está chegando até o quarto dela.

— Cala a boca.

— Falando sério, ela quer saber se você tomou banhou. — Caleb se virou de bruços. — Você até que é confortável, sabia? Acho que está ficando mais fofinha.

— Para com isso, seu idiota!

Ele riu.

— Olivia perguntou se a gente não quer ver um filme.

— Sei lá.

— Como assim? Sim ou não?

Consegui dar de ombros.

Caleb fungou.

— Olha, passei o dia inteiro aqui, enquanto você olhava pro teto como uma tonta. Agora vai levantar e tomar um banho, pra gente ver um filme aqui. Depois eu e Olivia vamos embora, fazer sexo intenso. E não se fala mais nisso.

— Nossa, preferia não ter essa imagem na minha cabeça!

— Problema seu. Mas e aí? Você topa?

Revirei os olhos.

— É quase hora do toque de recolher.

— E daí? — Caleb deixou o celular perto da minha cabeça. Quando percebi, estava sentado nas minhas costas, com as mãos nos meus ombros. — Faz um tempão que não nos divertimos, Alex. E você precisa de diversão. Imediatamente.

— Você vai me matar — soltei. — Não consigo... respirar.

— Não é como se eu estivesse sugerindo um *ménage*. Só vamos até o refeitório pegar comida e bebida pra depois ver um filme.

Tirei a cabeça do travesseiro.

— Então você *não* está sugerindo um ménage? Minha vida acabou.

— Se concentra na ideia geral. Com o seu castigo e a porcaria das regras novas, não temos feito nada de legal. — Caleb continuou falando enquanto seu celular vibrava no meu ouvido. — Fora que semana que vem tem o conselho e você vai passar semanas fora. Precisamos disso. Você precisa disso. É nossa última chance.

115

— Não vai ver suas mensagens? Esse barulho é irritante.

Ele se inclinou para a frente e encostou a cabeça na minha nuca.

— Onde está a velha Alex que eu conheço e amo, minha amiga maluquete?

Grunhi, incapaz de tirá-lo de cima de mim.

— Para, Caleb.

— Anda, vai. O que mais você tem pra fazer?

O que mais? Ficar no quarto a noite toda, com pena de mim mesma... o que era patético. Ver um filme com Caleb e Olivia me faria bem. Por um tempinho, eu poderia esquecer Aiden, esquecer o quanto o amava e o fato de que ele tinha me rejeitado.

Fechei os olhos com força.

— Você acha que... fui tonta nessa história toda com Aiden?

Caleb se debruçou de novo e colou a bochecha na minha.

— Acho. Você foi e ainda está sendo. Mas ainda te amo.

Dei risada.

— Tá. Beleza.

Ele saiu de cima de mim e ficou deitado de lado.

— Sério?

— Sério. — Eu me sentei. — Mas preciso tomar banho primeiro.

— Graças aos deuses. Você está fedendo.

Dei um soco no braço dele e saí da cama.

— Ainda cheiro melhor que você, mas te amo mesmo assim.

Caleb deixou o corpo cair para trás.

— Eu sei. Você estaria perdida sem mim.

Uma hora depois, Olivia despejou três pacotes de pipoca de micro-ondas com manteiga, um pacote de balas e um monte de barras de chocolate na minha mesa de centro.

— Você tem comida estocada no quarto, é? — perguntei, pegando uma bala.

Ela riu enquanto tirava mais sacos de balas azedinhas do bolso do moletom.

— Gosto de estar sempre abastecida. Agora, a gente só precisa de bebida.

— E é aí que Alex e eu entramos. — Caleb abraçou a cintura de Olivia.

Continuei chupando minha bala, já de olho no chocolate. Vinha assaltando as máquinas de venda automática naquela semana, e os deuses sabiam que não precisava de mais.

— Vou pegar uma sacola.

Fui até o guarda-roupa e revirei tudo até encontrar uma azul-escura que serviria, depois voltei para a sala.

Foi como se, no meio-tempo, Caleb tivesse caído na boca de Olivia, de tão profundamente que os dois se beijavam. Revirando os olhos, tirei a bala da boca e atirei na nuca de Caleb. Ele se virou, passando a mão pelo cabelo, então olhou para baixo e encontrou a bala no chão.

— Eca! — disse Caleb. — Que nojo, Alex!

Rindo, Olivia o contornou.

— Você estava com um gosto azedinho, lindo.

— Argh — gemi, prendendo meu cabelo ainda úmido em um coque. — Eu não precisava saber disso.

Olivia me mostrou o dedo do meio e se sentou no sofá. Seu cabelo estava preso em uma trança grossa, que caía por cima do ombro. Eu desconfiava que seu jeans rasgado e seu moletom cinza tinham custado uma bela grana.

— Bom, a missão de vocês, caso decidam aceitá-la, é voltar com um saco de delícias líquidas em lata. Vai ser arriscado, mas valerá a pena. Topam?

Olhei para Caleb, sorrindo.

— Não sei. Parece perigoso. Vai ter guardas e sentinelas no caminho até a máquina dos refrigerantes. O que acha, Caleb?

Ele tirou um elástico do pulso e prendeu o cabelo loiro que ia até os ombros em um rabo de cavalo baixo.

— Vamos precisar ser fortes e corajosos, astutos e rápidos. — Caleb fez uma pausa dramática. — Não falharemos.

— Ah, gosto quando você fica todo sério e machão! É sexy. — Olivia se inclinou para beijar a bochecha de Caleb, o que levou a mais uma sessão de beijos fogosos.

Desconfortável, procurei me concentrar em qualquer coisa que não os dois. Não deu certo.

— Mais um pouco e vocês vão engravidar com esse beijo...

Caleb recuou, com o rosto vermelho.

— Algum pedido especial?

— Qualquer coisa com muita cafeína — respondeu Olivia, ajeitando o moletom. Seus olhos brilhavam. — Não demorem muito e não sejam pegos.

Dei risada.

— Pegos? Você é uma mulher de pouca fé.

Olivia se despediu com um aceno, se sentou e começou a mexer no controle remoto. Fiz sinal para que Caleb me seguisse até o quarto, então abri a janela que Seth costumava usar e segurei bem a sacola.

— Pronto?

Caleb confirmou. Suas bochechas permaneciam rosadas.

— Depois de você.

Passei as pernas pelo parapeito e permaneci assim por um momento, dando uma olhada em volta. Quando concluí que não havia ninguém, saltei um metro e meio até o chão, aterrissando de cócoras e me levantando em seguida.

— Tudo certo, mas fica esperto.

Caleb enfiou a cabeça para fora.

— Até rimou.

— Pois é. Você é muito observador. — Eu me afastei para que Caleb pulasse.

Ele aterrissou ao meu lado e endireitou os ombros.

— Por onde?

Eu me virei na direção do dormitório.

— Por aqui. Tem mais sombra.

Caleb assentiu e partimos para o refeitório. A combinação do meu cabelo úmido e do ar fresco me deixava arrepiada.

Nós nos mantivemos nas sombras, andando junto ao prédio. Ambos sabíamos que era melhor nos manter em silêncio, considerando que guardas e sentinelas tinham uma audição apurada quando se tratava de alunos tentando passar despercebidos.

Quando cheguei à esquina, dei uma espiada. Era difícil distinguir muita coisa na escuridão. Eu me perguntava como os guardas veriam um daímôn à espreita.

Caleb parou ao meu lado e fez um sinal que não consegui decifrar. Parecia uma guarda de trânsito.

— O que isso significa? — sussurrei, confusa.

Ele sorriu.

— Não sei. Mas parece o momento certo.

Revirei os olhos, ainda que sorrisse.

— Pronto?

— Pronto.

Começamos a cruzar o espaço amplo entre o dormitório feminino e as salas de treino. No meio do caminho, Caleb me empurrou na direção de um arbusto. Xingando baixo, corri atrás dele. Caleb foi rápido e alcançou a segurança um pouco antes de mim. Então se recostou na lateral da arena, rindo um pouco.

Dei um soco na barriga dele.

— Tonto. — Limpei as folhas da calça jeans.

Em seguida, passamos pelo centro médico, contornamos o prédio onde guardavam as armas e os uniformes, e demos com os fundos do refeitório e da sala de descanso. Caleb sabia como entrar no refeitório mesmo com a porta principal fechada. Ele já havia assaltado o lugar várias vezes.

Uma sombra se moveu mais à frente, misturando-se ao céu noturno. A forma chegava mais perto, o que nos obrigou a ficar bem junto à construção. Aguardamos até que o guarda virasse a esquina do centro médico. Quase ser pegos só tornava mais emocionante fazer coisas que não deveríamos fazer. Eu sabia que Caleb gostava daquilo também. Seus olhos azuis pareciam brilhar e o sorriso travesso em seu rosto se ampliou.

Um som repentino — parecido com alguém perdendo o ar — rompeu o silêncio. Olhamos um para o outro, intrigados. O sorriso de Caleb diminuiu um pouco quando nos encaramos. Dei de ombros e me esforcei para ouvir, mas o silêncio reinava. Devagar, me virei e procurei enxergar na escuridão.

— Acho que está tudo bem... — sussurrei.

Avançamos rápido, então desaceleramos ao chegar aos fundos do refeitório, de olho em mais guardas. Respirei fundo e me arrependi no mesmo instante, por conta do fedor de comida apodrecendo. Havia latas de lixo derrubadas e sacos de lixo preto caindo delas.

— Nossa, como é fedido aqui!

— Eu sei. — Caleb estava com as costas contra as minhas, olhando em volta. — Mas pode ser você também.

Dei uma cotovelada na barriga dele. Caleb se dobrou para a frente, gemendo. Fui contornar a lixeira, mas congelei. A luzinha da porta dos fundos, usadas pelos servos, banhava as latas de lixo de um tom sinistro de amarelo. Não estávamos sozinhos ali. Outra sombra se movia à frente, menor que o guarda que havíamos visto antes. Ergui a mão para silenciar os grunhidos de Caleb.

Ele endireitou o corpo e olhou por cima do meu ombro.

— Merda... — murmurou.

A sombra vinha na nossa direção. Empurrei Caleb para a parede. Nos segundos antes que fôssemos pegos, tive tempo de visualizar o rosto de Marcus quando nos levassem até sua sala no dia seguinte. Ou pior: talvez nos levassem a ele de imediato. Seria épico.

Caleb cravou os dedos no meu braço. Sua respiração era audível. Olhei em volta, procurando desesperadamente um lugar melhor onde nos escondermos. A única opção era entrar na lixeira, o que não ia acontecer. Eu preferiria enfrentar a fúria do meu tio a fazer aquilo.

A sombra chegou à lixeira, entrando no nosso campo de visão. Fiquei boquiaberta.

— Lea?

Ela pulou para trás e soltou um gritinho, mas se recuperou rapidamente e se virou para nós. Deu para ouvir o barulho de seus tênis sobre o cascalho.

— Porra! — disse ela. — Mas não estou surpresa de encontrar vocês dois no meio do lixo.

Caleb saiu de trás de mim.

— Nossa, que espertinha! Pensou nisso sozinha?

— O que está fazendo aqui? — Eu me afastei da lixeira e do fedor dela.

Os cantos dos lábios de Lea se franziram.

— O que *vocês* estão fazendo aqui?

— Ela deve estar voltando depois de ter se pegado com algum guarda. — Caleb manteve a cabeça virada, de olho na escuridão.

— Não mesmo — gritou ela, assustando a nós dois. — Odeio quando vocês dizem esse tipo de coisa! Não sou uma vagabunda!

Minhas sobrancelhas se ergueram.

— Bom, isso é passível de dis...

Lea me empurrou, fazendo com que eu recuasse alguns passos. Eu me segurei antes de cair sobre os sacos de lixo. A sacola caiu no chão, e eu a ataquei. Meus dedos estavam em suas mechas sedosas quando Caleb enlaçou minha cintura e me puxou para trás.

— Meus deuses, para. — Caleb rangeu os dentes. — Não temos tempo pra isso.

— Você me empurrou? — Tentei acertá-la de novo, mas Lea estava fora do meu alcance. — Vou arrancar cada fio de cabelo da sua cabeça!

Lea apertou os olhos e jogou o cabelo por cima do ombro.

— E o que mais, sua aberração? Quebrar meu nariz de novo? Fica à vontade. Mais uma briga e vão expulsar você daqui.

Dei risada.

— Quer testar essa teoria?

Ela desdenhou e me mostrou o dedo do meio.

— Você deve estar querendo mesmo. Aí vai poder passar mais tempo com seus amigos daímôn.

— Sua *filha da puta*! — Considerei a possibilidade de derrubar Caleb só para pôr as mãos no pescoço fino e bronzeado de Lea. Caleb deve ter desconfiado, porque me segurou mais forte. — Desculpe pelo que aconteceu com seus pais, beleza? Sinto muito pelo envolvimento da minha mãe. Mas você não precisa ser tão...

Passos se aproximando nos silenciaram. Eu me virei nos braços de Caleb. Tinha uma sentinela ali, nos observando. Seu cabelo loiro e comprido estava preso para trás, o que tornava suas feições mais acentuadas. Com a pouca luz, seus olhos pareciam vazios. Um arrepio desceu por minha espinha, apurando meus sentidos.

Caleb grunhiu e me soltou. Ajeitei a blusa e olhei feio para Lea. Considerava a garota cem por cento responsável por nos terem descoberto. Se ela não estivesse ali, fazendo sabia-se lá o quê, não teríamos nos demorado. Já estaríamos no refeitório, enchendo a sacola de refrigerante.

— Sei que parece ruim, mas... — começou Caleb a dizer.

— Os dois saíram escondidos — cortou Lea, com as mãos na cintura.

Olhei para a garota, com vontade de dar um tapa nela.

— E você não?

A sentinela inclinou a cabeça de lado. Ela abriu um sorrisinho que não revelou nenhum dente.

Então eu a reconheci. Era Sandra, a sentinela que havia se aproximado da janela do meu quarto ao me ouvir gritar durante o sono.

Lea arregalou os olhos para nós.

— Hum. Que esquisito... — murmurou ela, em uma altura que só eu e Caleb ouviríamos. Então cruzou os braços e inclinou a cabeça. — Está o maior fedor aqui — observou a garota, com sua voz mais esnobe. — Podemos andar logo com isso?

Caleb se engasgou com uma risada.

A cabeça de Sandra se virou para ele enquanto ela liberava a adaga do Covenant. Seus dedos se fecharam no punho da lâmina, seus olhos fixos em Caleb.

— Hum... — Caleb recuou um passo. Sua expressão indicava que ele queria rir, mas sabia que não devia. — Não há necessidade de pegar a adaga. Estávamos só saindo escondidos.

— Isso, somos meios-sangues felizes, sem qualquer traço de daímôn. — Lea me olhou de soslaio. — Bom, pelo menos dois de nós.

— Vou acabar com você — retruquei, olhando em sua direção.

Lea revirou os olhos, depois se virou para a sentinela.

— Não tenho nada a ver com... ai, meus deuses!

— Que foi? — Olhei para onde Lea olhava horrorizada e boquiaberta.

Sandra não estava sozinha. Atrás dela havia três daímônes puros-sangues, os rostos marcados por veias escuras e órbitas vazias. Quase não acreditei no que via. Meu cérebro tentou me forçar a agir. O ruído que havíamos ouvido antes e o comportamento estranho da sentinela de repente fizeram sentido. Sandra não tinha marcas visíveis, mas eu estava certa de que ela era uma daímôn — talvez até a daímôn por trás do ataque contra a jovem puro-sangue semanas antes. Como ninguém havia descoberto? A resolução daquele mistério teria que aguardar.

— Ah, não... — sussurrei.

— Escolhemos a noite errada pra sairmos escondidos. — O corpo magro de Caleb se tensionou e encolheu.

Um dos daímônes deu um passo à frente, sem se importar em usar magia elemental para se esconder. O que me pareceu estranho, porém eu não era uma especialista.

— Dois meios-sangues e... — Ele farejou o ar. — Alguma outra coisa. Ah, Sandra, excelente trabalho.

Seria possível que Seth tivesse me impregnado do cheiro dele? Agora conseguiam me distinguir assim?

— Eles falam? — comentou Lea, como se aquilo a horrorizasse. Ela nunca havia visto um daímôn, quanto mais falado com um.

— Bastante — respondeu Caleb.
O daímôn inclinou a cabeça para o lado.
— Vamos matar os três?
Sandra ergueu a adaga, ainda olhando para Caleb.
— Não me importo. Mas já esperei o bastante, então pelo menos um deles é todo meu.
A risada do outro soou distorcida.
— Você precisa de mais de um, quando se trata de meios-sangues, Sandra. Eles não são como os puros. Mas a menina é... diferente.
— Já matamos os guardas da ponte. — Os olhos do outro daímôn passaram de mim para Lea. Sua boca se abriu no que parecia ser um sorriso. Tudo o que vi foram dentes serrilhados. — Você não está totalmente sem éter. Mate o menino. Vamos levar essas duas conosco.

Meu estômago se revirou em repulsa. Procurei encontrar forças para sufocar o medo avassalador que sentia. Enfrentar daímônes sem titânio? Era maluco, suicida, mas devia ter guardas e sentinelas fazendo a ronda por ali — *tinha que ter*. Eles iam nos ouvir e ajudar.

Isso se aqueles quatro não tivessem matado todos. Eu não podia me permitir acreditar naquilo, porque sabia que Aiden e Seth estavam em algum lugar por perto, e não sucumbiriam numa noite daquelas — uma noite em que Caleb e eu só queríamos uns refrigerantes para assistir a um filme com Olivia.

Lea trombou comigo. Seu peito subia e descia depressa.
— Estamos ferrados.
— Talvez. — Eu me abaixei e peguei a tampa de uma lata de lixo. Então me endireitei e apertei seu braço. Ouvi Lea respirar fundo e senti seu corpo se enrijecer. Sabia que ela estava fazendo o mesmo que eu: invocando seu instinto e anos de treinamento. Soltei seu braço.

Caleb se movimentou à minha frente.
— Quando der, sai correndo.
Não tirei os olhos dos daímônes.
— Não vou deixar você. — Enquanto as palavras ainda saíam da minha boca, eles voaram para cima de nós.

12

Quando digo que eles "voaram" para cima de nós, foi literalmente isso.

Eu me abaixei quando um daímôn tentou me atingir na cabeça. Passei por baixo de seu braço e soquei sua garganta, então ouvi o barulho repulsivo da cartilagem cedendo. Ele caiu para trás, levando as mãos ao pescoço, sem ar.

— Droga! — ouvi Caleb gritar, então um corpo foi ao chão.

Em pânico, olhei em volta e soltei um suspiro aliviado quando vi Caleb sobre um daímôn.

Lea acertou o outro no peito com um chute giratório. Ele cambaleou, e ela o chutou de novo. Era rápida, firme e boa. O daímôn com quem lutava não tinha chance de se recuperar dos golpes. Ela não parava.

Virei a tampa da lata de lixo enquanto o daímôn com a laringe esmagada se levantava. Então acertei sua cabeça, depois olhei para o belo amassado que seu crânio deixara. Nada mal. Então acertei a cabeça do daímôn que não havia falado nada. Era tipo aquele jogo da toupeira. Só que o último daímôn conseguiu segurar meus ombros e meu puxou para si.

Cambaleei e deixei a tampa cair enquanto tentava me soltar. O daímôn se concentrou em um braço e me puxou com mais força, provocando uma dor lancinante no meu ombro. Finquei os pés no chão, mas, mesmo assim, fui arrastada pelo cascalho.

Lea o atacou por trás. Envolveu a cintura dele com as pernas, segurou sua cabeça e torceu. Ossos quebraram e cederam. O daímôn me soltou e foi ao chão, se retorcendo.

— Uau, você é tipo a Buffy! — disse eu, com os olhos arregalados. Parte de mim não acreditava que ela havia interferido para salvar minha vida. — Valeu. Estou te devendo uma.

Lea abriu um sorriso enorme.

— Precisamos fugir antes que...

Uma corrente de ar forte a acertou por trás, jogando-a contra a parede. Lea escorregou para o chão e caiu de lado, gemendo.

— Lea! — Fiz menção de ir atrás dela, mas Sandra me impediu. Parei, com dificuldade de respirar.

Caleb estava lutando contra o daímôn que havia feito Lea voar, porém era a daímôn meio-sangue que chamava minha atenção. Lutar contra daímônes meios-sangues, e ainda mais com uma que havia sido treinada como sentinela, não era como lutar contra daímônes puros.

E aquela daímôn meio-sangue sabia.

Com um sorriso frio, ela deu um passo à frente.

— Já chega de brincadeira. Você não tem como me vencer.

Gelo correu por minhas veias. Ela me agarrou pela blusa. Não vi nada além de uma luz branca quando fui ao chão. O cascalho cortava minhas palmas enquanto eu me colocava em pé, tonta e cambaleante.

Lea se colocou de pé também e correu na direção da daímôn meio-sangue. Eu queria apertar o stop e voltar a fita. Não conseguia me mover rápido o bastante. Não conseguia gritar alto o bastante. Talvez, se outra chance se oferecesse, pudesse impedir Lea. No entanto, tudo se movia e mudava com uma velocidade incrível.

Ela atacou a daímôn, acertando seu queixo com um soco. A cabeça da daímôn foi jogada para trás, e só. Devagar, ela se virou para Lea, que desferia seu segundo golpe. A daímôn torceu o braço da garota, e o som de ossos quebrando se sobrepôs ao som do meu coração batendo nas têmporas. Tentei alcançá-la, mas não consegui.

O tempo... não havia tempo o bastante no mundo.

Lea ficou pálida, mas não gritou. Ela não produziu nenhum som, porém eu sabia que devia estar com dor. Tampouco caiu ou se encolheu. Nem mesmo quando a daímôn levantou o braço, com a adaga do Covenant na mão.

Caleb passou por mim, cheio de fúria e propósito. Pegou Lea pela cintura, soltando-a da daímôn e a tirando do caminho da adaga.

Porém a lâmina encontrou um novo lar.

Um garoto e uma garota, um com um destino brilhante e breve...

— Não! — O grito pareceu arrancado da minha garganta, da minha alma.

A lâmina se cravou fundo no peito de Caleb, até o cabo. Ele olhou para o ferimento, cambaleando para trás. Sua blusa estava empapada, como se alguém tivesse atirado tinta preta ali.

Abracei sua cintura quando ele começou a cair.

— Caleb! Não. *Não!* Olha pra mim, Caleb!

Ele abriu a boca, mas nada saiu. Seu peso nos levou para o chão frio e sujo.

Seus olhos azuis perderam o brilho. Pareciam fixos em um ponto mais adiante.

— Não... — sussurrei, tirando mechas úmidas de cabelo de sua testa. — Não, não, não. Não era pra isso acontecer. Saímos pra comprar refrigerante. Só isso. *Por favor!* Acorda, Caleb!

Mas ele não acordou. Uma parte do meu cérebro que ainda funcionava me disse que pessoas que morriam não acordavam. Nunca mais. E que Caleb estava morto. Ele se fora antes mesmo de atingir o chão. Uma dor muito aguda e muito real me cortou, arrancando um pedaço da minha alma.

O universo deixou de existir. Não havia daímônes, não havia Lea. Havia apenas Caleb — *meu* melhor amigo, *meu* companheiro de disfunções, a única pessoa que me entendia. Passei os dedos trêmulos por suas bochechas juvenis e cheguei até o pescoço, onde não se sentia mais pulsação. Um pedaço do meu mundo se extinguiu naquele momento, foi-se para sempre com Caleb. Eu o deitei em meu colo e pressionei minha bochecha contra a sua. Achava que se o abraçasse por tempo o bastante, se pedisse com afinco o bastante, tudo aquilo se provaria apenas outro pesadelo. Eu acordaria na cama, segura, com Caleb ainda vivo.

Mãos se enfiaram em meu cabelo e me puxaram para trás. Caleb escapou dos meus braços, e eu caí de costas. Perplexa e vazia, fiquei olhando para a daímôn. Ela havia sido uma meio-sangue, havia sido uma sentinela. Deveria matar daímônes, e não seus iguais.

Ela pegou minha cabeça e a bateu contra o concreto. Nem senti. Uma fúria sombria me preencheu. Circulou pelo meu sistema, tão potente a ponto de me fazer ultrapassar qualquer limite. A daímôn ia morrer, mas sofreria antes.

Segurei sua cabeça e enfiei os polegares em seus olhos. Ela me soltou, gritando e tentando tirar minhas mãos. Alguém gritava sem parar... e enfiei ainda mais. Lágrimas e sangue se misturavam no meu rosto. Eu não conseguia parar. Tudo o que via era a daímôn cravando a lâmina no peito de Caleb.

Tudo era dor. Eu não fazia ideia se física ou mental. Ela me atingia em ondas. Então, a daímôn voou para trás e alguém se pôs ao meu lado. Mãos firmes e fortes seguraram meus pulsos com delicadeza e me colocaram de pé. Senti um perfume familiar de mar e folhas queimadas.

— Calma, Alex. Estou aqui — disse Aiden. — Calma.

Era eu gritando, produzindo um som tão terrível, tão final, tão devastador. Não conseguia parar. Aiden me virou e me colocou contra a parede suja de lama. Então se virou também e fincou a lâmina no peito da daímôn.

Escorreguei até o chão e me deitei de lado. A daímôn se aproximou.

Sangue escorria de seus olhos, mas ela ainda conseguia *me sentir*. Uma luz azul surgiu, engolindo tudo à minha volta por um momento. A daímôn cambaleou para trás e foi cair perto de Caleb. Ouvi gritos e senti cheiro de carne queimada.

Então braços me envolveram e voltaram a me colocar de pé. Assim que suas mãos roçaram as minhas, eu soube que era Seth. Ele meio que me arrastou, meio que me carregou do beco escuro atrás do refeitório até o pátio. Fui me debatendo o tempo todo, socando e arranhando. Sentinelas e guardas passavam correndo por nós, mas era tarde demais.

Era tarde demais.

Quando Seth me soltou, tentei passar por ele, que segurou meus ombros.

— Não posso deixar Caleb daquele jeito! Me solta!

Seth balançou a cabeça, seus olhos cor de âmbar luminosos na escuridão.

— Não vamos deixar Caleb lá, Alex. Nunca...

Dei um soco na barriga dele. Seth fez pouco além de grunhir.

— Então vai buscar! Tira o Caleb de lá!

— Não posso...

Eu o soquei de novo. Seth perdeu a paciência. Pegou meus pulsos com a mão e os segurou entre nós.

— Não! Você tem que me deixar ir atrás dele! Você não entende! Por favor... — Minhas palavras culminaram em um soluço de choro.

— Chega, Alex. Não vamos deixar o corpo de Caleb atrás do refeitório. Agora você precisa se acalmar. Tenho que confirmar se você está bem. — Quando não respondi, ele xingou baixo. Senti seus dedos na minha nuca. Dedos rápidos e gentis. — Sua cabeça está sangrando.

Não consegui responder. Muito embora meus olhos estivessem abertos e Seth se encontrasse à minha frente, tudo o que via era o choque no rosto de Caleb. Ele fora pego de surpresa.

E eu também.

— Alex? — Os braços de Seth me envolviam de novo.

O mundo pareceu ficar um pouco mais claro.

— Seth...? — sussurrei. — Caleb se foi.

Ele murmurou algo enquanto passava os dedos pelo meu rosto, enxugando as lágrimas que continuavam a cair. Não voltei a falar por um bom tempo.

Seth me conduziu até o centro médico, onde me examinaram e concluíram que eu só precisava de um banho e de descanso. Alguém lavou minhas mãos. Notei olhares preocupados.

Quando acabou, fiquei onde me deixaram. As paredes brancas pareciam desfocadas. Seth reapareceu assim que me sentei. Fiquei olhando para ele, me sentindo vazia por dentro.

Ele se colocou ao meu lado. Mechas de cabelo caíam em seu rosto.

— Aiden e os outros eliminaram os daímônes. Eram só três, fora a meio, certo? — Ele ficou em silêncio por um momento, enquanto passava a mão pelo cabelo. — Dois guardas da ponte morreram, três sentinelas foram feridos dentro do Covenant. Você... teve sorte, Alex. Muita sorte.

Olhei para meus dedos. Ainda havia sangue sob as unhas. Seria meu, de daímôn ou de Caleb? Seth pegou minha mão e começou a me levar embora dali.

Ele parou de repente.

— Recuperaram... o corpo de Caleb. Vão cuidar dele.

Mordi o lábio até sentir gosto de sangue. Só queria me sentar e ser deixada sozinha.

Seth suspirou. Sua mão apertava cada vez mais a minha à medida que saímos do centro médico. Não perguntei aonde íamos. Já sabia. Seth, no entanto, sentiu a necessidade de confirmar que eu compreendia.

— Você está encrencada. — Ele continuou me conduzindo pelo campus escuro.

Era quase meia-noite e havia guardas em toda parte. Alguns fazendo a ronda, outros conversando.

— Só pra te preparar: Marcus atirou um objeto. Acordaram Lucian, e só os deuses sabem como ele odeia isso. Vão querer saber por que você saiu do dormitório.

Meu corpo permanecia entorpecido, o que talvez explicasse por que eu não estava preocupada com Marcus. Segui Seth, parando apenas quando ele abriu a porta da academia e eu vi as estátuas das três Fúrias. Por que elas não haviam ganhado vida? O Covenant havia sido invadido outra vez.

Percebendo que eu olhava para elas, Seth apertou minha mão.

— Nenhum puro se machucou, Alex. Eles... eles não se importam.

Caleb havia morrido.

Seth me puxou para longe das estátuas. Mal notei a multidão à porta de Marcus. Assim que entrei, o diretor surtou. Lucian permaneceu de pé, o que era novidade. Os dois gritaram comigo ao mesmo tempo, depois passaram a se alternar, para que não lhes faltassem fôlego ou palavras. Só disseram mais do mesmo. Que eu era irresponsável, insensata, que estava fora de controle. Não desliguei, como normalmente fazia. Absorvi tudo o que diziam, porque era verdade.

Sentada ali, olhando para meu tio, vendo uma emoção real — ainda que fosse raiva — em seu rosto pela primeira vez em muito tempo, eu me lembrei de outro aviso cifrado com que vovó Piperi me deixara. *Você matará aqueles que ama.*

Eu devia ter ficado no quarto, como esperavam que eu ficasse. Havia um motivo para terem imposto um toque de recolher. O santuário do Covenant já havia sido violado. Eu tinha me esquecido, ou não tinha pensado a respeito, ou não tinha me importado.

Nunca parava para pensar.

— Não acho que isso esteja ajudando. — Seth se encontrava atrás da minha cadeira. — Não veem que ela está abalada? Vamos deixar que descanse e começar com as perguntas amanhã.

Lucian se virou para ele.

— É claro que não está ajudando! Ela poderia ter morrido! E nós teríamos perdido um Apôlion, *você* teria perdido. Como o primeiro, devia estar ciente do que ela fazia. A garota é sua responsabilidade!

Senti o corpo de Seth enrijecer atrás de mim.

— Sim.

— E você? — Lucian se voltou contra mim. — No que estava pensando? Sabia que já tinha havido um ataque daímôn dentro do campus. Não era seguro sair à noite, nem pra você nem pra qualquer outro aluno!

Não havia nada a ser dito. Eles não compreendiam aquilo? Eu tinha errado e *muito*. Não podia fazer nada a respeito agora. Fechei os olhos e virei o rosto.

— Não vire o rosto quando eu estiver falando com você! É igualzinha à sua...

— Chega! — Seth contornou minha cadeira, quase a derrubando. — Não entende que não adianta falar com ela agora? Alex precisa de descanso pra lidar com a perda do amigo!

Vários guardas do conselho se adiantaram, prontos para intervir. Nenhum deles parecia querer, no entanto. Tenho certeza de que recordavam o que havia acontecido com os guardas da casa de Lucian no verão.

As narinas de Lucian se dilataram de raiva, mas ele se segurou. Tive um momento de clareza em meio ao luto. Por que Lucian havia se segurado? Apôlion ou não, Seth era apenas um meio, enquanto Lucian era o ministro. Era mais que estranho. Antes que eu pudesse chegar a alguma conclusão, no entanto, meus pensamentos foram substituídos por outros.

Seth permaneceu onde estava, entre mim e os outros presentes. Era como uma parede de fúria e ninguém se atreveu a se mover. Compreendi por que todos tinham medo. Éramos dois. Seth por si só era poderosíssimo. Todos o temiam. O próprio Marcus parecia visivelmente afetado. E depois que eu despertasse...

— Certo. — Marcus pigarreou e deu um passo à frente, sem tirar os olhos de Seth. — As perguntas podem esperar um momento mais oportuno.

— Sim — respondeu Seth, de maneira casual, ainda que olhasse para Marcus como um predador avistando uma presa.

O diretor passou por Seth e se abaixou à minha frente. Olhei para ele.

— Agora entende que tudo o que você faz e toda decisão que toma, por menor que seja, tem grandes consequências?

Eu entendia, e sabia que ele estava falando não só de Caleb, mas também de Seth. No entanto, da última vez que passara sermão, Marcus havia se equivocado quanto a uma coisa. Minhas ações não apenas refletiam em Seth, mas influenciavam como ele reagiria.

13

A tristeza não me abandonou quando abri os olhos e percebi que o sol tinha nascido de qualquer maneira. Tampouco quando o sol se pôs e estrelas cobriram o céu.

Eu me mantivera em silêncio, entorpecida, até retornar ao dormitório e deparar com os resquícios da nossa festinha. Alguém havia ido buscar Olivia, mas eu desabei só de ver a bala que havia atirado na cabeça de Caleb horas antes. Só me lembrava que Seth tinha me pegado no colo e levado até a cama.

Em algum momento da tarde, ele foi embora. Voltou antes do jantar e tentou me convencer a comer. Eu me encontrava no abismo escuro que se seguia àquele tipo de coisa. Talvez nunca tivesse lidado realmente com a morte da minha mãe, e a perda de Caleb trouxera tudo à tona. Sempre que pensava nela, pensava em Caleb e nossos barcos de espíritos.

Tudo o que fiz foi dormir, e profundamente, tanto que os pesadelos da realidade não conseguiam me alcançar. Durante os momentos acordada e totalmente consciente do que acontecia à minha volta, eu ansiava por Caleb — e por minha mãe. Precisava de um abraço dela. Precisava que me dissesse que tudo ia ficar bem. Aquilo nunca ia acontecer, no entanto, e meu coração não suportava a ideia de ficar de luto por Caleb também.

Seth permaneceu ao meu lado, transformado em uma criatura superprotetora que não permitia que Marcus ou os guardas entrassem no meu quarto. Ele me mantinha atualizada do que acontecia do lado de fora. Os meios estavam sendo examinados de novo, porém parecia que Sandra era mesmo a culpada pelo primeiro ataque. Ela era uma sentinela, portanto, entrava e saía da ilha o tempo todo — o bastante para estar fora quando sentinelas e guardas haviam sido examinados. O tempo todo, os principais suspeitos eram os alunos e, na verdade, se tratava de uma sentinela.

Seth também tentou me dizer que o que havia acontecido com Caleb não era culpa minha. Quando não deu certo, ele passou à tática "Caleb não ia querer te ver assim". Depois recorreu ao que mais parecia mexer comigo: insultos e comentários espertinhos. Acho que foi no terceiro dia que ele disse que eu estava fedendo.

Finalmente, Seth pareceu não saber mais o que fazer. Então me abraçou e aguardou. Levei um tempo para perceber que a dor que eu sentia estava sendo transferida para ele. Seth tampouco sabia lidar com ela. No quarto dia, era como se ele também tivesse perdido o melhor amigo. Portanto, ficamos os dois ali, em silêncio, sofrendo.

Como dois lados da mesma moeda.

Em algum momento no meio da noite, Seth se debruçou sobre mim.

— Sei que você não está dormindo. — Segundos depois, ele afastou algumas mechas de cabelo do meu rosto. — Alex — disse, em voz baixa. — O enterro de Caleb vai ser amanhã ao meio-dia.

— Por que... por que não no crepúsculo? — perguntei, com a voz rouca.

Seth se aproximou um pouco, e eu senti seu hálito quente.

— Os guardas que morreram vão ser enterrados no crepúsculo, mas Caleb era só um aluno meio-sangue.

— Caleb... merece um enterro no crepúsculo. Ele merece um enterro tradicional.

— Eu sei. Sei que sim. — Seth soltou um suspiro profundo e triste. — Você precisa se levantar, Alex. Você precisa ir.

Tentei suportar a dor cortante, mas não consegui.

— Não.

Ele deitou a cabeça ao lado da minha.

— Não? Alex, você não pode estar falando sério. Você tem que ir.

— Não posso. Não vou.

Ele continuou insistindo até que a frustração e a raiva tomaram conta, então se levantou da cama. Eu me virei de costas e passei as mãos pelo rosto. Minha pele estava nojenta.

Ao pé da cama, Seth passava as mãos no próprio rosto.

— Alex, eu sei que isso... tudo isso... está te matando, mas você precisa ir. Deve isso a Caleb. Deve isso a si mesma.

— Você não entende. Não posso ir.

— Você está sendo ridícula! — gritou Seth, sem se importar se ia acordar todo o andar. — Tem ideia de como vai se arrepender? Quer que isso te devore por dentro também?

A linha entre a raiva e a tristeza era tênue, e eu andava sobre ela. Naquele momento, no entanto, pendi para a raiva. Fiquei de joelhos.

— Não quero ver o corpo de Caleb ser erguido no ar e cremado! O corpo dele, o corpo de Caleb! — Minha voz fraquejou, e meu coração também. — Eles vão cremar *Caleb*!

Simples assim, a raiva desapareceu do rosto de Seth. Ele deu um passo à frente.

— Alex...

— Não! — Ergui um braço, ignorando como tremia. — Você não entende, Seth. Ele não era seu amigo! Você mal o conhecia! E quer saber? Quer saber o mais zoado de tudo isso? Caleb te admirava. Ele te *idolatrava*.

Por acaso você dava alguma atenção a ele? Tá, você podia falar com Caleb de vez em quando, mas não o conheceu! Porque não se deu ao trabalho.

Seth esfregou o queixo.

— Eu não sabia. Se achasse...

— Você está sempre ocupado demais se pegando com uma menina ou sendo um babaca arrogante. — Eu me arrependi das palavras assim que elas saíram da minha boca. Voltei a me sentar, com o coração acelerado.

— Você não pode fazer nada... a respeito.

— Estou tentando. — Seus olhos ganharam vida, brilhando cor de âmbar. — Não sei o que mais tentar! Fiquei com você...

— Eu não pedi que você ficasse comigo! — gritei, tão alto que minha garganta doeu. Precisava me acalmar. Os guardas iam entrar no quarto se aquilo continuasse. — Só vai embora. Por favor. Me deixa sozinha.

Seth ficou me olhando pelo que pareceu uma eternidade, depois saiu, batendo a porta. Deixei o corpo cair para trás na cama e levei as mãos aos olhos.

Não devia ter dito nada daquilo.

O tempo todo, eu me preocupei com minha falta de controle. Por ironia, desde o primeiro dia, agia descontroladamente. Não controlava minha raiva e meus impulsos para fazer o que queria. Como havia conseguido me enganar aquele tempo todo? Estar no controle significava agir da maneira certa, pelo menos na maior parte do tempo. Eu agia de maneira irrefletida, descuidada. Deixei que meu coração decidisse quando perguntaria sobre o Covenant depois que minha mãe e eu fomos embora. Não era lógico. Meu coração destruiu minha amizade com Aiden. E meu coração e meu egoísmo haviam me levado a sair escondido com Caleb. Se tivéssemos ficado no meu quarto, se eu não houvesse passado uma semana na fossa, Caleb não sentiria necessidade de me animar. Não teríamos saído atrás de refrigerantes.

Ele não teria morrido.

Não sei quanto tempo fiquei ali, emaranhada nas cobertas. Repassando mentalmente lembranças de minha infância com Caleb, os três longos anos sem ele, cada momento que havia passado com meu amigo desde o retorno ao Covenant. Eu me virei e fiquei em posição fetal. Sentia a falta dele, sentia a falta da minha mãe. As duas mortes estavam relacionadas a mim, a decisões que eu havia tomado ou não havia tomado. Ação ou a falta dela. As palavras de Marcus voltavam para me assombrar de tempos em tempos no meio da noite. *Tudo o que você faz...*

No quinto dia, no dia do enterro de Caleb, o sol nasceu cedo e brilhou mais forte do que nunca para uma manhã de novembro. Em menos de quatro horas, não restaria mais nada do meu amigo. Fazia cinco dias que ele havia morrido, cento e vinte horas desde a última vez que eu o toquei e o ouvi rir, mais de sete mil minutos em que eu tentava me ajustar a um mundo que não o incluía.

E fazia só algumas horas que eu tinha me dado conta de que nunca tive controle algum.

Sentei, deixei as cobertas de lado e coloquei as pernas para fora da cama. Fiquei com certa tontura ao me levantar, mas fui para o banheiro e encarei o espelho.

Estava horrorosa.

Um dos daímônes havia deixado leves hematomas no meu maxilar e na maçã do rosto. Meu cabelo era uma porção de nós desgrenhados. Meus olhos continuavam vermelhos. Devagar, sentindo certo cansaço, tirei minhas roupas nojentas e as deixei no chão. Entrei no chuveiro e recostei a testa no azulejo frio, deixando a mente ficar abençoadamente vazia.

A água já estava fria quando saí do banho e me enrolei numa toalha branca grande. Só quando penteava distraidamente o cabelo algo me ocorreu.

À luz fraca, as cicatrizes que cobriam meu pescoço pareciam brilhar irregulares. Eu sempre usava manga comprida e cabelo solto para esconder as marcas vermelhas, e isso as havia impedido de se curar como deveriam. Eu fazia todo o possível para esconder as cicatrizes. Cicatrizes dos meus atos imprudentes e impensados. Tão feias...

As palavras do instrutor Romvi retornaram à minha mente. *Você deveria deixar a vaidade de lado.*

O pente escapou dos meus dedos. Saí correndo do banheiro, fui até a cozinha pequena e revirei a cesta de vime que ficava ao lado do micro-ondas. Encontrei guardanapos, clipes e outras coisas que nunca usava. Entre elas, uma tesoura de cabo laranja. Não devia cortar muito bem, mas serviria.

Voltei para o banheiro e passei o cabelo para a frente do ombro. Meus olhos grandes e castanhos olhavam de volta para mim. O cabelo, úmido e grosso, passava do meu peito. Sem pensar duas vezes, posicionei a tesoura acima dos ombros nus.

Uma mão arrancou a tesoura da minha. Tão rápido e tão inesperadamente que gritei e dei um pulo para trás. Seth se encontrava ali, vestido todo de preto. Segurei bem a toalha que envolvia meu corpo e o encarei.

— O que está fazendo? — Seth segurava a tesoura como se fosse uma cobra prestes a cravar as presas em sua pele.

— Eu... sou vaidosa.

— Então vai cortar o cabelo? — Ele estava incrédulo.

— Esse era o plano.

Seth parecia querer fazer mais perguntas, mas só se virou e deixou a tesoura na cômoda.

— Vai se vestir. Agora. Você vai ao enterro de Caleb.

Segurei a toalha mais firmemente.

— Não vou.

Seth me ignorou e retornou ao banheiro.

— Não vou mais discutir. Você vai ao enterro nem que eu tenha que te arrastar até lá.

Eu não acreditava que ele faria aquilo. Então fiquei chocada quando tentei fechar a porta do banheiro e Seth a segurou e me puxou para fora.

A exaustão e a fome me deixavam mais lenta, fora que eu precisava segurar a toalha. Acabei junto ao peito dele, ambos no chão, diante da cama. Eu sentia seu coração martelando contra meu ombro, sua respiração na minha bochecha.

Seth segurava meus braços, o que me impedia de dar uma bela cotovelada em seu rosto.

— Por que... por que você sempre age assim? Por quê? Por que faz isso consigo mesma? Tudo isso poderia ter sido evitado.

O nó que se formou repentinamente na minha garganta me avisou que o vazio continuava ali, persistente.

— Eu sei. Por favor... por favor, não fica bravo comigo.

— Não estou bravo com você, Alex. Bom, talvez esteja um pouco. — Ele encostou a testa na minha. Vários minutos se passaram antes que voltasse a falar. — Como pôde fazer isso consigo mesma? Você, entre todas as pessoas, deveria entender a gravidade da situação.

Senti as lágrimas começando a se acumular.

— Desculpa. A gente não...

— Você podia ter morrido, Alex. Ou coisa pior. — A respiração de Seth saiu entrecortada, seus dedos se fecharam em torno dos meus braços. — Sabe o que pensei quando senti seu pânico?

— Desculpa...

— Desculpas não adiantariam de nada se eu tivesse perdido você, e pelo quê? — Seth segurou meu rosto com as duas mãos e o virou de modo que eu fosse obrigada a encará-lo. Seus olhos procuraram os meus. — Por quê? Por causa do que aconteceu com Aiden?

— Não. — Lágrimas rolavam pelas minhas bochechas. — Foi pura idiotice. A gente só queria refrigerante. Não achei que algo fosse acontecer. Se pudesse voltar atrás, voltaria. Faria qualquer coisa.

— Alex. — Seth fechou os olhos.

— É sério. Eu faria qualquer coisa pra mudar o que aconteceu! Caleb... não merecia aquilo. Se eu tivesse ficado no quarto, ele ainda estaria vivo. Sei disso.

— Alex, por favor.

— Sei que foi idiotice. — Minha voz falhou. — Se eu pudesse voltar atrás, voltaria. Trocaria de lugar com ele. Eu...

— Para — sussurrou Seth, enxugando minhas lágrimas com os polegares. — Para de chorar, por favor.

Tudo dentro de mim pareceu se tensionar e retorcer em um nó gigante.

— Desculpa. Quero voltar atrás em tudo. Quero outra chance. Não posso fazer isso de novo.

Ele soltou um ruído estrangulado e me puxou para junto de seu peito, então me abraçou até que meu coração desacelerasse e as lágrimas cessassem.

— Você tem que fazer isso de novo. Não tem outra chance, Alex. Ninguém tem. Só podemos seguir em frente daqui, e o primeiro passo é ir ao enterro.

Inspirei profundamente.

— Eu sei.

Seth pegou meu queixo e o inclinou para cima. Acho que só então se deu conta de que eu estava de toalha. Ele baixou os olhos por um momento, depois seu corpo inteiro pareceu enrijecer. Talvez por conta das emoções extremas que compartilhávamos, talvez fosse nossa conexão, mas cada centímetro do meu corpo de repente esquentou.

Era estranho como o corpo podia esquecer coisas terríveis rapidamente. Ou talvez fosse a alma que buscasse calor e toque, com o intuito de provar que ainda estava no mundo dos vivos. Descansei o rosto no ombro dele. Fechei os olhos.

— Você está tremendo... — murmurou Seth.

— Estou com frio.

Suas mãos foram para meus ombros.

— Você precisa se vestir. Não deveria ficar assim.

— Você chegou do nada. A culpa não foi minha.

— Beleza, mas agora é hora de colocar uma roupa.

Mordi o lábio e me afastei. Seth ficou olhando para mim, com os olhos brilhando de uma maneira pouco natural.

— Tá, mas vai ter que me soltar primeiro.

Senti suas mãos tensas em mim, e por um segundo... por um segundo pareceu que ele não ia me soltar. Eu não sabia bem como me sentia a respeito. Quando me soltou, ele se inclinou na minha direção e descansou a testa na minha.

— Você não está mais fedida. Acho que já é um progresso.

Meus lábios se retorceram.

— Obrigada.

Parte da tensão pareceu deixar seu corpo.

— Pronta?

Procurei respirar fundo, e pareceu que foi a primeira vez em dias que consegui.

— Sim.

Uma vez, quando eu era pequena, minha mãe me disse que apenas na morte puros e meios eram tratados como iguais. Ambos ficavam diante do rio Estige, esperando que sua alma fosse levada para o além.

O cemitério já estava cheio quando Seth e eu chegamos. Os puros se encontravam à frente dos meios-sangues, o que não fazia o menor sentido. Caleb era um de nós, e não deles. Por que a proximidade? Aiden diria que era por tradição.

De qualquer maneira, era errado.

Eu e Seth rodeamos os últimos grupinhos, evitando os olhares de curiosidade e até de condenação. Tentei me convencer de que não estava procurando por certo puro-sangue de cabelo escuro sempre que meus olhos retornavam ao grupo na frente. Aiden era a última pessoa que eu queria ver.

Seth finalmente parou, então eu parei também. Ele não falava desde havíamos saído do quarto, mas de tempos em tempos olhava para mim. Devia estar com medo de que eu fosse surtar. Prendi o cabelo ainda úmido atrás da orelha e olhei para ele, mordendo o lábio.

— Você vai me agradecer, não é? — perguntou Seth, achando graça.

— Bom... eu ia. Agora não sei mais.

— Agradeça. Quero ouvir. Vai ser a primeira e provavelmente a última vez.

Apertei os olhos contra o sol forte. À distância, via a pira, o corpo envolvido em linho branco.

— Obrigada por ficar comigo. E desculpa por ter sido uma vaca com você.

Seth descruzou os braços e me deu uma cotovelada de leve.

— Você acabou de se chamar de...

— Sim, porque eu sou uma. — Suspirei alto. — Você não merecia que eu gritasse com você... por conta de Caleb.

Ele deu um passo para mais perto bem quando Lucian se colocou diante da pira. Como ministro, ele fazia o discurso de despedida, sobre a vida eterna e tudo o mais.

— Mereço muitas coisas — disse Seth.

— Não que eu gritasse com você.

Desviei os olhos da cena à minha frente, preferindo me concentrar em um jacinto próximo. As únicas flores eram de um tom vibrante de vermelho, em forma de estrela. Jacintos eram um símbolo de luto e sofrimento e estavam espalhados pelo cemitério, para nos lembrar do amor de Apolo pelo belo Jacinto. Na época em que os deuses vagavam livremente pela terra, homens e mulheres que sofriam uma morte trágica acabavam se tornando flores caso fossem jovens, bonitos e caíssem nas graças dos deuses.

Credo.

Seth chegou mais perto. Seu braço roçou o meu.

— A conexão entre a gente não me deixou outra escolha, entende?

Revirei os olhos.

— Bom, obrigada mesmo assim.

Lucian deu início a seu discurso falando sobre como Caleb havia sido forte e corajoso. A dor no meu peito só aumentava enquanto eu sentia o ar fresco e perfumado contra minhas bochechas úmidas. Quando a pira foi acesa, minhas entranhas se revolveram e não consegui impedir que um tremor tomasse conta de todo o meu corpo. Eu me virei na direção do calor intenso que surgia enquanto o som de madeira estalando e soluços de choro se espalhava no ar.

Não sei o que doía mais: o fato de que eu nunca mais ia vê-o ou o fato de que nunca mais ouviria sua risada contagiante. Cada constatação era uma pontada lancinante no meu coração.

Foi só quando a multidão começou a se dispersar que notei que o calor que eu busquei na verdade pertencia a um corpo — o corpo de Seth. Com as bochechas queimando, eu me afastei dos braços dele. Havia chorado o bastante para uma vida inteira.

— Preciso...

— Eu sei. — Seth recuou. — Vou esperar lá fora.

Grata por ele ter me entendido sem eu precisar me explicar, fiquei olhando para Seth enquanto ele se dirigia ao portão do cemitério. Então enxuguei os olhos de novo e me virei.

Congelei.

Olivia estava à minha frente, usando blusa de frio e calça pretas. Sua pele parecia mais pálida; seus olhos, em geral calorosos e francos, transmitiam frieza e raiva. Lágrimas escorriam livremente por seu rosto.

Dei um passo à sua frente, com a intenção de reconfortá-la.

— Olivia, estou tão...

— Por que não fez alguma coisa? — A voz dela falhou. — Você era a melhor amiga dele. Poderia ter feito alguma coisa! — Olivia avançou, apontando para mim com o braço tremendo.

Luke passou um braço por cima de seus ombros.

— Não faz isso. Não é culpa de...

— Você é um Apôlion! — gritou Olivia, e suas palavras culminaram em um soluço de choro. — É, eu sei! Caleb me contou, e já vi você lutando! Você viu como ela é rápida. — disse, virada para Luke, com súplica nos olhos. — Por que não fez nada?

Eu sabia — *sabia* que não havia nada que pudesse ter feito. Não era o Apôlion, ainda não. Porém ouvir Olivia dizer aquilo... Bom, foi como ouvir a voz de Marcus na minha cabeça. *Todos esperam mais de você. Estão de olho por causa daquilo que vai se tornar.*

— Sinto muito, Olivia. Sinto muito mes...
— Não interessa! Isso não vai trazer Caleb de volta!
Eu me encolhi.
— Eu sei.
— Vamos, Olivia. Vamos voltar pro quarto. — Luke me olhou como quem pedia desculpa e começou a conduzi-la para a saída.
Elena se aproximou e pegou a mão de Olivia.
— Está tudo bem. Vai ficar tudo bem.
Olivia se deixou levar, com a cabeça caída para baixo. O peso total de sua perda visível a todos.
A dor se espalhou por meu peito. Me virei, sentindo lágrimas quentes virem. Às cegas, procurei me afastar deles e me embrenhei no cemitério. Foi só quando trombei com alguém que levantei a cabeça e enxuguei os olhos.
— Desculpa... — comecei a dizer, mas logo parei.
Não era com uma pessoa que eu havia trombado, e sim com uma estátua. Uma risadinha escapou da minha garganta quando deparei com o rosto impressionante, ainda que pesaroso, esculpido em pedra. A figura estava ligeiramente curvada para a frente, com a mão estendida na direção de algo, a palma aberta de forma convidativa. Baixei os olhos para a base, onde o nome Tânatos estava gravado. Embaixo havia um símbolo — uma tocha de ponta-cabeça.
Um símbolo que eu já tinha visto... no braço do instrutor Romvi.

14

Com um suspiro de frustração, enfiei as mãos no bolso do moletom e olhei para o céu noturno. Estrelas pontuavam a escuridão, algumas brilhando mais forte que outras. A última vez que eu tinha visto o céu escuro fora mais de uma semana antes. Eu me encontrava atrás do refeitório, segurando o corpo frio de Caleb.

Caleb.

Procurei reprimir a onda crescente de dor e arrependimento antes que me consumisse outra vez. Tentei me concentrar em algo que vinha me incomodando desde o enterro. Por que Romvi tinha o símbolo do deus da morte pacífica tatuado no braço? Não era o mesmo deus a quem o antigo livro atribuía a culpa por matar Solaris e o primeiro Apôlion? Eu não sabia bem se aquilo era importante, mas a imagem ficava voltando à minha mente.

— Você está bem?

Todos os músculos de meu corpo travaram. Procurei me lembrar de que seriam apenas onze horas até chegar às montanhas Catskills — onze horas presa em um carro com o cara que eu amava, a quem eu praticamente implorara que me amasse também. Talvez não em palavras, mas a sensação que ficara era aquela. Ia ser fácil. Bem fácil...

— Alex?

Eu me virei. Aiden me olhava por cima do ombro enquanto guardava minha bagagem no porta-malas da suv. Desviei o rosto, porque ainda não conseguia encará-lo.

— Claro, eu só estava pensando.

— Você só tem essa mala?

Confirmei e raspei a ponta do tênis no asfalto. Precisava agir normalmente, ou ia ser a viagem de carro mais longa da minha vida.

— Como... como está Deacon?

Alguns segundos se passaram antes que Aiden respondesse.

— Ele está bem. — Aiden fechou o porta-malas. — Ele pediu pra te dizer que sente muito por... pelo que aconteceu.

Procurei manter os olhos fixos no ombro de Aiden — que era um ombro muito, muito bonito — e acabei notando que ele usava uma correntinha de prata, parcialmente escondida pela blusa. Era estranho, já que Aiden nunca usava joias.

— Diz pra ele que agradeço.

Aiden assentiu e deu a volta no carro, então parou tão inesperadamente que acabei trombando com suas costas. Ele se virou e pegou meu braço para me endireitar. Nossos olhos se encontraram por uma fração de segundo, antes que Aiden me soltasse.

Ele recuou um passo.

— Não sei o que você estava pensando. — Aiden olhou para Leon, que aguardava sob o toldo.

— A gente só ia pegar uns refrigerantes no refeitório. — Engoli em seco, mas o nó na minha garganta não se desfez. — E depois ver uns filmes.

— Estamos prontos? — Leon perguntou de longe. — Temos que sair agora pra chegar às Catskills antes do meio-dia.

— Estamos. — Aiden se virou, depois voltou a me encarar. — Alex?

Devagar, ergui os olhos para ele. O que acabou se provando um erro de proporções épicas. Um tipo diferente de dor tomou conta do meu peito.

Aiden olhou bem no meu rosto.

— Sinto muito por Caleb, muito mesmo. Sei como ele era importante pra você.

Eu não conseguia desviar os olhos, não conseguia dizer nenhuma palavra.

Ele olhou por cima do ombro. Quando voltou a se virar para mim, seus olhos pareceram brilhar mais prateados que antes.

— Nunca... nunca mais faça nada do tipo. Por favor. Promete para mim.

Eu queria perguntar que diferença fazia para ele se eu me atirasse na frente de um daímôn, mas as palavras que saíram de minha boca foram outras.

— Eu prometo.

Aiden continuou olhando para mim por um tempo, depois desviou o rosto e entramos no carro. Eu me sentei atrás de Aiden, que ocupava o banco do passageiro. Leon se sentou ao volante e outro guarda ficou ao meu lado.

Descansei a cabeça no encosto, fechei os olhos e me perguntei por que tinha sido mandada para aquele carro em vez de ir de jatinho pela manhã com Seth, Lucian, Marcus e os membros do conselho. Em geral, meios-sangues — incluindo sentinelas — não andavam de avião, mas haviam aberto uma exceção para Seth.

Viagens de carro sempre me transformavam em uma pentelha de cinco anos de idade e quanto mais longas, mais insuportável eu me tornava. Estava cansada demais para pensar a respeito, no entanto. Andava dormindo tanto que talvez pudesse passar dias acordada, mas logo peguei no sono.

Acordei umas duas horas depois, quando paramos na Virgínia, no meio do nada, para abastecer. Leon e o guarda se afastaram, mas eu só saí para esticar as pernas. Estava escuro lá fora, em meio às árvores e fazendas. A única coisa que se ouvia eram as vacas mugindo à distância. Dei a volta no carro e deparei com Aiden recostado no para-choque. Ele levantou a cabeça quando parei ao seu lado. Seus olhos estavam quase da mesma cor da lua.

— Se quiser comer alguma coisa, eles podem comprar pra você. — Aiden tinha uma garrafa de água nas mãos.

— Não estou com fome.

Passei por ele e fiquei de costas.

— A ideia é fazer o mínimo de paradas possível.

— Tá bom. — disse enquanto seguia o meio-fio.

Dei uma olhada na lojinha de conveniência — se é que se podia chamar assim. Parecia uma pizzaria velha. O neon vermelho na frente dizia apenas ABERTO. Leon estava apoiado no balcão.

— Então... Marcus confirmou que a sentinela foi a responsável pelo primeiro ataque?

— Ninguém tem como confirmar isso, Alex. Mas acreditamos que sim. Vão fazer outra rodada de exames... — Ele parou de falar por um momento, vendo que aquilo me deixava tensa. — Pra garantir que foi ela.

Cheguei ao fim do meio-fio.

— Acho que agora entendo por que os exames são tão importantes. Não fizeram o dela e... olha só no que deu. Os guardas na ponte nem deviam estar esperando.

— Não. E os daímônes estão claramente ficando mais espertos. Ela entrava e saía do campus com frequência, por isso era uma boa candidata. E suas marcas não estavam visíveis.

Me inclinei e dei um salto para trás, aterrissando perfeitamente no limite do meio-fio. Em outra vida, poderia ter sido ginasta. Quando virei para Aiden, notei que ele me observava.

Uma expressão estranha, quase triste, passou por seu rosto, e ele desviou os olhos. Então se desencostou do para-choque do carro e enfiou as mãos nos bolsos do jeans.

— Você e Seth parecem estar se dando bem melhor.

Franzi a testa diante da súbita mudança de assunto.

— É, acho que sim.

Aiden parou à minha frente.

— É uma bela melhora, considerando que até outro dia você queria enfiar uma adaga no olho dele.

Embora eu estivesse no meio-fio, Aiden ainda era mais alto. Inclinei a cabeça para trás e olhei em seus olhos claros.

— E você se importa por acaso?
Ele ergueu as sobrancelhas ligeiramente.
— Foi só um comentário, Alex. Não estou dizendo que me importo.
Senti as bochechas arderem enquanto assentia, tensa.
— É, já entendi esse lance todo de você se importar ou não. — Desci do meio-fio e me aproximei da bomba de gasolina.
Aiden me seguiu.
— Vi vocês dois no enterro. Seth ficou ao seu lado. Isso é bom. Não só para você, mas para ele. Acho que você é a única pessoa com quem Seth se importa, sem ser ele mesmo.
Parei no lugar, com vontade de rir, mas me senti... constrangida. Como se tivesse sido pega fazendo algo de errado, o que não era o caso. Voltei a andar, confusa em relação aonde Aiden queria chegar.
— Seth só se importa consigo mesmo.
— Não. — Aiden seguiu meus movimentos e me encontrou ao lado da bomba. — Ele mal saiu do seu lado. Não deixou que ninguém, nem mesmo eu, se aproximasse de você.
Eu me virei na hora, surpresa.
— Você foi me ver?
Aiden assentiu.
— Várias vezes, mas Seth estava convencido de que você precisava de tempo para lidar com tudo. Ele não faria isso caso se importasse apenas consigo próprio.
— Por que você foi me ver? — Dei um passo na direção dele, com a esperança e o entusiasmo tomando conta de mim. — Você disse que não se importava comigo.
Aiden recuou um passo e cerrou o maxilar.
— Eu nunca disse que não me importava com você, Alex. Só disse que não podia te amar.
Eu me encolhi e me xinguei mentalmente pela janela de esperança tola que havia permitido que se abrisse. Com um sorriso tenso, voltei ao carro e bati a porta. Infelizmente, Aiden me seguiu.
Ele se sentou à minha frente e se virou.
— Estou tentando não brigar com você, Alex.
Meu temperamento ruim e minha mágoa levaram a melhor.
— Então talvez seja melhor não falar comigo. E mais ainda: não tentar me passar para outro.
Os olhos de Aiden pareceram se acender, brilhando na escuridão.
— Não estou tentando te passar pra ninguém. Você nunca foi minha para que eu tentasse fazer isso com você.
Eu me inclinei para a frente e cravei os dedos nas coxas enquanto falava em um sussurro carregado de raiva:

— Nunca fui sua? Você deveria ter pensado melhor antes de ter tirado minha roupa no seu quarto!

Ele inspirou fundo, então seus olhos assumiram um tom cinza-pálido.

— Foi uma perda temporária de sanidade.

— Ah... — Dei uma risada irônica. — E essa perda temporária de sanidade durou *meses*? Fez você dizer tudo o que me disse no zoológico? Fez você...

— O que quer que eu diga, Alex? Que sinto muito por... ter iludido você? — Aiden ficou em silêncio por um momento, em uma tentativa de controlar sua raiva e frustração. — Desculpa. Tá bom? Desculpa.

— Não é isso que eu quero que você diga... — sussurrei, com o estômago se revirando.

Aiden fechou os olhos e balançou a cabeça.

— Olha, não é disso que você precisa agora. Não depois de tudo o que aconteceu com Caleb e quando estamos a caminho do conselho. Então, chega.

— Mas...

— Não vou enveredar por esse caminho, Alex. Nem agora nem nunca.

Antes que eu pudesse retrucar, Leon e o guarda retornaram, pondo um fim na discussão. Afundei no banco e fiquei olhando feio para a nuca de Aiden. Sabia que ele podia sentir, porque manteve o corpo rígido e os olhos fixos à frente.

Depois de um tempo, fiquei entediada e comecei a ouvir música com o fone de ouvido. Tentei dormir, mas não conseguia parar de pensar em Caleb, na discussão com Aiden e na possibilidade de Seth não ser tão egocêntrico quanto eu sempre o considerei.

Após nove horas infernais, pegamos uma estradinha sinuosa com pinheiros altos e abetos tão densos que pareciam árvores de Natal. Estávamos nas profundezas das Catskills. Cerca de um quilômetro e meio depois, vimos uma cerca simples, delimitando o que eu imaginava que fosse o perímetro do Covenant de Nova York.

Dei risada.

— Que seguro!

Aiden se virou para trás.

— Você ainda não viu nada.

Eu o ignorei e me inclinei para a frente, mas não encontrei nada além da cerca e das árvores. Talvez a cerca fosse elétrica, só que eu esperava mais.

Então, notei os guardas à frente dela, armados com o que pareciam ser semiautomáticas. Meus olhos se arregalaram quando eles as apontaram para nosso veículo. Leon reduziu a velocidade e os quatro se aproximaram com cuidado.

— Solte o cabelo, Alex — disse Aiden, baixo.

Não entendi o motivo, porém seu tom sério me dizia que eu não devia hesitar. Desfiz o coque bagunçado e deixei que os fios caíssem em torno do meu rosto. Leon baixou todos os vidros, e os guardas olharam juntos para dentro do carro, revistando cada um de nós... em busca de marcas visíveis.

Eu me encolhi, mas não evitei os olhos intensos do guarda negro que me inspecionaram duas vezes de cima a baixo. Minhas marcas pareciam arder sob meu cabelo pesado e volumoso. Eu não sabia o que os guardas fariam se vissem minhas cicatrizes. Atirariam em mim?

Eles apontaram para o único guarda que havia ficado para trás. O portão alto estremeceu e se abriu, com um rangido. Soltei o ar que nem tinha percebido que havia segurado.

— Vou ter que manter o cabelo solto o tempo todo que estiver aqui?

Aiden olhou para trás, seus lábios uma linha fina e tensa.

— Não, mas prefiro que você não provoque guardas prontos para agir.

Eu entendia aquilo.

Passamos pelo portão e avançamos mais um quilômetro pela estrada antes que as árvores começassem a rarear. Eu me segurei nas costas do banco de Aiden quando o Covenant de Nova York finalmente entrou em meu campo de visão.

Bem, um muro de mármore branco de mais de seis metros de altura entrou em nosso campo de visão.

Passamos por outro grupo de guardas armados e finalmente entramos no Covenant em si. Não parecia muito diferente do Covenant da Carolina do Norte. Tinha estátuas de deuses em toda parte, só que se as nossas se encontravam em meio à areia, as deles se erguiam da grama mais verde que eu já tinha visto.

A primeira construção que notei foi uma mansão, do tipo que não esperava ver no meio das Catskills. Eu ouvira falar que os Rockefeller tinham uma casa por ali, no entanto, nada se comparava àquela monstruosidade. Antes que o carro parasse à frente dela, contei seis andares, vários cômodos com paredes de vidro e o que talvez fosse um salão de festa com uma cúpula também de vidro. Fiz menção de seguir Leon e o outro guarda quando eles saíram, mas Aiden me impediu.

— Só um segundo, Alex.

Meus dedos congelaram na maçaneta.

— O que foi?

Ele tinha se virado completamente para trás, e aqueles olhos... deuses, aqueles olhos sempre me atraíam, sempre me enchiam de tamanho calor que eu quase sentia seus lábios nos meus. Foi uma pena quando as palavras que se seguiram arruinaram o momento.

— Não faça nada aqui que possa despertar atenção indesejada.

Segurei a maçaneta da porta com mais força.

— Isso não estava mesmo nos meus planos.

— Estou falando sério. — Ele não tirou os olhos dos meus. — Ninguém aqui será tão clemente quanto seu tio ou seu padrasto. Eles tampouco vão pegar leve com você na sessão. Parte do conselho... bom, algumas pessoas não são exatamente suas fãs.

Senti uma pontada no peito em reação ao tom profissional de Aiden. Eu não fazia ideia de onde sua versão carinhosa havia ido parar, aquela que jurara sempre estar presente para mim, aquela que me trouxera gentilmente de volta à sanidade quando eu pirara no treino. Deuses, havia tantos momentos mais, agora tudo era passado.

Aiden tinha partido. Não como Caleb, mas ainda assim eu havia perdido ambos. Parte da minha raiva se esvaiu. Olhei para a janela e suspirei.

— Eu não esperava mesmo que fossem. Vou me comportar. Não precisa se preocupar comigo. — Fiz menção de abrir a porta outra vez.

— Alex?

Eu me virei para ele, devagar. Aiden já não parecia mais distante e uma dor profunda e incômoda era visível em seus olhos. Havia algo mais ali, quase uma incerteza. Porém ele se controlou, como se usasse uma velha máscara de indiferença, que bloqueava toda e qualquer emoção.

— Só tome cuidado — disse ele, com a voz estranhamente oca.

Eu queria dizer alguma coisa, qualquer coisa, mas a movimentação fora do carro tornou aquilo impossível. Servos — inúmeros servos meios-sangues — se aproximavam do carro, abriam o porta-malas e o descarregavam. Meu queixo caiu quando um deles, um garoto de cabelo claro mais ou menos da minha idade, abriu minha porta. Havia um círculo preto com um traço em cima tatuado em sua testa. Quando olhei para Aiden, vi que ele continuava olhando para mim. Então, me ofereceu um sorrisinho tenso antes de descer. Eu não podia evitar me perguntar se a dúvida que identifiquei em seu rosto tinha alguma coisa a ver comigo.

Fui colocada em um quarto no quinto andar, conjugado com o quarto de Marcus. Ou pelo menos foi o que o porteiro meio-sangue disse antes de retornar às sombras da mansão. Eu não fazia ideia, então só segui o garoto loiro. Não vi para onde Aiden e Leon foram levados, mas podia apostar que estavam nos andares inferiores — que contava com quartos amplos e incríveis.

Cruzamos o saguão grandioso e pegamos uma passagem com paredes de vidro. À esquerda, ficava a entrada do que parecia ser o salão de festa, mas as luzes piscando não prenderam minha atenção. Bem no meio da passagem, encontravam-se as mesmas estátuas do saguão do Covenant na Carolina do Norte.

Fúrias.

Respirei fundo e contornei as estátuas para acompanhar o servo meio-sangue. A presença delas permaneceu pesada mesmo depois que deixamos a passagem, nunca abandonando meus pensamentos por completo. Subimos vários lances de escada. Não consegui aguentar o silêncio.

— Então... hum, você gosta daqui? — perguntei, enquanto pegávamos um corredor estreito adornado com pinturas a óleo.

O garoto manteve os olhos fixos no tapete persa.

Haveria alguma proibição em relação a conversas? Olhei para os quadros, listando mentalmente os deuses pelos quais passávamos: Zeus, Hera, Ártemis, Hades, Apolo, Deméter, Tânatos, Ares... Tânatos? Parei para olhar a pintura mais de perto.

Ele tinha asas e espada. Parecia um anjo bem foda, na verdade. Mas sua expressão pesarosa era a mesma do Tânatos do cemitério, que olhava para cima. Ele tinha uma tocha de cabeça para baixo na mão esquerda. Por que haveria um quadro dele ali se não era um dos deuses principais do Olimpo?

A abertura de uma porta tirou minha atenção da pintura. Olhei por cima do ombro. O servo meio-sangue mantinha uma porta aberta para mim e os olhos voltados para o chão.

Franzi os lábios enquanto verificava as paredes brancas dentro do cômodo. Guarda-roupa seria um elogio àquilo que chamavam de quarto. Entrei, e o servo deixou minha bagagem no chão.

Havia uma cama — uma cama de solteiro com um cobertor marrom do tipo que parecia dar coceira e um travesseiro fino. A mesinha de cabeceira contava com um abajur enferrujado, que já tinha visto dias melhores. Precisei de dois segundos para atravessar o quarto e dar uma olhada no banheiro.

Era do tamanho de um caixão.

Meus olhos passaram pelos azulejos arranhados, pelas manchas ao redor do ralo do chuveiro.

— Só pode ser brincadeira... — murmurei.

— Eles querem que você durma nesse quarto? Nessa cama?

Dei um pulo ao ouvir o som inesperado da voz de Seth e bati com o quadril na pia.

— Ai! — Esfreguei o ponto enquanto me virava.

Seth se encontrava ao pé da cama, sua expressão presunçosa onipresente maculada pelo desdém. Fazia apenas um dia que eu não o via, porém parecia mais. Seu cabelo estava solto e se curvava na direção do queixo. Ele usava jeans e uma blusa de frio preta — o que era raro.

Fiquei meio feliz ao vê-lo.

— Esse quarto é péssimo.

Saí do banheiro. Seth foi até uma porta do outro lado da cama.

— Isto é um armário?
— Não, dá pro quarto de Marcus.
Seth arqueou uma sobrancelha.
— Colocaram você em um quarto de servo?
— Que beleza! — Olhei em volta e constatei que o quarto não tinha armário nem cômoda. Eu teria que deixar minhas coisas na mala durante toda a estadia. Ótimo. — Por que trancou a porta? — perguntei a Seth, depois que ele fez isso.
Seth abriu um sorriso travesso.
— Pra Marcus não pegar a gente caso eu queira dormir de conchinha em uma dessas noites frias de Nova York.
As rugas na minha testa se aprofundaram ainda mais.
— A gente não dorme de conchinha.
Ele levou a mão ao meu ombro. Um perfume de hortelã e algo mais fez cócegas no meu nariz.
— E se estiver abraçadinho?
— A gente também não fica abraçadinho.
— Mas você é minha irmãzinha. Minha irmãzinha Apôlion...
Dei um soco na lateral da barriga dele.
Rindo, Seth me conduziu até a porta.
— Vem, quero te mostrar uma coisa.
— O quê?
Ele recolheu o braço e pegou minha mão.
— A primeira sessão do conselho é hoje, uma da tarde. Vamos assistir.
— Parece chato — disse eu, mas deixei que Seth me levasse para fora do quarto. Não era como se tivesse outra coisa para fazer.
— Ou então a gente pode treinar. — Seth me puxou até a escada e começou a descer vários degraus por vez. — Ando meio enferrujado. Já faz um tempo que não lanço bolas de fogo na cabeça de ninguém.
— Parece mais interessante do que assistir a um bando de puros postulando que eles e suas leis são maravilhosos.
— Postulando? — Seth olhou por cima do ombro, sorrindo. — Nem acredito que você usou essa palavra.
— Por quê? — Franzi a testa. — Ela existe.
Seth ergueu uma sobrancelha para mim, depois voltou a descer os degraus. Deparamos com vários servos usando roupas pardas. Todos baixavam a cabeça, só para voltar a levantar assim que passavam por nós.
Seth puxou minha mão.
— Vamos. Não podemos nos atrasar.
Lá fora, o vento cortante atravessou minha blusa de frio e me provocou arrepios. Uma vez na vida, fiquei grata por Seth estar segurando minha mão. Ele era bem quentinho.

— Acho que vai ser interessante. É uma audiência.
— Achei que a única audiência fosse ser a minha.
— Não. — Seth me conduziu pela ala oeste da mansão. — Vão ser várias audiências. A sua é só uma delas.

Quis responder, mas meus lábios se fecharam sozinhos. Um labirinto de muros de mármore que batiam na minha cintura nos separavam de um coliseu ao estilo grego. Flores de cores fortes brotavam das trepadeiras que os cobriam. Plantas rasteiras subiam pelas estátuas e pelos bancos, cobrindo tudo à nossa frente de vermelho e verde.

— Uau!

Seth riu.

— Essa passarela leva direto ao conselho.

Olhei para os vários caminhos que levavam à mesma passagem.

— É mesmo um labirinto?

— É, mas ainda não entrei nele.

— Parece divertido, não acha? — Olhei para Seth. — Nunca entrei em um labirinto.

Um sorriso real substituiu o sorriso convencido dele.

— Se você for boazinha, boazinha *mesmo*, talvez a gente possa vir brincar depois.

Revirei os olhos.

— Jura?

Ele fez que sim.

— Se você comer toda a comida.

Nem me dei ao trabalho de responder: por um momento, fiquei perdida naquele cenário. Como os puros conseguiam manter aquelas flores frágeis vivas o ano todo? Só podia ser magia — magia antiga. Quanto mais avançávamos, mais densas as trepadeiras ficavam. Perto do fim, Seth desacelerou.

— Vamos ter que entrar escondidos — disse ele. — Não deveríamos assistir às sessões.

— E se formos pegos?

— Não vamos.

Confiar em Seth era estranho, principalmente porque... eu confiava mesmo. Não como confiei em Aiden, a ponto de entregar minha vida em suas mãos, mas quase aquilo. Quase.

Têmis, a deusa da justiça divina, encontrava-se à entrada do coliseu, atrás de várias colunas grossas de pedra. Ela parecia formidável, com uma espada de bronze na mão e uma balança erguida pela outra, no entanto sua presença me parecia meio irônica — os puros não sabiam nada sobre equilíbrio e justiça.

A construção parecia saída da Grécia antiga. Como o Covenant de Nova York ficava escondido, eles podiam se safar com estilos que não costumavam ser encontrados nos bairros dominados por Walmarts e redes de fast-food. O mais próximo que tínhamos era o anfiteatro onde as sessões do Covenant da Carolina do Norte eram realizadas.

Segui Seth e entramos por uma porta lateral, usada pelos servos. A maioria dos meios-sangues por que passamos mantinha os olhos no chão ao carregar taças e travessas com aperitivos. Eu tinha dificuldade de olhar para eles, mais do que imaginava que fosse ter. Em casa, raramente víamos tantos. Os servos eram mantidos distantes de nós, como se o Covenant da Carolina do Norte não quisesse que víssemos como realmente era o outro lado.

O que os servos pensavam quando me viam, ou quando viam qualquer meio-sangue que não era servo? Seriam capazes daquele tipo de pensamento? Se eu fosse um deles e preservasse o pensamento crítico, seria hostil aos meios-sangues "livres".

Era difícil reconhecer aquela sensação desagradável na boca do estômago, portanto comecei a tagarelar enquanto passávamos por uma sequência de portas.

— Escadas? Mais escadas? Mataria colocar a porcaria de um elevador nesses prédios?

Seth apertou o passo.

— Talvez eles achem que os deuses não gostam de elevadores.

— Que idiotice! — A longa viagem de carro tinha deixado minhas pernas fracas.

— São só oito lances. Prometo.

— Oito? — Olhei para dois servos que desciam a escada de mãos vazias. Um deles era uma mulher de meia-idade usando um vestido cinza simples e sapatos de sola fina, sem meias. A pele de seus tornozelos estava toda vermelha e esfolada do atrito. Depois, observei o servo que vinha atrás.

Minha pele se arrepiou na mesma hora.

O outro meio-sangue tinha cabelo castanho-escuro encaracolado, um queixo bem marcado e rosto queimado de sol. Rugas finas envolviam seus gentis olhos castanhos... voltados diretamente para mim.

Não eram os olhos vidrados de um servo. Eram inteligentes, perspicazes, olhos que de fato viam. Havia algo de familiar nele, algo que eu deveria reconhecer.

15

— Vamos! — insistiu Seth, puxando minha mão. — Vamos perder tudo.

Com um esforço surpreendente, consegui voltar a me concentrar nas costas dele e na subida dos degraus. Seus ombros pareciam anormalmente tensos. No patamar do quarto andar, eu me permiti olhar por cima do ombro.

O servo meio-sangue se encontrava mais abaixo, virado para nós. Nossos olhos se encontraram por um segundo, depois ele recuou, com as mãos cerradas em punho, se virou e desapareceu escada abaixo.

— Que estranho... — murmurei.

— Hum?

Seth não havia percebido que aquele servo parecia alerta, ou não estaria me encarando como se eu tivesse acabado de trocar uns beijos com um daímôn.

— Nada.

Ele abriu uma porta.

— Pronta?

— Acho que sim. — Eu continuava pensando no servo.

— Vamos ter que ficar nos fundos, mas deve dar pra ver tudo daqui. — Seth fez sinal para que eu passasse.

Entrei no que se revelou um balcão com vista para a sessão do conselho que se desenrolava mais embaixo. Fiz menção de avançar, mas Seth me segurou.

— Não. — Seu hálito fez os fios em volta da minha orelha esvoaçarem. — Temos que ficar junto à parede.

— Desculpa. — Eu me soltei. — Posso me sentar?

Ele sorriu, brincalhão outra vez.

— Claro.

Escorreguei as costas pela parede e estiquei minhas pernas doloridas. Seth fez o mesmo, mantendo-se o mais próximo possível. Dei uma cotovelada nele, mas ele apenas sorriu.

— E aí, qual é a importância disso?

— Você não tem nenhum interesse em assistir a uma audiência do conselho?

Olhei para a sessão lá embaixo, enquanto mexia no cordão do capuz. *Interesse* não é a primeira palavra que me vinha em mente, e sim *medo*. Aqueles puros podiam fazer a vida de um meio-sangue ou acabar com ela. Eu me inclinei para a frente e passei os olhos pela multidão através das grades do balcão.

Um mar vermelho, azul, verde e branco se agitava lá embaixo. Pessoas com vestes das mesmas cores sentavam-se sempre juntas, formando quatro grupos. Em meio aos vestidos de branco, notei uma cabeça loira-acobreada se movendo com a graça de uma bailarina.

— Dawn Samos... — sussurrei. Ela fazia lençóis brancos parecerem roupas lindas.

Seth se inclinou para a frente.

— Você conhece essa mulher?

— É irmã de Lea. Acha que Lea veio também? — Fiquei em silêncio por um momento, recordando como a garota havia lutado ao meu lado. — Eu... queria falar com ela.

— Lea não veio, mas passou no seu quarto depois de... tudo.

— É mesmo? — Continuei observando a multidão de puros, surpresa. — Quem diria? Ela... parecia bem?

— Quebrou um braço e estava meio machucada, mas vai ficar bem.

Enquanto eu assenti, Dawn se sentou e alisou suas vestes. Ela ficava olhando em volta, como se procurasse por alguém. Antes que eu pudesse reparar em mais puros do conselho, me dei conta de que também havia pessoas ali que não eram membros. Marcus se encontrava perto dos fundos, com uma beldade de cabelos bem pretos que eu só vi uma vez na vida.

— Laadan. A mulher com Marcus se chama Laadan. É a puro-sangue que propôs um acordo pra que eu tivesse a chance de continuar no Covenant. — Prendi o cabelo atrás da orelha. — Esqueci que ela estaria aqui.

Seth bateu na minha perna com a sua.

— Já ouvi falar de Laadan. Ela parece razoável.

Um homem de cabelo preto se sentou ao lado de Laadan. Era Aiden, que agora usava calça e camisa brancas com as mangas dobradas até o cotovelo, deixando seus braços fortes à mostra. As pontas de seu cabelo enrolavam em torno do colarinho, deixando-o com uma aparência meio desgrenhada. Vi que ele se virou para Laadan e disse alguma coisa. Ela sorriu e deu um tapinha no braço dele enquanto Marcus balançava a cabeça.

Então me dei conta de algo. Marcus estava vestido normalmente — calça social preta e paletó — e parecia mais um corretor de Wall Street que um semideus. Laadan usava um vestido de veludo molhado vermelho-escuro. Passei os olhos pelas pessoas que se encontravam ao fundo, reparando que algumas usavam cores iguais às das vestes.

— Por que Aiden está de branco?

— Agora ele tem uma cadeira no conselho.
Olhei para Seth na mesma hora.
— O que isso significa?
Seth arqueou uma sobrancelha.
— Como a cadeira do pai vai continuar aberta, ele recebeu outra.
— E daí? Aiden não quer a cadeira.
— Isso não importa. De qualquer maneira, Aiden precisa mostrar respeito aos membros do conselho. Por isso veio todo de branco. As outras pessoas vestidas assim ou são herdeiras ou estão fazendo campanha pelas próximas vagas que abrirem.

Voltei a me virar para Aiden. Ele tinha se recostado e apoiado um braço sobre o encosto da cadeira vazia ao seu lado.

— Aiden não me disse nada.
— Você não deveria saber?
— Não presto muita atenção na aula de direitos e deveres.
Seth riu.
— Ele, provavelmente, vai ocupar a cadeira um dia, quando sossegar. É o que todos os puros fazem.

Abracei meu próprio corpo.
— O que você quer dizer com "sossegar"?
Os olhos de Seth pousaram pesados em mim.
— Nada.

Não era verdade. As palavras não ditas pairavam entre nós. A maioria dos puros achava que caçar e matar daímônes era um serviço aquém deles, outros achavam o perigo emocionante... e sexy. Minhas entranhas se reviraram. A ideia de Aiden com outra pessoa me fazia querer chutar alguma coisa — ou alguém.

Fez-se um silêncio repentino quando os ministros dos quatro Covenant entraram. Reconheci Lucian e Nadia Callao, uma mulher alta que eu só tinha visto algumas vezes. Os dois se sentaram juntos, tal qual o restante dos ministros. Um deles — um homem de cabelo escuro com fios brancos nas têmporas, rosto redondo e olhos azuis penetrantes — foi até o centro do estrado. Usava vestes verdes com bordados dourados e uma coroa de louros também dourados na cabeça.

— Quem é esse? — perguntei.
— O ministro Gavril Telly. É na casa dele que você está. A mulher de verde é Diana Elders, a outra ministra de Nova York. Telly é o ministro-chefe.

Telly abriu a sessão com uma oração em grego antigo. Eu não fazia ideia do que ele estava dizendo. Tratava-se de uma bela língua, quase musical, mas a coisa se arrastou por tanto tempo que me recostei e bocejei.

Seth sorriu.
— Não vai dormir em cima de mim.

— Não garanto nada.

Não peguei no sono, entretanto. Após um tempo, o ministro começou a se dirigir à multidão em um inglês com sotaque pesado. Eu não conseguia identificar de onde ele era, mas seu jeito de falar lembrava um pouco o de Seth, embora fosse muito mais autoritário.

— Há várias questões urgentes a tratar durante esta reunião do conselho. — A voz de Telly ecoava pelo salão. — Acima de tudo, estamos aqui para discutir a... situação desagradável que presenciamos no último verão.

— Eles vão falar de Kain, não é? — Eu me endireitei no lugar, louca para ver como os puros lidariam com aquilo.

Seth deu de ombros.

— Não falta coisa pra eles falarem.

Telly andava de um lado para outro do estrado, suas vestes longas se arrastando atrás dele. Então, ergueu um braço e apontou para a parte da construção que ficava abaixo de nós. Eu me inclinei para a frente, mas Seth me segurou pela blusa. Dois guardas entraram no meu campo de visão, escoltando uma mulher descalça vestindo apenas uma túnica cinza que terminava acima dos joelhos. Ela foi levada até a frente do meio do estrado, depois foi forçada a se ajoelhar.

Senti certa apreensão alojada na boca do meu estômago. A mulher de pele escura não era uma daímôn, até onde eu sabia. Parecia uma meio-sangue normal — talvez uma guarda ou sentinela. Suas pernas torneadas indicavam que havia passado anos treinando e lutando.

A mulher ergueu a cabeça em desafio. Ouviram-se murmúrios baixos entre os puros.

— Kelia Lothos. — O lábio superior de Telly se franziu. — Você foi acusada de infringir a lei da ordem de raça ao manter contato inapropriado com um puro-sangue.

Meus olhos se arregalaram. Caleb havia me contado sobre ela — e seu namorado puro-sangue, Hector. Eu me virei para Seth.

— Sério? A questão mais importante é uma meio-sangue ter feito sexo com um puro?

Os olhos cor de âmbar de Seth encontraram os meus.

— Parece que sim.

Balançando a cabeça em descrença, voltei a me virar para o drama que se desenrolava lá embaixo.

— Malditos hêmatois!

— Como você se declara? — perguntou Telly.

Kelia fez menção de se levantar, mas os guardas a forçaram a permanecer ajoelhada.

— E isso importa? Você já me consideram culpada.

— Você tem o direito de se defender. — A ministra Diana Elders se levantou e se aproximou devagar do meio do estrado. Certa gentileza marcava sua expressão, suavizando seus lábios. — Se não se considera...

— Ela não é culpada! — uma voz gritou em meio ao público, e um puro usando vestes verdes se levantou. Sua pele era escura como a de Jackson. — Não fez nada de errado. Se alguém é culpado sou eu.

— Começou... — murmurou Seth.

Eu o ignorei, mantendo os olhos fixos naquele puro-sangue que partia em defesa de Kelia. Era melhor que assistir a uma novela.

Telly seguiu para o lado esquerdo do estrado.

— Hector, ninguém o considera culpado. Meios-sangues podem ser tão belas quanto puros-sangues... e tão manipuladoras quanto qualquer daímôn.

Hector, o amante puro-sangue de Kelia, avançou pelo corredor.

— Ela é mesmo bela, mas manipuladora? De jeito nenhum. Amo Kelia, ministro. A culpa não é dela.

Telly se aproximou da beirada do estrado com cara de desdém.

— Uma meio e um puro-sangue não podem se apaixonar. A ideia é absurda e revoltante. Ela infringiu a lei. Deveria ter pensado melhor antes de agir como uma prostituta barata.

— Não fale dela assim! — A raiva fez o rosto de Hector corar.

— Como *você* se atreve a falar assim *comigo*? — Telly se aprumou todo. — Tome cuidado, ou suas ações serão tomadas como traição.

Kelia se virou com preocupação e medo nos olhos — além de amor. Senti um aperto no coração por ela, por eles.

— Não, Hector, por favor. Vá embora.

Os olhos escuros de Hector correram para Kelia, espelhando as mesmas emoções expressas no rosto dela.

— Não. Não posso deixar que isso aconteça. Você não fez nada de errado. Eu nunca deveria...

— Por favor, Hector, vá embora — implorou Kelia. — Não quero... que me veja assim. Por favor!

— Não vou embora — disse ele. — Você não é culpada de nada!

— Sou culpada por amar você! — Kelia conseguiu se soltar dos guardas. Eles pareceram atordoados demais com a demonstração explícita de emoção para reagir. — Não faça isso! Você prometeu que não faria isso!

O que Hector teria prometido? O que ele estava fazendo era heroico, romântico, arrebatador. Como Kelia podia não querer que o homem que amava enfrentasse todo o conselho por ela?

Hector avançou pelo corredor principal e os guardas finalmente caíram na real, colocando-se entre a meio e o puro.

Ele parou, com as mãos cerradas.

— Chega.

— Vai permitir que isso prossiga, ministro? — perguntou Lucian. Era a primeira vez que falava desde que a sessão havia se iniciado.

Telly soltou o ar devagar.

— Kelia Lothos, como você se declara?

A multidão de puros observou, entusiasmada e horrorizada, ávida para descobrir o que Kelia diria. Quem falou, no entanto, foi Hector.

— Ela se declara inocente.

Uma ministra idosa se levantou. Suas vestes vermelhas engoliam seu corpo frágil. Ela me lembrava da múmia que me avaliou quando eu tinha sete anos.

— Chega. Condene a meio-sangue à servidão e retirem esse puro daqui!

Um estrondo de trovão *dentro* do salão me fez recuar e me aproximar de Seth. Acima de nós, o ar começou a ficar mais denso e escuro. Ainda que parecesse impossível, nuvens perigosas começaram a se formar — vindas de Hector. Ele usava o elemento terra, o poder elétrico de criar uma tempestade, em um ambiente fechado.

Hector olhou nos olhos perplexos de Telly.

— Não vou permitir que a levem.

O caos tomou conta lá embaixo. Hector avançou e a nuvem acima de nós piscou, carregando o ar em volta. Os ministros se levantaram, de choque e raiva.

— Por favor! Podemos discutir isso civilizadamente! — gritou Diana. — Não vamos...

Outro trovão abafou suas palavras. Pressionei o rosto contra as ripas do balcão para ver melhor o que estava acontecendo lá embaixo. Os guardas que haviam segurado Kelia não pareciam dispostos a atacar um puro. Éramos treinados desde o nascimento para nunca fazer aquilo, nem mesmo em casos extremos. Eles recuaram, com cautela, e Hector aproveitou para chegar à amada e puxá-la para seu peito.

— A meio-sangue é culpada! — gritou Telly. — Prendam-na e mandem-na para o mestre! Tirem...

Hector se colocou à frente de Kelia enquanto a nuvem estalava, soltando raios por todo o salão. Puros se levantaram dos bancos e começaram a se empurrar para sair dali. Fiquei preocupada com Aiden e o procurei em meio à loucura. Ele permanecia ao lado de Laadan, sua expressão inabalável.

— Vou matar quem tentar se aproximar dela — disse Hector, com a voz baixa e firme.

— Você enfrentaria sua própria gente por uma meio-sangue? — O rosto de Telly estava pálido de raiva.

Hector não hesitou.

— Sim. Pela mulher que eu amo.

Telly recuou.

— Então, selou seu próprio destino.

Não compreendi aquelas palavras. Puros *nunca* eram punidos por se misturar com meios-sangues. Basicamente só eram punidos por usar coação ou outros poderes elementares contra outros puros.

A nuvem continuou escurecendo. Seth puxou meu braço, mas eu me segurei às ripas do balcão.

— Guardas! — gritou Telly, e guardas acorreram de todos os cantos, em um mar branco.

Eram todos meios-sangues, com uma exceção. O único guarda puro-sangue tinha olhos da cor de terra fértil. Ele ficou olhando para Telly, com os dedos fechados em torno do punho de uma adaga. Os outros guardas conseguiram separar Kelia e Hector. Ela gritou, lutou e até conseguiu se soltar por um momento, só para ser derrubada no chão em seguida.

A nuvem escureceu mais e mais. Um trovão escapou dela e caiu perto de Telly.

— Peguem ele! — ordenou Telly.

— Não! — gritou Kelia. — Para, Hector! Por favor!

O guarda puro chegou a Hector antes que outro raio pudesse ser enviado. Um grito horrorizado escapou da minha garganta, mas foi abafado pela mão de Seth. O guarda puro-sangue — o único entre todos que podia atacar um puro — cravou a lâmina de titânio nas costas de Hector e a torceu. Um barulho de sucção assolou o salão e a nuvem ameaçadora se desfez.

Seth me puxou para longe do parapeito.

— Você não pode gritar. Eles não vão ficar felizes de nos encontrar aqui. Promete que não vai gritar. — Ele me soltou depois que fiz que sim. — Temos que sair daqui.

Mal o ouvi. O horror e raiva dominavam meu coração, fazendo com que eu cravasse os dedos em seu braço. Os gritos de Kelia ecoaram até serem abruptamente cortados. Tudo aquilo era impossível, cruel, terrível.

Seth soltou um suspiro cansado.

— Ainda bem que Aiden caiu na real.

Meu sangue congelou nas veias, meus pulmões se esvaziaram. Eu me virei para encará-lo.

— Você sabia que isso ia acontecer. Me trouxe aqui de propósito!

Seus olhos fulvos se acenderam.

— Eu não sabia que iria tão longe.

— Não acredito. — Empurrei seu peito, me sentindo enojada. — Você sabia o que iam fazer!

Seth desviou o rosto. Suas bochechas coraram.

— Eu só sabia o que o futuro reservava a Aiden se vocês dois continuassem com aquela insanidade.

Voltei a empurrar Seth, que me soltou.

Passei o resto do primeiro dia em Nova York trancada no meu quartinho esquálido. Não queria estar ali, não queria estar nem perto dali. Meu estômago se revirava. Eu estava furiosa com Seth.

Porém também estava furiosa comigo mesma.

Deixei o corpo cair na beirada do colchão duro. *Eu só sabia o que o futuro reservava a Aiden se vocês dois continuassem com aquela insanidade.*

Por mais que odiasse admitir, Seth estava certo.

Aiden era o tipo de homem que faria exatamente o que Hector havia feito. Se Aiden me amasse e eu terminasse na posição de Kelia, Aiden lutaria contra um exército de guardas e levaria uma punhalada pelas costas.

Levei a cabeça às mãos e puxei o ar. Meu coração ansiava por Aiden como se ele fosse o ar que eu respirava. Ao mesmo tempo, no entanto, eu entendia — entendia de verdade — que, mesmo se ele também me amasse, nunca poderíamos ficar juntos.

O que ele havia me dito aquele dia no treino? Se me amasse, tiraria tudo de mim.

E eu havia acabado de presenciar a confirmação de que eu também tiraria tudo dele — inclusive sua vida.

Uma batida leve me tirou de meus pensamentos conturbados. Dei os dois passos necessários para chegar à porta e a abri.

Seth se encontrava ali, de braços cruzados.

— Alex...

Bati a porta em sua cara e a tranquei. Seth podia estar certo, mas isso não significava que eu queria lidar com ele. Se tivesse que olhar para sua cara convencida, ia acabar dando um soco nela. Então, me sentei na cama e fiquei olhando feio para a porta.

Um minuto se passou antes que a maçaneta se virasse, primeiro para a esquerda, depois para a direita. Apertei os olhos e me inclinei para a frente. Ouvi o som inconfundível da porta destrancando.

— Quê? — Eu me levantei na mesma hora.

A porta se abriu e Seth entrou no quarto.

— Arrebentei o trinco.

Fiquei boquiaberta.

— Seu filho da...

— Shh. — Ele fechou a porta e passou os olhos pelo quarto, horrorizado novamente. — Ainda não consigo acreditar que te colocaram nesse buraco. Vou ter que falar com Lucian a respeito.

— Por que Lucian se importaria?

Ele passou por mim e se curvou para a frente, espalmando a mão sobre o colchão.

— Lucian se importa mais com você do que imagina. — Seth se endireitou e sorriu. — Você devia vir pro meu quarto. Ia gostar.

Revirei os olhos.

— Isso não vai acontecer.

Seth pareceu decepcionado, então seus olhos passaram ao banheiro esquálido.

— Tenho até jacuzzi.
— Sério?
— Sério.

A ideia de um longo banho de banheira me agradava. Balancei a cabeça, para esquecer aquilo.

— Seth, não quero nem um pouco falar com você agora.

Ele se sentou na cama e fez uma careta.

— Mas precisamos conversar.

Deixei a cabeça cair para trás, gemendo.

— O que eu quero nunca importa pra você?

— O que você quer sempre importa pra mim. — Seth parecia sério. — Aliás, gostei do pijama que você usou na outra noite. Esse de flanela não é muito atraente, mas aquele shortinho...

Estreitei os olhos para ele.

— Está congelando aqui, e não vou usar *isso* — falei, apontando para o cobertor de aparência áspera. — Deve ter pulgas. — Voltei a me virar para Seth. — O que você quer?

Ele baixou os olhos.

— Sinto muito que você tenha visto o que viu hoje. — Não era o que eu esperava ouvir. — Mas você precisava ver — prosseguiu Seth, levantando a cabeça para me encarar. — Sei que você... o ama. Não adianta negar, Alex, eu sei. E sei que, independentemente do que Aiden te diga, ele ainda se importa mais com você do que deveria.

Abri a boca para negar a última parte porque Aiden havia me dito de diferentes maneiras que não se importava, mas me segurei. Importava mesmo se Aiden se importava comigo ou não? Eu me virei e fui me sentar ao lado de Seth, onde fiquei olhando para o carpete puído.

— Acho que você sabe disso — prosseguiu ele. — Já falei. Uma hora vocês iam acabar sendo pegos. Ninguém, nem mesmo eu, seria capaz de impedir o conselho. E você sabe o que Aiden faria.

— Eu sei. — Passei a palma da mão pela coxa. — Exatamente o que Hector fez. Eu não sabia que agiam assim com sua própria gente.

— Estamos em um mundo diferente. Já vim aqui algumas vezes. É bem tradicional. Telly se insulta com pouco e não é grande fã de meios--sangues... nem que seja o Apôlion.

Ergui a cabeça para encará-lo.

— Como assim?

Os lábios de Seth pareceram mais finos.

— Nunca me disseram nada, mas tenho essa sensação.

— Vai ser ele quem vai fazer as perguntas durante o meu depoimento?

— Não sei. — Seth abriu um sorriso. — Mas você não precisa se preocupar com ele.

Eu não acreditava em Seth, porém estava cansada de insistir.

— Odeio este lugar.

Ele se inclinou na minha direção e afastou meu cabelo do pescoço, expondo minhas cicatrizes.

— Só faz um dia que você está aqui, Alex.

— E não preciso de mais que isso pra saber. — Virei a cabeça e me assustei um pouco quando nossos rostos ficaram a centímetros de distância. — Você... gosta daqui?

Quando as pálpebras de Seth se fecharam, seus cílios compridos tocaram suas bochechas.

— Não é o pior lugar do mundo. — Ele ficou em silêncio por um momento, depois me encarou. — Você entendeu que Aiden é meio que uma causa perdida, né?

Pisquei algumas vezes e desviei o rosto. De repente, tinha vontade de chorar, porque era verdade.

— Isso deve te deixar muito satisfeito, não é?

— Não sou tão terrível, Alex.

O tom cortante dele me trouxe de volta.

— Não foi o que eu disse.

Seth abriu um sorriso tenso.

— Então por que acha que gosto de te ver sofrendo? Sei que você está magoada.

Agora eu me sentia culpada.

— Desculpa, tá? Não estou no meu melhor momento.

Ele relaxou.

— É a segunda vez que você me pede desculpa. Uau!

— E vai ser a última.

— Talvez. — Seth se sentou mais para trás e depois se deitou de lado na cama. Com um tapinha no pouco espaço que restava, disse: — Essa cama é péssima. Tem certeza de que não quer um upgrade?

Suspirei.

— Você não pode ficar aqui.

Ele deu de ombros.

— Por que não?

— É do lado do quarto do meu tio.

— E daí? — Seth voltou a dar um tapinha na cama. — Ele nem está ali agora. Ficou lá embaixo, com os outros puros. Vai rolar uma festinha de boas-vindas.

— Não importa. — Passei por cima de suas pernas para me sentar ao lado dele. — Esse lance de dividir a cama tem que parar.

Seth olhou para mim, parecendo a cara da inocência.

— Por quê? Mantém os pesadelos longe, não é?

Minha resposta morreu nos meus lábios. Filho da mãe!

— Faz um tempo que você não tem nenhum. O que eu falei sobre...

— Ah, cala a boca!

Seth riu, então me contou sobre sua primeira visita ao Covenant de Nova York. Eu contei a ele sobre algumas cidades onde havia morado com minha mãe. Depois de um tempo, seus olhos se fecharam, e foi o fim das histórias. Fiquei olhando para Seth por um momento. O que eu ia fazer com ele?

Então me deitei de lado, tomando cuidado para não o acordar. Passei o que pareceram horas encarando a parede branca. Minha mente não desligava, o que era estranho. Em geral, na presença de Seth, eu caía no sono com facilidade.

Aquela noite era diferente. Sentia saudade de Caleb, odiava estar onde estava e desejava que as coisas fossem diferentes entre mim e Aiden. Eu me sentia sozinha como nunca. Talvez tudo parecesse mais real ali, mais frio e nítido. Ver Hector assassinado destruíra qualquer semente de esperança que eu carregasse comigo de que minha história com Aiden teria um final de conto de fadas.

A respiração de Seth ao meu lado se tornou mais lenta e profunda, adquirindo um ritmo constante. Eu me virei de costas e olhei para ele.

Seth olhava para mim também, totalmente acordado. Parecia curioso e até um pouco confuso. Deitada de costas naquela cama minúscula, eu deixava pouco espaço para ele. Seth usava um braço como travesseiro e mantinha o outro colado ao corpo. Mordi o lábio inferior e me sentei. Então, peguei o travesseiro e ofereci a ele. Seth aceitou, estreitando os olhos questionadores. Ficamos nos olhando, depois ele pareceu compreender. Achei que Seth fosse dizer algo obsceno ou afetado.

Ele ficou em silêncio, no entanto. Levantou a cabeça e colocou o travesseiro embaixo. Depois se deitou de costas e esticou o braço direito. Seu peito subiu enquanto aguardava. Passei a mão pelo rosto e fechei os olhos. *O que estava fazendo?*

Não sabia. Estava cansada e odiava aquele lugar. O quarto era frio e o cobertor áspero se encontrava no chão. Eu queria Aiden... e parei de inventar desculpas. Me deitei, aconchegada entre o ombro e o peito de Seth. Meu coração martelava forte.

Seth permaneceu imóvel por um segundo, talvez dois. Então fechou o braço em minha cintura e me puxou para mais perto. Meu corpo se encaixou ao dele, minha mão descansou em seu peito. Sob a palma, seu coração martelava tão forte quanto o meu.

16

— Não está se sentindo bem?
— Hum? — Ergui os olhos do prato intocado. Marcus me observava com curiosidade.
— Não comeu nada.
Olhei para Aiden. Ele também me observava. Assim como Seth. Laadan também mantinha os olhos em mim, mas parecia meio nostálgica, como se não me enxergasse de verdade.
Aquele café da manhã estava sendo bem desconfortável.
Quando voltei a olhar para Aiden, não consegui impedir que uma imagem de um guarda puro-sangue o apunhalando pelas costas me passasse pela cabeça. Senti que todo o sangue deixava meu rosto.
Ele devolveu o copo com suco de laranja à mesa.
— Alex?
— Não dormi muito ontem. — Senti os olhos de Seth fixos em mim. — Estranhei o quarto e tal.
— Não gostou do quarto? — perguntou Marcus.
— Você viu meu quarto? — Considerei a possibilidade de enfiar algumas garfadas de ovo na boca, mas, pelo modo como os olhos de Aiden me avaliavam por cima da borda do copo, não me pareceu uma boa ideia. — Se é que se pode chamar aquela caixa de sapato assim.
Marcus se recostou e cruzou a perna.
— Não vi seu quarto, mas tenho certeza de que não é tão...
— Que hora é a sessão desta manhã, Marcus? — quis saber Laadan.
Ele verificou o relógio, distraído.
— Deve começar logo mais.
Abri um sorriso grato a Laadan, que me ofereceu uma piscadela enquanto girava uma taça de champanhe na mão. Beber champanhe tão cedo me parecia extremamente elegante, assim como o vestido verde modesto e de manga japonesa que ela usava.
As pernas da cadeira de Seth rasparam o piso de mármore.
— É hora do treino, Alex.
Aiden olhou por cima do ombro para ele.
— Ela não comeu nada.
— Então vai comer no almoço — retrucou Seth.

A expressão de Aiden se tornou dura.

— Ou você pode dar a ela alguns minutos para tomar café antes do treino.

— Hum... estou tendo um déjà-vu, mas acho que você que me dizia pra não me meter no seu treino, e eu que dizia que era estranho...

— Que engraçado... — Os lábios volumosos de Aiden se retorceram em um sorriso irônico. — Também estou, mas acho que eu que dizia que você devia...

— Ah, pelo amor dos bebês daímônes do mundo todo, podemos ir pro treino — eu disse, afastando a cadeira da mesa.

Aiden se virou e estreitou bem os olhos. Peguei meu copo de suco e tomei um belo gole enquanto Laadan observava os dois com interesse.

— Está feliz?

— Eles sempre fazem isso? — perguntou ela, tomando um gole de sua taça de cristal.

Marcus pigarreou.

— O que acha?

— Que foi? — Seth franziu a testa, tornando a beleza de seu rosto ainda mais fria. — O que a gente...

— Diretor Andros, estive procurando por você. Gostaria de que discutíssemos algumas questões... Ah, esta é a famosa Alexandria?

Fiquei tensa ao reconhecer a voz. O ministro Telly. Olhei para Seth por um momento, então forcei meu corpo a virar. Vê-lo depois que havia ordenado a morte de Hector fazia meu estômago se revirar. Sorri, ou pelo menos tentei, mas não devia ter sido bonito.

Telly passou os olhos por mim de uma maneira absolutamente condenatória.

— Então, todo o estardalhaço é por isso?

Aquilo mexeu comigo.

— Imagino que sim.

Ele abriu um sorriso fraco.

— Bom, tem havido muito alvoroço em torno de tudo o que você realizou. Muitos rumores circulam, incluindo o de que você já matou daímônes. Estou curioso para saber se é verdade. Quantos foram?

Tive a vaga sensação de que Seth contornava a mesa. Era estranho que eu percebesse onde ele se encontrava.

— Três.

— Ah. — As sobrancelhas de Telly se ergueram. — Impressionante. E quantas pessoas inocentes foram feridas no processo? Ou morreram?

Foi como se todo o meu sangue corresse para o rosto. O sorriso de Telly aumentou e se tornou genuíno. Ele estava gostando de me ver suar.

— Seth? Não é hora do treino de Alex? — Aiden perguntou.

Se Seth estranhou a mudança repentina de Aiden, disfarçou.

— Sim, sim. Com licença, ministro, mas temos que...

Olhei bem nos olhos gelados de Telly.

— Uma.

— Uma o quê, meu bem?

Todos os outros deviam estar prendendo a respiração.

— Uma pessoa inocente morreu no processo, mas não sei quantas foram feridas. Dezenas, imagino.

Seth xingou baixo.

O choque fez os olhos de Telly se arregalarem por um segundo.

— É mesmo?

Surpreendentemente, quem me salvou foi Marcus. Ele se colocou à minha frente, bloqueando a expressão hostil do outro.

— Ministro Telly, também há algumas questões que eu gostaria de discutir com você. Agora seria um bom momento?

Sem aguardar pela resposta de Telly, Seth pegou meu braço e me levou para longe da mesa. Foi só quando já estávamos à porta que ele falou:

— Deuses, você não consegue mesmo ficar de bico calado.

— Tanto faz. — Soltei o braço com um puxão e saí. A legging e a blusa de frio que eu usava não ofereciam proteção suficiente contra o frio mordaz.

Seth pareceu não se abalar com o ar gelado. Manteve a mão erguida enquanto seguíamos na direção do labirinto. Uma bola pequena de energia azul se formou na palma.

— Ele não é alguém que você quer ter como inimigo.

A bola subia e descia por sua palma. Eu não conseguia desviar os olhos dela.

— Acho que ele já não gostava de mim.

— Tudo bem, mas é melhor não piorar a situação.

O tom de Seth me irritou.

— Quer saber? Fica longe do meu quarto. Você tem o seu.

Ele sorriu.

— Sei que sim. E vou bastante lá. Mas prefiro sua cama. O cheiro é melhor.

Fiz uma careta.

— O cheiro é melhor? Sua cama tem cheiro do quê? Arrependimento e mau gosto?

Seth riu.

— Onde quer que você durma fica com o seu cheiro.

— Deuses, acho que é a coisa mais sinistra que já ouvi. E isso não é pouca coisa.

— Você cheira a rosas e verão. — Seth jogou a bola um pouco mais alto. — Eu gosto.

163

Fiquei impressionada.

— Cheiro a verão? Está falando sério? *Verão?*

— Isso. Você cheira a algo quentinho.

Dois puros passaram por nós, depois olharam por cima do ombro para Seth exibindo seu poder. Sorri diante da expressão de choque de ambos, então me lembrei de que estava brava.

— Não quero saber se você gosta do meu cheiro, seu bizarro.

— Não é como se Marcus fosse entrar no quarto. — A bola ficou maior, engolindo a mão dele. — Tranco a porta. Ele não vai interromper nossa conchinha.

— Não é essa a questão, e para com essa bola! — soltei, perdendo a paciência.

Seth ficou em silêncio por um minuto inteiro — um recorde para ele.

— Relaxa. Você vai conseguir fazer isso um dia. E sentiria minha falta, se eu não quisesse dormir abraçadinho.

— Não é verdade.

Ele me olhou de lado, de um jeito que insinuava que se lembrava de que eu havia me aconchegado nele na noite anterior. Gemi, querendo dar um tapa nele com cada fibra do meu ser. Então, Seth extinguiu a bola de energia, bem quando o anfiteatro entrou em nosso campo de visão e eu senti um calafrio que não tinha nada a ver com a temperatura.

— Aonde a gente vai?

— Não é ali.

— Isso eu imaginei.

Contornamos a construção, a qual me recusei a olhar. Assim como os servos pelos quais passávamos se recusavam a nos olhar.

Do outro lado, consegui ver o Covenant de fato. Uma grade de ferro cercava o campus. Enquanto nos bons dias nossa escola parecia saída da Grécia, a deles parecia uma fortaleza medieval, com masmorras assustadoras e torres se erguendo além da névoa. Atrás da estrutura que se estendia, dava para ver o alto das construções cinza que eu imaginava que fossem os dormitórios.

Notei os desenhos na grade quando nos aproximamos dela.

— Qual é a da tocha?

— Hum?

— Essas tochas de cabeça para baixo. — Apontei para uma na cerca.

— Estão em toda parte.

— É, eu também notei. É um símbolo de Tânatos.

— Um instrutor lá da Carolina do Norte tem isso tatuado no braço.

Ele franziu os lábios.

— O ministro Telly também tem.

— Como você sabe disso?

Atravessamos o gramado coberto de gelo e chegamos a uma das passarelas cobertas que ligava os prédios menores ao principal.

— Tem entrado no quarto do cara pra dormir abraçadinho com ele também?

— Não precisa ficar com ciúme. Só durmo abraçadinho com você. Mas respondendo à sua pergunta, quando cheguei aqui com Lucian, Telly estava gritando com alguns servos. Ele sacudiu o braço e a manga de suas vestes escorregou. Deu pra ver a tatuagem.

— Será que eles pertencem a uma sociedade secreta ou coisa do tipo?

— À sociedade secreta dos babacas, talvez.

Dei risada.

— Faria todo o sentido.

Deparamos com dois meios-sangues indo para a aula, que pararam abruptamente, de olhos arregalados. Um cutucou o outro.

— É ele! E essa só pode ser ela.

O outro menino parecia boquiaberto.

— Então é verdade! Tem mesmo dois Apôlions!

— Pelos deuses. — O amigo dele passou a mão pelo peito. — Isso é tão legal!

Seth se curvou para eles.

— É mesmo.

Revirando os olhos, eu o empurrei para o lado. Aquele lance de sentir o que Seth sentia estava começando a me irritar.

— Aonde vamos?

— Como está congelando, imaginei que seria melhor começar na sala de treino. Depois, podemos fazer algo aqui fora.

Meus ombros caíram.

— Vou passar o dia todo treinando com você?

Seth se virou para mim, com o sorriso convencido de sempre no rosto.

— Você vai passar o dia todo comigo. Todos os dias. O tempo todo que estivermos aqui.

Fiquei só olhando para ele.

Seth bateu palmas uma vez e soltou um gritinho agudo antes de pegar minha mão.

— Ah, vai ser tão divertido! Não vai? Sim, Alex, vai!

Não estava sendo divertido.

Eu me virei e me defendi primeiro do chute, depois do soco. Suor escorria pela minha pele, e meus músculos doíam dos ataques incessantes de Seth.

Por outro lado, eu preferia os treinos da manhã aos treinos da tarde. Ao longo daqueles três dias, havia aprendido a temer os treinos ao ar livre.

O tempo não melhorava e a terra congelada era implacável, mesmo com a grama magicamente verde sob nossos pés.

Seth me jogou uma garrafa de água.

— Cinco minutos.

Fui até a beirada do tatame e tomei um belo gole. Seth, que nunca parecia ter sede, preferiu ir entreter a multidão cada vez maior de curiosos. Entre uma aula e outra, os alunos meios-sangues corriam para a porta da sala onde treinávamos. Seth a deixava aberta, porque gostava do afago no ego. Os meios-sangues eram bem legais, no entanto, e não me tratavam como no Covenant da Carolina do Norte. De alguma forma — eu imaginava que através de Seth —, sabiam que eu havia matado alguns daímônes, o que me tornava imediatamente legal em território desconhecido. Alunos e instrutores viam nos assistir enquanto tentávamos arrancar a cabeça um do outro.

O que, de certo modo, era mesmo o que queríamos fazer.

Parecia que só não brigávamos quando dormíamos. Eu não voltara a usar Seth como travesseiro, o que parecia irritá-lo.

Eu me aproximei da porta, a tempo de pegar o finzinho do que Seth dizia a uma meio-sangue bonita, com cabelo ruivo comprido e seios que me faziam me sentir uma tábua.

— Talvez depois do treino eu possa te mostrar minhas bolas de...

Atirei a garrafa de água na nuca de Seth. Ele se virou e a segurou antes que o atingisse. A menina se afastou, chocada, e ficou olhando para mim. Tive a sensação de que, se eu fosse outra pessoa, ela me puxaria pelos cabelos.

— Isso não foi legal. — Seth jogou a garrafa de água no chão.

— Os cinco minutos já passaram. — Recuei alguns passos, sorrindo.

Cross, um meio-sangue que sempre aparecia, chamou a atenção de um amigo com uma cotovelada.

— Aposto cem dólares que até o fim da semana os dois se matam.

— Quem você acha que venceria? — perguntou Will, outro rosto familiar.

— Ela — Cross disse, acenando com a cabeça na minha direção.

Joguei a cabeça para trás, sorrindo para Seth. *Eu*, fiz com os lábios, sem produzir som.

Ele pareceu entediado.

A peituda parou de enrolar o cabelo no dedo por cinco segundos para dizer:

— Ah, não, acho que o primeiro Apôlion venceria.

Meu sorriso se desfez na hora. Decidi ignorar os comentários e me virei para Seth.

— Pronto, *querido*?

Ele se posicionou à minha frente, de costas para seus — para nossos — fãs.

— Estou sempre pronto pra você, *amorzinho*.

Minha mão atingiu com tudo seu plexo solar. Ele cambaleou para trás, grunhindo.

— Você está meio lento, não, Apôlion?

Para não fazer papelão diante de sua base de fãs à porta, Seth recorreu aos elementos. *Cretino*, pensei. A primeira lufada de ar me errou por alguns centímetros, e a segunda errou tão feio que tive que rir. Então, a terceira acertou meu peito com tudo. Caí no tatame, mas rolei e me levantei antes que Seth pudesse me segurar. Continuamos lutando até a hora do almoço. Ele gostava de comer com os estudantes, assim tinha a oportunidade de inflar seu ego.

Cross e Will nos convidaram para uma festa no sábado à noite.

— Seria incrível se vocês pudessem ir — disse Cross. — Os puros têm seus próprios compromissos, então não vai ter ninguém de olho.

Os puros tinham seus próprios compromissos todas as noites. Mesmo do quinto andar, eu ouvia as risadas estridentes altas horas da madrugada. Pensar a respeito acabava com meu humor. Eu me perguntava se *ele* estava entre os puros se divertindo.

Seth adorou a ideia da festa. A peituda também. Eu não tinha certeza, porque o calorão que sentia quando Seth ficava com alguém já era ruim o bastante à distância — seria melhor não o experimentar estando no mesmo cômodo que ele. Quando o treino da tarde terminou, Seth pegou minha mão antes que eu pudesse ir embora sem ele.

— Que foi? — Eu estava louca para tomar um banho quente e demorado.

Sem se importar com a lama gelada que cobria cada centímetro das minhas roupas, Seth me puxou em sua direção. — Você tem que ir à festa comigo.

Arqueei uma sobrancelha para ele.

— Eu não disse que não ia.

— Também não disse que ia e passou a tarde toda mal-humorada.

— Isso porque passo dia e noite presa com você.

— Até parece.

Seth pareceu olhar para algo acima e atrás de mim. Ele me puxou para mais perto. Me segurei levando a mão ao seu ombro, e ele sorriu para mim — de um jeito diferente, que costumava reservar a garotas como a peituda e Elena. De repente, senti que devia ser cautelosa, o que só se intensificou quando Seth segurou meu queixo com a mão livre.

Meu coração disparou.

— O que você...?

Seth passou o polegar pelo meu lábio inferior e uma estranha sequência de arrepios me acometeu. Seus olhos se mantiveram fixos nos meus, flamejantes.

— Tem lama na sua boca.

— Ah... — Passei a mão pela boca e me soltei de seus braços. — Eu...

Aiden estava sob uma estátua de Apolo, parecendo tão imóvel e impetuoso quanto o deus. Precisei me esforçar ao máximo para não me virar e dar um soco na cara de Seth.

— Olá. — Seth passou por mim. — Veio dar uma olhadinha no treino? Não se preocupa, estou cuidando superbem dela.

Então eu decidi: a primeira coisa que eu faria quando despertasse seria acabar com Seth.

— Tenho certeza disso — retrucou Aiden, com frieza.

Seth foi até ele e lhe deu um tapinha no ombro.

— Como estão indo as sessões do conselho? Já mudaram o mundo?

Aiden baixou os olhos para a mão de Seth, depois os ergueu devagar para encará-lo. O que quer que Seth tenha visto nos olhos dele o fez tirar a mão o mais rápido possível. Rindo como se achasse graça, Seth voltou a olhar para mim.

— A gente se vê depois, amorzinho.

Aiden arregalou os olhos, o que só fez Seth rir com mais vontade enquanto voltava pelo campus.

— Oi — disse eu, grata pela lama que cobria metade do meu rosto pegando fogo.

Aiden enfiou as mãos nos bolsos da calça branca.

— Estou vendo que os treinos com ele estão indo como esperado.

— Odeio Seth, de verdade.

— Odiar é forte demais.

Ergui o queixo.

— Você entenderia se precisasse passar cinco segundos do lado dele.

Seus olhos cinzentos se fixaram em meu rosto, depois em meus lábios, que ele tinha visto Seth tocar.

— Acho que sim.

— Por que está aqui? — A pergunta pareceu dura, mas a frieza em seus olhos me incomodava, e eu ainda não havia me curado das feridas emocionais que ele havia provocado.

— Faz alguns dias que não nos encontramos, então quis ver como você estava.

Apesar do ar gelado, eu me senti quentinha por dentro e me odiei por aquilo.

— Por quê?

Aiden deu de ombros.

— Não posso fazer isso?

Secretamente, meu coração pulava de alegria com a ideia de Aiden ir atrás de mim. Meu cérebro, por outro lado, me ordenava brutalmente para ir embora. Desobedeci.

— Acho que pode.
— Vamos voltar juntos?
— É permitido? Tipo, ninguém vai se incomodar com um puro acompanhando uma meio? Não vejo muita gente fazendo isso por aqui. — Refleti por um momento, com a testa franzida. — Na verdade, não vejo muitos puros nem falando com meios por aqui.
— O ministro Telly é um tanto arcaico na maneira como o conselho e o Covenant daqui são administrados. Ele tenta ignorar séculos de mudanças para que as coisas permaneçam como eram, como a completa separação das raças.
Começamos a caminhar juntos na direção da casa principal.
— Então é por isso que não vi mortais aqui.
Aiden confirmou.
— Acho que, pelo ministro, voltaríamos completamente aos costumes antigos, a um tempo em que nossa gente devotava todos os aspectos da vida aos deuses. Ele não acha que deveríamos ter contato com os mortais, nem mesmo através de coação.
— Então como ele espera montar seu exército de meios matadores de daímônes? — Aiden olhou bem para mim, e eu caí na real. — Telly não acha que deveria haver meios, acha?
— Ele acredita que os puros devem ser capazes de se refrear das atividades carnais que culminam na criação de meios-sangues e que deveríamos ser capazes de nos defender sozinhos dos daímônes.
Afastei uma mecha de cabelo suja de lama.
— E o que vocês fariam sem servos? Cuidariam de si próprios?
Aiden olhou para o céu nublado.
— Já há meios-sangues o bastante no mundo para cuidar dos puros por gerações. Não sei o que Telly faria depois.
— Então ele quer ver todos os meios escravizados? Que beleza. Eu sabia que havia um motivo pra ele parecer um babaca. Meu instinto não é tão ruim quanto eu pensava.
Aiden olhou para mim, com uma expressão curiosa no rosto.
— Por que você pensaria que seu instinto é ruim?
O modo como olhei para ele disse tudo.
Aiden franziu os lábios e assentiu, tenso.
— Entendi.
Andamos em silêncio por alguns minutos.
— Você gosta daqui? — perguntou ele afinal.
Umedeci os lábios, pensando em Hector.
— Eu... sinto falta de casa.
Aiden continuou olhando para o céu nublado.
— Eu também.

Cheguei mais perto dele conforme nos aproximávamos do prédio do conselho. Procurei me convencer de que aquilo era normal. Aiden era meu amigo — apenas um amigo.

— Este lugar me deixa desconfortável. Queria que minha audiência fosse logo, pra poder virar a página. É besteira ter que passar tanto tempo aqui, sendo que só vou prestar depoimento no fim. Aliás, como têm sido as sessões?

— Longas. O conselho passa a maior parte do tempo discutindo.

Aquilo não me surpreendia.

— Já falaram sobre os meios-sangues sendo transformados?

De repente, a expressão dele pareceu vazia.

— Essa é a questão que mais provoca discussão. O que você pretende fazer hoje à noite?

— O que eu pretendo fazer? — Inclinei a cabeça para trás e suspirei. — Pretendo tomar um banho.

Aiden riu, o que provocou uma onda de sentimentos calorosos e vibrantes em mim. Parecia que fazia anos que eu não o ouvia rir.

— Você está mesmo o caos.

Suspirei outra vez.

— Eu sei. Acho que tem lama até na minha boca.

— Bom, talvez eu tenha algo que faça você se sentir melhor. — Ele enfiou a mão no bolso e tirou um tubo preto fino com uns dez centímetros de comprimento.

— O que é isso?

Aiden sorriu enquanto o segurava longe do corpo.

— Eles estão desenvolvendo novas armas desde que descobriram que meios-sangues podem ser transformados. E criaram isso.

— Um tubo preto. Uau!

Seu sorriso se tornou mais sombrio.

— Observe.

Seus dedos foram para a ponta do tubo, onde pressionaram um botãozinho. Lâminas de titânio saltaram de ambos os lados. Aiden sacudiu o punho e a lâmina da direita se estendeu e se curvou.

Meus olhos se arregalaram.

— Uau! Gostei.

Ele riu.

— Sei que você gosta de coisas afiadas. Aqui. — Aiden me passou a lâmina. — Mas tome cuidado. Corta mesmo.

Peguei a arma e a segurei com reverência. Era mais pesada do que eu tinha imaginado, mas ainda conseguiria manejá-la. Meus dedos se curvaram no material frio do centro. Uma ponta era afiada, enquanto a outra lembrava uma foice. Por que teriam feito daquela maneira?

Me senti uma idiota por não ter entendido de cara. Estremecendo, apontei para a ponta em forma de foice.

— Isso é pra arrancar a cabeça, né?

— É. Nem todos somos capazes de invocar o quinto elemento, como Seth. E nem mesmo ele é capaz de acabar com todos os daímônes meios-sangues. Usar akasha gasta energia, então ele só o faz quando realmente precisa.

— Ah. — Fiz um movimento amplo, sorrindo apesar da questão complexa que abordava. — Me pergunto como vai ser depois que eu despertar. Se vai ficar mais fácil para ele usar akasha.

— Não sei. — Aiden olhou para a lâmina com cautela. — Imagino que seja melhor perguntar a Seth.

Pensei no que Lucian havia falado sobre Seth poder recorrer a mim depois que eu despertasse.

— Provavelmente, ele vai me sugar até não restar mais nada.

Assim que as palavras saíram da minha boca, congelei. Minha mãe havia comentado algo parecido. Aquilo aconteceria mesmo?

Aiden notou a mudança repentina em mim.

— Tudo bem?

Pisquei.

— Tudo.

Pressionei o botãozinho ao fim do tubo de metal. O lado da foice se endireitou antes que ambas as lâminas fossem recolhidas. Devolvi a arma a Aiden, forçando um sorriso casual.

— Obrigada por me mostrar isso.

— Imagine. — Caminhamos mais um pouco em silêncio antes que ele voltasse a falar. — Tem certeza de que está bem?

— Tenho — falei, prometendo a mim mesma que Seth e eu teríamos uma conversinha muito em breve.

Aiden se apressou a abrir a porta da casa principal. Lá dentro, nós pegamos os caminhos menos trilhados para subir a escada. Passamos por outra daquelas malditas pinturas com a tocha, uma que continha algo escrito em grego.

— Ei, você lê grego antigo, não lê?

Aiden parou e se virou para mim.

— Leio.

Apontei um dedo sujo para o quadro.

— O que diz aqui?

Ele chegou mais perto.

— Ordem de Tânatos.

— Reconheço isso de algum lugar. — Cruzei os braços. — Por que tem tanta coisa de Tânatos aqui?

Ele afastou alguns cachos da testa.

— Não sei por que o fascínio, mas a ordem de Tânatos é um grupo místico de séculos atrás. Está no livro de mitos e lendas que dei a você.

— No momento, ele está servindo para impedir a porta do meu quarto de bater.

Aiden sorriu e eu me dei conta de que não havíamos discutido, nem dito nenhuma maldade um ao outro. Estávamos progredindo.

— O grupo se extinguiu séculos atrás. Não lembro muito a respeito, mas acho que eles eram bem extremos em relação à tradição e aos costumes antigos.

Pensei nas tatuagens do instrutor Romvi e do ministro Telly.

— O que você acha que significa alguém ter o símbolo de Tânatos tatuado no braço?

— Provavelmente, nada. Puros tatuam símbolos variados no corpo.

— Você não. — Assim que as palavras deixaram minha boca, eu me arrependi delas.

Seus olhos passaram de cinza a prata em um segundo. Imaginei que Aiden estivesse recordando o motivo pelo qual eu sabia que ele não tinha nenhuma tatuagem escondida.

— Desculpa... — sussurrei.

— Tudo bem. — Aiden recuou um passo. Ele baixou os olhos para meus lábios, depois voltou a erguê-los.

O que se passou entre nós naqueles momentos tensos poderia incendiar aquela construção inteira. Um desejo — profundo e poderoso — ganhou vida. Meus dedos se cravaram em minha pele, o que não ajudou em nada a abrandar a vontade de estar perto dele, de estar em seus braços. E eu achei ter visto o mesmo em seu rosto.

Fechei os olhos com força e permiti que aquele anseio devastasse meu coração. Quando voltei a abri-los, Aiden tinha desaparecido. Apertando os lábios um contra o outro, segui para a escada usada pelos servos, certa de que Aiden havia pego a principal, porque não queria acabar presa com ele em uma escada... Minha imaginação superestimulada sugeria vários cenários que nunca aconteceriam. Quando virei no patamar do quinto andar, quase trombei com um servo que passava pela porta.

— Desculpa! Eu devia ter...

Era o meio-sangue do primeiro dia, o servo cujos olhos tinham me parecido familiares, o servo que me notou e passou a impressão de estar incrivelmente alerta. Um segundo se passou antes que ele baixasse o queixo e seguisse depressa seu caminho. Eu me virei, com a mão no corrimão.

— Ei!

Ele parou.

Desci um degrau.

— Eu te conheço de algum lugar?

Não houve resposta.

— Sei que vocês falam. E imagino que você mais ainda. — Desci outro degrau. — Não se parece com os outros.

Ele se virou tão rápido que recuei. Seus olhos pareceram procurar algo em meu rosto, mas o servo permaneceu em silêncio. Respirei fundo.

— Seus olhos não são vidrados como... como os da maioria dos servos aqui.

Sua cabeça se inclinou para um lado. Ele subiu um degrau.

Ergui as mãos, com o coração à toda.

— Não vou dizer nada. Estou cem por cento do lado dos meios-sangues. Tem outros como você, outros que não vivem completamente dopados?

Eu não devia ter escolhido aquela palavra, mas ele fez que sim.

Pensei a respeito, enquanto considerava suas feições. Talvez ele fosse bonito antes que a vida de servo cobrasse seu preço, mas ainda eram seus olhos que chamavam minha atenção, de um tom quente de castanho.

— Por que não fala comigo? — Fiz uma careta. — Por que nenhum de vocês fala comigo?

Ele se segurou ao corrimão. Os nós de seus dedos ficaram brancos.

— Tá bom... — Engoli em seco, nervosa. Seriam os servos dali instáveis? — Você me parece familiar.

Aparentemente era a coisa errada a dizer, porque ele recuou.

— Espera... só um segundo. — De novo, o servo parou e me observou, seus lábios finos uma linha reta. — Qual é seu nome?

A porta se abriu.

— Alex, é você na escada? — ouvi a voz de Marcus perguntar.

O servo estreitou os olhos e desapareceu escada abaixo. Com um gemido de frustração, subi os últimos degraus.

— Sou eu sim.

— Com quem estava falando?

Balancei a cabeça, passando por ele.

— Ninguém.

17

Carne vermelha e política não caíam bem juntas.
— Algumas coisas mudaram, Marcus, mas não tudo. — Lucian girava sua taça de vinho com os dedos elegantes. — A defesa da separação em vez da integração vem ganhando força com o ministro Telly e outros.
— Só porque ele acredita que os deuses estão entre nós. — Marcus se inclinou para a frente e disse baixo: — Telly é um fanático. Sempre foi.
Lucian tomou um gole do vinho.
— Concordo com você, mas, infelizmente, a maioria não.
— Prefiro acreditar que a maioria percebe como essa linha de pensamento está equivocada.
Laadan se encontrava sentada à minha frente, com o cabelo preso de maneira elaborada.
— A mudança está para acontecer. A lei da ordem de raça precisa ser alterada.
Cravei o garfo na carne e fiquei observando o suco que escorria dela. Era péssimo ter que ficar sentada ali, sem dizer nada. Eu só podia imaginar o que Seth diria se presenciasse tal coisa, mas ele não aparecera.
E eu estava meio que sentindo sua falta.
Um prato de tiramisu foi colocado à minha frente. Esqueci a discussão política e olhei para o puro de olhos cinzentos sentado ao meu lado. Quem quer que tivesse definido os lugares à mesa tinha que morrer.
— Obrigada... — murmurei.
Aiden assentiu e voltou à conversa. Comecei a comer, tentando não tomar o gesto dele como algo maior do que era.
— Nadia e eu faremos todo o possível para garantir que a lei da ordem de raça seja alterada — garantiu Lucian. — Mas receio que muitos tramam contra mudanças e não medirão esforços para que as coisas permaneçam como estão.
Me engasguei com a sobremesa. A discussão foi interrompida e todos os olhos se voltaram para mim.
— Desculpa — consegui dizer, movimentando a mão na frente do rosto.
A testa de Lucian se franziu.
— Você está bem?
— Você... você quer que a lei de raça seja alterada?

— Claro — respondeu ele. — Meios devem ter representação no conselho. Algumas horas atrás, comentei com Seth que, com vocês dois, estamos mais próximos da mudança do que nunca. Não seremos nós, os puros-sangues, que realizarão maravilhas. Serão você e Seth.

Minhas sobrancelhas subiram tanto que chegaram à linha do cabelo. Lucian deu um tapinha na minha mão.

— Puros-sangues como Telly acreditam que os deuses prefeririam retornar aos costumes antigos.

Olhei para a mão pálida de Lucian, incapaz de abandonar a desconfiança que me vinha naturalmente quando se tratava dele. O ministro deu outro tapinha na minha mão e sorriu.

— Já pensou no que vai usar no baile da semana que vem?

— Baile? — Eu não fazia ideia do que ele estava falando.

— O baile anual de outono. Vocês dois foram convidados, o que é uma grande honra. Serão os primeiros meios a comparecer. Você precisa de um vestido bonito. — Seus olhos passaram para o outro lado da mesa. — Laadan, você pode ajudar Alexandria?

Ela fez que sim.

— Claro.

Baile? Olhei em volta, confusa. Aiden parecia achar certa graça na ideia de eu ir ao baile. Fiz cara feia para ele.

— Então está decidido. — Lucian voltou a se virar para Marcus, já tendo se esquecido de mim. — Alguma notícia do diretor da Dakota do Sul?

Marcus balançou a cabeça.

— Foi um aluno transformado. Um aluno meio-sangue. O puro sobreviveu.

Como o assunto podia passar de política a um baile e agora a um ataque daímôn? E diziam que *eu* tinha uma atenção tão curta quanto uma formiga depois de tomar energético.

Aiden se inclinou para a frente.

— Então houve um ataque em cada Covenant, mas o conselho insiste que eles não estão relacionados?

Peguei a colher e fingi não ouvir.

Lucian se recostou na cadeira, observando Aiden.

— Não somos tão tolos a ponto de acreditar que os daímônes não estão tramando nada... mas o quê? Não podem acreditar que vão assumir o controle de todos os Covenants.

Os dedos de Aiden pareceram se enrijecer em torno da haste de sua taça.

— Eles já não tentaram isso, ministro? No entanto, os membros do conselho preferem discutir que bebidas serão servidas no baile, se um novo Covenant deve ser aberto no Meio-oeste e outros assuntos insignificantes.

Lucian olhou para ele por cima da borda de sua taça.

— Para alguém que não demonstra interesse em seu lugar no conselho, você tem uma opinião bem forte sobre como as sessões estão se desenrolando.

As bochechas de Aiden pareceram corar. Senti uma necessidade imediata de defendê-lo.

— Ele tem razão. — Quatro pares de olhos se viraram para mim. Droga! — Olha só o que aconteceu em casa... Passaram pelos guardas e... mataram pessoas. Eles estão planejando alguma coisa, alguma coisa grandiosa. O conselho não deveria se concentrar nisso em vez de num baile bobo?

Marcus olhou feio para mim.

— Se já tiver terminado de comer, está dispensada.

Pousei a colher na mesa com força.

— Se não querem minha opinião, então não deveriam falar sobre essas coisas na minha frente.

— Entendido. — Marcus olhou bem nos meus olhos tomados pela fúria. — Boa noite, Alexandria.

Eu me pus de pé, constrangida por ter sido dispensada daquele jeito. Nenhum dos puros sentados naquela sala de jantar refinada olhou para mim quando passei, tampouco os servos recolhendo bandejas e repondo bebidas. Dei uma conferida em volta, mas o único servo que me interessava encontrar não estava trabalhando ali.

Eu não tinha nenhum lugar para ir além do meu quarto. Como preferiria enfiar a cabeça dentro de um forno a ficar lá, vaguei pelos corredores, passando tão despercebida quanto qualquer outro meio naquele magnífico inferno.

Senti ainda mais saudade da Carolina do Norte — e de Caleb. Deuses, como eu queria poder conversar com ele naquela viagem, como havíamos planejado. Pisquei para segurar as lágrimas quentes e entrei em um cômodo amplo cheirando a mofo — uma biblioteca.

Era estranho que eu tivesse ido parar em uma biblioteca, já que não tinha o costume de ler. Havia algumas cadeiras vazias e cobertas de pó, com luminárias antigas ao lado. Passei por entre as estantes, correndo os dedos pelas lombadas dos livros. Talvez eu conseguisse encontrar um daqueles romances históricos safados que minha mãe adorava.

Mas, provavelmente, não.

Fazia anos que ninguém tocava em nada naquela biblioteca. Eu não conseguia nem decifrar a maioria dos títulos. Segui em frente. Qualquer coisa para evitar a dor que pensar em Caleb sempre trazia. Tentei pronunciar os títulos, mas desisti após o quinto. Com um suspiro, prendi o cabelo atrás da orelha e me agachei.

— Impronunciável. Impronunciável. Impronunciável. — Inclinei a cabeça de lado. — Completamente impronunciável. Isso aqui nem deve ser uma palavra de verdade. Ah, por... — Meus dedos pararam em um livro preto grosso com letras douradas. Eu não fazia ideia do que as palavras diziam, porém reconheci o símbolo na lombada. — A tocha de ponta-cabeça. — Peguei o volume.

Um arrepio desceu pelo meu corpo. Levantei a cabeça na hora para olhar em volta. Eu conhecia bem a sensação de estar sendo observada.

— Você está aqui, Alexandria?

Soltei o livro e me levantei.

— Laadan?

Ela apareceu na esquina da estante. À luz fraca, com seu vestido claro, parecia etérea. Um sorriso hesitante se insinuava em seus lábios volumosos.

— Não estou atrapalhando, estou?

— Não. Eu só estava procurando algo pra ler, mas está tudo em grego antigo.

Ela baixou os olhos cinza para os livros.

— Não sei por que Telly enche a biblioteca de livros que a maioria de nós nem consegue ler.

Dei um passo em sua direção, ainda mantendo uma distância respeitosa entre nós.

— Achei que todos os puros fossem capazes de ler a língua antiga.

Laadan soltou uma risadinha.

— Aprendemos na escola, mas eu esqueci logo em seguida. É assim com a maioria de nós.

Mas não com Aiden, pensei. Então me veio à mente a primeira vez que eu vi Laadan, ao lado de Leon, insistindo para que Marcus me permitisse ficar.

— Nunca tive a oportunidade de te agradecer.

— Pelo quê?

— Por ter convencido Marcus a me dar uma chance. Se não fosse por você, acho que ele não permitiria que eu voltasse ao Covenant. — Mordi o lábio inferior e dei outro passo na direção da ponta da estante. — Por que me defendeu? Você... sabia quem eu era?

Laadan alisou a frente do vestido enquanto olhava na direção da porta.

— Se eu sabia que você ia se tornar o Apôlion? Não. Mas, de certa forma, eu sabia quem você era.

Eu me afastei das estantes, mais do que um pouco curiosa.

— Quando tinha sua idade, estudei no Covenant da Carolina do Norte. Sua mãe e eu fomos muito próximas. Fico triste até hoje por termos nos distanciado, por eu ter ficado na Carolina do Norte. Talvez as coisas tivessem sido diferentes.

A surpresa me deixou sem fala. Laadan voltou a sorrir. De repente, sua expressão nostálgica quando olhava para mim fazia todo o sentido.

Ela assentiu.

— Você se parece tanto com Rachelle quando ela tinha a sua idade... Você só é um pouco mais selvagem, o que vem do seu pai.

Senti um aperto no peito.

— Você... conheceu meu pai?

— Conheci. — Ela chegou mais perto e baixou a voz para falar: — Ele era muito melhor e mais apropriado para Rachelle que Lucian, mas sua mãe não teve escolha. Muitos dizem que ela conheceu seu pai depois de se casar com Lucian, mas não é verdade. Ela já conhecia seu pai. *Amava* seu pai desde muito antes de Lucian entrar em cena.

— Mas... não entendo. Minha mãe se casou com Lucian ainda nova, pelo menos cinco anos antes que eu nascesse.

Ficou evidente em seus olhos que ela recordava um passado com o qual eu não estava familiarizada.

— Então você pode imaginar o escândalo que foi seu nascimento. Mas não deixe que isso macule o que seus pais tinham. O amor dos dois era do tipo que aparecia nos livros bobos que ela costumava ler. Sua mãe e Alexander começaram como amigos... Nós três éramos amigos, na verdade. Mas, com os anos, a amizade entre os dois evoluiu para algo muito mais profundo.

Ouvir o nome do meu pai me parecia ao mesmo tempo estranho e maravilhoso — era como se ele fosse uma pessoa, que havia existido.

— Rachelle tentou fazer a coisa certa. Ela manteve distância do seu pai tanto quanto possível depois de se casar com Lucian. Ela estava determinada a seguir as regras da nossa sociedade, se casar com Lucian era o que se esperava dela. Mas um amor como o do seus pais não pode ser negado por muito tempo, não importa se é certo ou errado.

Laadan ficou em silêncio por um momento. Seus olhos se arregalaram um pouco.

— Você está bem, Alexandria?

— Estou. — Balancei a cabeça. — Desculpa. É que minha mãe nunca falava dele. Nunca mesmo. Eu não fazia ideia que tinha sido uma história de amor épica.

Laadan pressionou os lábios um contra o outro e se virou. Balançando a cabeça, foi até uma das luminárias com cúpula de vidro verde e dourado.

— Acho que era difícil demais para sua mãe falar dele, depois de tudo o que aconteceu.

Eu a segui.

— Como ele era?

— Alexander? — Laadan me olhou por cima do ombro, com um sorriso triste no rosto. — Um bom homem, leal ao extremo, muito bonito. Rachelle era o mundo todo dele. — Ela se virou, seus braços magros envolvendo a própria cintura. — Você é muito parecida com sua mãe fisicamente, mas tem a personalidade do seu pai. Quando Marcus leu sua ficha aquele dia na diretoria, eu só conseguia pensar em Alexander. Ele era muito determinado, um pouco imprudente, selvagem.

Laadan falava de Alexander como se ele estivesse ali, o que me fez pensar se ela não havia sentido algo por ele também.

— Eu gostaria de saber o que meu pai acharia de mim — comentei, depois soltei uma risadinha constrangida. — Acho que é meio bobo.

— Não, nem um pouco. Ele teria orgulho de você, Alexandria. Espero que saiba disso.

— Bom, sou o Apôlion.

Ela estendeu a mão para tocar meu braço.

— Não por causa do que vai se tornar, mas por causa de quem você já é.

Senti os olhos ardendo, o que me pareceu um sinal de fraqueza. Eu me afastei e comecei a mexer na correntinha da luminária.

— Isso eu não sei. Devia ter feito alguma coisa quando minha mãe deixou o Covenant. E não deveria ter ido atrás dela depois que foi transformada. Ou pelo menos deveria ter voltado ao Covenant quando Caleb apareceu, mas não voltei. No que eu estava pensando?

— Você fez o que acreditava ser o certo. — Laadan se colocou ao meu lado e apoiou as mãos sobre a mesa antiga e arranhada onde a luminária se encontrava. — Rachelle, provavelmente, ficaria louca por você ter feito algo tão perigoso, mas você se certificou de que ela encontrasse a paz.

— Acha mesmo isso?

— Acho.

Senti certo peso sair dos meus ombros, mas minha respiração permanecia difícil.

— Estraguei tudo, várias vezes, e feio. — Apertei a correntinha entre os dedos. — Não acho que ele teria orgulho de mim.

Laadan colocou a mão sobre a minha.

— Ele teria orgulho sim. Você seguiu seu coração. Nem todas as decisões que tomou foram acertadas, mas você sabe disso. Aprendeu com elas. E assumir diante de Telly parte da responsabilidade pelo que aconteceu com seu amigo foi corajoso e muito maduro.

Olhei para ela, uma puro-sangue. Tudo aquilo me parecia muito estranho. Levei alguns minutos para compreender meus pensamentos e emoções conflituosos relacionados ao que Laadan havia acabado de me contar sobre meus pais.

— Como foi que eles se conheceram? Não há muitos mortais nos Covenants. Meu pai trabalhava em Bald Head?

Seu sorriso pareceu estranho, quase nervoso. Laadan se afastou da mesa e passou as mãos pelos braços.

— Eles se conheceram na Carolina do Norte.

Havia mais naquela história, o que me deixou curiosa. Então minha mãe amou um mortal por um longo tempo. Não devia ter sido a primeira.

— O que ele estava fazendo lá? Como foi que ele morreu?

Um baque alto fez ambas pularmos. Eu me virei, esperando deparar com uma tonelada de livros no chão.

Laadan riu de nervoso.

— Esqueço que tem coisas aqui que se movem sem serem vistas.

Eu a encarei na mesma hora.

— Como assim? Espíritos?

Ela piscou e voltou a rir.

— Sim, espíritos. Sou um pouco supersticiosa. E essa biblioteca sinistra não ajuda. Acho que caiu uma prateleira da estante. — Laadan se colocou ao meu lado enquanto passava os olhos rapidamente por elas, com o que parecia ser certa ansiedade. — Acontece o tempo todo. Bom, se você puxou à sua mãe, deve adorar torta com sorvete.

— De baunilha... — comecei a dizer.

— Com torta de abóbora — completou ela, sorrindo. — Sei onde tem. Interessa?

Fiquei com água na boca.

— Comida sempre me interessa.

— Ótimo. — Ela enlaçou meu braço com o seu. — Vamos comer até não aguentarmos mais.

Quando cheguei à porta, estremeci e olhei por cima do ombro. A sensação de que alguém olhava para minhas costas era forte, mas não havia ninguém ali — ou pelo menos ninguém que eu pudesse ver.

Meu pai teria orgulho de mim, mesmo depois de todas as idiotices que eu havia feito — e provavelmente ainda faria? Era difícil acreditar, mas Laadan o havia conhecido e não tinha nenhum motivo para mentir para mim.

— Alex, você está prestando atenção?

— Hum? — Pisquei e levantei os olhos. Estávamos em uma parte arborizada do labirinto, depois de algumas horas de treino. — Estou sim. Desviar. Correr. E tal.

Seth cruzou os braços.

— Que foi? — Eu me levantei da pedra onde estava sentada, espanando a bunda.

— Acho que você deu uma dormida. Eu ficaria magoado se tivesse sentimentos.

— Desculpa. Mas estava entediante.

— Beleza. Então mãos à obra.

Seth ergueu a mão como se fosse arremessar uma bola de beisebol. Uma chama esférica azul se formou em sua palma aberta. Ele a lançou contra minha cabeça.

Desviei com facilidade.

— Sem graça.

Seth lançou outra bola, daquela vez nos meus pés. Pulei para a pedra com um bocejo alto. Um sorriso travesso se insinuou em seus lábios enquanto ele se aproximava lentamente de mim. Meu pé acertou seu ombro assim que Seth entrou no meu alcance. Ele retaliou lançando duas bolas de chamas — uma na minha cabeça e outra nas minhas pernas. Precisei me esforçar para evitá-las, mas consegui, e sem descer da pedra.

Mostrei a língua para Seth.

— Você consegue fazer melhor do que isso.

Ele ergueu as mãos e atingiu meu peito com uma rajada de ar. Eu não tinha o que fazer para impedir aquilo.

— Lembre-se de se encolher e rolar — falou Seth, achando graça.

Se eu não estivesse sendo lançada longe, teria lhe mostrado o dedo do meio. No entanto, me encolhi e rolei. Meus ombros atingiram a grama fresca primeiro. Não dei a meu corpo a chance de reconhecer o impacto: me pus de pé na mesma hora, desconfiada de que Seth voltaria a atacar.

E me provei certa.

Desviei para o lado, e uma bola de fogo pegou minha cabeça só de raspão. Continuamos assim até Seth me atingir com o elemento ar, me derrubar e me prender contra o chão. Fiz cara feia para ele.

— Levante-se — ordenou Seth, pairando sobre mim.

— Não consigo, e você sabe disso.

Ele inclinou a cabeça de lado e suspirou.

— Isso está ficando cansativo, Alex. Você se sai bem em todos os aspectos da luta. Não tão bem quanto eu, mas quem se sairia?

Revirei os olhos.

— Você *adora* o som da sua própria voz, não é?

— Adoro. Adoro mesmo.

— É por isso que não tem amigos.

— Até onde eu sei, *você* é que não tem nenhum amigo além de mim.

Fechei a boca na hora. Ponto para Seth.

— Mas não é disso que estamos falando. Estamos falando do fato de você não conseguir se defender quando se trata de ar, o elemento mais usado por puros e daímônes. É um problema sério.

— Nossa, jura?

Ele aumentou a pressão até que parecia que estava sentado em cima do meu peito. Eu me debati, e mais nada.

— O que eu te disse sobre os elementos, Alex?

— Algo sobre... a magia estar... na mente — consegui falar.

— Não. Os elementos são muito reais, claro. Você tem que se forçar a superar, Alex. Empurra. — Eu não entendia o que ele queria dizer com *empurra*, mas era o que Seth me mandava fazer sempre que aquilo acontecia. — Se você não conseguir, vai virar petisco de daímôn. Vão sentir o cheiro do seu éter e ficar malucos. Tem certeza de que quer ser sentinela?

Agora ele estava só me irritando.

— Cala a boca, Seth.

Ele veio para cima de mim, mantendo uma perna de cada lado do meu corpo prostrado, então se agachou e aproximou o rosto do meu.

— Lembra que você não é fast-food pra eles. É o melhor pedaço de carne deste lado do continente.

— Você diz isso... como se fosse algo bom.

Seth sorriu como se aquilo se tratasse de uma piadinha interna.

— Se concentra. Você precisa se concentrar em avançar. Se visualiza se sentando, Alex.

Eu o encarei.

Ele suspirou, revirando os olhos.

— Fecha os olhos e se visualiza se sentando.

Xingando baixo, obedeci. Fechei os olhos e fiz o que ele mandou.

— Tá.

— Se concentra nessa imagem. Mantém na cabeça. Foco.

Ainda assim, só consegui dobrar uma perna, o que já me exauriu.

— Isso é ridículo. Um daímôn já teria me matado a esta altura.

— Um daímôn já teria te mordido — Ele manteve os olhos fixos no meu, recusando-se a sair. — Mas você sabe disso, não é?

O ar escapou por entre meus lábios bem fechados. Minha pele praticamente ardia com a lembrança e Seth sabia daquilo.

— Quantas vezes você foi marcada, Alex? — Ele se abaixou e afastou o cabelo do meu pescoço. — Pelo menos três vezes só deste lado do pescoço.

— Para... — sibilei.

Seus dedos passaram às cicatrizes do outro lado.

— Aqui tem mais três. — Depois desceram pela gola da minha blusa, roçando outras marcas. — Quantas aqui? Duas ou três... ou mais ainda? Quer mais? Não? Então se senta.

Eu tentei, porque estava louca para atingir com tudo a cabeça dele. Cada músculo do meu corpo se tensionou e, ainda assim, não consegui me soltar.

— Para agora.

A frustração era visível em seus olhos.

— Quantas nos braços?

— Para! — Algo se alterou dentro de mim, e eu comecei a me sentir profundamente alerta.

De repente, tudo à minha volta parecia intenso e vívido. O céu nublado pareceu ainda mais fechado, o crocitar dos corvos pareceu mais próximo, o tom dourado da pele de Seth adquiriu um brilho perolado.

— Então senta! Se solta, Alex!

Várias coisas aconteceram na sequência.

Senti a raiva se acumular dentro de mim — como uma bola de energia comprimida. Tão forte, tão vibrante, que se parecia com o cordão que eu tinha visto nos envolver na primeira vez que nos tocáramos.

Seth se inclinou para a frente para pegar meu braço. Estava perto *demais*. A raiva foi liberada, meu coração parou e algo — a pedra na qual eu me encontrava — explodiu.

Aquilo assustou Seth o bastante para que o vento esmagador se abrandasse. Cada músculo do meu corpo vinha se esforçando para se sentar, de modo que meu corpo trombou com o dele com toda a força.

O impacto fez Seth cair de costas e seus braços me envolveram imediatamente.

Eu não sabia bem se aquilo fazia parte do treino.

Permanecemos assim por um segundo, ambos com dificuldade de respirar. Eu não conseguia processar ou começar a compreender o que havia acontecido.

— Alex...?

Eu me afastei de seu peito e olhei para ele. Os sinais do Apôlion passaram por sua pele rapidamente. Eu nunca os tinha visto se moverem daquele jeito.

— Hum?

Os olhos de Seth permaneciam arregalados, quase pegando fogo.

— Eu não fiz isso.

— Nem eu.

— Até parece. — Ele parecia deslumbrado.

Engoli em seco.

— Tá. Talvez tenha sido eu.

— Como você se sentiu quando aconteceu?

— Não sei. Foi como se uma mola encolhida no meu estômago se soltasse.

Seus lábios se entreabriram, lentos.

— Não é possível, mas é. Você está despertando. Nem dá pra acreditar, mas explica por que você tem sentido minhas emoções.

— Quê? — Fiz menção de me sentar, porém ele levou as mãos aos meus quadris e me manteve no lugar. — Como assim, estou despertando? Estou adiantada?

Seth tentou rir, mas estava sem ar.

— Não. Não sei. Quem sabe? Os outros dois Apôlions só se aproximaram depois que Solaris despertou. O outro só sentiu Solaris *depois* que ela despertou. Talvez... talvez seja assim mesmo. Algo do tipo já te aconteceu antes?

— Sim, sempre explodo pedras no meu tempo livre. Argh, Seth, não. — Fiz menção de me mover de novo. — Agora me solta.

Ele abriu o tipo de sorriso que tornava seu rosto mais caloroso.

— Acho que ainda não estou pronto. E para com essa cara. Isso não é ruim, Alex. Nem um pouco. Isso é bom. Podemos começar a desenvolver seus poderes e...

Parei de ouvir o que Seth dizia. Minha cara não tinha nada a ver com o fato de eu ter explodido uma pedra. Tinha feito as pazes com a ideia de que um dia me tornaria uma arma de destruição em massa. Minha cara decorria do fato de nossos corpos estarem se tocando em todos os pontos estratégicos nos quais corpos gostavam de se tocar.

— Alex, você está ouvindo?

— Estou.

Olhei para as runas que brilhavam em seu pescoço, chegando a latejar onde daria para sentir a pulsação. A inquietude tomou conta de mim, assim como um desejo. Eu tinha que tocá-las, precisava tocá-las. Estava certa de que algo aconteceria caso eu o fizesse.

— Você não está prestando atenção. — Seth suspirou. Estávamos mais próximos agora. — Isso abre inúmeras possibilidades... A gente...

Estendi a mão direita e toquei a runa em seu pescoço com a ponta do dedo. Uma luz azul crepitante surgiu. Então se dividiu, com um feixe saindo do meu dedo e outro de seu pescoço. Pontadas de dor intensa queimavam minha mão.

Seth me apertou com mais força, e suas costas se arquearam. Sob minha mão esquerda, seu peito subia e descia acelerado. Seus olhos se abriram com tudo, arregalados, desfocados. Os glifos em seu rosto mudaram de forma e de cor, assumindo um tom de azul que espelhava o do céu antes do crepúsculo.

Ouviam-se estalos e chios no ar, enquanto a luz azul se derramava sobre o chão. Dela, surgiu uma outra luz, mais clara e mais intensa. Um cordão âmbar irradiava do glifo do pescoço de Seth, enrolando-se rapidamente no meu dedo, na minha mão, no meu pulso... tentando nos conectar outra vez.

18

Afastei a mão e a luz âmbar a seguiu, arqueando-se no espaço entre nós. Eu precisava me levantar, precisava ir embora, colocar tanta distância entre nós quanto possível, porque aquilo era superesquisito.

— Eu...

O cordão âmbar desapareceu, assim como a luz azul. Seth caiu de costas no chão, com um suspiro entrecortado.

— Seth? Você está bem?

Levei a mão latejando junto ao peito. Seth não se movia, não falava. Um medo se espalhou pelo meu peito. E se eu o tivesse matado? Sabia que havia falado que queria matá-lo — e com frequência —, mas não era verdade.

— Seth, por favor, fala alguma coisa.

Uma eternidade se passou antes que seus olhos se abrissem.

— Isso foi... maravilhoso.

Uma tontura repentina tomou conta de mim. Senti o estômago vazio. Seth virou a cabeça para o lado, com um sorriso preguiçoso e tênue no rosto.

— Acho que eu conseguiria parar um caminhão só com a mão neste momento.

— Tá... — Minha respiração estava entrecortada. — Isso não esclarece nada. E preciso mesmo saber o que aconteceu quando toquei suas marcas...

Seth se levantou e me deitou de costas no chão em um único movimento fluido. Pairando sobre mim, ele usou um braço para se apoiar. Apenas nossas pernas se tocavam, mas ainda parecia que... bom, ainda parecia que cada parte de nosso corpo se tocava.

— Anjo, isso foram as preliminares com o Apôlion.

— Sério?

— Sério. — Ele estendeu a mão e afastou uma mecha de cabelo da minha bochecha.

Engoli em seco.

— Eu não sabia. Foi mal, é que é meio esquisito. Com outros caras costuma durar mais. — Não fazia ideia de por que tinha dito aquilo.

Os dedos de Seth desceram da minha bochecha para o queixo.

— É mesmo, anjo? Bom, e o que é preciso?

Eu provavelmente não deveria ter aquela conversa com Seth, ainda mais quando ele estava meio que deitado em cima de mim.

— Achei que você, entre todas as pessoas, saberia.

Sua mão passou ao meu pescoço.

— Tenho um segredo pra te contar. Essa história de preliminares é mentira. Eu estava brincando. Não tenho ideia do que foi isso.

— Nossa, odeio você. — Corada pelo constrangimento, afastei a mão dele com um tapa.

Seth a pegou, se sentou e me puxou para si.

— Como está se sentindo?

— Bem. Só um pouco tonta.

Ele assentiu.

— Minha pele ainda está formigando. Cara... que barato foi esse? Nunca senti nada igual. — Seth virou a palma da minha mão para cima. — Você precisa experimentar... *Que porra é essa?* — Seus dedos desceram por minha palma enquanto ele a avaliava, então seus olhos se arregalaram. — Ah! Nossa!

— O que foi?

Seth segurou minha mão entre nós.

— Olha.

Tentei entender do que ele falava.

— Não estou vendo nada.

Suspirando, Seth virou minha mão e fiquei de queixo caído. Uma linha azul tênue marcava o centro da minha palma, cortada por uma linha menor. Poderia ser uma cruz, se a linha horizontal não fosse inclinada.

— Ai, meus deuses. — Puxei a mão de volta. — Tenho uma runa na minha mão. É uma runa do Apôlion, não é?

Seth apoiou as mãos nos joelhos.

— Acho que sim. Tenho uma igual.

— Mas por que continua aqui? Por que apareceu? — Virei a palma várias vezes e depois a sacudi, mas a tatuagem azul permanecia ali, leve. — Você também está vendo, né? Tipo, ainda está vendo?

— É, não desapareceu. — Seth se inclinou para a frente e pegou minha mão. — Para de sacudir, não é uma lousa mágica. Não vai desaparecer assim.

Voltei meus olhos arregalados para os dele.

— E como vai desaparecer? As suas desaparecem. Não ficam à mostra o tempo todo. Eu não despertei, despertei? Espera. E se tiver despertado? Pensa em alguma coisa que você quer, pra eu ver se quero também. Vai. Experimenta.

As sobrancelhas dele se ergueram.

— Opa. Calma, Alex. Respira fundo. Falando sério. Respira fundo e devagar.

Inspirei e soltei o ar lentamente.

— Não ajudou.

Tive a impressão de que ele queria rir.

— Não pira. Você não despertou. Eu saberia, e embora esteja me sentindo um pouco diferente...

— Diferente como?

— Mais... carregado. Mas você não despertou.

Soltei o ar com força.

— Então o que aconteceu?

As feições de Seth se abrandaram. Qualquer traço de afetação e frieza desapareceu, revelando uma jovialidade e uma franqueza que eu ainda não tinha visto nele.

— Acho... que é outro produto da conexão entre a gente. Minutos antes, você tinha usado o elemento terra... terra, Alex. É um dos elementos mais poderosos. Não sei como você fez isso, mas acho que te alimentei. Faria sentido.

— É?

— Acho que sim. Também acho que foi o que aconteceu quando você me tocou. Aliás, por que você me tocou?

Baixei os olhos para minha marca, corando.

— Não sei.

— Não sabe mesmo?

Franzi a testa.

— Não.

— Então tá. — Seth não pareceu acreditar em mim. — Bom, não precisa surtar por isso.

— Beleza.

— Nada mudou, está tudo bem. Entendeu? Está tudo bem. Estamos juntos nessa.

Naquele instante, Seth me lembrou de Aiden depois que eu descobri que era o Apôlion e ele me ajudou. Me levantei. Minhas pernas pareciam de borracha.

— O treino acabou?

Seth ergueu a cabeça, mas se manteve de joelhos.

— Acabou.

Assenti e dei as costas, mas ele me chamou.

— Acho que é melhor ninguém mais saber disso. Combinado?

— Combinado.

Não vi problema em concordar. Então comecei a voltar para a casa principal, com a mente à toda. Voltei a olhar para minha mão. Eu já tinha uma marca do Apôlion.

Uma marca que não sumia.

* * *

    Pedi licença para me retirar logo depois do primeiro prato do jantar. Costumavam ser quatro e, em geral, eu esperava até a sobremesa, mas aquela noite era diferente. Só conseguia pensar na minha palma formigando.
    Aiden me olhou com curiosidade, mas não comentou minha falta de apetite. Seth, por sua vez, se levantou e me seguiu até a porta.
    — Você está se sentindo bem? — perguntou ele.
    Olhei em seus olhos, que pareciam anormalmente brilhantes aquela noite, ardendo como dois sóis em miniatura.
    — Estou. Só não tenho fome.
    Ele me olhou como se não acreditasse naquilo, então se inclinou para pegar minha mão direita e a virou.
    — Continua aí.
    Fiz que sim.
    — Tentei tirar com água mais cedo.
    Seth soltou uma risada surpresa.
    — Ah, Alex, não dá pra tirar com água.
    Minhas bochechas arderam.
    — Agora eu sei disso.
    Ele passou o polegar pela linha reta da runa, o que me fez inspirar fundo. Senti aquele toque leve até nos ossinhos do dedo. Então puxei a mão de volta e recuei.
    Seth estreitou os olhos para mim.
    — O que você sentiu?
    Fechei a mão, cobrindo a runa.
    — Só foi esquisito.
    Ele fez menção de pegar minha mão de novo. Quando não deixei, Seth pareceu irritado.
    — O que pretende fazer agora?
    Pensei em dizer que não era da conta dele.
    — Estou me sentindo meio agitada. Acho que vou treinar ou coisa do tipo.
    Seth sorriu.
    — Quer que eu vá com você?
    — Não. — Balancei a cabeça. — Quero ficar sozinha.
    Ele aceitou aquilo e voltou para se sentar, o que foi uma surpresa. Corri para o quarto para pegar um moletom, depois fui para a arena treinar.
    Logo eu estava aquecida, socando e chutando um boneco. Seth preferia não usar bonecos. Gostava de contato.
    Vai entender...

Não sei quanto tempo se passou enquanto eu dava uma surra naquele boneco, mas quando parei estava ofegante e coberta de suor. Apoiei as mãos nos joelhos. O boneco balançava à minha frente. Treinar não havia feito nada para controlar minha frustração por conta de... tudo.

Endireitei o corpo e virei a palma direita para cima.

A runa azul estava fraca, mas continuava ali. Fui até onde havia deixado o moletom e o vesti.

Um arrepio leve percorreu meu corpo. Eu me virei e passei os olhos pela arena vazia. Havia sentido a mesma coisa na noite em que saí da sala de Marcus. Como um aviso de que não estava só. E eu não ia ignorar aquilo.

As luzes piscaram uma vez e depois se apagaram, mergulhando tudo na escuridão. Eu não conseguia enxergar nada, nem mesmo onde a porta estava, apesar de meu desespero para sair dali. Meu instinto gritava para que eu fosse embora. Havia algo de errado, algo de...

Senti uma lufada de ar atrás de mim, que levantou os cabelos sobre minha nuca, acariciando a pele como um amante. Eu me virei e golpeei o ar.

Minha respiração acelerou, minha voz saiu aguda.

— Quem está aí?

Nada... então:

— *Ouça, Alexandria.*

As palavras — ah, deuses, as palavras tocaram minha pele como a mais rica seda. Deixei os braços caírem ao lado do corpo e meus olhos se fecharem. A pequena parte do meu cérebro que ainda funcionava reconheceu a coação, mas o pensamento logo ficou para trás.

Senti outro movimento no ar. Uma mão se fechou em minha nuca, uma voz suave sussurrou em meu ouvido. Meus pensamentos iam e voltavam, até perderem todo o sentido. De repente, estavam cheios de instruções que a parte consciente do meu cérebro era incapaz de reconhecer, mas que eu seguiria mesmo assim.

— Tá — eu me ouvi dizer, com uma voz sonhadora.

Vagamente consciente de que o ar parava e as luzes se acendiam, saí da arena deslizando. Na temperatura quase gélida lá fora, talvez eu simplesmente saísse voando rumo ao céu noturno.

Algo que, provavelmente, eu gostaria.

De repente, eu me vi na entrada do labirinto escuro. Era onde deveria estar, meu corpo sabia. Então me debrucei devagar e desamarrei os cadarços. Meus dedos se atrapalharam algumas vezes, mas finalmente consegui tirar os tênis e depois as meias. Então tirei o moletom, dobrei direitinho e coloquei em cima dos tênis um ao lado do outro no chão congelado.

Entrei no labirinto, sorrindo mesmo com o ar frio em contato com meus braços expostos e ainda suados. Vaguei sem rumo e sem um propósito claro além de andar até me cansar. Era o que eu devia fazer: colocar um pé na frente do outro.

Começou a nevar.

Flocos grandes e bonitos caíam do céu e aterrissavam nos meus braços. Cada um deles parecia pertencer ali — *eu* parecia pertencer ali. Meus pés esmagavam a grama enquanto eu me embrenhava no labirinto. A neve cobria meu cabelo e grudava na minha pele fria. O ar que saía dos meus pulmões condensava e minha respiração se tornou mais lenta.

Horas devem ter passado, com cada passo parecendo mais difícil que o anterior. Tropecei e caí de quatro no chão duro. Minha pele pareceu estranha em contraste com a grama coberta pela neve. Não totalmente azul, mas era como se as veias sob minha pele vazassem, tingindo a carne levemente de violeta.

Era lindo.

Eu me levantei, sem muito equilíbrio. Estava cansada, porém podia avançar um pouco mais. Segui em frente. Cambaleando. Não sentia meus pés e minha pele estava agradavelmente adormecida. Trombei com uma estátua gelada e caí sobre o mármore, sentindo os cantos cortarem minha pele. Deveria ter doído, mas percebi que não sentia nada.

De repente, eu estava deitada de costas, olhando para a estátua alada. Ela me observava de cima, com o braço estendido, a palma aberta. Tentei levantar o braço, mas não consegui. Olhei para além da estátua, com uma inspiração curta que não permitia que meus pulmões se enchessem de ar. O céu estava pontilhado de pequenos flocos que eventualmente se acumulariam sobre mim. Minhas pálpebras ficaram pesadas demais para que eu conseguisse mantê-las abertas, mesmo segundos antes que a neve se acumulasse nelas. Pensei ter ouvido um grito desolado em uma língua bonita, depois não houve mais nada.

19

— O que ela estava fazendo lá fora?

— Não sei. Acho difícil acreditar que ela não tenha se tocado de que é inverno! E por que ainda não acordou?

As vozes eram familiares. Minha palma direita ardia. Tudo ardia, na verdade — e muito.

Alguém moveu algo pesado e quente que se encontrava sobre mim, o que fez minha pele gritar de dor.

— Ela vai ficar bem — disse uma mulher. — Só precisa descansar.

— Descansar? — A voz devia ser de Seth, mas estava estranha, sem o tom musical de sempre. — Alex estava *azul* quando Leon chegou com ela.

Quando Leon chegou comigo? De onde? E por que azul? Não parecia bom.

— É uma garota de sorte. Mais alguns minutos e teria perdido um dedo, ou quatro. Mas ficou tudo bem — a mulher repetiu, com certa irritação. — Agora não podemos fazer mais nada além de esperar.

Esperar? Perder um dedo, ou quatro? Como assim?

Ouvi a porta se fechar, depois senti a cama afundando ao meu lado. Alguém afastou meu cabelo do rosto. Seth. Tentei abrir os olhos, mas minhas pálpebras estavam tão pesadas que quase me tiravam do sério.

— Onde ela disse que ia quando saiu no meio do jantar?

Só de ouvir a voz de Aiden meu coração acelerou. Por que eu não conseguia abrir os olhos? Por que estava tão cansada?

— Treinar — respondeu Seth.

— E você permitiu que ela fosse sozinha? — Quem perguntou foi meu tio. Apenas ele era capaz de parecer ao mesmo tempo frio, insatisfeito e refinado.

— Não sou babá dela — retrucou Seth. — Alex não quis que eu fosse junto.

— Alex não devia ficar perambulando sozinha. — A voz de Aiden transmitia raiva. — E ela sabe disso, droga!

Seth soltou uma risadinha.

— Mesmo sabendo da tendência dela de se comportar como uma tola, duvido que seja responsável pelo que aconteceu — prosseguiu Aiden.

Nossa, valeu, pensei, sonolenta. Queria que todos calassem a boca para que eu pudesse voltar a dormir.

Eu não sentia a pele ardendo quando estava dormindo.

— Alex não entraria no labirinto com roupas de verão para quase morrer de hipotermia — insistiu Aiden. — Alguém fez isso com ela.

— Está sugerindo coação? — perguntou Seth, com a voz mais baixa.

— Você sabe que é proibido puros usarem coação com meios que não são servos. Acha que alguém se atreveria?

— O que você acha? — Aiden perguntou.

— Acho que vou matar alguém — foi a resposta de Seth, casual.

Marcus soltou um suspiro.

— Falarei com o ministro Telly amanhã cedinho. Ele me garantiu que não teríamos problemas aqui.

Eles continuaram conversando mais um pouco, mas as vozes me pareceram cada vez mais distantes à medida que eu retornava ao esquecimento bem-aventurado no qual não sentia minha pele. Despertei mais tarde, tremendo incontrolavelmente. Quando abri os olhos, encontrei o quarto escuro e silencioso.

Eu queria me levantar para pegar uma blusa, mas meus músculos não cooperaram. Gemendo, deixei o corpo cair contra o colchão duro e desejei que um cobertor pesado se materializasse do nada. Era uma pena que eu não tivesse aquele tipo de poder.

De repente, alguém se mexeu na cama, e uma sombra escura recaiu sobre mim. Eu teria gritado, se não reconhecesse os olhos grandes e amarelos.

— Como está se sentindo?

— C-com frio — consegui dizer.

— Trouxeram mais cobertores. Não adiantou?

— N-não. — Meus dentes batiam. Ouvi Seth suspirar, então senti suas mãos entrando por baixo das cobertas e virando meu corpo de lado. — O q-que está fazendo?

— Esquentando você, porque todos os cobertores ao alcance já se encontram nesta cama vagabunda. — Seth me puxou para junto de seu peito e me abraçou por trás. — Nossa, você está gelada. Parece um picolé.

Fechei os olhos com força.

— Eu não s-sugeri isso.

Ele apoiou o queixo na minha cabeça.

— Tem uma ideia melhor?

— Tenho, m-mais cobertores.

— Não seria tão divertido.

Não respondi porque, na verdade, Seth era mesmo quentinho. De um jeito platônico e objetivo. Até que ele enfiou uma perna entre as minhas e meus olhos se arregalaram.

— S-Seth!

— Só quero garantir que você está esquentando. E aí?

Um braço se moveu debaixo do cobertor, e sua mão encontrou a curva do meu quadril. Mordi o lábio. Eu estava mesmo me esquentando.

— Alex?

— Oi? — Eu me ajeitei, desconfortável, mas parei quando sua mão segurou meu quadril com mais força.

— O que você estava fazendo seminua no labirinto?

— Quê?

— Você... não lembra? — Seth enfiou a mão dentro da minha blusa. — Sua barriga está gelada.

A mão dele era realmente quentinha. Eu disse a mim mesma que aquela era a única coisa que estava me impedindo de quebrar seu braço.

— N-não sei do que você está falando.

— Tá. Você se lembra de ter conversado comigo depois do jantar?

Era uma pergunta idiota.

— Claro.

— Você foi pra sala de treino?

— Fui.

— E o que aconteceu depois?

— Treinei com o boneco por um tempo, depois... — Franzi a testa. Depois o quê? Eu me lembrava de ir buscar meu moletom em um canto e vesti-lo. — Depois, as luzes se apagaram.

— As luzes da sala de treino?

Confirmei, concentrada. As lembranças pareciam fora do meu alcance, como uma palavra perdida na ponta da minha língua.

— Não sei.

O corpo de Seth se enrijeceu.

— Você não se lembra de mais nada?

Havia um enorme intervalo onde nada existia. Eu me deitei de costas. Só conseguia enxergar os olhos dele na escuridão.

— Sabe me dizer o que aconteceu?

— Eu ia te perguntar o mesmo, Alex. Não sabemos o que aconteceu. Leon encontrou seus tênis e seu moletom na entrada do labirinto e ficou muito preocupado, claro. Te encontrou lá dentro, quase congelada.

— Quê? Eu não tirei o tênis e o moletom pra entrar no labirinto. — Segurei sua mão, que estava subindo um pouco demais. — Bom, não me lembro de ter tirado e seria muita idiotice.

Os dedos de Seth se curvaram sobre minhas costelas.

— Você se lembra de ter falado com algum puro?

— Não. Não me lembro de nada depois que as luzes se apagaram. — Fiquei em silêncio por um momento, ligeiramente nauseada ao perceber do que Seth desconfiava. — Você... acha que usaram coação comigo?

Ele não respondeu de imediato.

— Acho.

— Mas não faz sentido. Por que alguém me faria entrar no labirinto? Considerando tudo o que poderiam me obrigar a fazer... — Fechei a boca.

Não fazia ideia do que haviam me obrigado a fazer. Entrar no labirinto talvez fosse apenas uma parte. Qualquer coisa podia ter acontecido. Não saber o que me deixava enojada. Coação era violação, pura e simples. Tirava o livre-arbítrio da pessoa, sua capacidade de dizer não.

Era um estupro da mente.

E por que eu não me lembrava do que havia acontecido? Só sofrera coação uma vez, quando Aiden me obrigara a dormir na noite em que me encontrara no depósito. E eu me lembrava de tudo.

— Alex? — Seth tirou a mão das cobertas para levá-la ao meu rosto. Minha barriga ficou meio que sentindo falta dela. — Você se lembrou de mais alguma coisa?

— Acha que fui forçada a esquecer a coação? Isso é possível?

— É possível. A coação não tem limites.

Engoli em seco.

— Eu estava de roupa, né? Só sem tênis e moletom?

— Isso. — Parecia haver tensão na voz dele. — Acho que é melhor você não ir a lugar nenhum sem companhia. Sei que vai odiar isso, mas...

— Tentaram me matar congelada — disse, atordoada pela constatação. — Se Leon não tivesse me encontrado, eu teria morrido.

— Como falei, acho que é melhor você não ir a lugar nenhum sem companhia.

Eu queria socar alguém. Também queria chorar. Não gostava daquela sensação de impotência, de não saber. Inspirei fundo e exalei devagar.

— Quero descobrir quem fez isso.

— A gente vai descobrir. Pode confiar em mim. Mas agora você precisa descansar.

Dormir não parecia uma opção, mas Seth se deitou de costas e me puxou consigo. Eu estava envolvida demais em pensamentos para protestar contra sua possessividade. Descansei a cabeça em seu peito e fiquei olhando para a escuridão.

Apesar do silêncio, sei que Seth tampouco dormiu aquela noite.

Depois de algumas horas de treino leve no outro dia, guardas do conselho chegaram dizendo que Telly queria me ver. Apenas minha presença havia sido requisitada, porém Seth se recusava a sair do meu lado.

Fomos conduzidos a uma sala elaborada dentro do prédio do conselho, cuja sessão havia sido interrompida para o almoço. Eu nunca tinha visto tantas peças em ouro. O que restava da minha família estava presente: Marcus e Lucian. Ambos se encontravam sentados em poltronas de couro luxuosas. Decidi me manter de pé e Seth se posicionou bem atrás de mim.

Telly olhava por uma janela redonda, com uma taça de um vinho escuro na mão. Quando ele se virou, seus olhos claros passaram direto por mim e se estreitaram para Seth.

— Srta. Andros, peço desculpas por interromper seu treinamento, mas queria expressar meu sincero alívio ao ver que as consequências de tamanho infortúnio não foram permanentes.

Ele não soava nem um pouco sincero.

— Alguém usou coação em mim — falei. — Eu não chamaria isso de *infortúnio*.

— Sou obrigado a concordar — disse Lucian. — Minha enteada não costuma deixar a imaginação correr solta.

Telly se afastou da janela, com os olhos fixos no meu padrasto.

— Espero que não, porém garanto que ninguém aqui seria tão audacioso a ponto de usar coação em uma convidada minha.

— Então o que está sugerindo, ministro? — perguntou Marcus, vestindo um terno azul-marinho. Eu adoraria vê-lo de jeans um dia.

— Estou tão curioso quanto vocês para descobrir como a srta. Andros acabou naquela situação — disse Telly. — Destaquei meus melhores guardas para investigar. Talvez descubram o que realmente aconteceu.

— Está falando como se eu fosse a responsável — apontei.

Telly me encarou, imperturbável.

— Somos bastante permissivos aqui no que se refere à bebida. — Ele tomou um gole de vinho. — Você bebeu no jantar?

Fiquei boquiaberta.

— Eu não estava bêbada!

— Alexandria. — Marcus virou para mim na mesma hora, depois se voltou para o ministro, com um sorriso educado. — Posso garantir que Alexandria não bebeu no jantar.

— Hum... e depois? — insistiu Telly.

— Falamos em seguida, e ela foi direto pra sala de treino. — A irritação de Seth com aquela história era evidente.

Telly ergueu as sobrancelhas.

— Você a protegeria, não é mesmo? Considerando que ela é sua e o destino de ambos está entrelaçado.

— Não sou...

— Está me chamando de mentiroso? — cortou Seth, agora simplesmente furioso.

Lucian se levantou, alisando suas vestes.

— Ministro Telly, espero que trate do assunto com a devida seriedade. Caso contrário, não posso concordar em manter Alexandria aqui.

— Ela precisa prestar depoimento diante do conselho.

— Também precisa ser mantida em segurança, e a prioridade é essa — retrucou Lucian. — Não o depoimento.

Telly tomou outro gole de vinho, olhando para mim e para Seth.

— É claro. Levo a segurança da srta. Andros muito a sério. Afinal, ela é uma raridade, e não queremos que nada aconteça com o precioso Apólion do conselho.

— *O precioso Apólion do conselho* — repeti, com um golpe que devia ter saído mais forte do que saiu. Quem dissera aquilo não fora Seth, porém ele era meu alvo no momento, e mal conseguiu desviar. — *O precioso Apólion do conselho* vai meter um chute no...

Seth segurou meu punho.

— Alex, se você não segurar a onda, vamos ter que parar. Não sei por que concordei em lutar com você desse jeito...

Dei um passo para trás e enxuguei a testa com o braço.

— Odeio como ele fala, e como olha pra nós dois, como se quisesse poder mandar a gente pro esquecimento.

— Você nem devia estar se esforçando tanto — prosseguiu Seth, como se não tivesse me ouvido. — Pouco tempo atrás, não passava de um cubo de gelo. Precisa pegar leve.

— Para de me tratar que nem bebê. Estou me sentindo ótima. — Não era mentira, muito embora a brisa fresca da clareira me deixasse um pouco incomodada.

Seth suspirou. Seus suspiros ficavam cada vez mais expressivos. Aquele dizia: *Às vezes, não sei o que fazer com você.*

— E ele odeia meios-sangues. Você sabia? — comentei, com um chute forte para trás, que Seth defendeu. — Aiden me contou. E sabia também que ele quer ver todos os meios-sangues escravizados? Até mesmo Lucian acha que ele quer que as coisas sejam como antigamente. Aquele babaca, filho da...

Seth me segurou pelos ombros e chacoalhou de leve.

— Tá. Já entendi. Você odeia o Telly. Adivinha só: todo mundo odeia. Mas ele controla o conselho, Alex.

O ar frio tornava minha respiração pesada.

— Eu sei disso!

Ele sorriu.

— Enquanto Telly controlar o conselho, nada vai mudar. A lei da ordem de raça vai permanecer igual. Na verdade, a vida dos meios-sangues pode até piorar.

— Ah, agora estou me sentindo muito melhor, valeu.

— Me escuta, Alex. — Uma expressão ansiosa surgiu em seu rosto. — Quando você despertar, podemos mudar o conselho. Temos apoiadores. Pessoas que surpreenderiam você. — Ele tirou uma mecha de cabelo da minha bochecha.

Afastei sua mão.

— Não encosta em mim. Não quero mais runas permanentes na minha pele.

Com um sorriso no rosto, Seth baixou as mãos.

— Aquela continua aí?

— Não sei. Continua?

Enfiei a mão no rosto dele.

— Sim.

— Não é pra você ficar feliz. — Passei por ele, então parei. Tínhamos companhia.

Cross, Will e a peituda se encontravam na entrada da clareira. Will carregava uma geladeirinha.

— Achamos que vocês iam gostar de uma bebidinha, já que perderam a festa.

Seth logo estava de papo furado com eles, enquanto eu ficava mexendo no cordão da minha calça. A "bebidinha" era uma mistura barata de vinho com suco de fruta, da qual Caleb teria rido, mas eu estava com tanta sede que nem reclamei.

Quando Seth calou a boca por tempo o bastante para que outra pessoa falasse, Will começou a me interrogar sobre as vezes em que eu enfrentei daímônes. Cross ouvia tudo com veneração no rosto, o que era completamente diferente dos olhares que me lançavam na Carolina do Norte. Ninguém ali sabia toda a história da minha ascensão à fama — ou da minha queda. Eu queria que permanecesse assim. Uma hora, relaxei e fiquei de boa bebericando e respondendo às perguntas.

— Quantas vezes você foi marcada? — perguntou Cross, com duas garrafinhas na mão.

Will se virou devagar para o amigo.

— Cara, isso não é pergunta que se faça. Credo.

Congelei. Sem querer, eu havia exposto meu pescoço ao jogar o cabelo para trás. Vermelha, inclinei a cabeça de modo que meu cabelo caísse como uma cortina pesada. Até Seth, que estava envolvido em uma conversa com a peituda — cujo tema provavelmente era ele — se virou para a gente.

Cross fez uma careta.

— Desculpa. Eu não quis... ofender. Só acho incrível que você tenha lutado contra daímônes e sobrevivido. Mas não acho incrível você ter sido marcada, claro. Nem um pouco. Isso foi péssimo.

Will revirou os olhos e gemeu.

— Cala a boca, Cross.

— Não tem problema. — Pigarreei, decidindo que, se eu agisse como se não fosse nada de mais, todos agiriam. — Não sei quantas vezes fui marcada. Algumas.

Cross pareceu aliviado, mas então Seth se levantou e veio na nossa direção, fazendo o garoto recuar. Seth parou bem à minha frente e me encarou, impedindo minha visão de Cross e Will. Eu não fazia ideia do que era aquilo, e o que saiu de sua boca foi totalmente inesperado.

— Dance comigo.

Olhei para ele.

— Quê?

Seth se curvou e me estendeu um braço.

— Dance comigo, *por favor*.

— Por que você quer dançar no meio de uma clareira, Seth?

— Por que não? — Ele movimentou os dedos. — Dance comigo, *por favorzinho*.

— Por favorzinho-inho — contribuiu Will, rindo.

O sorriso de Seth adquiriu proporções épicas.

— Dance comigo, Alexandria.

Por cima do ombro, notei que a peituda observava tudo com cara de quem não estava gostando. Não sei se foi isso que me fez aceitar a mão de Seth ou se foi o fato de que ele estava me deixando desconfortável. Seth me levantou e manteve um dos meus braços esticado enquanto posicionava o outro em seu ombro.

Então começou a valsar, sem música.

Era tão ridículo que precisei rir. Contornamos uma pedra, meio que aos tropeços, por conta do terreno irregular. Seth sabia dançar, e dançava bem, como se estivesse em um baile. Com um braço, ele me girou à sua frente.

Dei risada.

— Você aprendeu isso vendo famosos dançando na TV?

— Você não está me levando a sério. — Ele me girou de modo que minhas costas ficaram contra seu peito. — Fere minha sensibilidade quando estou tentando ajudar você.

— Ajudar com o quê?

Seth me girou de novo.

— Você precisa aprender a dançar se vai ao baile. E pole dance não conta.

Dei um tapa em seu peito.

— Não faço pole dance e não vou a esse baile idiota.

Ele não respondeu. Sorrindo, deslizou o braço até minhas costas e me deitou para trás. Ri e deixei a cabeça inclinar. Notei que a peituda estava sobre uma pedra. Bem devagar, quando estava certa de que tinha a atenção de Seth, na fração de segundo em que ele me mantinha deitada, a garota passou a língua nos lábios.

E Seth me deixou cair.

Muito mais tarde, depois que o sol já tinha se posto e estávamos cobertos de lama, Seth e eu passamos pelo refeitório. Nos movíamos o mais silenciosamente possível, tentando não chamar a atenção.

Quando eu massageava minha bunda dolorida, notei Seth me observando.

— A culpa foi sua... — sussurrei.

— Você nunca vai me perdoar, não é?

— Você me deixou cair.

Ele jogou a cabeça para trás e riu baixo.

— A culpa foi da bebida.

— A culpa foi da peituda.

Com um sorriso desvairado, Seth pegou minha mão e me puxou pelo corredor. Passamos por vários cômodos em silêncio até ouvir a voz de Marcus com clareza.

— Não faço ideia se Lucian está planejando alguma coisa!

Eu e Seth paramos e nos entreolhamos.

— Você não é próximo dele? — ouvimos Telly perguntar.

— Lucian é cheio de segredos, como todos vocês — respondeu Marcus, bravo.

Seth me puxou para baixo dos degraus do cômodo que Marcus e Telly ocupavam e me pressionou contra a parede, com um pouco mais de vontade do que o necessário.

— Anda, Seth. Sai pra...

— Xiu. — Quando ele inclinou a cabeça na direção da minha, seu cabelo roçou minhas bochechas. — Isso é estranho.

Fiz uma careta.

— Sei que ele está tramando alguma! — Telly afirmou. — E ele é um tolo se acha que pode controlá-lo.

Seth endireitou um pouco o corpo, com os lábios levemente franzidos.

— Nem mesmo Lucian pode ser tão tolo — disse Marcus.

Telly soltou uma risada indignada.

— Como ministro, tenho o dever de protegê-los. O *dever*! Se souber de algo...

— Não sei de nada! — Marcus pareceu ter dado um tapa em uma superfície. — Está sendo paranoico, ministro.

— O que você considera paranoia, eu considero planejamento. Há certas precauções que precisam ser tomadas, como garantia. Maneiras de garantir que eles nunca sejam ameaçados.

Eu me perguntava do que eles falavam. Seth também estava com uma expressão intrigada, que quase me fez rir. Talvez o fogo da bebida ainda não tivesse passado. Ele deve ter percebido uma risada vindo, porque sorriu para mim.

— O que está sugerindo, ministro?

— Há maneiras de eliminar a ameaça. Maneiras que não prejudicarão ninguém. Alguns membros do conselho concordam que talvez sejam a melhor opção.

As palavras seguintes de Marcus soaram frias.

— O conselho já agiu então?

Telly fungou.

— O que está insinuando, Marcus?

Fez-se silêncio por um momento.

— E como a ameaça seria eliminada, posso saber?

A tensão que se seguiu à pergunta foi tão pesada que até eu a senti.

— Já temos um aqui — disse Telly. — Por que não manter os dois?

De novo, silêncio.

— Está fora de questão. Desculpe, mas não posso concordar com isso.

— Talvez você só precise de tempo e motivação. Ainda quer um lugar no conselho? Posso arranjar.

Seth deixou a cabeça cair, e eu senti seu hálito quente no pescoço. Tentei me esquivar, mas não tinha para onde ir.

— Sabe do que eles estão falando...? — sussurrou Seth.

Por um segundo, eu nem sabia o que ele me perguntava. Me sentia meio fora do ar.

— Não faço ideia.

— Não acho que mudarei de ideia — respondeu Marcus afinal. — Está tarde, ministro. Esta conversa acabou.

Os lábios de Seth roçaram em meu pescoço, logo abaixo da orelha. O toque inesperado me fez dar um pulo e depois socar seu estômago. Ele soltou uma risadinha.

Dentro da sala, Telly também soltou uma risada, ainda que desprovida de alegria.

— Minha oferta se mantém até o fim das sessões.

— Boa noite, ministro.

Corremos para o cômodo ao lado, fechando a porta bem a tempo. Telly saiu segundos depois, seguido por Marcus. Seth e eu nos encaramos. Havia algo mais em seus olhos, além da malícia de sempre. Ele se aproximou de mim, sorrindo.

Eu o segurei com a mão espalmada no peito. Meu coração estava acelerado.

— Chega de brincar, Seth.

Ele colocou a mão sobre a minha.

— Parece que rolou um suborninho.

— Isso não me surpreende. — Olhei rapidamente em volta. Estávamos em uma espécie de sala de estar. Quantas haveria ali? — O que me surpreende é a aversão de Marcus a Telly.

Dando de ombros, Seth foi até a porta dar uma espiada.

— A barra está limpa. — Ele sorriu por cima do ombro para mim. — A menos que você queira ficar mais um pouquinho. O sofá parece confortável.

Passei por ele.

— É só nisso que você pensa?

Seth me seguiu porta afora.

— Não.

— Uau. Você tem tantas camadas.

Rindo, ele se colocou ao meu lado e passou o braço sobre meus ombros.

— E você é uma estraga-prazeres.

20

Seth consumiu a maior parte do meu tempo ao longo dos dias seguintes. Vi Aiden e Marcus poucas vezes. Uma vez, quando Seth saiu por um segundo do meu pé, acompanhei Laadan enquanto ela fazia a mão e o pé para o baile — que preferi não fazer.

Eu detestava que encostassem no meu pé.

No dia seguinte, Seth e eu entramos escondidos em uma aula para treinar com outros meios-sangues. Acho que causamos mais tumulto que qualquer outra coisa, mas foi bom enfrentar alguém que não fosse Seth, para variar. A brincadeira aliviou um pouco a frustração de estar naquele lugar e o mal-estar cada vez maior que eu sentia conforme o dia do meu depoimento ao conselho se aproximava.

No entanto, nem tudo era descompromissado quando eu estava com Seth. Passávamos a maior parte do nosso tempo evitando o uso dos elementos na batalha. Lançar bolas de fogo não era algo que se devia fazer entre quatro paredes, portanto, precisávamos ficar ao ar livre.

A gente também discutia. E muito.

Seth ficou puto porque considerou que eu tinha me distraído quando Aiden apareceu um dia e ficou treinando perto de nós. Segundo ele, eu tinha me babado toda.

Não era verdade.

Vermelha de raiva e vergonha, eu saíra pisando forte e o deixara sozinho. Uma hora depois, Seth apareceu com hambúrguer e batatas fritas — minha comida preferida —, e eu meio que o perdoei. O que mais poderia ter feito?

Eu ainda não me lembrava de como tinha ido parar no labirinto. Não saber o que havia acontecido — ou por que alguém faria algo do tipo comigo — me incomodava. Assim como a conversa entre Marcus e Telly que tínhamos ouvido. Eu não conseguia afastar a sensação de que os dois eventos estavam relacionados.

Talvez fosse só paranoia.

O treino daquele dia foi mais curto, porque Seth tinha algo importante a discutir com Lucian. Quando perguntei o que, ele me disse para não esquentar minha cabecinha com aquilo e aproveitar para passar um tempo com Laadan.

Eu odiava os homens.

E não consegui encontrar Laadan em lugar nenhum.

Muito embora me incomodasse que ninguém me quisesse vagando por aí sozinha, eu não queria terminar alvo de coação de novo. Pensar a respeito me deixava furiosa, com vontade de socar a parede. Após verificar um milhão de salas de estar, desisti de encontrar Laadan. Outra noite longa e entediante no meu quarto se anunciava.

Sem esconder minha irritação, virei uma esquina e congelei.

À frente, uma serva tremia, ajoelhada no carpete, depois de ter deixado uma pilha de pratos cair.

O homem que assomava sobre ela usava a inconfundível — e assustadora — veste de um mestre. Eu vi um mestre uma única vez, aos sete anos, quando minha mãe me levou ao conselho.

Nunca esqueci a túnica vermelho-sangue nem como eles raspavam a cabeça e qualquer pelo do rosto.

O mestre chutou um prato vazio, que ficou em cacos.

— Sua meio-sangue idiota e descuidada. Carregar pratos é complicado demais para você?

Ela se encolheu, baixou a cabeça e puxou os joelhos junto ao corpo. Não disse nada, mas dava para ouvi-la chorando.

— Se levanta. — A aversão era clara na voz do mestre.

A garota não se moveu tão rápido quanto ele gostaria. O mestre se debruçou e a puxou pelo cabelo emaranhado, colocando-a de pé. O arquejo de surpresa e dor dela provocou não só uma risada cruel dele, mas algo muito pior. O mestre levantou a mão para bater nela.

Nem pensei.

A raiva me levou a agir. Segurei a mão do mestre antes que ele desferisse o golpe. O homem se virou. A ausência de sobrancelhas conferia à sua expressão assustada um aspecto quase cômico. Ele se recuperou rapidamente e tentou se soltar.

Não permiti.

— Sua mãe não te ensinou a não bater em mulher?

A raiva e o desprezo faziam seu olhar parecer ainda mais cortante.

— Como se atreve a me tocar e interferir em uma situação que não lhe diz respeito? Têm um desejo secreto pelo elixir, meio?

Sorri e apertei minha pegada até sentir os ossos de sua mão se tocarem. Seus lábios se estreitaram de dor, promovendo uma satisfação doentia em mim.

— Ah, não sou apenas uma meio-sangue.

— Sei quem você é. — O mestre conseguiu se soltar e seus lábios se franziram em repugnância. — Acha que isso vai te salvar? Na verdade, só vai garantir que, um dia, esteja sob o controle de um mestre... ou coisa pior.

Aquelas palavras deveriam ter me assustado, mas só me irritaram.

— Vai se foder, seu esquisito sem sobrancelha.

O mestre riu e voltou a olhar para a garota em silêncio, depois se virou tão rápido que não tive a chance de me defender. O soco que, de início, mirava a serva acabou acertando meu maxilar com tudo.

Uma dor aguda se espalhou por meu rosto. Cambaleei para trás e dei com a parede. Meus olhos se encheram de lágrimas no mesmo instante, e o local da pancada latejava tanto que me deixou tonta. Levei a mão ao maxilar, quase certa de que estava quebrado. De repente, Seth estava à minha frente, absolutamente furioso. Eu não sabia de onde ele tinha vindo ou como havia chegado tão rápido.

— Essa vai ser a última coisa que você vai fazer na vida — Seth garantiu ao mestre. Então ergueu a mão, não para bater, mas para matá-lo.

Eu havia visto akasha começar a se formar em sua mão várias vezes no treino, porém sempre como uma bolinha de energia. Quando ele derrotou Kain, Aiden havia bloqueado a maior parte da minha visão, mas agora era tudo o que eu conseguia ver. A energia azul vinha de algum lugar de dentro de sua manga, enchendo sua mão de um fogo crepitante.

Esqueci a dor, deixei a parede e segurei o outro braço de Seth.

— Não! Não!

— Vai embora agora, Alex.

Eu me coloquei à frente dele, bloqueando o mestre. A marca do Apôlion contrastava com o restante de sua pele clara.

— Você não pode fazer isso, Seth. Precisa se acalmar.

— Faça — incentivou o mestre. — Sele seu destino, Apôlion. Assim como o destino dessa vadia foi selado.

Os olhos de Seth brilharam, seus lábios se retorceram em uma careta. O akasha se espalhou, cuspindo chamas.

— Ignora. — Agarrei a frente de sua camisa com ambas as mãos. — Por favor! Você não pode fazer isso! — Não estava funcionando. Seth não estava me ouvindo. Ele afastou o braço, preparando-se para liberar o elemento mais poderoso conhecido pela humanidade. Eu me virei. — Sai daqui! Agora!

A serva foi embora e o mestre continuou provocando Seth com seu sorriso, como se não tivesse nenhum instinto de autopreservação. Então me dei conta: ele queria que Seth fizesse aquilo, sabia que um meio que matasse um puro era punido com morte, independentemente da situação.

Talvez até mesmo no caso do Apôlion.

Voltei a me virar para Seth, com as mãos trêmulas. Eu me joguei contra seu peito como se pudesse penetrá-lo e fazê-lo compreender que a punição por bater em mim não era capital. Sentia o gosto do medo no fundo da garganta; o pânico se sobrepunha à dor física.

Seth estremeceu, então seus braços se fecharam à minha volta. Quase gritei de alívio. A risada cruel do mestre ecoou, parecendo perdurar até muito depois que ele foi embora.

Seth olhou para mim, ainda furioso.

— Minha vontade é de matá-lo.

— Eu sei... — sussurrei, piscando para segurar as lágrimas.

— Não sabe não. Minha vontade ainda é de matá-lo.

— Mas você não pode fazer isso. A culpa foi minha. Ele ia bater em uma serva, e eu o impedi. Ele...

— A culpa foi sua? — Seus olhos se arregalaram em descrença. Seth estendeu a mão, pegou meu maxilar e virou minha cabeça de lado. — De jeito nenhum.

Engoli em seco, fechando os olhos. Crise controlada... temporariamente.

— Vai ficar roxo?

— Com certeza.

— Acho... que vou me encrencar. — Dei um passo para trás, olhando para o chão. Aquele Seth, aquele Seth duro e letal, era assustador. — E você também.

— É. — Mas ele não parecia se importar nem um pouco com aquilo.

Toquei o lado esquerdo do rosto e estremeci.

— Ah, merda.

Seth afastou minha mão do meu rosto.

— Acho que se a gente conseguir chegar para o jantar antes que alguém diga alguma coisa, está tranquilo.

— Acha mesmo?

Seth sorriu, ainda que tudo nele parecesse prestes a destruir algo.

— Acho.

Não chegamos a tempo.

Uns vinte minutos depois, Marcus e seu séquito irromperam na sala de estar onde Seth e eu estávamos meio que nos escondendo. Aiden estava no grupo e seus olhos me encontraram imediatamente. Ele olhou para meu rosto, parando no que eu sabia que já devia ser um hematoma feio. Então congelou e inspirou fundo. Uma raiva poderosa passou a emanar dele, quase tão excessiva quanto a que Seth ainda irradiava.

— No que estava pensando, Alexandria? — Marcus perguntou.

Desviei os olhos de Aiden, mas não para encarar Marcus. Em vez disso, eles correram para Seth. Seu rosto ainda era o retrato da beleza, apesar da expressão dura.

— Eu sei que não devia ter impedido o mestre, mas ele ia dar uma surra em uma garota por derrubar alguns pratos. Tive que...

A porta se abriu, e o ministro Telly entrou com alguns guardas do conselho. Enrijeci na hora, porém Seth se manteve impassível.

— O que é isso? — perguntou ele, com as mãos se cerrando em punho. — O que é isso? — repetiu, com as vestes esvoaçavam enquanto atravessava o cômodo com graciosidade. Ele parou diante de Marcus e Lucian. — É verdade o que ouvi, sobre Alexandria ter atacado um mestre esta tarde?

— Atacado? — vociferei. — Não ataquei ninguém. Só impedi...

— Alexandria interferiu no trabalho de um mestre, mas não atacou o homem — Marcus me interrompeu, me olhando em alerta. — Ele, no entanto, bateu nela.

Os olhos de Telly passaram brevemente por mim.

— Meios-sangues sabem que o modo como um mestre trata seus escravos não lhes diz respeito. Ela infringiu a lei de ordem da raça!

Fiquei boquiaberta. Eu já imaginava que ia me dar mal? Sim. Mas não achava que seria acusada de infringir a lei de raça.

— Está falando sério? — Seth deu um passo à frente, com os olhos estreitos.

— Controle seu Apôlion neste instante, Lucian — Telly vociferou. — Ou meus guardas o farão.

Lucian se virou para Seth, mas eu sabia que não havia nada que ele pudesse dizer ou fazer. Peguei o braço de Seth e puxei com força.

— Senta... — sussurrei.

Ele olhou por cima do meu ombro, com as sobrancelhas erguidas.

— Prefiro ficar de pé.

Deuses, Seth não estava ajudando em nada. Ainda que não fosse conseguir pará-lo, continuei segurando seu braço.

— Ministro Telly, compreendo que Alexandria não deveria ter interferido, mas acusá-la de infringir a lei? — Marcus balançou a cabeça. — Acho que é um pouco exagerado.

— Essa meio-sangue é que é exagerada — respondeu Telly. — Nenhum de vocês tem controle sobre ela. Ameaçar mestres? O que vai fazer como Apôlion? Massacrá-los enquanto dormem?

Dei risada, o que fez todo mundo olhar para mim.

— Desculpa, mas isso é ridículo. Só o impedi de bater em uma garota. Nada mais! Não bati nele, ele que me bateu. — Apontei para o maxilar. — E eu nunca massacraria pessoas enquanto dormem.

Telly se virou para ficar bem de frente para mim.

— Você sempre demonstrou não ter nenhum respeito pelas regras e pela lei, garotinha. Ah, sim, eu li o seu histórico.

Todo mundo tinha lido o meu histórico? Aquilo fazia eu me sentir exposta.

— Você é incontrolável e um problema constante para o conselho — Telly prosseguiu, voltando a se virar para Lucian. — O lugar dela é aqui, onde podemos controlá-la, já que nenhum de vocês foi capaz de ensinar respeito a essa menina.

O medo me fez congelar.

— Quê?

— Isso não vai acontecer — disse Seth, tão baixo que eu não estava certa de que alguém mais havia ouvido. No entanto, ninguém mais se moveu.

— Está me ameaçando, Apôlion? Está ameaçando o conselho? — perguntou Telly.

Eu poderia jurar que havia alegria em sua voz, mas seria loucura, porque Seth acabaria com ele.

Sem nem suar.

Quando tirei os olhos do ministro, vi os sinais do Apôlion se movimentando no rosto de Seth. Então me dei conta de que Aiden havia se movido e agora se encontrava ao meu lado. Agradeci aos deuses por estarem todos concentrados em Seth, com medo de que fosse surtar. A expressão no rosto de Aiden dizia que ele estava prestes a arrancar as tripas de todos os presentes.

Meu coração tamborilava enquanto eu olhava de um para outro. Aquilo não ia acabar bem. Eu me levantei, sentindo os joelhos trêmulos.

— Desculpa.

— Não peça desculpa. Você não fez nada de errado — sibilou Seth.

— Fiz sim. Não deveria ter interferido. — Encarei Telly e engoli meu orgulho. — Esqueci... esqueci meu lugar.

Seth se virou para mim tão depressa que pensei que ia me atacar. Olhei para seus olhos furiosos, em uma tentativa de fazer com que se sentasse e calasse a boca.

— Como pode ver, ministro, Alexandria reconhece que errou. — Lucian se colocou diante de Seth, com as mãos entrelaçadas. — Ela é determinada, teimosa até, mas não infringiu a lei. Como sabe, se Alexandria tivesse atacado o mestre, duvido de que ele estaria bem o bastante para sair espalhando boatos atrozes.

— Às vezes ela age sem pensar — completou Marcus. — É imprudente, porém tem boas intenções. Quanto a controlá-la, prometo que ela nem mesmo falará sem ser solicitada pelo restante de sua estada aqui.

Abri a boca, mas a fechei em seguida.

Telly respirou fundo antes de se virar para Lucian.

— Esse tipo de comportamento, que ela apresenta repetidamente, preocupa não só a mim, mas a todo o conselho. E você já sabe disso, Lucian. — Ele ficou em silêncio enquanto passava os olhos pelo cômodo e depois os pousava em mim, em condenação. — Não me esquecerei disso. — Telly se virou e foi embora. Os guardas o seguiram, rígidos e calados.

Deixei o corpo cair no sofá, exausta. Havia escapado por pouco. Senti Seth se sentar também, mas não olhei para ele.

— Alexandria, o que foi que eu lhe disse repetidamente? — perguntou Marcus.

— Já chega — cortou Lucian. — Agora é passado. Está feito.

— Mas acabou de acontecer — retrucou Marcus. — E este aqui ameaçou o mestre com akasha, pelo amor dos deuses! Foi sorte não ter sido denunciado.

— O que você esperava? — perguntou Lucian, cansado. — Seth defenderá o que é dele.

Olhei feio para meu padrasto.

— Não sou *dele*. Podem parar de se referir a mim como uma coisa em vez de uma pessoa, por favor?

Lucian sorriu.

— De qualquer maneira, não podemos culpar Seth por defender Alexandria. Ou preferiria que ele permitisse que o mestre batesse mais nela?

— Isso é absurdo, Lucian! — As mãos de Marcus se fecharam em punho.

A troca entre os dois continuou por um momento. De repente, minha cabeça doía tanto quanto meu maxilar. Pelo lado positivo, Seth relaxou um pouco, a ponto de não parecer mais que queria arrasar um vilarejo inteiro de puros. Depois que concluí que não estava *tão* encrencada assim, saí pela porta para respirar um pouco.

Não fui muito longe, só até a esquina da sala de estar. Não parava de pensar no que o mestre disse. Meu destino havia sido selado? Ele sabia de algo ou só provocava Seth?

— Alex?

Eu me virei ao ouvir a voz de Aiden. Seus olhos pareciam duros e prateados.

— Oi... — murmurei. — Sei que fiz tudo errado outra vez e...

— Não vim gritar com você, Alex. Só queria saber se você está bem.

— Ah. Desculpa. Só estou acostumada com todo mundo gritando comigo.

Ele inclinou a cabeça de lado, seus olhos agora cinza-escuros.

— Entendo por que fez o que fez. Sinceramente, eu não teria esperado outra coisa de você.

— Sério? — Olhei em volta, cética. — Você usou alguma coisa?

Aiden sorriu, mas só durou até que seus olhos pousassem no meu maxilar.

— Dói?

— Não — menti.

Ele não pareceu acreditar. Antes que eu entendesse o que Aiden estava fazendo, seus dedos roçaram os limites do hematoma.

— Está inchando. Você chegou a colocar gelo?

Eu tinha tentado, porém me cansei de segurar a bolsa de gelo que Seth providenciou. Enquanto olhava para Aiden, no entanto, esqueci completamente a pergunta. Seus dedos continuavam na minha bochecha e nada mais importava no mundo.

— Você ainda demonstra tanta força. — Um sorrisinho se insinuou nos lábios de Aiden. Depois ele baixou a mão, o toque breve demais. — Nenhum outro meio-sangue teria feito o que você fez.

— Não sei por que você insiste em dizer isso. — Me recostei à parede, como se de alguma forma ela pudesse me trazer de volta à realidade.

— Porque é verdade, Alex. E não estou nem falando do que você fez pela meio-sangue. Estou falando do que você fez lá dentro. Imagino o quanto deve ter lhe custado pedir desculpa e dizer o que disse. Foi preciso força.

— Não foi uma questão de força. Eu estava morrendo de medo. Talvez tenha sido um pouco irracional.

Aiden desviou o rosto na direção do labirinto. De onde me encontrava, tudo o que eu conseguia ver era o topo das estátuas cobertas de hera.

— Eu estava errado.

Não consegui mais respirar.

— Sobre o quê?

Aiden voltou a se virar para mim, com os olhos prateados.

— Sobre muitas coisas, mas sempre vi sua natureza irracional como uma falha, quando não é. É o que lhe dá tanta força.

Fiquei olhando para ele, enquanto me coração fazia todo tipo de maluquice dentro do peito.

— Obrigada...

— Não precisa...

— Eu sei. — Sorri, muito embora fizesse meu maxilar doer. — Você não quer que eu te agradeça por isso, mas já agradeci.

Aiden assentiu.

— É melhor eu voltar. Não vá muito longe, está bem?

Fiz que sim e fiquei olhando enquanto ele se afastava. Quando chegou à porta, Aiden parou e se virou para mim, com uma expressão indecifrável no rosto. Suas palavras, no entanto, foram precisas:

— Parte de mim gostaria de que Seth tivesse matado o mestre por ter tocado em você.

O jantar foi servido cedo na noite do baile e voltei para o quarto em meio ao alvoroço dos servos. Meus nervos estavam à flor da pele devido à proximidade do meu depoimento, meu encontro com o punho cerrado de um mestre, o poder assassino de Seth e as últimas palavras que Aiden me dirigiu.

Parte de mim gostaria de que Seth tivesse matado o mestre por ter tocado em você.
Dois dias depois, aquilo ainda não saía da minha cabeça.

Ele falou sério, mas o que significava? E faria diferença? Não, eu dizia a mim mesma. Ainda que Aiden me amasse tanto quanto eu amava bolo, não importava. Não havia futuro ali, apenas desespero e morte.

Uma batida leve à porta me tirou de meus pensamentos. Como Seth nunca batia, eu sabia que não podia ser ele. Saí da cama e fui abrir.

Laadan se encontrava no corredor, usando um vestido verde lindíssimo, que se agarrava a seus quadris antes de se abrir em uma saia de outro tecido, mais fino e macio. Seu cabelo estava preso em um coque intrincado, adornado por rosas frescas.

Baixei os olhos para a camiseta e a calça de moletom que usava. Nunca havia me sentido tão feia e sem graça.

E eu pensando que Lea era a única capaz de evocar aqueles sentimentos.

Laadan sorriu vagamente.

— Se não estiver ocupada, e acredito que não esteja, quero te mostrar uma coisa.

Olhei para minha cama e dei de ombros. Não era como se eu tivesse algo a fazer. Passamos por vários servos a caminho do quarto dela, no andar de cima, e Laadan ofereceu um sorriso simpático a cada um deles.

Dentro do quarto, ela passou um braço sobre meus ombros e me conduziu até a poltrona que ficava junto ao guarda-roupa. Eu me sentei e puxei as pernas junto ao peito.

— Você... queria me mostrar a porta do seu guarda-roupa?

Laadan soltou uma risada contagiante do fundo da garganta. Tive que sorrir para ela.

— Você é tão parecida com sua mãe. — Ela balançou a cabeça, recostada à porta. — As coisas que diz... é como se eu estivesse ouvindo Rachelle falar.

Meu sorriso fraquejou um pouco, e eu abracei meus joelhos.

— Minha mãe não dizia metade das besteiras que saem da minha boca.

— Você ficaria surpresa. — Ela ficou em silêncio por um momento, com uma expressão comovente no rosto. — Sabe do que sua mãe mais gostava nas sessões do conselho?

— Não.

Laadan se virou e abriu a porta do guarda-roupa. Então deu um passo atrás e abriu os braços em um gesto amplo.

— Dos bailes e dos vestidos.

Curiosa, eu me inclinei para a frente para dar uma espiada no guarda-roupa e acabei quase caindo da poltrona.

— Uau, você tem bastante roupa.

Ela me ofereceu um sorriso atrevido por cima do ombro.

— Roupas nunca são demais. Agora ande. Dê uma olhada.

Eu me levantei da poltrona. Os vestidos me atraíam como se eu estivesse sob coação e me transformassem em uma garota feminina em questão de segundos. Avancei e passei a mão pelo tecido macio de uma peça.

— Gostou? — Laadan pegou um vestido roxo de veludo molhado.

Meus dedos se demoraram em um vestido de seda vermelha. Não dava para ver o modelo, mas a cor era divina.

— É o tipo de vestido pelo qual alguém entregaria o primeiro filho.

Ela riu enquanto deixava o vestido roxo de lado e pegava o vermelho para segurá-lo entre nós.

— Por que está tão decidida a não ir ao baile?

Dei de ombros, olhando para o vestido sem manga. Tinha corpete com decote coração, cintura alta e saia justa nas pernas.

— Nem sei por que fui convidada, já que meios-sangues não costumam ser.

— Você é diferente. — Ela pendurou o vestido na porta do guarda-roupa e alisou a seda. — Ser o Apôlion faz você se destacar em relação aos outros, Alex. Chegou aos meus ouvidos que, depois que despertar, você e Seth poderão até assistir às sessões do conselho.

Aquilo era novidade para mim, mas eu duvidava de que precisasse ocupar uma posição de poder daquelas aos dezoito anos. A maturidade não vinha da noite para o dia.

Meus olhos e minha mente não conseguiam deixar aquele vestido.

— Não vai ter ninguém que eu conheço. E, sem querer ofender, mas minha ideia de diversão não é passar a noite com um bando de puros.

— Não me ofendi. — Laadan puxou a saia do vestido. O reflexo da luz fez com que o vermelho cintilasse ligeiramente. — Seth vai estar lá. E Aiden.

Olhei para ela na mesma hora.

— Por que eu me importaria se Aiden vai ou não? Ele é puro. Onde mais estaria?

Laadan sorriu de leve.

— Não quer experimentar?

— Não, obrigada.

— Faça isso por mim, por favor. Sua mãe usou um vestido assim uma vez, e tenho só mais uns minutinhos antes de precisar descer.

Minha vontade de experimentar o vestido era quase física, mas balancei a cabeça. Laadan insistiu e logo eu estava vendo a seda vermelha me cobrindo em um espelho de corpo inteiro. Ela se posicionou atrás de mim e levou as mãos aos meus ombros.

— Você ficou linda.

O vestido era deslumbrante. Parecia feito para mim — ou pelo menos reformado para mim. A seda abraçava do meu peito aos meus quadris antes de envolver minhas coxas. As costas ficavam tão bonitas quanto a frente. Vermelho era definitivamente minha cor. Por um momento, eu me permiti mergulhar em um sonho no qual Aiden me via usando algo tão elegante e sexy quanto aquele vestido.

E, se Seth me visse naquilo, nem meus sonhos mais safados seria capaz de retratar sua reação à altura.

— Acho que é melhor eu tirar antes que estrague.

Laadan me afastou do espelho e me sentou diante de uma mesinha com maquiagem e outros itens suspeitos. Fiz menção de me levantar, porém suas mãos retornaram aos meus ombros.

— Alex, não há motivo para você ficar no seu quarto enquanto estão todos se divertindo no baile. Portanto, fique quieta e me deixe dar um jeito no seu cabelo.

— Não quero ir. — Eu me virei para encará-la.

Ela voltou a me virar e pegou uma escova.

— Por quê? Por causa do depoimento de amanhã? Não seria mais um motivo para relaxar e aproveitar a noite?

Franzi a testa e procurei ignorar o modo como a escova desembaraçando os nós no meu cabelo me acalmava.

— Não é por causa de amanhã. Eu só... não quero ir.

Laadan me ignorou, pegou um modelador de cachos e começou a enrolar mechas compridas nele. Cedi rápido, embora não tivesse intenção real de ir ao baile. Era gostoso deixar que alguém me arrumasse, ainda que todo o trabalho fosse ser desperdiçado quando eu fosse direto para a cama depois. Ela ficou falando sobre minha mãe enquanto me maquiava. Quando terminou, eu mal reconhecia a garota de olhos esfumados que me encarava.

Laadan havia se superado.

Os cachos estavam presos no alto da minha cabeça, com algumas mechas soltas cobrindo meu pescoço e roçando o corpete, parecendo estrategicamente situadas para esconder minhas cicatrizes.

— O que achou? — perguntou ela, com um pincel na mão.

Eu não fazia ideia do que dizer. O blush acentuava minhas maçãs do rosto, fazendo com que parecessem maiores que o normal. Ela cobrira o hematoma no maxilar sem parecer que tinha passado um reboco. O rímel e a sombra primorosamente aplicados deixavam meus olhos de um tom quente de chocolate, em vez da cor de lama de sempre. O batom vermelho fazia meus lábios saltarem como se implorando para ser beijados.

— Uau. Meu nariz está pequenininho.

Laadan riu e deixou o pincel de lado.

— Espere. Agora só está faltando... — Ela foi até a cômoda e voltou com uma caixa grande de veludo, onde depois de procurar um pouco encontrou uma correntinha de prata com pedras preciosas pretas em torno de um rubi.

O colar provavelmente valia mais do que minha vida, porém Laadan o colocou no meu pescoço e fechou.

— Pronto! Agora você vai ser a garota mais bonita do baile.

Fiquei olhando para meu reflexo, querendo uma foto daquele momento. Acho que eu nunca havia parecido tão diferente de mim mesma. Se Caleb pudesse me ver, talvez tivesse até me elogiado.

Laadan olhou para o relógio folheado a ouro.

— E bem a tempo. O baile acabou de começar. Você vai chegar elegantemente atrasada.

Meus olhos retornaram ao espelho.

— Não posso ir.

— Não seja tola. Você vai estar mais bonita que qualquer puro-sangue no salão, Alex. Vai se encaixar perfeitamente.

Balancei a cabeça.

— Você não entende, Laadan. Agradeço tudo o que fez. Foi divertido, mas... não posso ir.

Ela franziu a testa.

— Talvez eu não entenda mesmo. Pode explicar para mim?

Devagar, voltei a me virar para o espelho. A garota que olhava para mim pareceria linda se ninguém olhasse de perto demais, fixo demais. Caso contrário, a perfeição começaria a se desfazer. E nenhum vestido no guarda-roupa de Laadan resolveria aquilo.

— Alex?

— Olha pra mim — disse eu, baixo. — Não está vendo? Não posso descer. Todo mundo vai ficar olhando.

O rosto preocupado de Laadan apareceu no espelho, acima da minha cabeça.

— Querida, todo mundo vai ficar olhando porque você está linda.

— Todo mundo vai ficar olhando minhas cicatrizes.

Ela piscou e deu um passo para trás.

— Não. Ninguém vai nem...

— Sei que vão. — Eu me virei, levando os dedos à correntinha delicada no pescoço. — Porque é a primeira coisa que noto também. E olha só pros meus braços. Que horror.

Era mesmo um horror. A pele nunca havia voltado ao tom original. Estava mais pálida, como sempre acontecia com marcas de dentes de daímôn, porém as minhas, irregulares e vermelhas, cobriam meus antebraços, indo desde os punhos até a pele macia da parte interna do cotovelo. A pele do meu pescoço era parecida, mas pelo menos as cicatrizes na minha garganta haviam assumido uma cor um pouco mais clara que o meu normal. O decote do vestido desviava a atenção delas, porém meus braços não tinham salvação.

Laadan sorriu de repente, o que me pareceu inapropriado, considerando que deveria estar pensando em como eu parecia uma aberração. Ela se aproximou do guarda-roupa e pegou uma caixa grande da prateleira de cima, então a levou para a cama com um sorriso ainda mais largo.

— Tenho a solução perfeita.

Eu duvidava, mas fui até ela.

Laadan abriu a caixa e tirou um par de luvas de seda preta que deviam ir até os cotovelos.

— Problema resolvido.

Peguei as luvas com cuidado.

— Vou parecer a Vampira dos *X-Men*.

Ela franziu o nariz.

— Quem? Não importa. Experimenta. As luvas vão cair bem. Se estivéssemos no verão, talvez não fosse o caso.

Calcei uma, e de fato cobria bem minhas cicatrizes... mas luvas? Sério? Quem usava luvas, além de velhinhas?

— Não sei...

Laadan soltou um suspiro e balançou a cabeça.

— É um baile formal, Alex. Você nunca foi a um baile formal?

— Bom, não.

— Então confie em mim quando digo que não será a única usando luvas. Agora vamos. Já chega de ficar aqui com pena de si mesma. Você está linda. Até mais linda do que sua mãe.

Meus dedos se sacudiram dentro das luvas de seda quando senti o entusiasmo borbulhando dentro de mim pela primeira vez. Garotas meios-sangues não costumam ir a bailes grandiosos, tampouco tinham fadas-madrinhas puros-sangues. Eu nunca havia esperado ir a um evento do tipo, muito menos usando um vestido tão maravilhoso.

Ali estava eu, no entanto.

Um sorriso lento se insinuou no meu rosto.

— Laadan?

— Sim? — Ela parou à porta.

— Obrigada.

Ela levou a mão ao coração.

— Não precisa me agradecer, meu bem. Fico feliz de poder fazer isso por você.

— Você estava planejando isso desde o comentário de Lucian no café da manhã, não foi? Por isso o vestido ficou perfeito em mim.

Laadan abriu um sorriso furtivo.

— Bom, eu desconfiava que vermelho era a cor certa para você.

O baile já estava em andamento quando descemos. O zumbido baixo de uma orquestra se espalhava pelos corredores. Velas iluminavam o caminho.

Meu entusiasmo logo cedeu espaço ao nervosismo. Eu nunca havia usado nada igual e comparecer a um evento daqueles ia contra tudo o que um meio sabia. Fora que música de orquestra não era exatamente do meu agrado.

Esperariam que eu dançasse valsa? A última — e única — vez que dancei tinha sido com Seth e ele me derrubara. Eu não podia cair usando aquele vestido, seria um sacrilégio. E quem dançaria comigo? Eu provavelmente passaria a noite sentada junto à parede.

Foi então que comecei a suar.

Laadan pegou minha mão na sua e me puxou consigo.

— Você lutou contra daímônes, mas a ideia de um baile te assusta?

— Assusta... — sussurrei.

O som de sua risada me lembrou de sinos de ventos.

— Você vai se sair muito bem. É só se lembrar de que seu lugar é entre essas pessoas. Mais do que qualquer uma delas imagina.

Olhei para ela, com cuidado.

— Você gosta mesmo de meios-sangues, não é?

Suas bochechas ficaram bem vermelhas.

— Só... acredito que todos somos iguais e deveríamos ser tratados assim.

Eu duvidava de que aquele fosse o motivo principal, porém não insisti. Laadan me puxou pelas sombras do corredor, passando pelas Fúrias congeladas, e entramos no salão. Acho que tive um pequeno ataque do coração ao cruzar a soleira e absorver tudo.

O salão era enorme, as paredes de vidro. Havia vasos de cristal repletos de rosas em todos os cantos e em todas as mesas, e trepadeiras floridas cobriam o teto e pendiam de lustres cintilantes, em uma demonstração deslumbrante de luz e escuridão. No outro extremo do cômodo, havia uma pequena orquestra, cujos músicos eram mortais. Era fácil tanto para nós, meios-sangues, quanto para os puros distinguir mortais. Seus atributos físicos não eram a única coisa que fazia com que se destacassem, mas também seus movimentos lentos e desajeitados, em comparação com o deslizar gracioso dos puros, e sua expressão insípida. Eles deviam estar sob coação para tocar e não notariam nada de diferente.

Porque os puros podiam ficar um pouco esquisitos depois de beber.

Atrás da orquestra, Tânatos assomava sobre os mortais como uma espécie de anjo da morte em mármore, com a expressão triste como sempre.

Suas asas abertas deviam ter pelo menos dois metros e meio e alguém havia colocado uma coroa de flores em sua cabeça.

Um belo toque.

Dois servos apareceram à nossa frente. Um carregava uma bandeja cheia de taças de champanhe e outro carregava uma travessa com pequenos sanduíches que cheiravam a peixe cru. De repente, fiquei com vontade de fritura. Laadan pegou duas taças de champanhe e me passou uma. Antes que eu pudesse virá-la, ela segurou minha mão.

— Cuidado — avisou Laadan. — É mais forte que um champanhe mortal.

Baixei os olhos para o líquido efervescente.

— Mais forte quanto?

Laadan acenou com a cabeça para uma mesa onde todos olhavam irritados para uma garota puro-sangue que ria histericamente.

— Ela deve estar na segunda taça. Tome bem devagar.

— Entendido.

Lucian se destacou da multidão de puros e veio pegar minha mão livre. Ele me observava com uma mistura de choque e aprovação.

— Laadan, você realmente se superou. Ela está igualzinha à mãe quando veio a este mesmo baile.

Era oficial: aquilo me deixou totalmente desconfortável.

— Não dá nem para ver as cicatrizes — prosseguiu Lucian. Havia um estranho brilho em seus olhos. Eu me perguntei se não estaria bêbado. — Excelente trabalho.

Recuei um pouco, procurando sorrir com educação.

— Hum... obrigada.

Laadan parecia tão sem graça quanto eu me sentia. Com delicadeza, ela distraiu Lucian. Aproveitei para procurar rostos conhecidos no salão, ainda segurando firme a haste frágil da taça.

Todos — todos os puros — estavam magníficos, em suas melhores roupas. A maioria das mulheres usava o tipo de vestido ousado que eu adoraria vestir, expondo longos trechos de pele perfeitamente lisa, o pescoço comprido e gracioso.

Eu não me encaixava ali. Não importava o que Laadan havia falado.

Respirei fundo e passei os olhos pela multidão. Em meio a ela, reconheci a ministra Diana Elders. Ela usava um vestido branco diáfano que me lembrava de algo que uma deusa usaria. Meu tio se encontrava ao seu lado e parecia extremamente interessado no que ela dizia. Admirada, eu o vi sorrir. Quando Marcus se virou para nós, seus olhos verdes brilhavam como esmeraldas.

Isso até que ele me viu.

Marcus deu um passo para trás, piscando. O choque era evidente em seu rosto: era como se tivesse visto um fantasma. Ele se recuperou devagar e veio até nós, acompanhado pela ministra. Cumprimentou Lucian e Laadan com um aceno de cabeça.

— Vejo que decidiu se juntar a nós, Alexandria.

Desconfortável, fiz que sim e dei um *golinho* no champanhe.

Diana abriu um sorriso caloroso, porém parecia nervosa quando se dirigiu a mim.

— É um prazer conhecê-la, srta. Andros.

— O prazer é meu... — murmurei, como uma boba. Nunca havia sido boa em trocar gentilezas.

O lado positivo era que, como os puros à minha volta estavam sempre ocupados uns com os outros, eu podia me manter discretamente de lado. Continuei procurando em meio à multidão... por Aiden, sendo sincera. Sabia que ele não ia falar comigo, mas queria que... me visse. Era patético, mas também era verdade.

Só que encontrei Seth primeiro.

Ou ele me encontrou. Não sei bem. De qualquer maneira, fiquei surpresa ao ver os dois juntos, com um puro-sangue que eu não conhecia. Vários puros os rodeavam, talvez fascinados por haver um Apôlion meio-sangue na rodinha — ou simplesmente atraídos pelo tanto de gente bonita nela.

Dawn Samos estava entre os puros. Seu vestido branco não chegava aos joelhos. Ela era a mais próxima de Aiden, e seu braço bronzeado e fino roçava o dele quando falava. Eu não a via desde o primeiro dia e havia me esquecido dela, porém ali se encontrava Dawn.

Seth estava de frente para Aiden, de frente para a entrada. Usava smoking, como os outros puros, só que o seu era inteiramente branco e ficava bem nele. Não pude evitar sorrir.

Como se Seth precisasse de uma ajudinha para se destacar.

Quando seus olhos pousaram em mim, no canto do salão, a expressão em seu rosto se tornou quase cômica. Suas sobrancelhas se aproximaram da linha do cabelo, seus olhos se arregalaram em surpresa. Aparentemente, eu vivia desgrenhada e o simples fato de estar de vestido já era digno de nota. Um sorriso convencido logo substituiu seu assombro. Ele assentiu para mim, em aprovação.

Ergui a taça para Seth, em um brinde.

Ele devia ter dito alguma coisa, porque os músculos de Aiden se enrijeceram sob o smoking preto. Então, devagar, quase relutante, Aiden olhou por cima do ombro. Quando nossos olhos se encontraram, eu me senti a própria Cinderela.

Os lábios de Aiden se entreabriram e seus olhos passaram por mim de uma maneira que fez a taça tremer em meus dedos. Quando retornaram lentamente aos meus, todo o ar deixou meus pulmões. Seus olhos ardiam de tão prateados, tão intensos, tão quentes, que um rubor varreu minha pele. Baixei a mão, a taça mal tocada de champanhe esquecida, segura pela ponta dos dedos.

Aiden se virou totalmente para mim, enquanto seu peito subia e descia visivelmente. Não sorria. Parecia capaz apenas de encarar. Assim como eu, porque ele estava magnífico com o smoking preto bem cortado, as ondas rebeldes de seu cabelo caindo sobre a testa, os lábios macios ainda entreabertos em surpresa, os olhos ainda vorazes.

Como se estivesse em transe, Aiden atravessou o salão, mantendo os olhos fixos em mim. Eu sabia que estava bonita, mas não tanto assim. Não tanto que todos os outros parecessem desaparecer. Pensei no que Aiden disse, do lado de fora da sala de estar, sobre ter se equivocado sobre muitas coisas.

Acho que eu sabia uma coisa sobre a qual ele tinha se equivocado.

Eu estava tão entretida com Aiden que nem percebi Seth se mover. No entanto, senti sua presença antes que ele me tocasse, antes que seus dedos se fechassem sobre meu ombro exposto. Raiva passou pelo rosto de Aiden. Ele parou, com os olhos prateados fixos no meu ombro. Quase dava para sentir no ar o ciúme, sua vontade de tirar a mão de Seth dali.

Seth se inclinou para mim e seu hálito fez os cabelinhos na minha nuca esvoaçarem.

— As pessoas estão começando a notar.

Estariam mesmo? Eu não podia dizer que me importava, ou que era errado, porque Aiden olhando para mim... Aiden olhando para mim com tanta paixão, com tanto desejo, era a única coisa em que conseguia pensar.

Então conseguiu se controlar. Interrompeu um passo no meio e fechou a boca. Seus olhos, no entanto, ainda pareciam mercúrio, moldando-se à luz suave. Eles passaram por mim uma vez mais. Estremecendo com aquela intensidade, imaginei que Aiden estava gravando minha imagem na memória.

A mão de Seth desceu pelo meu braço e seus dedos pegaram os meus.

— Ele não é para o seu bico.

— Eu sei... — sussurrei. E sabia mesmo, talvez fosse o motivo pelo qual me sentia tão vazia.

Aiden me deu as costas e sorriu para algo que Dawn disse. Foi um sorriso falso, no entanto. Eu conhecia os sorrisos de Aiden. Afinal, vivia por eles.

— Quer dançar? — convidou Seth.

Ir ao baile tinha sido uma má ideia. O vazio que eu sentia se espalhava, deixando um buraco enorme dentro de mim. Eu não me encaixava ali, mas Aiden se encaixava. Seu lugar era com puros como Dawn. E não comigo, uma meio.

Desviei o rosto de Aiden para encarar Seth.

— Não.

Os olhos cor de âmbar de Seth passaram por mim.

— Quer ficar aqui?

— Sei lá.

Ele sorriu e se inclinou para a frente. Quando falou, seus lábios roçaram minha orelha.

— Não nos encaixamos aqui, Alex. Com eles.

Eu queria perguntar onde exatamente nos encaixávamos, mas já sabia o que Seth responderia. Ele diria que nos encaixávamos juntos. Diria que pertencíamos um ao outro. Não como eu queria pertencer a Aiden, de um jeito diferente. Um jeito que eu ainda não havia compreendido.

— Vamos — disse Seth, baixo.

Eu podia ficar ali e continuar fingindo que me encaixava ou poderia ir embora com Seth. E depois? Meus dedos tremiam quando apoiei a taça na mesa mais próxima.

Deixei Seth me levar para fora do salão. Um peso repentino recaiu sobre mim. Era como se eu tivesse feito uma escolha irrevogável.

E talvez tivesse mesmo.

21

— Vamos fazer uma besteira.

Eu me virei para Seth, estranhamente nervosa.

— Você quer fazer uma besteira agora?

— Consegue pensar em um momento melhor?

Pensei a respeito. Ele meio que tinha razão.

— Tá. Eu topo.

— Ótimo. — Seth começou a me conduzir pelo labirinto. Passamos pelo edifício do conselho e seguimos para o campus. Então ele se dirigiu à construção escura e silenciosa onde eu passava a maior parte do meu tempo acordada.

— Vamos treinar?

Seth fez que não, com o maxilar cerrado.

— Não. Não vamos treinar.

Ele acelerou o passo. Eu não fazia ideia do que estava tramando, porém aprendi a esperar para ver. A porta da arena não estava trancada. Ele abriu um sorriso largo ao ver as portas duplas dentro do corredor escuro.

— Vamos nadar? — perguntei.

— Vamos.

— Está menos cinco graus lá fora.

Seth empurrou uma porta. O cheiro de cloro dominava tudo lá dentro.

— E daí? Aqui dentro está tipo uns quinze.

Eu me afastei dele para ir até a beirada da piscina. Por cima do ombro, vi Seth tirando os sapatos. Ele notou que eu o observava e me ofereceu uma piscadela.

— Você é ridículo — falei, reprimindo um sorriso.

— Você também. — Ele tirou o paletó e o deixou cair no chão. — Somos parecidos, Alex.

Fiz menção de negar, então refleti a respeito. Havia mesmo algo em Seth que despertava meu lado mais rebelde e idiota. Éramos imprudentes, um pouco selvagens e agressivos, e nenhum de nós sabia manter o bico calado. Talvez houvesse dois tipos de pessoas no mundo: aquelas que se sentavam em volta da fogueira e ficavam observando as chamas e aquelas que provocavam o fogo.

Seth e eu acendíamos a fogueira, depois dançávamos em volta.

— Fui tão óbvia lá? — perguntei baixo.

Seth já estava tirando a camisa branca de dentro da calça, mas parou e levantou o rosto. Parecia estar escolhendo as palavras certas.

— Não sei o que se passa na sua cabeça, Alex. Não consigo ler seus pensamentos. Só percebo suas emoções.

— Que bom!

— Concordo. — Ele começou a desabotoar a camisa. — De qualquer maneira, eu nem precisaria ser capaz de captar suas emoções pra saber. Talvez seja melhor deixar pra lá a impressão que deu.

— Mas eu quero saber. — Transferi o peso do corpo para o outro pé, porque aqueles saltos altos estavam acabando comigo.

Seth suspirou, balançando a cabeça.

— Você estava olhando para ele como uma garota feia olha para o último cara bonitinho no bar quando avisam que é a última rodada.

Tive que rir.

— Ah. Nossa. Valeu.

Seth ergueu as mãos como se não pudesse fazer nada, o que era meio estranho para ele.

— Você que perguntou.

— É. — Afastei algumas mechas de cabelo do pescoço. — Então fiz papel de boba na frente de todo mundo?

— Não. Tudo o que eles viram foi uma meio-sangue bonita. — Com um sorriso irônico, Seth desviou o rosto. — Posso te contar uma coisa?

Eu me virei para a piscina.

— Claro.

— Prefiro você sem luvas. — Seu hálito fez os cabelinhos na minha nuca esvoaçarem. Eu não sabia como ele fazia para se mover sem produzir qualquer ruído.

— Ah... — falei, olhando-o enquanto ele vinha se colocar ao meu lado. Em silêncio, Seth tirou uma luva minha, depois outra, e atirou as duas no chão. Seus dedos deslizaram pelas cicatrizes antes que ele soltasse meu braço e recuasse um passo. Minhas marcas nunca pareciam incomodá-lo. Eu o encarei. — Melhor assim?

— Muito.

Olhei para meu belo vestido. Laadan ficaria chateada se eu o estragasse. Então me virei ligeiramente e vi meu reflexo nas janelas. Não parecia eu. Parecia uma boneca, uma cópia da minha mãe. Tanto que até mesmo Lucian olhou para mim de uma maneira que me deu vontade de vomitar. Tinha sido aquele o propósito de Laadan? Fazer com que eu ficasse mais parecida com sua amiga havia muito perdida?

— Seda pode molhar? — perguntei.

Atrás de mim, ouvi a risadinha de Seth.

— Acho que é melhor não.

— Que pena! — Tirei os sapatos. Meus dedos dos pés me agradeceram pelo alívio imediato.

— Você vai mesmo...

Mergulhei. A água não era aquecida, como eu pensava, o que foi um choque para meu corpo, mas após alguns segundos me acostumei. Nadei até a outra borda da piscina antes de voltar à tona.

A água destruiu imediatamente o trabalho duro de Laadan. Eu me virei e vi Seth na beirada da piscina. A satisfação era visível em seu rosto, e ele parecia até estar achando um pouco de graça, de modo que sua expressão não diferia muito do normal.

— Que infantilidade, Alex! Você estragou o vestido da mulher.

A seda vermelho-vívido flutuava à minha volta enquanto eu me mantinha à tona.

— Eu sei. Sou péssima.

— Péssima — disse ele, de um jeito que parecia mais um elogio que uma crítica.

Sorrindo, voltei a mergulhar e fechei os olhos. O mundo lá embaixo era silencioso e feliz. Eu não precisava pensar, me preocupar... ou amar.

Voltei à superfície bem quando Seth tirava a camisa. Vi um segundo de seu torso nu antes de voltar a mergulhar. Não era nada mal — pele dourada e músculos rígidos.

Ver seu peitoral não era nada de mais, pelo amor dos deuses.

Nas noites em que ficava comigo, Seth estava sempre vestido — graças aos deuses —, mas era esquisito. Seth era esquisito — *eu era esquisita* — e não dava para me manter submersa a noite toda. Usando as pernas, tomei impulso no fundo da piscina.

Seth agora se encontrava mais para o meio da parte externa da piscina, com a cabeça inclinada para trás, os braços esticados e nas pontas dos pés. Totalmente à vontade.

— Para de me secar.

Boiei para mais perto.

— Não estou te secando.

Ele deu risada.

— Como está a água?

— Gostosa.

Seth deixou os braços caírem ao lado do corpo.

— Você se lembra da última coisa que eu te disse no treino?

Continuei cortando a água para chegar até ele.

— Você me diz um monte de coisa no treino. Sinceramente, nem presto tanta atenção.

Ele riu.

— Você faz maravilhas pela minha autoestima.

Revirando os olhos, empurrei a parede de cimento com os pés e boiei de costas. O vestido continuava flutuando à minha volta, a água tocava minha pele.

— Me sinto uma sereia.

Seth ignorou aquilo.

— Amanhã, quando perguntarem o que aconteceu em Gatlinburg, responda apenas o necessário.

Suspirei.

— Eu sei. O que acham que vou dizer? Que adoro daímônes?

— Só não quero que se estenda muito sobre nada. Responda sim ou não, e só.

— Não sou tonta, Seth.

Ele arqueou uma sobrancelha.

— Eu não disse que você era. Mas sei que tem uma tendência a... falar bastante.

— Olha só quem...

Seth mergulhou, criando uma onda que chegou até mim e me fez perder o equilíbrio. Quando afundei, deparei com ele nadando na minha direção. Tentei fugir assim que reconheci o sorriso atrevido em seu rosto, porém ele conseguiu me segurar pelo vestido. Afastei sua mão com um tapa e voltei à tona. Seth apareceu a algumas braçadas de distância, balançando a cabeça e espalhando água para todo lado.

Joguei água nele também.

— Você fala mais do que eu.

Seth boiou até o canto e apoiou o braço na borda. Então fez uma careta para mim, com o cabelo na cara e água escorrendo do rosto.

— Você parece um macaco afogado.

— Quê? Pareço nada. — Passei a mão no cabelo, depois nos olhos. Na verdade, o rímel e a sombra manchados deviam estar me fazendo parecer um guaxinim. — Espera. Pareço mesmo?

Seth confirmou.

— Sinceramente, você ficou toda zoada. Foi uma ideia ruim. No que eu estava pensando?

— Cala a boca. Você também não está lá essas coisas.

Não era totalmente verdade. Seth ficava... muito bem molhado. A falta de camisa provavelmente ajudava. Um pouco. Não muito. Por algum motivo bizarro, pensei no dia em que a runa apareceu.

Os lábios dele se curvaram em um sorriso meio desvairado enquanto Seth posicionava a mão sobre a água.

— Olha só isso.

Eu procurava evitar que a saia do vestido flutuasse até a superfície.

— Isso o quê?

A água sob sua mão começou a girar, como se houvesse um ralo ali. Então jorrou para o alto, chegando ao teto. O feixe de água se dividia no meio, fazia dois arcos e voltava a cair.

Não consegui recuar rápido o bastante.

A água convergia à minha volta, pulsando e afogando tudo. Então congelou. Eu não conseguia ver além da barreira de água parada. Inclinei a cabeça para trás e sorri. Ficar presa em um tufão produzido por Seth era estranho, mas também legal. Hesitante, estendi um dedo e o cutuquei. Foi um equívoco. Tudo desabou.

Afundei com o peso da água. Quando voltei à tona, iniciamos uma guerrinha. Éramos como duas crianças entediadas que haviam escapulido dos pais, mas pelo menos eu estava me divertindo. Não importava se não tinha como superar Seth e ele parecia determinado a me afogar.

Eu não estava pensando em Aiden, no conselho, em *nada*.

Rindo e engolindo água demais, eu me afastei enquanto Seth tirava mechas de cabelo loiro e empapado de seus olhos.

— Você parece uma menininha. Quer fazer um intervalo pra se arrumar?

— É melhor você desistir. — Ele se afastou também, não sem antes bater o braço na superfície. — Não tem como me vencer. Nunca. Em nada. Então para.

Nadei um pouco, mergulhei e voltei à tona rapidamente.

— Eu nunca desisto, Seth.

Ele chegou mais perto.

— Bom, todos temos que aprender a desistir. Não eu, claro. Tenho plena confiança no quanto sou maravilhoso.

— Eu tenho plena confiança na sua babaquice.

— Já era pra você. — Seth disparou na minha direção, e mergulhei. Mirei em suas pernas, pensando que, se desse um jeito nelas, daria um jeito nele.

No entanto, a coisa não saiu como planejado.

Envolvi uma perna com um braço e puxei. Seth retaliou me puxando de volta para a superfície. Assim que minha cabeça voltou à tona, xinguei. Usar vestido longo na água atrapalhava o uso das próprias pernas, o que não chegava a ser surpresa.

— Você está apelando, Alex. — Seth levou as duas mãos aos meus quadris. — E você sabe o que acontece com quem apela.

Tentei soltar os dedos dele.

— Não se atreva!

Ele me ergueu até que metade do meu corpo estivesse fora da água. Olhei para seu rosto. Seu sorriso se alargou ao me ver lá em cima.

— Está frio aí, né?

Estava sim.

— Está bobo aí, né?

As sobrancelhas dele se ergueram.

— Para alguém em uma posição tão precária, você deveria ser mais cuidadosa com o que fala.

— É que é difícil argumentar com idiotas. — Sorri para ele. — Então nem me dou ao trabalho.

— Ah, então é assim? Bom, meu Apôlion em treinamento, espero que faça boa viagem.

— Seth! Juro que vou...

Usando o elemento ar, ele me lançou para fora da água, interrompendo minhas palavras. Subi... e subi um pouco mais, depois caí em uma confusão de braços e seda vermelha, vários metros adiante. Água entrou pelo meu nariz e cheguei ao fundo da piscina.

Assim que voltei à tona, comecei a gritar coisas que apenas Seth acharia graça. Foram várias palavras de quatro letras que rimavam com outras palavras de quatro letras. Então voei de novo e de novo.

— Tá bom, tá bom — soltei, pairando acima dele. — Você é maravilhoso.

— E?

— E... não é babaca... o tempo todo... espera! — Meus joelhos já saíam da água. — Você é uma *ótima* pessoa.

Seth franziu a testa.

— Isso não pareceu muito sincero.

Minhas mãos escorregaram das dele.

— Tá, você é o melhor Apôlion que existe.

Ele inclinou a cabeça de lado e arqueou uma sobrancelha.

— Por enquanto, sou o único Apôlion que existe.

Sorri.

— Mas continua sendo o melhor.

Seth suspirou, mas me devolveu à água.

— Agora você está mesmo a cara de um macaco afogado.

— Valeu. — Fiz menção de ir para a parte mais rasa da piscina, porém Seth me alcançou, nadando como um peixe.

Ele enlaçou minha cintura e me virou.

— Aonde acha que vai?

Minha intenção era empurrar seu peito, porém me lembrei de que não haveria nada entre minhas mãos e sua pele. Optei por empurrar seus ombros, o que acabou se revelando inútil.

— Não me joga mais.

— Não vou jogar você.

Refleti por um momento.

— Então eu ganhei?

— Não.
— Droga. Bom, acho que você tinha que ser melhor do que eu em alguma coisa mesmo. Parabéns.
— Sou melhor que você em tudo. Sou...
— Egoísta? — sugeri. — Narcisista?

Ele se aproximou e eu recuei, procurando manter o máximo de distância possível entre nós. Não que ajudasse alguma coisa enquanto estivéssemos na água. Eu não podia parar de movimentar as pernas e não queria que elas chegassem mais perto dele.

— Tenho algumas palavras pra te definir também. Que tal teimosa? Despudorada? — Seth contra-atacou, avançando lentamente até que minhas costas tocassem a borda da piscina.

— Despudorada? Você está fazendo aquele lance de tentar falar uma palavra difícil por dia?

Seth levou um dedo aos meus lábios.

— Se você quiser, posso até usar "despudorada" em uma frase.
— Não precisa.

Ele tirou o dedo e apoiou uma mão de cada lado do meu corpo, me encurralando de vez. Eu o encarei e nossos olhos se encontraram. Ficamos ambos imediatamente em alerta. A energia que circulava entre nós era poderosa, quase como da vez em que eu tocara sua runa.

Algo que eu não planejava fazer de novo.

A atmosfera não era mais leve e brincalhona. Meu nervosismo aumentou à mesma medida que o silêncio se estendeu.

A expressão de Seth era de pura determinação e resolução e me tinha como alvo. Ele gostava de flertar, gostava de ultrapassar os limites entre nós, mas agora... agora era diferente. Eu senti aquilo dentro de mim, me despertando, mexendo comigo.

De repente, pensei no que eu sentira ao deixar o baile.

— Acho que... é hora de voltar. Estou com frio e é tarde.

Seth sorriu.

— Não.
— Não?
— Ainda não acabei de fazer besteira. — Ele se inclinou na minha direção. Mechas de seu cabelo molhado roçaram minha testa. — Na verdade, ainda tenho muita besteira em mim.

Levei as mãos ao seu peitoral para impedi-lo. Sua pele parecia incrivelmente quente, considerando que estava fora da água. Abri a boca para responder, porém me faltaram palavras. Uma estranha ansiedade me inundava. De alguma maneira, ele havia conseguido chegar ainda mais perto e eu... eu não o empurrei e não afastei minhas mãos. Seth pareceu concluir algo a partir daquilo, porque suas mãos saíram da borda e pousaram em minha cintura.

— Quer saber? — Eu sentia seu hálito quente na minha bochecha. — Eu poderia fazer muitas besteiras, mas quero fazer a maior besteira possível.

— Que é...?

— Beijar você.

Meu estômago gelou.

— Você é maluco. Não sou Elena... nem as várias outras.

— Eu sei. Talvez seja por isso que eu queira.

Virei a cabeça para o outro lado. Ou pelo menos pensei virar. Estava nos planos, mas por algum motivo ela foi justamente na direção que eu não queria — na direção de Seth e de seu hálito quente.

— Você não quer me beijar.

— Quero sim.

Seus lábios roçaram minha bochecha, provocando em mim arrepios que não tinham nada a ver com o ar fresco à minha volta.

Minhas mãos deixaram seu peito para agarrar a borda da piscina.

— Não quer não.

Senti a risada de Seth na minha bochecha. Seus dedos subiram por minha coluna e se curvaram sobre minha nuca.

— Está discordando de mim em relação ao que *eu* quero?

— Você é que está discordando de mim.

— Você é ridícula. — Senti o sorriso dele quando seus lábios roçaram o hematoma no meu maxilar. — É uma característica sua bem irritante e estranhamente fofa.

Meu coração batia rápido demais.

— Bom... você também me irrita.

Seth voltou a rir e me puxou contra seu peito. Meus dedos perderam a tênue força e caíram na água.

— Por que ainda estamos falando?

Apoiei a bochecha em seu ombro e fechei os olhos.

— Essa é sua única chance de falar comigo sem que eu te mande calar a boca, porque não estamos fazendo... mais nada.

— Tem ideia de como te acho divertida? — Ele se ajeitou, pressionando minhas costas contra a beirada da piscina. Sua outra mão deixou minha cintura, descendo para o quadril e para a coxa. Quando baixei minha mão para segurá-la, era tarde demais: Seth tinha enroscado minha perna na sua.

— O que você... está fazendo? — Eu odiava que o ar me faltasse. A necessidade que ardia dentro de mim me confundia.

— E sabe por que te acho tão divertida? — Sua mão parou na minha coxa.

— Por quê?

— Porque sei que você está louca pra me beijar. — Com a outra mão, Seth segurou meu queixo e inclinou minha cabeça para trás.

— Não é verdade.

— Por que está mentindo? Não tenho ideia. — Ele pressionou os lábios contra minha bochecha, depois meu pescoço, depois meu ombro. A mão sobre minha coxa deslizou para entre minhas pernas. Minhas veias pulsavam, fazendo meu coração tamborilar. — Sinto o que você sente. E sei que você quer que eu te beije.

Segurei seus braços.

— Não é...

— Não é o quê? — Seth ergueu a cabeça e seu nariz roçou o meu.

— Eu...

— Me deixa te beijar.

Deuses, eu precisava que ele me beijasse. Precisava que suas mãos continuassem fazendo o que estavam fazendo. Porém algo naquilo tinha a ver com o coração... ou mesmo com o corpo? Ou era apenas por conta do que havia entre nós? Seria nossa conexão, nosso vínculo, o que quer que tivéssemos, controlando o que queríamos? Aquilo falava conosco e se estreitava até ser tudo o que existia. O que eu sentia por Aiden, no entanto, não era produto de uma conexão e não diminuía porque ele não retribuía meus sentimentos. Eu nem questionava. Já aquilo que sentia agora... eu questionava tudo relacionado àquilo.

Abri os olhos.

— Isso é real?

— Muito real. — Ele se inclinou para trás e afastou algumas mechas de cabelo molhado do meu rosto.

Eu tinha vontade de beijá-lo, queria que meus braços e pernas o envolvessem. O anseio que suas mãos criavam era quase forte demais para negar, porém enquanto via as runas descendo por seu pescoço, chegando lentamente ao ponto onde minhas mãos tocavam seu corpo, eu não fazia ideia se podia confiar no que queria. Não havia nada entre nós que eu ou ele compreendêssemos inteiramente. Não sabíamos o que nossa conexão de fato controlava, o que podia nos fazer desejar.

Senti seu hálito na minha bochecha, depois nos meus lábios.

— Me deixa te beijar, anjo.

Em se tratando de Aiden, em se tratando do que eu sentia por ele, não havia nada de externo — ou de interno — que me atraísse em sua direção a não ser aquilo que eu *sentia* por ele. Não importava se era proibido, não importava se ele não me queria.

De repente, as mãos de Seth soltaram meu corpo. Fiz uma careta quando o cimento arranhou minha pele. A marca do Apôlion se alterava sobre seu peitoral, girando, movendo-se.

— Você está pensando em Aiden.

Mordi o lábio.

— Não da maneira que você imagina.

Seth passou as mãos pela cabeça, depois se aproximou e ficamos cara a cara.

— Não sei o que é pior. Eu ter sido tolo o bastante a ponto de querer te beijar ou você continuar ligada a alguém que nem te quer.

Pisquei.

— Nossa. Pegou pesado.

— É verdade, Alex. Mesmo que ele professasse amor eterno, vocês não poderiam ficar juntos.

Eu me virei e saí da piscina. Água escorria pelo vestido estragado.

— Não podermos ficar juntos não muda como me sinto em relação a ele.

Em um segundo, Seth estava fora da água.

— Se você sente um amor épico desses por Aiden, como podia estar louca para me beijar até agora há pouco?

Fiquei vermelha de uma raiva que só sentia quando Seth dizia alguma coisa contra a qual eu não tinha argumentos.

— Eu não te beijei, Seth! Você já tem a resposta pra essa pergunta!

— Mas você quis. Pode acreditar, eu sei que você quis. — Um sorriso convencido se abriu em seu rosto. — E muito.

— Não sei o que eu quero! — gritei. Minhas mãos se cerraram em punhos ao lado do corpo. — Como você saberia? Como saberia que não é a conexão entre nós em vez de algo real?

A raiva desapareceu dos olhos dele, substituída por surpresa.

— Você acha que é a conexão? Acha mesmo que é tudo o que sinto por você?

Soltei uma risada dura.

— Você diz isso o tempo todo! Sempre que faz algo legal por mim, diz que foi forçado por nossa conexão.

— Nunca te ocorreu que podia estar brincando?

— Não! Por que me ocorreria? Você disse que nossa conexão só ficaria mais forte — prossegui. — Por isso você quer me beijar. Não é real.

— Sei por que quero te beijar, Alex, e não tem nada a ver com o fato de sermos Apôlions. Aparentemente, tampouco tem a ver com você ter algum bom senso.

Estreitei os olhos para ele.

— Ah, cala a boca. Cansei dessa...

— Sei exatamente por que quero te beijar. — Seth veio em minha direção e eu recuei até encostar na parede. Ficamos a centímetros de distância um do outro. — Não consigo acreditar que vou ter que desenhar pra você.

Tremendo no ar frio, espalmei as mãos contra a parede.

— Ninguém está te obrigando.

— Você é a pessoa mais irritante que eu conheço.

Revirei os olhos.

— E isso te faz querer me beijar? Você é muito perturbado.

Seus olhos ardiam, lembrando ouro líquido.

— Está sentindo a conexão entre nós agora?

Franzi a testa enquanto procurava sinais de que nossa conexão estava fazendo o que costumava fazer. Não senti nada, nem o calor úmido nem os nervos à flor da pele como de costume.

— Na verdade, não, mas não sei como é...

Seth pegou meu rosto e levou minha boca à sua. Congelei, chocada por ele ainda estar disposto a me beijar mesmo após tudo aquilo. Foram beijos suaves, hesitantes, questionadores, como se ele fizesse aquilo pela primeira vez, o que eu sabia muito bem que não era o caso.

Tinha plena consciência de que devia impedi-lo, porque permitir que Seth me beijasse destruiria a questão que eu estava tentando defender, mas me peguei fechando os olhos. Sua boca era tão quente e doce que me deixava tonta. Então, o beijo se aprofundou e eu perdi o ar. Meu coração disparou.

Beijar não era nada de mais e aquele beijo não devia ser exceção. Mas, pelos deuses, eu nunca havia sido beijada daquele jeito.

Enlacei seu pescoço, enfiei os dedos em seu cabelo e retribuí o beijo. Beijei Seth com a mesma entrega que ele demonstrava. E, pelos deuses, gostei.

Seth era ótimo naquilo.

Ele mordiscou meu lábio inferior enquanto se afastava apenas o bastante para que eu pudesse respirar.

— Agora não vai me dizer que não gostou disso. — Seth voltou a pressionar os lábios contra os meus, engolindo minha resposta. — E não vai se atrever a dizer que não me beijou de volta.

Deixei minhas mãos descerem por seu peito. Sabia que, se abrisse os olhos, veria os sinais do Apôlion.

— Eu... não sei o que foi isso.

Ele riu e roçou o lábio no meu.

— Você tem uma escolha, Alex.

Abri os olhos. Os sinais em seu rosto agora eram leves, porém eu ainda sentia um desejo insano de passar o dedo neles. Foi preciso tudo de mim para não o fazer. Olhei em seus olhos.

— Que escolha?

Suas mãos desceram para meus ombros, depois até minha cintura, onde agarraram o tecido ensopado, me segurando no lugar.

— Você pode escolher continuar sofrendo por algo que nunca vai poder ter.

Engoli em seco.

— Ou?

Ele sorriu.

— Pode escolher não fazer isso.

— Seth, eu...

— Olha, sei que você não superou o cara. — Ele disse "o cara" como se Aiden fosse uma doença venérea. — Mas também sei que gosta de mim. Não estou sugerindo nada. Não estou pedindo um rótulo qualquer ou que me prometa qualquer coisa. Expectativa zero aqui.

Eu não conseguia respirar fundo.

— O que está sugerindo?

— Que você escolha ver no que dá. — Seth soltou meu vestido, deu um passo para trás e passou as mãos no cabelo molhado. — No que a gente dá. Que você escolha a gente.

Escolher a gente? Estremeci e abracei meu próprio corpo com os braços. Escolher em detrimento do quê? Aiden era absolutamente proibido, e Seth e eu, muito embora estivéssemos presos um ao outro, não conseguíamos passar um dia sem querer arrancar a cabeça do outro. Não parecia uma boa opção.

Seth abriu um sorriso fraco.

— Pelo menos pense a respeito. — Ele se virou e voltou para onde havia deixado sua roupa.

Eu me recostei à parede e suspirei. Seth havia feito coisas bem legais por mim. Havia ficado comigo após a morte de Caleb e me defendido do mestre. Por outro lado, eu ainda precisava levar Aiden e tudo o que sentia por ele em conta, fora a maneira como tinha me olhado naquela mesma noite.

Escolher Aiden, no entanto, era o mesmo que escolher nada.

Escolher Seth significava me submeter a um destino inevitável. Ou não?

Meu olhar recaiu sobre minha mão. A runa na palma brilhava, azul iridescente, como se a sugestão de Seth lhe agradasse. Uma sugestão que não parecia tão ruim. Nada de rótulos. Sem expectativas. Sem sentimentos. O que era bom, porque meu coração... meu coração estava em outro lugar. Logo eu voltaria à Carolina do Norte, sem Caleb, sem meios-sangues interessados em passar o tempo comigo, sem Aiden.

Mas com Seth.

Eu me afastei da parede. Ele estava de costas para mim, com a cabeça baixa, concentrado. O que eu estava fazendo? Parei a alguns passos de distância, sentindo o coração na garganta.

— Seth?

Ele se virou de lado, terminando de abotoar a camisa.

— Alex?

— Eu... escolho você. Ou sei lá o que você disse. — Fiquei vermelha. Pelos deuses, soava como uma idiota. — Digo, escolho esse lance de ver no que...

A boca de Seth cortou minhas palavras. Seus braços me envolveram e jogaram algo quente e seco sobre meus ombros: o paletó do smoking dele. Pensei em como *ele* era quente. Antes de perceber, eu estava agarrando sua camisa, arqueando o corpo contra o dele, absorvendo seu calor.

Então eu senti que a coisa despertava, como um gigante sonolento, disparando ondas de eletricidade pela minha pele. Minha palma coçava — na verdade, queimava. Ofeguei em seus lábios. O beijo não era o bastante. Enfiei as mãos por baixo de sua camisa e espalmei sobre sua barriga dura.

Ele recuou, com a respiração pesada. Uma expressão satisfeita passou por seu rosto, sumindo tão rápido que eu nem estava certa de tê-la visto. Então Seth sorriu, e eu soube que não podia estar imaginando a agudeza calculada em seus olhos. A transformação que ocorreu não foi nada menos que impressionante.

— Você não vai dormir naquela cama, naquele quartinho horrível, esta noite.

22

Dormi na minha cama naquele quartinho horrível.

E dormi sozinha.

Tinha precisado reunir todo o meu autocontrole para convencer Seth de que dividir a cama não era uma boa ideia, o que foi bastante difícil, principalmente porque meu corpo achava uma ideia excelente. Meu cérebro acabou vencendo a luta — uma surpresa.

Eu não sabia por que havia beijado Seth — da primeira vez nem da segunda. Não sabia nem por que concordara em *ver no que dava*. A melhor coisa a fazer provavelmente seria dar um soco em Seth e sair correndo.

Eu nunca optava pela melhor coisa a fazer, no entanto.

— Era mesmo um vestido lindo. — A testa de Laadan estava ligeiramente franzida em curiosidade. — Existem várias maneiras de estragar uma peça de seda, mas imagino que nadar no meio da noite seja uma das mais ousadas.

Vermelha de vergonha e toda encolhida, passei as mãos pela única calça social que eu tinha, preta e de tecido fino. A barra engolia meus pés, o que era uma pena, porque mesmo depois de eu ter destruído o vestido vermelho, Laadan me emprestara um par de sapatos bem sexy que faziam com que eu me sentisse alta e inteligente.

— Desculpa mesmo pelo vestido. — Olhei para trás, para as portas duplas adornadas com uma águia dourada. — Tenho algum dinheiro guardado. Posso pagar.

— Não. Não se preocupe. — Laadan deu um tapinha no meu ombro. — Só estou curiosa para saber o que fez você deixar o baile tão cedo e ir dar um mergulho. Seu Seth foi embora também. Vocês estavam juntos?

A menção ao nome fez minhas bochechas arderem. Se o *meu* Seth estivesse por perto para sentir, nunca me deixaria em paz. No entanto, ele não podia entrar no prédio do conselho.

— Seth não é meu.

Marcus e Lucian apareceram antes que Laadan pudesse fazer algo além de sorrir para mim como se não fosse boba. Fiquei grata ao ver os dois, o que era raro.

Lucian veio direto para mim e pegou minha mão fria na sua. Ou talvez sua mão fosse tão quente que a minha pareceu gelada.

— Você parece nervosa. Não precisa se preocupar. O conselho vai fazer algumas perguntas, só isso.

Olhei para Marcus por cima do ombro de Lucian. A expressão dele indicava que havia motivo para preocupação, sim. Recolhi minha mão e resisti à vontade de enxugá-la na calça.

— Não estou nervosa.

Lucian deu um tapinha no meu ombro ao passar por mim.

— Agora preciso entrar. Vão dar início à sessão.

Aquela sessão era o motivo pelo qual eu fora parar ali. Enquanto observava os guardas do conselho segurando as portas abertas para Lucian, decidi que eu não estava mesmo nervosa. Só queria andar logo com aquilo.

Os lábios de Marcus pareceram tensos quando o encarei. Ele olhou para Laadan de maneira significativa e aguardou até que ela assentisse e entrasse também. Só então meu tio se dirigiu a mim.

— Alexandria, espero que você se comporte perfeitamente lá dentro. Não se permita entrar em nenhuma discussão. Atenha-se a responder às perguntas. Entendido?

Estreitei os olhos e cruzei os braços.

— O que acham que vou fazer? Surtar e sair xingando todo mundo?

— Não dá para saber. Você é conhecida por seu pavio curto, Alex. Algumas pessoas provavelmente esperam que você perca o controle — disse uma voz grave e familiar atrás de mim.

Cada célula do meu corpo reconheceu e reagiu àquela voz. Não importava que eu tivesse escolhido Seth na noite anterior, embora o tivesse feito. Agora meu cérebro gritava para meu corpo não se virar e meu corpo decidia ignorar.

Cada centímetro de Aiden dizia que ele era um puro-sangue. Um cacho de seu cabelo escuro insistia em cair na sua testa, roçando seus cílios grossos. Vestido todo de branco, ele parecia ainda mais fora do meu alcance.

Só me dei conta de que o estava secando quando Marcus pigarreou.

Fiquei vermelha na mesma hora e me virei para meu tio.

— Eu sei. Só vou responder às perguntas. Já entendi.

Marcus olhou feio para mim.

— Espero que tenha entendido mesmo.

Eu não sabia como poderia provar a eles que não pularia da poltrona para atacar alguém.

Marcus verificou as horas.

— Temos que entrar. Alexandria, os guardas virão chamar você quando o conselho estiver pronto.

— Não vou entrar com vocês? — perguntei.

Ele balançou a cabeça e desapareceu lá dentro, deixando Aiden e eu a sós com os guardas. Ignorá-lo estava fora de questão.

— Então... como andam as coisas?

Aiden olhou por cima da minha cabeça.

— Boas, e com você?

— Boas.

Ele assentiu e olhou para as portas.

O desconforto naquilo tudo era insuportável.

— Pode entrar. Não precisa esperar aqui.

Aiden finalmente me encarou.

— Preciso entrar mesmo.

Assenti, mordendo a bochecha por dentro.

— Eu sei.

Ele fez menção de seguir para a porta, então parou. Segundos se passaram antes que se virasse para mim.

— Você consegue, Alex. Sei que consegue.

Nós nos encaramos e eu perdi o ar. Sem saber o que dizer, só fiquei parada enquanto os olhos dele deixavam os meus e passeavam pelo meu rosto. Eu não lembrava se havia me maquiado. Talvez tivesse passado *gloss*. Meu cabelo estava sob controle, caindo em volta das bochechas e cobrindo o pescoço. Levei a mão aos lábios e fiquei feliz em perceber que havia mesmo passado *gloss*.

Seus olhos acompanharam meus movimentos antes de se desviar. Ele passou a mão pela cabeça e soltou um ruído entrecortado. Quando falou, foi tão baixo que mal o ouvi.

— Acho que... vou me lembrar de você ontem à noite pelo resto da minha vida. Pelos deuses, você estava linda.

Quase tive um ataque.

Quando percebi, ele desaparecia do outro lado das portas pesadas do conselho. Fiquei sozinha e confusa. Ele era caloroso, depois frio; bonzinho e depois distante. Eu não entendia. Por que me dizer aquilo... e depois ir embora? Como no dia em que disse que queria que Seth tivesse matado o mestre por bater em mim. Por que admitir aquilo?

Eu me recostei à parede e soltei um longo suspiro cansado. Agora não era hora de pirar com as mudanças repentinas de Aiden. Eu precisava me concentrar em...

A porta à minha esquerda se abriu, revelando um guarda do conselho.

— Sua presença foi requisitada, srta. Andros.

Tinha sido mais rápido do que eu imaginava. Desencostei da parede e segui o guarda até lá dentro. O lugar parecia diferente do como eu me recordava. Tudo bem que a única vez em que o vi foi do balcão superior, escondida dos puros lá embaixo. Havia detalhes em titânio nos bancos curvos espalhados por todo o andar térreo do coliseu. Os símbolos gravados nos azulejos eram bastante elaborados — muito diferentes dos garranchos nas estradas para Carolina do Norte. Ali, tudo precisava ser maior e melhor.

Os presentes se viraram em seus assentos à medida que avancei pelo corredor central. Senti olhos declaradamente curiosos sobre mim. E outros simplesmente hostis e desconfiados.

Eu me concentrei no tribunal à minha frente e ignorei meu estômago se agitando violentamente. Os ministros se encontravam sentados, como deuses prestes a fazer sua terrível justiça. Todos acompanhavam meu progresso, analisando tudo em mim antes mesmo que eu chegasse até eles. Com exceção de um: recostado em um dos tronos menores, usando vestes brancas, Lucian se concentrava em Telly. Ou talvez se concentrasse no trono de Telly, imaginando-se no assento que oferecia o que havia de mais próximo no nosso mundo do poder absoluto.

Uma cadeira vazia encarava o público diante dos oito ministros, entre os tronos ocupados por Telly e Diana Elders. Olhei para ela, sem saber se precisaria aguardar até que me pedissem para me sentar ou se poderia ficar à vontade.

Eu me sentei.

Um burburinho de reprovação varreu a multidão de puros. Aparentemente, foi a decisão errada. Eu tinha começado bem. Ergui os olhos para o balcão e notei uma sombra atrás do parapeito.

Seth.

Senti que Telly se levantava, porém não me atrevi a olhar. De alguma maneira, soube que aquilo provocaria mais murmúrios de censura. Casualmente, descansei as mãos sobre os braços da cadeira e olhei para a multidão à minha frente. Procurei por Aiden imediatamente. Ele estava inclinado para a frente em seu assento, os olhos fixos nos ministros atrás de mim.

— Alexandria Andros. — O ministro Telly circulou minha cadeira. Então parou ao meu lado, inclinando a cabeça de lado. Com um aceno elegante para o público, ele abriu um sorriso amplo que o fez parecer um querubim demente que já havia visto dias melhores. — Precisamos que jure perante o conselho e os deuses que responderá a todas as perguntas com sinceridade. Entendido?

Assenti, olhando para o ministro. Era impressão minha ou os fios grisalhos estavam se espalhando a partir de suas têmporas?

— Quebrar esse juramento seria não apenas um ato de traição ao conselho como também aos deuses e resultaria em sua retirada do Covenant. Você compreende?

— Sim.

— Então você, Alexandria Andros, jura revelar todas as informações relativas aos eventos que se sucederam em Gatlinburg?

Olhei para os olhos pálidos de Telly.

— Sim.

Seu sorriso perdeu força quando ele olhou nos meus olhos.

— Excelente. O que está achando de suas acomodações aqui, Alexandria? Estão de seu agrado? — Telly fez *tsc-tsc*. — Olhe apenas para mim.

Os braços da cadeira rangeram quando agarrei bem a madeira.

— Tem sido tudo *ótimo*.

Uma sobrancelha escura se arqueou enquanto Telly passava ao outro lado da minha cadeira.

— Fico feliz em saber disso. Por que sua mãe deixou o Covenant três anos atrás, Alexandria?

Pisquei.

— Como isso está relacionado ao que aconteceu em Gatlinburg?

— Fiz uma pergunta a você, e não olhe para o público. Por que sua mãe deixou o Covenant três anos atrás?

— Eu... não sei. — Mantive os olhos fixos em Telly. — Ela nunca me contou.

O ministro olhou para o público enquanto esfregava o polegar e o indicador.

— Você não sabe?

— Não — eu me ouvi dizendo, enquanto olhava para a mão dele.

— Isso não é verdade, Alexandria. Você sabe por que sua mãe deixou o Covenant.

Tirei os olhos da mão dele e balancei a cabeça.

— Minha mãe nunca me disse o motivo. Tudo o que sei é o que outros me disseram.

— E o que outros te disseram?

Onde ele pretendia chegar com aquilo? Meus olhos acompanhavam seus movimentos lentos e pensados. Ele continuava me rodeando.

— Que minha mãe foi embora porque o oráculo disse a ela que eu seria o próximo Apôlion.

— E por que isso seria motivo para ir embora?

Não pude evitar: meus olhos procuraram o balcão, de onde eu sabia que Seth me observava.

— Não desvie os olhos, Alexandria — me repreendeu Telly.

Agora eu entendia por que Marcus pareceu tão preocupado. Meu corpo todo pulsava de vontade de desferir um chute bem na barriga do ministro. Olhei feio para ele.

— Ela queria me proteger.

Quem falou em seguida foi uma ministra. Uma senhora com uma voz tão áspera que parecia lixa contra minha pele.

— De quem ela queria te proteger?

Esperava-se que eu continuasse olhando para Telly ou que me voltasse para a ministra?

— Não sei. Talvez ela tivesse medo de que os deuses se enfurecessem com o fato de haver dois de nós.

— Isso seria mesmo motivo de preocupação — disse a mulher. — Não deveria haver dois Apôlions na mesma geração.

— Consegue pensar em outros motivos? — Telly insistiu.

As palavras simplesmente saíram de minha boca, embora não fossem as melhores ou mais calculadas.

— Talvez ela tivesse medo do que o conselho faria.

O corpo de Telly se enrijeceu na hora.

— Isso é absurdo, Alexandria.

— Foi o que ela disse.

— É mesmo? — Ele ergueu as sobrancelhas. — Achei que ela não tivesse contado a você por que deixou o Covenant.

Droga. Eu podia até imaginar a expressão no rosto de Aiden e Marcus.

— Ela não me disse nada antes... antes da transformação.

— Mas disse depois que escolheu se tornar daímôn? — um ministro perguntou.

— Minha mãe não *escolheu* se tornar daímôn! — Voltei a agarrar os braços da cadeira com força, respirando fundo vezes seguidas. — Ela foi forçada a se transformar. E, sim, minha mãe me disse que eu não teria sobrevivido se tivesse ficado no Covenant.

— O que mais ela disse sobre o motivo de ter ido embora? — Telly perguntou.

— Nada.

— Por que você nunca a entregou durante os três anos em que ficou desaparecida?

— Ela era minha mãe. Tive medo de que a punissem.

— E com razão — disse a ministra mais velha. — O que sua mãe fez foi imperdoável. Quando ficou sabendo da sua verdadeira natureza, era seu dever revelar tudo ao conselho.

— Muito bem apontado, ministra Mola. — Telly ficou em silêncio por um momento e apoiou a mão no encosto da minha cadeira. — Como você não notou que sua mãe foi transformada?

O ar não chegava aos meus pulmões rápido o bastante.

— Quando eu a encontrei, achei que ela estava morta. Matei o daímôn que... que estava machucando minha mãe.

— E o que aconteceu depois? — perguntou Telly, tão baixo que não tive certeza de que alguém mais o ouvia.

Minha garganta queimava.

— Tinha outro daímôn, e eu... eu fugi.

— Você fugiu? — Telly repetiu, alto o bastante para que todos ouvissem.

— Achei que ela estivesse morta. — Engoli em seco, olhando para o chão. — Então tentei voltar ao Covenant.

— Então foi só quando você pensou que sua mãe estava morta que se lembrou de seu dever com o Covenant? — Telly não aguardou que eu respondesse, o que achei bom, porque não tinha resposta para aquilo. — Você foi encontrada em Atlanta? Com quatro daímônes, correto?

O que aquilo tudo tinha a ver com o que havia acontecido em Gatlinburg?

— Eles me seguiram. Não é como se fossem meus companheiros.

— Seu tom é desrespeitoso — comentou a ministra mais velha. — Faria bem a você se lembrar de sua posição, *meio-sangue*.

Mordi o lábio até sentir gosto de sangue.

Telly apareceu à minha direita.

— Você tinha ciência do paradeiro de sua mãe depois que retornou ao Covenant, Alexandria?

Um fio de suor escorreu pelas minhas costas.

— Não.

— Mas deixou o Covenant em agosto para ir atrás dela, não foi? Depois que ela participou do massacre de Lake Lure. E a encontrou? — Os lábios volumosos de Telly se retorceram de maneira cruel.

Telly tinha me enganado de novo. Fechei os olhos e inspirei fundo.

— Eu não sabia onde ela estava. Nem sabia que ela estava viva antes de Lucian me contar.

— Ah, sim. — Ele olhou para Lucian, atrás de mim. — E o que você fez quando descobriu que ela estava viva?

Soquei e beijei um puro-sangue, porém duvidava de que era aquilo que ele queria saber. Pensando bem, Telly adoraria saber daquilo também. Em menos de uma hora, eu seria enviada para os mestres.

— Nada.

Telly estalou a língua.

— Mas...

A raiva crescia em mim, fazendo minhas têmporas pulsarem.

— Como essas perguntas estão relacionadas ao que minha mãe me disse que os daímônes estavam planejando? Eles querem controlar o conselho. Transformar meios-sangues e mandá-los de volta para os Covenants para matar. Isso não é mais importante?

Telly lidou bem com minha perda temporária de controle, o que foi uma surpresa.

— Elas estão absolutamente relacionadas, Alexandria. O que levou você a deixar o Covenant para ir atrás da sua mãe?

A necessidade que senti de mentir foi enorme.

— Quando me dei conta de que ela havia matado em Lake Lure, fui embora. Imaginei que minha mãe me encontraria, como encontrou. Sentia que... ela era minha responsabilidade, problema meu.

— Interessante. — Telly foi até a beirada do tribunal, então olhou para o público e passou a falar mais alto. — Não é verdade que você não enfrentou Rachelle quando a viu na ilha Bald Head?

Olhei feio para a nuca de Telly.

— Sim.

Ele inclinou a cabeça para o lado.

— Por quê?

— Eu congelei. Ela era *minha mãe*.

— Meios enxergam magia elementar, nós não. Como viu algo além do monstro que ela havia se tornado? — Telly se virou para mim, sorrindo. — É isso que não conseguimos entender, Alexandria. Você deixou a Flórida supostamente acreditando que ela estava morta. Então retornou ao Covenant, e sua mãe a seguiu, deixando um rastro de puros-sangues e guardas assassinados.

— Quê? Houve apenas o ataque em Lake Lure. Ela não...

— Infelizmente, você está mal-informada. — O sorriso de Telly pareceu mais largo, mais sincero. — Ela foi responsável por mais de vinte ataques na costa sudeste. Conseguimos rastrear seu avanço até a porta do Covenant da Carolina do Norte. Ela enviou um daímôn meio-sangue para dentro. Teria sido para atrair você?

Vinte ataques? Ninguém havia me dito aquilo. Nem Aiden, nem Marcus, nem mesmo Seth. Eles saberiam. Não teriam me contado?

— Alexandria?

Ergui os olhos.

— Sim... acho que ela tinha a intenção de me atrair.

— E funcionou. Você foi embora no dia em que Kain Poros retornou e assassinou vários puros-sangues. — Telly atravessou o tribunal. — Diga, Alexandria, um meio-sangue chamado Caleb Nicolo estava com você em Gatlinburg?

Senti um aperto no peito.

— Sim.

Telly assentiu.

— Ele tentou te impedir em Bald Head?

— Sim.

— É o mesmo meio que morreu semanas atrás? — uma ministra perguntou. — Em um ataque daímôn, quando estava com ela?

— Acredito que sim — respondeu Telly.

— Que conveniente — um ministro murmurou, porém para mim foi como se tivesse gritado. — Enquanto você estava com Rachelle em Gatlinburg, o que ela te disse que os daímônes planejavam?

Enojada, contei ao conselho os planos dos daímônes. Sem esquecer o que me haviam instruído, não contei que, na verdade, foi Eric quem bolou tudo. O rosto de Telly permanecia impassível enquanto ele me observava. Sinceramente, acho que ele nem se importava com o que eu estava dizendo.

— Então eles pretendem atacar o conselho e nos derrubar? — a ministra mais velha desdenhou. — Isso é ridículo. Tudo isso.

Telly riu.

— Também é ridículo pensar que um bando de viciados poderia bolar um plano coeso.

— Viciados? Sim, eles podem ser viciados em éter, porém são o tipo mais perigoso de viciados — afirmou a ministra Diana Elders, falando pela primeira vez. — Não podemos nos esquecer do que são capazes. A ciência de que podem transformar meios-sangues muda tudo. É claro que os deuses estão questionando nossa habilidade de reassumir o controle sobre os daímônes.

Aquilo deu início a uma disputa interna, que se prolongou por vários minutos. Alguns ministros não gostavam da ideia de ignorar os planos dos daímônes, enquanto outros simplesmente não levavam a ameaça a sério. Sugestões foram dadas, como aumentar o número de sentinelas e enviá-los para combater grandes infestações de daímônes. A maioria dos ministros, no entanto, não via motivo para fazê-lo. E o assunto sempre voltava a *mim*.

O medo tomou conta de mim quando eu compreendi tudo. Telly e grande parte do conselho menosprezavam os planos dos daímônes. De repente, eu soube que o que minha mãe havia me dito não era o único motivo para eu ter sido convocada a depor. Marcus, *infelizmente*, estava *mal informado*. Ou talvez até soubesse daquilo. Como Telly estava distraído com os outros ministros, consegui olhar para o público sem levar bronca.

Aiden sussurrava com meu tio, segurando com força o encosto do banco à sua frente, a ponto de seus nós dos dedos ficarem brancos. Olhei para o balcão. Só podia imaginar o que Seth pensava de tudo aquilo.

A atenção de Telly finalmente retornou a mim.

— Rachelle planejava transformar você em daímôn?

Eu quis fazer algum comentário debochado, mas achei melhor evitar.

— Sim.

Telly empinou o nariz aquilino.

— Por quê?

Passei a mão pela testa.

— Ela queria que eu me tornasse o Apôlion já sendo uma daímôn. Achava que seria capaz de me controlar.

— Então ela queria usar você? — Telly perguntou. — Para quê?

— Acho que minha mãe queria garantir que eu não fosse atrás dela.

— O que você faria por ela?

Olhei nos olhos de Telly. De alguma forma, acho que ele já sabia daquela parte.

— Minha mãe queria que eu derrubasse o outro Apôlion... e ajudasse os daímônes com seus planos.

— Ah, sim, seus planos de assumir o conselho e escravizar os puros-sangues. — Telly balançou a cabeça, sorrindo. — Quantas vezes você foi marcada, Alexandria?

Senti o corpo todo ficar tenso.

— Não sei. Muitas.

Ele pareceu pensar a respeito.

— O bastante para ser transformada, você acha?

Eu ainda tinha pesadelos envolvendo as horas que passei trancada com Daniel e Eric. Recordava a última marca — aquela que eu tivera certeza de que tornou a minha alma mais sombria, transformando-a em nada. Mais uma marca e eu teria passado para o outro lado. Senti uma leve camada de suor se acumulando na minha testa.

— Alexandria?

Pisquei, então o rosto do ministro voltou a entrar em foco.

— Quase.

— Você tentou impedir? Com treinamento ou sem, já tinha matado dois daímonês àquela altura.

Eu não conseguia acreditar naquilo.

— Receber uma marca é algo muito doloroso — Telly prosseguiu, parando ao meu lado pelo que parecia ser a centésima vez. Seu rosto parecia ainda mais redondo tão de perto. — Como permitiu que acontecesse repetidamente? Me parece que um meio faria qualquer coisa para não ser marcado.

— Não consegui lutar contra eles.

Suas sobrancelhas escuras se ergueram em incredulidade.

— Não conseguiu ou não quis?

Fechei os olhos para não perder a paciência.

— Prometi que não lutaria se ela não matasse Caleb. Não tive escolha.

— Sempre temos escolhas, Alexandria. — Ele ficou em silêncio enquanto me olhava com os lábios retorcidos em aversão. — Permitir algo tão revoltante soa suspeito. Talvez você quisesse ser transformada.

— Ministro — Lucian falou. — Compreendo que algumas dessas perguntas se façam necessárias, porém Alexandria não se submeteu a tais atrocidades por vontade própria. Sugerir algo assim parece pouco natural e cruel.

— É mesmo? — ironizou Telly.

— Peraí — disse eu, finalmente absorvendo as palavras dele. — Está sugerindo que eu queria ser transformada em algo tão maligno? Que pedi por isso?

Telly ergueu as mãos com arrogância.
— Como isso poderia ser interpretado?
Olhei para o público, notando brevemente a expressão sofrida de Marcus.
— Você sabe que parece um estuprador falando, né? "Ela usava saia, estava pedindo por isso."
O público ficou audivelmente chocado. Aparentemente, a palavra "estuprador" era inapropriada.
— Alexandria, você está passando do limite.
Então as coisas se encaixaram. O que Daniel havia me dito antes de me marcar retornou à minha mente. Era como se Telly pensasse o mesmo. Que eu *queria* ser marcada, que gostava daquilo. Eu me levantei.
— *Você* está me dizendo que *eu* passei do limite?
— Você ainda não foi dispensada. — Telly endireitou o corpo, assumindo toda a sua altura.
— Ah, eu não estou indo embora.
Todos os olhos estavam em mim. Tirei a blusa de frio que usava. Por um momento, ninguém pareceu respirar. A julgar pelos rostos na multidão, seria de imaginar que eu não usava uma regatinha por baixo.
— O que você está fazendo, Alexandria? — perguntou Lucian.
Eu o ignorei, me afastei da cadeira e estendi os braços à minha frente.
— Isso parece algo com que eu concordaria? Algo que eu pediria?
Contra sua vontade, dezenas de dezenas de olhos se voltaram para meus braços. A maioria das pessoas estremeceu e desviou o rosto rapidamente. Mas não todas. Era como se não conseguissem evitar olhar para a pele vermelha e irregular, com seu brilho pouco natural.
Ao meu lado, Telly pareceu estar tendo um ataque cardíaco. Vi quando Laadan ergueu o queixo, orgulhosa. Algumas fileiras à sua frente, Dawn parecia horrorizada. Mais para trás, depois dos membros do conselho, Marcus ficou pálido. Só então eu me dei conta de que ele nunca havia visto minhas cicatrizes, a não ser por algumas no pescoço. Não devia fazer ideia de como eram feias. Senti uma onda de calor subir pelo meu pescoço, porém a surpresa e o orgulho no rosto de Aiden me deram a confiança necessária para encarar os ministros.
Eu me perguntei com que cara Seth estaria. Provavelmente sorria. Adorava quando eu era irracional e aquilo era *totalmente* irracional.
Eu me virei para mostrar meus braços aos ministros.
— Se parece que doeu, foi porque doeu mesmo. Sofri o pior tipo de dor que se pode imaginar.
— Sente-se, Alexandria. Já entendemos. — Telly tentou me fazer sentar, porém me esquivei.
Um guarda se aproximou, pegou minha blusa e a estendeu para mim. Seus olhos se alternavam nervosos entre mim e Telly.

Olhei para os outros guardas, torcendo para que não planejassem me derrubar. Com exceção de um, eram todos meios-sangues, e nenhum parecia disposto a me impedir. Voltei o rosto para os ministros, procurando evitar sorrir.

— Acham mesmo que tramei com minha mãe? Que eu queria isso?

Diana ficou pálida e desviou o olhar, balançando o rosto com tristeza. Os outros ministros reagiram mais ou menos da mesma maneira que o público. De uma maneira ou de outra, eu tinha certeza de que havia conseguido deixar claro meu ponto.

Um tom furioso de vermelho cobria as bochechas de Telly.

— Agora terminou, Alexandria?

Diante de sua testa franzida, franzi a testa também. Sem pressa, retornei à cadeira e me sentei.

— Acho que sim.

O ministro arrancou minha blusa da mão do guarda. Dava para ver que ele queria atirá-la em mim, porém demonstrou um autocontrole surpreendente ao me entregá-la. Não voltei a vesti-la.

— Agora onde estávamos?

— Você estava me acusando de querer ser transformada em daímôn.

Vários ministros expressaram choque. Telly parecia a segundos de explodir. Ele se inclinou de modo que nossos rostos ficassem a centímetros de distância, então falou, baixo e rápido:

— Você é contrária às leis da natureza, está me ouvindo? Um arauto da morte do nosso povo e dos nossos deuses. Vocês dois são.

Eu me encolhi um pouco, com os olhos arregalados. "Arauto da morte" soava algo extremo.

— Ministro — se pronunciou Lucian. — Não conseguimos ouvir o que disse. Pode repetir?

Telly endireitou o corpo.

— Perguntei se havia algo que ela gostaria de acrescentar — disse ele, me deixando boquiaberta. Então Telly sorriu. — Há pontos alheios aos eventos em Gatlinburg que me preocupam imensamente, Alexandria. Receio que seu comportamento antes de deixar o Covenant e a briga na qual se envolveu após seu retorno tenham lhe prestado um desserviço. E justamente na noite em que o Covenant da Carolina do Norte foi invadido você estava fora do quarto, apesar do toque de recolher imposto a todos os meios-sangues.

Eu sabia exatamente onde ele queria chegar, portanto, fui direto ao ponto.

— Não deixei que os daímônes entrassem, se é o que está sugerindo.

O sorriso de Telly azedou.

— É o que parece. Mas ainda há a questão do seu comportamento desde que chegou aqui. Você acusou um puro-sangue de usar coação contra você, não foi?

— Ela fez isso? — a ministra mais velha perguntou. — Acusar um puro-sangue de algo assim é muito grave. Há alguma prova, ministro?

— Meus guardas não encontraram nada. — Telly fez uma pausa dramática. — Depois você atacou um mestre que disciplinava uma serva.

Vários ministros se revoltaram. Telly se aprumou enquanto os outros exigiam saber exatamente o que havia acontecido. Eu me visualizei chutando o saco dele repetidamente.

Quando as coisas se acalmaram um pouco, Telly se dirigiu ao conselho. Sua voz soou alta por todo o coliseu.

— Receio que temos coisas mais importantes com o que nos preocupar além de daímônes se juntando para nos atacar. Essa que vocês veem sentada aqui pode parecer uma meio-sangue comum, porém todos sabemos que não é. Em questão de meses, ela vai se tornar o segundo Apôlion. Se for tão incontrolável quanto se mostra agora, o que acha que acontecerá depois que despertar?

Meu coração palpitou.

— Como ministro-chefe, me dói sugerir isso, mas receio não termos escolha. Devemos proteger o futuro de nossos verdadeiros mestres. Proponho tirar Alexandria Andros do Covenant e deixá-la sob nossos cuidados.

Meu corpo se projetou à frente sozinho. Então não consegui mais me mover. O medo enchia minha boca e fazia meu estômago se revirar.

Era aquilo que Telly queria — aquele era o verdadeiro motivo da minha presença ali. Não tinha nada a ver com o que os daímônes planejavam.

Senti uma tempestade se formando lá em cima. Ela se espalhou por minha pele, fazendo todos os pelos do meu corpo se arrepiarem.

Seth estava prestes a explodir.

— Ministro Telly, minha *enteada* não cometeu nenhum crime que implique servidão — enfrentou Lucian. — Ela precisaria ser considerada culpada de alguma coisa para então ser expulsa do Covenant e entregue à servidão.

— Como ministro-chefe...

— O ministro-chefe tem muitos poderes. Pode expulsar Alexandria do Covenant, mas não sentenciá-la à servidão a não ser por justa causa ou com o apoio do conselho — insistiu Lucian. — Essas são as regras.

Ergui a cabeça e meus olhos encontraram os de Aiden. Era um dos raros momentos na vida em que eu sabia *exatamente* o que ele estava pensando.

Eu me virei na cadeira. Telly olhou feio para Lucian, porém ficou claro que meu padrasto tinha razão. O ministro-chefe podia me expulsar, mas não me relegar à servidão por capricho. Precisava do conselho para isso e eu tinha a impressão de que, se o resto do conselho concordasse, seria a última coisa que faria.

— Então convoco uma votação. — A voz de Telly era puro gelo.

Calculei a distância entre o lugar onde me encontrava sentada e a porta à minha direita. Meus músculos ficaram tensos quando soltei os braços da cadeira e me virei de lado. Minha blusa caiu de cima das minhas pernas. Eu não queria machucar os guardas meios-sangues, mas precisaria passar por eles.

E depois, o que faria? Correria como nunca.

— São a favor ou contra? — questionou Telly.

Um arrepio percorreu meu corpo com o primeiro "a favor". O segundo deixou o ar carregado. A tensão explodiu com o terceiro e todos se remexeram em seus lugares. Eu queria ver Aiden uma última vez, porém não conseguia tirar os olhos do chão. Seria minha última chance.

Três ministros votaram contra. Telly seguiu até a ponta do tribunal. Quando ouvi outro "a favor", perdi o chão. Queria gritar, mas o medo fechava minha garganta. Enfrentar daímônes podia ser ruim, mas uma vida de servidão era meu pior pesadelo.

— Ministra-chefe Elders, o último voto é seu — Telly disse, e por sua voz eu sabia que sorria.

O silêncio tomou conta do salão, com os puros paralisados e eu mesma com os nervos à flor da pele. *Era o fim... era o fim.* Fechei os olhos e respirei fundo.

— Ela se provou... um problema — Diana disse, com a voz tão clara quanto a de Telly. — Há muitos pontos que me causam enorme preocupação. No entanto, voto contra. Ela precisaria infringir a lei da ordem de raça para ser relegada à servidão, o que não aconteceu, ministro Telly. Não foi apresentada nenhuma prova nesse sentido.

Afundei na cadeira e deixei que o ar saísse de meus pulmões. Senti uma energia violenta se retraindo, deslizando por minha pele e retornando a seu hospedeiro.

Telly não recebeu bem o último voto, mas não havia nada que pudesse fazer.

Ele voltou para o meu lado, de cara feia. Minha vontade era de dar um golpe de caratê bem no pescoço do ministro.

— Então tudo continuará igual para a srta. Andros. Por agora. — Telly abriu um sorrisinho tenso. — Mais um erro, Alexandria, e será o fim. Você será entregue à servidão.

23

Após a sessão, Marcus me acompanhou até meu quarto. Tinha instruções muito claras para mim: "Não saia deste quarto a menos que esteja acompanhada".

Por acaso ele não tinha visto aquele quarto? Esperar ali até que Seth ou Laadan tivessem pena de mim parecia um castigo. Eu não havia feito nada de errado. Não era culpa minha Telly ser um lunático decidido a me entregar à servidão.

Passei o restante do dia e a maior parte da noite no meu quarto. Pensando na cara que Telly faria depois que eu despertasse e usasse meu poder de Apôlion para pulverizá-lo. Eu também daria a todos aqueles puros que haviam olhado para minhas cicatrizes com repulsa um motivo para se preocupar. Bom, talvez estivesse sendo um tanto extrema. Entretanto, a postura antagônica de Telly me encolerizava. Eu precisava sair, precisava fazer alguma coisa.

Precisava *bater* em alguma coisa.

Quando eu estava prestes a ficar maluca, ouvi uma batida leve à porta. Corri na direção dela e a abri. Deparei com Laadan, que tinha duas taças de cristal nas mãos. Suas bochechas estavam coradas e seus olhos brilhavam.

Eu torcia para que ela tivesse vindo me tirar daquele quarto.

Seus olhos não estavam totalmente focados em mim quando Laadan sorriu.

— Imaginei que você fosse querer esticar as pernas. — Ela abriu passagem para mim. — Vamos?

Graças aos deuses. Segui a figura graciosa dela pelo corredor e pela escada. Lá embaixo, os puros farreavam. A julgar pelo barulho que chegava do salão de festa, deviam estar todos bêbados. Ninguém prestaria atenção em mim. A atitude blasé deles em relação a tudo me irritava e frustrava.

— Pensei em te fazer companhia — disse Laadan devagar. Era a primeira vez que falava desde que apareceu à minha porta.

Paramos do lado de fora do salão de festa lotado, ela sob um quadro da deusa Hera. A semelhança entre as duas era impressionante. Laadan me ofereceu a taça com um líquido vermelho e luminoso dentro.

— Aqui. Você merece, considerando o dia que teve.

Senti a taça quente na minha mão.

— O que é?

Ela sorriu e desviou os olhos.

— Algo especial, para uma garota especial. Você vai gostar.

— Você está meio altinha? — perguntei, rindo.

Laadan soltou um suspiro sonhador.

— A noite está linda, Alex. O que achou da bebida?

Ergui a taça e dei uma cheiradinha, cautelosa. O aroma era magnífico — lembrava orquídeas, com um toque de mel e gergelim. Levantei os olhos para Laadan, que entrava no salão de festa. Fui atrás dela, de olho na multidão enquanto levava a taça aos lábios. Marcus e Diana se encontravam bem próximos um do outro. De novo, o sorriso dele me surpreendeu. Meu tio nunca sorria daquele jeito, pelo menos não na minha presença.

Risadinhas mais adiante chamaram minha atenção. Jovens puros-sangues cercavam um homem bonito, disputando o lugar mais próximo dele. Havia vários guardas atrás do grupinho animado, parecendo todos entediados e distraídos. Entre os guardas se incluía o puro-sangue que Telly havia convocado na primeira sessão. Estremeci e segurei a taça com mais vigor. Então, meus olhos foram além e pousaram sobre Aiden.

Dawn estava ao seu lado, deslumbrante, com os olhos grandes cor de ametista fixos nele. Ver os dois juntos não me incomodava. Aiden nunca demonstrou nenhum interesse nela a não ser como amiga, mas Dawn era o tipo de garota que ele podia namorar — que ele *deveria* namorar.

Talvez Aiden viesse a se casar com ela um dia — ou com outra puro--sangue como Dawn. Talvez se comprometesse e construísse uma família. *Para com isso*, ordenei a mim mesma. Aquilo não importava — nem mesmo se ele tivesse uma dezena de filhos puros-sangues. Eu já tinha aceitado que não podíamos ficar juntos. Fora que eu meio que havia escolhido Seth. No entanto, uma dor se instalou bem no fundo do meu peito, envolvendo meu coração. Alguém devia me dar um chute na bunda por ficar ali, olhando para ele, como uma *stalker*.

— Não vai experimentar a bebida?

— Ah... — Olhei para a taça, que continuava maravilhosamente quente na minha mão. O líquido fez meus lábios e a ponta da minha língua arderem, porém desceu surpreendentemente bem. Lembrava um pouco hortelã. — Tem gosto de...

Só que Laadan não estava mais ali.

Surpresa com seu desaparecimento, olhei em volta, mas só encontrei Aiden, que agora se encontrava do outro lado do salão, sem Dawn. Falava com outro puro, mas parecia concentrado em mim.

Sua reprovação atravessava a distância que nos separava e chegava até mim. Seria porque eu havia saído do quarto? Se fosse, aquilo me aborrecia profundamente. Assim como a agitação no meu peito.

Aiden se afastou do puro e se aproximou, parecendo furioso. Meu coração deu um pulo. Ele estava vindo na minha direção. Não na direção de Dawn, não na direção de outra puro-sangue, mas na minha. A agitação no meu peito só cresceu.

Para mim, qualquer atenção era boa.

De repente, odiei aquela ideia. Odiei o fato de que aquilo me *satisfazia*. Inclinei a taça e dei um belo gole. Era aquilo ou me atirar chorando no chão.

Tomei outro gole e fiquei esperando a sensação de queimação. Aquela bebida era gostosa, muito gostosa. Então me dei conta de que um loiro alto agora bloqueava parcialmente minha visão de Aiden. Seus olhos continuavam fixos em mim e furiosos. Ergui uma sobrancelha para ele e voltei a levar a taça aos lábios, para tomar outro gole.

Aiden contornou o puro, então veio direto até mim.

Do nada, do nada *mesmo*, Seth apareceu e tirou a taça da minha mão, respingando minha blusa de vermelho.

— Nossa! — Passei a mão pela boca. — Precisava mesmo disso?

Seth aproximou a taça do rosto e cheirou o conteúdo. Com um palavrão baixo, ele a passou a Aiden.

— Quem te deu isso? — perguntou Seth.

— Que diferença faz? É só uma bebida.

— Alex, quem te deu isso? — Embora baixa, a voz de Aiden não deixava espaço para provocação.

— Laadan. Qual é o problema?

O queixo de Seth caiu, porém, a reação de Aiden foi muito mais forte.

— Merda. Inacreditável.

— Que foi? — Meus olhos se alternavam entre os dois. — O que está acontecendo?

— Malditos puros! — vociferou Seth. — Só posso imaginar o que esperam conseguir com isso.

A taça parecia prestes a se estilhaçar na mão de Aiden. Seu corpo emanava fúria, seus olhos ardiam em chamas. Ele não se atrevia a me encarar. Nem perto daquilo.

— Droga! É sua primeira taça?

— É. — Dei um passo à frente. — O que está acontecendo, Aiden?

Seth soltou o ar com força.

— Meia taça é mais do que suficiente.

— De jeito nenhum Laadan daria isso a ela. — Aiden franziu a testa. — Ela sabe o que essa bebida faz.

— Mas foi Laadan quem deu. Por que eu mentiria? Agora me digam o que está acontecendo.

Seth passou a mão pela cabeça.

— Acho que vou bater em alguém.

Olhei para Seth, que tampouco se atrevia a me encarar. Havia algo de errado com meu rosto?

Levei as mãos às bochechas. A única coisa que notei foi minha pele um pouco mais quente.

— Não posso ir agora. — As palavras de Aiden eram incisivas. — Telly e os outros ministros querem que estejamos aqui. Alex não pode ficar sozinha, Seth.

Seth assentiu.

— Eu fico de olho nela.

Aiden soltou uma risada dura.

— É, acho que não.

— Então o que sugere? — perguntou Seth. — Deixá-la solta por aí?

Perdi a paciência. Agarrei o braço de Aiden — algo que não devia fazer em público, mas os dois insistiam em agir como se eu não estivesse ali.

— O que está acontecendo?

Aiden se virou e pegou minha mão, então me colocou entre os dois.

— De jeito nenhum que Laadan te daria essa bebida por vontade própria. Ela parecia estranha? Agia de modo diferente?

— Sim... — sussurrei. — Ela estava meio altinha.

Os olhos dele pegaram fogo.

— Alguém usou coação nela para que ela te entregasse a bebida.

— Isso é impossível. É ilegal usar coação com outro puro-sangue. A pessoa teria que...

— Alguém armou pra você, Alex. Alguém que achou que valia a pena quebrar as regras. Qualquer puro-sangue reconhece essa bebida só de olhar. É uma poção afrodisíaca, Alex.

— Uma poção? Ah. *Ah!* Ai, meus deuses! — Eu me sentia ao mesmo tempo quente e fria. Era como um boa-noite cinderela olimpiano. Não conseguia acreditar. — Vocês estão errados. Um puro não usaria coação com outro puro, e Laadan nunca me daria algo assim. Não interessa o que digam.

— Alex... — começou Aiden a dizer, com gentileza. — Alguns puros sabem como vocês são próximas.

— Precisamos tirar Alex daqui, Aiden. E rápido — interrompeu Seth.

Olhei para ele.

— Estou me sentindo bem. Acho que não tomei o bastante.

Seth soltou uma risadinha irônica.

— Ah, tá.

Aiden soltou minha mão e encarou Seth.

— Não gosto de você... e certamente não confio em você.

Um músculo se tensionou na mandíbula de Seth.

— Você não tem opção. Não vou deixar que nada aconteça com ela. E nunca... me aproveitaria dela.

Olhei feio para Seth na mesma hora.

— Ninguém se aproveita de mim a menos que eu deixe.

A frase não soou como eu esperava.

— Isso está fora de questão — disse Aiden, com a voz baixa e perigosa.

— Quer saber? Não gosto de você também. Mas não tem escolha. Ou se arrisca ou confia que vou ficar de olho nela. — Seth ficou em silêncio por um momento, encarando Aiden. — Isso me interessa tanto quanto a você.

Cocei a perna.

— Como assim?

Ambos me ignoraram.

Aiden quase grunhiu.

— Se acontecer... alguma coisa com ela...

— Eu sei — disse Seth. — Você me mata.

— Faço coisa pior — Aiden disse, calmo. — Não leve Alex para o quarto dela. É melhor Marcus não saber disso. Leve... para o seu quarto. Assim que puder, eu vou para lá. — Ele se virou para mim e se forçou a sorrir. Odiei aquele sorriso. — Vai ficar tudo bem. Ouça Seth, por favor, e o que quer que faça, não saia do quarto dele.

— Espera. Quero...

Aiden, no entanto, já havia se virado e desaparecido na multidão. Seth pegou minha mão e me tirou dali. Eu não sabia o que esperar. Tinha ouvido rumores no Covenant sobre a poção, sabia que Lea supostamente tinha um vidro, mas nunca vira ninguém sob seu efeito.

Seth não disse nada enquanto atravessávamos corredores e subíamos. Vários lances de escada depois, eu ainda me sentia normal.

— Estou bem. Não tem nada de errado comigo. Posso ir pro meu próprio quarto. Não vou sair.

Ele continuou me puxando pelo corredor.

— Por que não está falando comigo? Depois do que aconteceu ontem à noite...

O olhar que Seth me dirigiu por cima do ombro pareceu perigoso.

— Isso não tem nada a ver com ontem à noite.

Olhei feio para ele, muito embora sua mão parecesse incrivelmente macia na minha.

— Você está bravo comigo?

— Não, Alex. Mas estou puto no geral. É melhor eu nem falar. Posso acabar tocando fogo no prédio todo. — Ele soltou minha mão para abrir a porta do quarto, então fez um gesto para que eu entrasse. — Anda.

Eu lhe dirigi um olhar irritado. Os dois estavam fazendo um estardalhaço totalmente...

— Como assim?

Seth fechou a porta com o pé.

— O quê?

— Por que te deram um quarto assim incrível? — Olhei em volta, impressionada com o pé direito alto, o carpete macio, a televisão ocupando metade da parede. E a cama do tamanho de um barco. Minha situação atual foi temporariamente esquecida. — Estou dormindo em um armário. Não é justo.

Ele deixou a chave sobre a cômoda.

— Sou o Apôlion.

— E daí? Eu também, mas me colocaram numa caixa de fósforos. Um caixão seria maior.

— Você ainda não é o Apôlion.

Aquilo foi tudo o que conversamos por vários minutos. Fiquei olhando enquanto ele zanzava pelo quarto e depois seguia até a janela, onde parou.

— O que está fazendo?

Encostado no parapeito, Seth mantinha a atenção fixa no que quer que houvesse lá fora. Mechas de seu cabelo preso escapavam e escondiam a maior parte de seu rosto.

— Pode pegar o que quiser no quarto. E ver TV ou dormir.

Perdi a paciência.

— Você é tão babaca!

Ele nem respondeu.

Eu me sentia desconfortável. Queria ter uma camiseta por baixo do moletom. O quarto parecia abafado, a um nível quase insuportável. Fui me sentar na cama, mas parei antes. Uma estranha sensação subia por minha espinha. Uma sensação diferente, incrível. Como uma onda inacreditável de... felicidade. Sim. Com raios de sol e outras coisas positivas.

De repente, tudo pareceu bem. Até ótimo.

Seth deu as costas para a janela e estreitou os olhos para mim.

— Alex?

Eu me virei devagar. O quarto parecia mais leve, mais suave, mais bonito. Tudo parecia mais bonito.

Acho que posso ter suspirado.

— Deuses! — grunhiu Seth. — Está começando.

— O que está começando? — Eu mal reconhecia minha própria voz.

Seth só olhou para mim. Ele me pareceu engraçado, por isso ri, e foi como se tivessem apertado um interruptor. Eu queria correr, dançar, cantar... cantava mal, mas queria cantar. E queria fazer... outras coisas também.

A postura relaxada de Seth desapareceu. Sua expressão se tornou dura.

— Vai se sentar, Alex.

Joguei a cabeça para trás. Bom, ela meio que caiu para trás sozinha, e gostei do meu cabelo pesado sobre o vazio, dependurado. A sensação era boa.

— É sério, vai se sentar.

— Por quê? Endireitei a cabeça, cambaleando um pouco.

Minha pele formigava, toda ela, como se eu levasse uma série de choques, como quando Aiden me tocava ou quando Seth me beijou. Eu tinha gostado da noite anterior, porém gostava mais dos beijos de Aiden. O toque de Seth evocava algo diferente. Deuses, meu cérebro não parava. As engrenagens giravam, giravam e giravam.

Seth se afastou da janela.

— Você está sendo ridícula, Alex.

Parei de me mover, sem ter ideia de quando havia começado a me balançar para trás e para a frente.

— Vooocêêê está seeendo ainda maaaais — cantei. — Está rabugento. Rabugice não combina com a sua pessoa.

Seth esfregou o queixo enquanto seus olhos me seguiam com a intensidade de um falcão seguindo sua presa.

— Vai ser uma noite longa.

— Talvez. — Eu me aproximei dele, porque queria chegar mais perto de algo, de alguém. — Ei. Você sorriu.

A mão dele caiu.

— Para.

Eu ri.

— O quê?

— Não chega mais perto, Alex.

— Você não tinha problema nenhum com proximidade ontem à noite. Agora está com medo de mim?

— Não.

— Então por que não posso chegar mais perto?

Por um segundo, ele pareceu achar aquilo divertido, mas passou.

— Você precisa se deitar, Alex.

Girei, de repente dominada pela vontade de dançar. Havia sido divertido, quando eu e ele valsamos ao ar livre. Eu queria repetir aquilo, queria que Seth se juntasse a mim. Dançar sozinha era meio triste.

— Alex...

— Tá. Vou me sentar. — Mas segui depressa na direção dele, pegando-o de guarda baixa porque ele não se moveu, ainda que eu soubesse muito bem que Seth poderia ter se afastado se quisesse.

E não se afastou.

Envolvi sua cintura com os braços, como se eu fosse um polvo. De repente, não queria mais dançar.

— Isso é gostoso... — murmurei, passando a bochecha na sua camisa.

A princípio, Seth não reagiu, de modo que eu soube que ele estava achando gostoso também. Então ele soltou meus braços.

— Vai se sentar, Alex, por favor.

— Não quero. — Tentei pegar seu pescoço, porém Seth se afastou. Franzi a testa. — Por que está fugindo? Tem medo de mim, por acaso?

— No momento, sim.

Joguei a cabeça para trás e ri.

— O grande e temível Apôlion com medo de mim? Estou com calor. Pode abrir a janela?

Seth se virou para fazer como pedi.

— Por que me meti nessa?

— Porque você gosta de miiiiiim — cantarolei, girando e girando, até ficar tonta. — Você gosta muito, muito de mim. Deuses, preciso beber aquele troço mais vezes. Me sinto maravilhosa.

— Mas não vai se sentir mais tarde — disse Seth, ainda tentando descobrir como a janela abria.

— É? Então você já bebeu? Você já bebeu! Seu safadinho... — Eu me joguei na cama, que era superconfortável. — Amei sua cama. — Virei de bruços, sorrindo. — Amo tanto que me casaria com ela se pudesse.

Seth deu risada.

— Você se casaria com a minha cama?

— Hum-hum. — Me deitei de costas. Havia um mural pintado no teto. Anjos e outras criaturas aladas em tons pastel. — Eu me casaria mesmo se pudesse, mas não posso. Não dá pra casar com objetos inanimados. O que meio que tira a graça de me apaixonar.

— É mesmo...? — murmurou Seth.

Eu me levantei da cama, incapaz de me sentar. Ele continuava à janela, mas já tinha se esquecido de abri-la.

— Você nunca se apaixonou, Seth?

Ele piscou devagar.

— Acho que não. Amor-próprio conta?

Dei risada.

— Não. Não conta. Mas valeu a tentativa. Seth?

— Fala.

— Está quente aqui.

Balançando a cabeça, ele voltou a se virar para a janela.

— Vou só encontrar a porcaria do trinco e já resolvo isso pra você.

Estava quente demais ali. Eu não suportava mais o tecido áspero contra minha pele. Seth estava demorando demais. Tirei o moletom e o larguei no chão. Automaticamente, me senti mil vezes melhor.

O corpo de Seth ficou rígido. Ele soltou um ruído estrangulado.

— Por favor, me diz que você não tirou a roupa.

Soltei uma risadinha.

— Não vai dar.

Ele passou as mãos pela cabeça, seus dedos deslizando pelas mechas sedosas.

— Vou me arrepender disso. E muito.

— Não estou pelada, seu idiota. — Puxei meu cabelo para a frente e comecei a torcê-lo. — Fora que você vem tentando me ver pelada desde que nos conhecemos.

— Pode ser, mas não assim.

— Dá na mesma — argumentei.

Seth se virou devagar, então congelou no lugar. Seu peito subia e descia de maneira ritmada.

— Ah, pelo amor dos deuses, Alex, cadê sua blusa?

Eu não sabia por que ele estava fazendo aquele estardalhaço todo. Eu continuava de sutiã. Não era como se... o pensamento me escapou.

— Estou morrendo de calor. Me dá uma camisa. Pode ser a que você está usando.

— É, dá pra ver que você está bem fogosa — comentou ele, sua voz transmitindo certo nervosismo.

Dei risada e soltei o cabelo. Continuava com calor... e fora de controle.

Da última vez que me sentira daquele jeito, acabei beijando Aiden. Depois de dar um soco na cara dele. Fiquei parada, porque não estava gostando da agitação nervosa dentro de mim. Baixei os olhos, achando que veria minha pele se mover. Cutuquei a barriga uma vez, mas foi como se o tivesse feito mil vezes. Meu coração palpitava.

— O que está fazendo? — perguntou Seth.

— Não sei. Minha barriga está esquisita.

— É a bebida. Você vai se sentir melhor sentada. Vou pegar uma blusa pra você. Só um segundo.

Levantei a cabeça. Seth estava à cômoda, revirando as gavetas de costas para mim — uma posição vulnerável —, superconcentrado em encontrar uma blusa para mim.

Uma ideia me ocorreu. Acho que nunca me movi tão silenciosamente. Parecia uma ninja. Seth só se deu conta quando era tarde demais. Então levantou a cabeça e se virou, com os olhos arregalados.

— Alex, me deixa pegar uma blusa pra você. Fica aí. — Ele foi mais para a esquerda.

Eu o segui, espelhando seus movimentos, como fazia no treino. Seth desistiu da camisa e se afastou da cômoda — para se afastar de mim. Fui mais rápida. Meus braços o envolveram novamente. Então uma ideia ainda melhor me ocorreu.

— Me beija — pedi.

24

Seth deixou a cabeça cair para trás e suspirou alto.

— Alex, você não quer isso. É a bebida.

— Não é verdade. Não tem nada de errado comigo. Você não quer me beijar?

— Não se trata do que *eu* quero. — Ele segurou meus braços. — Não vou fazer isso com você assim.

— Não estou bêbada — retruquei, indignada.

— Cinco minutos atrás você estava dançando como uma dríade. Aí tirou a blusa e agora parece um macaco agarrado em mim. Não pode dizer que está no controle.

Droga. Quando Seth falou daquele jeito, tive que parar e refletir sobre o que estava fazendo. Isso durou uns cinco segundos, talvez seis. Reflexão era algo supervalorizado.

— Você quer me beijar. Você gostou de me beijar ontem à noite.

Seth soltou um ruído baixo do fundo da garganta enquanto levava as mãos aos meus ombros para me sacudir.

— Sabe por que está se sentindo assim agora? Não tem nada a ver comigo ou com você — garantiu ele. — Alguém queria te derrubar, Alex. Alguém queria que você dormisse com um puro, fosse expulsa do Covenant e entregue à servidão. Não entende? Essa... *essa* não é você.

— Não. Essa sou eu, de verdade. Ou nossa conexão funcionando, mas e daí? Quero que me beije de novo. Gosto de você, Seth. Não sei por quê. Você é arrogante e grosseiro, mas gosto de você. Você não gosta de mim?

— Alex. — Ele disse meu nome como se sofresse uma dor aguda. — Estou tentando ser um cara decente, mas você não está ajudando.

— Não quero que você seja um cara decente.

Ele se engasgou com a própria risada.

— Você está tornando tudo mais complicado.

Imprensei o corpo contra o dele.

— *Você* está tornando tudo mais complicado.

Ele desceu as mãos pelos meus braços, fazendo com que eu me arrepiasse toda. Era possível sentir calor e frio ao mesmo tempo?

— Alex.

— Seth.

— Tem várias coisas que eu queria fazer com você no momento, mas não seria certo.
Inclinei a cabeça para trás e olhei bem nos olhos dele. Sinais tênues começaram a surgir em seu rosto.
— Você não quer me beijar? — Passei os dedos por seus lábios entreabertos. — Sei que quer. Está na cara.
Seth me segurou com mais força e fechou os olhos. Enfiei a mão por baixo de sua camisa. Ele inspirou fundo e tentou se afastar, mas eu o acompanhei... chegando um pouco perto demais. Minha perna se enroscou na sua. Seth nem parecia alguém que se movia com toda a graça. Ele caiu, meio de lado, meio de costas.
E eu... bom, eu estava exatamente onde queria. Rindo, pressionei a boca contra seu pescoço.
— Eba...! — murmurei contra sua pele.
Seth jogou a cabeça para trás, porém suas mãos foram imediatamente para meus quadris e se cravaram no jeans.
— Alex! Sai de cima...
Aproximei minha boca da sua. Seth me empurrava, mas eu o estava prendendo firme e ele não usava muita força. Então, simplesmente parou de me empurrar e começou a me puxar para si — para tão perto que me desfiz. O autocontrole e as boas intenções se foram quando meus lábios roçaram os seus.
Não foi um beijo suave ou hesitante em sua exploração. As mãos de Seth se emaranharam no meu cabelo e, por um tempo, eu me perdi naquilo, me perdi nas sensações insanas. Suas mãos passaram pelos meus ombros, pelas minhas costas, no fecho do meu sutiã. Seus lábios nunca deixaram os meus, nem mesmo quando ele me deitou de costas.
Àquela altura, as coisas saíram lindamente do controle. A camisa dele foi tirada. Minha calça jeans foi parar do outro lado do quarto. Meus dedos encontraram o botão da calça jeans dele. Por mais maluco que parecesse, Seth se segurou quando eu o puxei para mais perto, saiu de cima de mim quando tentei envolvê-lo com meus membros. Muito embora meu corpo ardesse por mais — exigisse mais, na verdade —, uma vozinha irritante num recanto do meu cérebro me fazia perguntas que eu não queria responder. Insistia que aquilo não era real. E era? Eu não sabia mais. Sabia que devia me importar, porém não me importava. Tudo se tornou uma questão de sentir.
Os lábios de Seth deslizavam por minha pele. Suas mãos seguraram meu rosto antes de descerem. As minhas acompanhavam as suas, imitando tudo o que faziam, até que as pontas dos dedos não estivessem apenas formigando, mas completamente dormentes.
Seth se afastou mais uma vez, com a respiração pesada e entrecortada, os dedos descendo pela curva do meu pescoço.

— Eu não deveria fazer isso. Não com você assim. Mas não consigo evitar. O que isso diz a meu respeito?

Suas palavras confundiram meus pensamentos já tumultuados, mas então ele me beijou de novo. Foi um beijo potente, profundo, do tipo com que eu não tinha muita experiência. Porque fui beijada daquele jeito uma única vez.

Por *Aiden*.

Ah, *meu* Aiden. Meu coração, o ar que eu respirava. Seu nome, no entanto, desapareceu no frenesi do toque de Seth. Eu me mexi, inquieta, precisando chegar mais perto. Achei que tivesse me movido, mas na verdade não. Tentei de novo, porém meu corpo não respondia.

— É melhor a gente parar aqui, anjo... — sussurrou Seth contra meus lábios, levando a mão a meu quadril e me puxando para mais perto.

Mais perto. Não era o que eu queria aquele tempo todo? Não era o que ainda queria? Mesmo que não estivesse conseguindo?

Minhas mãos desceram por suas costas, depois meus braços caíram frouxos ao lado do corpo.

Seth ergueu a cabeça. Dois olhos claros, quase iridescentes, entraram no meu campo de visão. Olhos nublados pela paixão. Ele parecia estar franzindo a testa, mas seu rosto entrava e saía de foco.

— Alex? O que...? Ah, droga!

A preocupação substituiu o desejo, a paixão, o que quer que ele sentisse. Seth se sentou, com a calça arriada, e me puxou para seu colo.

— Alex, você está aí? — Ele afastou algumas mechas da frente do meu rosto.

— Estou... cansada. Desculpa.

Seth sorriu, mas não pareceu sincero.

— Eu sei. Está tudo bem.

Estremeci, incapaz de abraçar meu próprio corpo. Aonde todo o calor havia ido?

Seth me envolveu com o outro braço e se levantou, me carregando no colo como se tivesse bastante experiência naquilo. A julgar por suas ações recentes, devia ter mesmo. Ele me colocou na cama e pairou sobre mim.

— Ainda está aí?

Pisquei, devagar. Seu rosto sumia e reaparecia.

— Estou... com sono.

— Tudo bem. — Seth se debruçou e deu um beijo na minha testa.

Fechei os olhos. Meu estômago se revirou quando ele desapareceu.

Alguns segundos depois, Seth voltou para o meu lado e me ajudou a vestir uma camiseta que ia até meus joelhos. Não me lembro de muita coisa. Um torpor tão forte acometeu meu corpo que comecei a acreditar que meus membros não estavam mais ligados a ele. Incapaz de me mover, incapaz de dizer mais que algumas palavras por vez, fiquei deitada ali, tentando entender o que estava acontecendo.

A luxúria e todos os outros sentimentos quentes e maravilhosos sumiram. Então o torpor se foi também e uma sensação desagradável surgiu na boca do estômago. Fechei os olhos com força e tentei respirar, apesar da náusea ganhando força. Não ajudou. Senti algo subir. Ah, deuses, aquilo não era bom! Eu ia vomitar. Já sentia o gosto e não conseguia me mover. Um leve gemido escapou dos meus lábios.

A cama afundou ao meu lado. A mão quente tocou minha bochecha.

— Tudo bem aí?

— Ânsia... — consegui dizer.

Seth voltou a me pegar no colo e me levou até o banheiro. A parte do meu cérebro que continuava funcionando normalmente notou que o cômodo era maior que meu quarto inteiro e muito mais agradável. Não era justo. Então parei de pensar. Assim que me vi diante da privada, comecei a vomitar. E, depois que comecei, não consegui mais parar.

Não sei quanto tempo permaneci ali ou como Seth suportou tudo aquilo, segurando meu corpo e tirando meu cabelo da frente. Foi só quando já estava com a barriga doendo e lágrimas rolando dos olhos que parei.

— Melhor? — Seth afastou algumas mechas de cabelo úmido da minha testa.

— Quero morrer... — gemi, digna de pena. — Acho que... estou morrendo.

— Não está não. — Seth balançou a cabeça. — Água deve ajudar. Espera só um... — Ele tentou endireitar meu corpo, mas escorreguei até o chão. — Ou se deita. Funciona também.

Pressionei a testa contra o piso frio. Ajudou com o calor, mas minha cabeça latejava. Gemendo, abracei minha cintura e fiquei em posição fetal.

Seth xingou baixo e voltou para o quarto. Só queria que ele me deixasse ali. Nunca mais me moveria. Podia apodrecer naquele banheiro, desde que a minha cabeça parasse de latejar e o cômodo parasse de girar.

Ele voltou alguns segundos depois, forçando a me sentar. Com muito custo, conseguiu me fazer beber uma garrafa de água. Eu resistia e cheguei a bater em sua mão algumas vezes. Seth estava tentando me convencer a beber outra garrafa quando alguém bateu à porta e a abriu em seguida.

Seth xingou de novo, esqueceu a garrafa de água e me deitou no chão. Ah, o piso frio era meu amigo. *Meu amigo.* Eu sentia a falta de Caleb. Terrivelmente.

— Onde ela está? Seth? — chamou Aiden do quarto, com a voz firme.

— Saco... — Seth murmurou, se levantando. — Ela está bem — gritou ele. — Só precisa de uns minutinhos no chão.

Minha vontade era dar um tapa nele.

Seth saiu do banheiro. O silêncio no quarto se arrastou por tempo demais, marcado pela tensão. Eu só podia imaginar a imagem que o quarto passava. Seth sem camisa, com a calça desabotoada. Mas ele poderia ter dedicado cinco segundos a abotoar a calça, não?

Eu o ouvi suspirar.

— Olha, sei o que parece, mas não é o que você pensa.

— Não é o que eu penso? — grunhiu Aiden. Eu nunca havia ouvido sua voz assim, direta e reta, com um tremor que prometia violência. — Sério? Porque acho que *isto* é dela.

Estremeci, desejando ser capaz de atravessar o piso e desaparecer. Confusão e desconforto se amontoavam no meu estômago delicado. De repente, Aiden se encontrava à porta do banheiro. Eu sabia que devia estar um caco. Com o cabelo úmido grudado na pele, usando uma camiseta de Seth e pouco mais que isso, o cômodo cheirando a vômito.

— Aiden — disse eu, fraca. — Não é...

— Eu confiei em você, Seth. — A voz de Aiden saiu fria como aço.

— Olha, eu sei, mas não...

Ouvi o som de um punho golpeando no outro cômodo. De um corpo caindo sobre alguma coisa — a cômoda? De algo pesado indo ao chão e quebrando. A TV moderna me veio à mente. Os dois xingavam alto.

Eu me levantei do chão do banheiro, sentindo as pernas bambas. As paredes brancas e o espelho com moldura dourada giraram por um momento. Apesar da tontura, consegui sair do cômodo e me vi em meio a uma briga entre um sentinela bem treinado e o Apôlion.

— Para com isso, gente... vocês estão sendo bobos. — Cambaleei para a esquerda. Um suor frio se acumulava em minha testa.

Ou eles não me ouviram ou não se importaram. Aiden, que parecia surpreendentemente inteiro, empurrou Seth e depois pulou em cima dele, derrubando-o no chão. Os dois rolaram, trocando golpes.

— Aiden! Para! — Eu me aproximei, xingando, sentindo o estômago se revirar. — Seth, sem estrangular!

Seth agora tinha a vantagem, com Aiden deitado de costas. Ele afastou o braço e uma luz azul envolveu seu punho. *Akasha*. Entrei em pânico, o que talvez não fosse a melhor coisa a fazer, considerando que meus reflexos e até mesmo minha capacidade de dar dois passos se encontravam prejudicados. Fui cambaleando até eles, com a intenção de tirar Seth de cima de Aiden, para depois dar uma surra nos dois.

Abracei Seth pela cintura no mesmo instante em que Aiden socou a barriga dele. Quando Seth caiu para trás, eu caí também. Senti o ombro batendo na beirada da cama primeiro, depois o peso de Seth me esmagou. Pela segunda vez aquela noite, fui ao chão.

Aiden se levantou para tirar Seth de cima de mim. Eu me virei e ali estava meu sutiã, parecendo rir de mim. Fechei os olhos, horrorizada.

— O que é isso? — gritou alguém. Eu sabia que aquela voz clara e distinta só podia pertencer a Leon. — Vocês perderam a cabeça?

De joelhos, Seth passou a mão pelo lábio ensanguentado.

— Ah, a gente só estava treinando.

Aiden olhou feio para ele enquanto se abaixava.

— Alex, você está bem? — Ele passou as mãos por baixo dos meus braços e fez com que eu me sentasse. — Diga alguma coisa.

Uma cortina de cabelo cobria meu rosto.

— Estou... ótima.

Aiden desimpediu minha visão.

— Desculpa. Eu não deveria...

— Sei que você está puto, Aiden, mas...

— Puto? Você se aproveitou dela, Seth. — Aiden voltou a se levantar. — Seu filho da...

— Parem! — ordenou Leon. — Vocês dois vão atrair todos os guardas do prédio para este quarto. Seth, saia daqui agora.

— O quarto é *meu* — se queixou ele, enquanto se erguia. — E se esse idiota me desse cinco...

Aiden grunhiu.

— Vou matar você.

— Ah, tá. — Seth se virou, com os olhos em chamas. — Quero ver você tentar.

Eu me levantei e fui até Aiden. O quarto parecia inclinado, mas ignorei.

— Chega. Por favor. Não foi culpa de... opa. — A parede se mexeu de repente.

— Alex? — Aiden disse, porém soava distante, o que era esquisito, porque ele estava bem ao meu lado. Estendi o braço e acho que me ajoelhei.

Acordei, me sentindo péssima antes mesmo de abrir os olhos. Parecia que alguém martelava dentro da minha cabeça, e minha boca era um deserto. Gemi e tentei rolar, mas não conseguia me mexer. Alguém me impedia. Devagar, abri os olhos.

Havia um braço musculoso na minha cintura, um braço que não era meu.

Aquilo era estranho.

Inclinei a cabeça de lado e pisquei uma vez, depois outra. Não podia ser ele... Ondas de cabelo escuro caíam sobre sua testa e sua bochecha. Uma versão mais jovem do rosto impecável de Aiden estava a centímetros do meu. Em seu descanso, ele parecia vulnerável, pacífico. Meus dedos se coçaram para traçar a linha suave de seu maxilar, para tocar seus lábios e confirmar que eram reais. Tinha que ser um sonho, um produto do meu coração, porque ele não podia estar ali.

— Chega de ficar me olhando — disse Aiden, com a voz cheia de sono.

Eu me afastei um pouquinho. Talvez não fosse um sonho.

— Não estou te olhando.

Ele entreabriu um olho cinza.

— Está sim.

Aceitando que se tratava da realidade, olhei em volta. Estávamos no quarto de Seth.

— Cadê o Seth?

— Não sei. Faz algumas horas que ele saiu. — Aiden pareceu se dar conta de que me abraçava. Parecendo confuso, ele recolheu o braço e se sentou. — Devo ter pegado no sono quando me sentei. Como está se sentindo?

A princípio, tudo se resumiu a um grande borrão. Então, devagar, as lembranças vieram: Laadan me dando a bebida que me deixara safada, Aiden me mandando embora com Seth, e depois... o que rolou com ele.

— Ai, meus deuses... — gemi. — Quero morrer. Agora mesmo.

Aiden continuou ao meu lado.

— Está tudo bem, Alex.

Cobri o rosto com as mãos. Quando falei, minha voz saiu abafada.

— Não está não. Vou matar alguém.

— Acho que você vai ter que entrar na fila.

— Encontraram Laadan? — perguntei. — Ela está bem?

— Está. Eu a encontrei no quarto dela antes de... de vir conferir como você estava. Laadan está bem, mas não se lembra de nada. Foi como na noite em que Leon encontrou você no labirinto. Para usar de uma coação tão forte e depois fazer a pessoa esquecer deve ter sido alguém bem poderoso. Nunca ouvi falar de um puro sendo coagido.

Murmurei palavras incoerentes contra as mãos. Um pouco atrasada, eu me dava conta de que Aiden havia passado a noite comigo — na cama comigo. E eu tinha tido um sono pesado. Deuses, era péssimo, mas não tanto quanto se alguém tivesse descoberto a respeito.

— Por que ficou aqui? E se alguém...?

— Seth e Leon são os únicos que sabem o que aconteceu. Fora Laadan. Ninguém mais sabe onde estou. — Ele tirou minhas mãos do meu rosto. — Eu não podia deixar você sozinha. A droga ainda estava no seu corpo, não podia arriscar que mais alguma coisa te acontecesse. Você passou mal de novo no meio da noite. Não lembra?

— Não... — sussurrei, tentando ignorar o calor que suas palavras protetoras provocavam. — Não me lembro de nada.

— Talvez seja para melhor, porque foi bem feio.

— Ótimo... — murmurei.

Um breve sorriso apareceu em seu rosto.
— Você... estava bem falante.
— A coisa fica cada vez melhor. O que eu disse?
— Que queria se casar com a cama de Seth, e que se casaria comigo se eu pedisse. Depois começou a...
— Já chega — gemi, querendo me enfiar debaixo das cobertas.
Aiden riu.
— Na verdade, foi até fofo.
Tive dificuldade de encarar Aiden, constrangida como estava. O rosto dele não mostrava sinais do confronto com Seth. Talvez eu tivesse imaginado tudo.
— Você e Seth... brigaram?
Ele arqueou uma sobrancelha.
— Brigamos.
— Meus deuses, Aiden, não foi culpa dele.
— Desculpa — Aiden disse. — Sinto muito pelo que você passou. Não precisa se envergonhar. Você não fez nada de errado, mas ele fez.
— Não precisa pedir desculpa. Por favor. Nada disso foi culpa sua. — Respirei fundo. — Nem de Seth. Ele tentou, Aiden. Ele tentou muito, mas eu... — Eu não conseguia acreditar que estava dizendo aquilo. — Eu fiquei insistindo. Não conseguia parar, mas sabia o que estava fazendo. Só não conseguia parar.
— Não importa, Alex. Seth deveria ter conseguido se controlar. Sabia que você estava vulnerável, que não importava *com quem* estivesse. — Ele ficou em silêncio por um momento e respirou fundo. — Olhe para mim, Alex.
Levantei a cabeça, devagar. Achei que seus olhos cinzentos me censurariam ou pareceriam decepcionados, porém tudo o que vi neles foi uma compreensão infinita, o que só complicava ainda mais meus sentimentos conflituosos. Aiden fechou os olhos brevemente. Quando voltou a abri-los, eles ardiam em um tom de prata pouco natural.
— Ele... vocês...?
— Não. Não... fomos até o fim. Ele parou. — Concluí que era melhor deixar de fora o exato motivo pelo qual Seth havia parado.
Passamos algum tempo em silêncio. Minha mente repassava os eventos da noite anterior e as implicações deles. Alguém queria que eu me ferrasse bonito. E recorreu a algo tão extremo... a mera ideia me enojava. E se Aiden e Seth não tivessem me visto?
— Acha mesmo que foi armação? — Engoli a bile em seco e estremeci. — Só pra me pegarem com um puro?
Aiden me encarou.
— Acho.

Era difícil aceitar aquele tipo de tática. Estremeci de novo. Aiden ajeitou o cobertor à minha volta, mas eu me levantei, estragando o que ele havia feito.

— Está passando mal outra vez? — Aiden fez menção de que ia me pegar no colo.

Eu não sabia ao certo. As paredes pareciam se fechar à minha volta, mas talvez não fosse efeito da poção.

— Eu poderia ter perdido tudo.

Aiden não disse nada. Afinal, sinceramente, o que poderia dizer?

Minha mente acelerou. Eu poderia fazer tantas coisas com o poder que teria. Havia aprendido uma coisa no conselho: precisava ser capaz de fazer algo para mudar a vida daqueles que eram como eu. Seth tinha razão: se eu chegasse aos dezoito anos sem ser forçada à servidão, poderíamos fazer algo a respeito. Se eu recebesse o elixir — que era o que alguém torcia para que acontecesse quando me pegassem com um puro, talvez nunca despertasse. E assim perderia uma oportunidade enorme, do tipo que nenhum meio-sangue tivera.

Alguém tinha tentado tirar aquilo de mim pelo menos três vezes nas semanas anteriores: através de coação, na sessão do conselho e na noite anterior. Telly havia alertado que eu seria mantida em Nova York caso desse mais uma mancada.

Dormir com um puro, querendo ou não, seria classificado como mancada.

— Você está bem, Alex?

Meus olhos encontraram os seus. Eu não sabia o que via neles. Não era mais capaz de lê-los.

— Acha que foi Telly?

Aiden piscou.

— O ministro Telly? Não sei, Alex. Ele pode ser muita coisa, mas fazer isso... E por quê?

— Porque ele não gosta de mim.

— Não gostar de você é diferente de tentar destruir você. Precisaria ser mais do que isso. Quem quer que seja o culpado tem um motivo.

Aiden tinha razão.

— Então preciso descobrir o motivo.

— Vamos descobrir o motivo.

Fiz que sim.

— Mas no momento só... só quero ir embora. Quero ir pra casa.

Ele se inclinou na minha direção e pousou a mão sobre a minha, fazendo com que eu relaxasse os dedos que agarravam o cobertor.

— Tem mais uma sessão hoje à tarde. Partiremos imediatamente depois.

Aquilo não me deixou aliviada. O lado positivo de tudo aquilo era que agora eu sabia que não devia aceitar bebidas de... então eu me dei conta. E ri.

Aiden franziu as sobrancelhas em preocupação.

— Alex?

Balancei a cabeça.

— Estou bem. É só que o oráculo estava certo de novo. Ela me avisou, sabia? Me disse pra não aceitar presentes de quem queria me fazer mal. — Ri mais ainda. — É claro que ela se esqueceu de mencionar que o presente viria das mãos de alguém que *não* queria me fazer mal. Deuses, se aquela mulher ainda estivesse viva, eu acabaria com ela. De verdade.

Seus lábios se esticaram em um sorriso invertido e sua mão segurou a minha com mais força. Um desejo antigo e familiar ganhou vida com a visão de seu sorriso, me forçando a desviar o rosto. Engoli em seco, louca de vontade de cair em seus braços.

— Sabe onde Seth está?

— Não. Ele foi embora quando percebeu que eu não ia. Mas não deve estar longe.

Passei a mão pelo rosto. Estava surpresa e até meio magoada por Seth ter me deixado com Aiden, embora feliz também. Porque assim conseguira um tempo com ele — um tempo na cama com Aiden. O que não fazia nenhum sentido.

— Preciso ir atrás dele.

A mão de Aiden deixou a minha.

— Você não precisa se preocupar com Seth. E não quero você vagando por aí. Não é seguro.

— Eu sei que não é seguro, mas preciso encontrar Seth. Você não entende. As coisas...

— As coisas o que, Alex?

Eu me virei para Aiden. Sua testa estava franzida, seus olhos escurecidos.

— Não sei. As coisas estão diferentes agora com ele. — Foi tudo o que pude dizer.

Aiden ficou me olhando por um momento, depois endireitou o corpo.

— Vocês... estão juntos? — Minhas bochechas ficaram vermelhas. Em uma fração de segundo, os olhos dele parecem prateados. — Achei que você fosse contra essa história toda de *destino*.

— E sou! Mas... não sei. As coisas mudaram e... tenho podido contar com ele — concluí, sem graça.

Um músculo em seu maxilar começou a pulsar.

— E não comigo. Então você decidiu ficar com Seth.

Olhei para Aiden. Meu temperamento ruim veio à tona.

— Não, não tenho podido contar com você mesmo. Mas não é por isso que estou com Seth.

— Não? — Ele se levantou da cama e passou a mão pelo cabelo. — Acho difícil acreditar, porque alguns dias atrás você me disse que o odiava.

Fiquei vermelha, em parte porque era verdade, o que só me irritou ainda mais.

— Por que você se importa, Aiden? Você não pode me querer e não me querer. Aliás, você mesmo disse que achava que Seth se importava comigo. Ou é do tipo que mesmo não querendo ficar com uma garota não quer que ninguém mais fique com ela? Porque isso não é nem um pouco legal.

Ele baixou a mão.

— Não se trata disso, Alex. Só não quero que você se envolva em algo assim... *sério* pelos motivos errados.

Olhei bem nos olhos dele, que ardiam claros, iluminando todo o seu rosto.

— Você me disse que não podemos ficar juntos e... eu sei disso. Sei que não podemos, mas...

Aiden se inclinou de modo que nossos rostos ficaram a centímetros um do outro.

— Mas isso não significa que você deveria se conformar com Seth, Alex.

Voltei a agarrar o cobertor.

— Não estou *me conformando* com Seth!

Ele ergueu uma sobrancelha, com os olhos fixos em mim.

Quando me dei conta do que estava acontecendo, meu coração acelerou.

— Não é por causa de Seth. É por sua causa! Você não quer me ver nem com ele e nem com ninguém! Porque ainda se importa comigo!

Aiden recuou, balançando a cabeça.

— É claro que ainda me importo com você.

Respirei fundo, tentando controlar meu coração.

— Me diz... me diz que sente o mesmo que eu. Porque se for o caso... — Eu não tinha coragem de dizer.

Se ele me dissesse que sentia o mesmo que eu, se ele me dissesse que me amava, então eu mandaria tudo às favas. Eu não poderia... não daria as costas para aquilo. Não importava que fosse errado, não importava quão decidida eu estive de abrir mão dele, não importava quão perigoso fosse para nós dois. Eu simplesmente não teria como dar as costas para aquilo.

Aiden respirou fundo.

— Não vou fazer isso.

— Não vai ou não pode?

Ele balançou a cabeça outra vez, fechando os olhos. Uma careta se insinuou em seu rosto, então ele me encarou diretamente.

— Eu não sinto.

Soltei o ar, com força, de repente querendo chorar em posição fetal. O que não fiz, no entanto. A culpa era toda minha.

— Certo.
— Alex, eu...
— Não. Não quero ouvir mais nada. — Eu me levantei da cama. — O que tenho com Seth não é da sua... — Uma tontura repentina me fez cambalear. Eu me agarrei na beirada da cama para não cair.
— Alex? — Aiden deu a volta para me segurar.
— Não! — Ergui a mão. — Não precisa fingir que se importa. Isso seria uma babaquice de outro nível.

Aiden parou no lugar e abriu e fechou a mão algumas vezes.
— Está bem.

A tontura passou a ponto de parecer seguro voltar a me mover. Ignorando Aiden e a necessidade de chorar como um bebê, comecei a procurar por minhas roupas. Encontrei a calça jeans e o moletom e enfiei tudo debaixo do braço. Um item muito importante e muito constrangedor, no entanto, continuava sumido. Meus olhos vasculhavam o chão com certo desespero.

— Acho que isso pertence a você.

Xingando baixo, eu me virei. Algo pequeno, preto e fino pendia dos dedos de Aiden.

Corei na hora e arranquei a peça da mão dele.
— Obrigada.

Aiden não sorriu.
— Não precisa agradecer.

25

Cumpri minha rotina matinal devagar, ainda me sentindo um pouco esquisita. Parte de mim queria voltar para baixo das cobertas; outra parte queria estrangular Aiden. E eu ainda precisava encontrar Seth.

Também precisava lidar com o fato de que alguém não queria nem um pouco que eu completasse dezoito anos. Afastei minhas emoções conflituosas pensando em lidar com elas em outro momento — um momento que eu tinha certeza de que chegaria logo — e abri a porta. Aiden continuava ali, aguardando, porque eu não podia ficar sozinha. O que não me deixava com menos vontade de dar um soco na cara dele.

A caminhada até o térreo foi bastante desconfortável.

Alguns guardas que haviam estado na sessão do conselho assentiram de maneira respeitosa quando passei por eles. Aquilo era uma melhora em comparação a ser ignorada. Aiden se afastou quando cheguei às mesas cobertas com toalhas. Provavelmente imaginava que eu estaria segura desde que não saísse do seu campo de visão.

Fiquei só olhando para a travessa de croissants e bagels frescos. Continuava com a impressão de que nunca mais conseguiria comer. Peguei uma garrafa de água e fui até onde Aiden e Marcus estavam sentados. Meu tio não levantou os olhos do jornal quando ocupei a cadeira ao seu lado.

Eu sentia Aiden me observando, o que me dava vontade de bater com a cabeça na mesa. No entanto, só me virei e passei os olhos pelo refeitório. Fingi estar muito interessada na parede antes de notar dois servos próximos a ela.

Era *ele* — o servo de olhos perspicazes que eu havia visto no primeiro dia e com quem tentei falar na escada. Ele se inclinou na direção de outro meio-sangue. Eu não entendia como os puros — e os mestres — não viam seus olhos castanhos se mantendo alerta.

O servo devia ter sentido que alguém o observava, porque se virou e me encarou diretamente. Não de um jeito hostil, mas com uma aparente curiosidade. Então se virou depressa para o outro servo. Não sei por que continuei olhando para os dois. Talvez porque a conversa parecesse tensa. Servos meios-sangues dificilmente discutiam, mesmo entre eles. Costumavam estar medicados demais para manter uma conversa decente que fosse. Com aqueles dois, no entanto, era diferente.

— Onde você passou a noite, Alexandria? Não estava na sua cama hoje de manhã.

A pergunta de Marcus me obrigou a virar para ele. Eu disse a única coisa que sabia que meu tio não questionaria e que, além de tudo, ainda era razoavelmente verdade.

— Eu estava com Seth. Ficamos conversando e peguei no sono.

— É mesmo? — Ele acenou com a cabeça para as portas duplas que levavam ao pátio. Seth se encontrava ali, de costas para nós. — Então é você a culpada pelo olho roxo?

— Hum... — Eu já estava me levantando. — A gente se vê depois.

Marcus respondeu com um ruído muito parecido com uma risada e retornou ao jornal. Me preocupava um pouco que ele considerasse a ideia de violência doméstica divertida.

Respirei fundo e contornei as mesas vazias para chegar ao pátio, sem me atrever a olhar para Aiden. Seth continuou recostado a uma coluna grossa de mármore, sem se virar, mas eu sabia que ele sentia minha presença pela tensão em seus ombros.

O ar frio me fez estremecer e eu desejei ter descido com uma jaqueta. Parei ao lado de Seth e fiquei olhando para a frente. Só dava para ver a copa das árvores acima do muro alto que cercava a propriedade. Fiquei torcendo para que Seth falasse primeiro, porém minutos se passaram conosco em silêncio. Ele não ia facilitar as coisas.

— Oi — disse, e me senti uma tonta na mesma hora.

— Oi.

Revirei os olhos e me coloquei na frente dele. Seth me olhou com frieza. De perto, o círculo roxo e azul envolvendo seu olho esquerdo parecia feio.

— Dói?

— É uma pergunta meio tonta.

— Quer outro olho pra combinar? — retruquei.

Ele arqueou uma sobrancelha.

— Acho que prefiro sua versão bêbada. É muito mais agradável.

Dei um passo para trás.

— Quer saber? Esquece.

Seth segurou meu braço.

— O que você quer? Dizer que está horrorizada comigo?

— Não. — Olhei para ele, surpresa. — Não foi nem um pouco por isso que vim.

Sua expressão se tornou menos fria, porém ele ainda me olhava com cautela.

— Então por que foi?

— Eu queria falar sobre... ontem à noite. — Senti minhas bochechas queimarem. — Não foi culpa sua.

Ele ergueu as sobrancelhas.

— Não foi culpa minha?

— Não. — Por cima do ombro de Seth, notei o guarda puro-sangue do conselho que havia pego Hector. Ele se encontrava junto à porta de vidro que dava para o pátio, tentando fingir que não nos observava. — Vamos pra um lugar mais reservado?

Seth olhou por cima do ombro.

— Vamos.

Acabamos entrando no labirinto. Eu ainda não me sentia muito confortável ali, porém pelo menos tínhamos alguma privacidade. Seth se recostou ao muro de pedra e cruzou os braços.

— Manda.

Engoli em seco, sem jeito. Aquilo ia ser estranho.

— Quero pedir desculpa por... bom, por tudo o que aconteceu ontem à noite.

— Você quer pedir desculpa? — Ele pareceu surpreso.

Fiz que sim, inquieta.

— Sei que você tentou me fazer sentar e parar com o que eu estava fazendo. Você tentou...

— Não tentei o bastante, Alex. — Seth desencostou da parede. — Aiden tem razão. Deuses, não consigo acreditar que eu disse isso, mas é verdade. Eu sabia que você não estava no controle. Devia ter parado.

Meus olhos o acompanhavam. Ele arrancou uma rosa de um arbusto próximo a uma estátua cinza de uma mulher sem braços usando uma toga que não parecia do tamanho certo.

— Você parou, Seth.

Ele me olhou sem emoção por cima do ombro.

— Nós dois sabemos por que eu parei. E não foi por cavalheirismo.

Eu não acreditava naquilo, não inteiramente.

— Seth, você não é o vilão da história. Também estava meio drogado... pela nossa conexão. E, depois, cuidou de mim.

Ele deu de ombros.

— O que mais eu poderia fazer?

— Você segurou meu cabelo enquanto eu vomitava. Podia não ter feito isso, podia ter me deixado no banheiro. Foi bem pesado.

— E nojento. Só pra você saber. — Seth se virou. Não olhava para mim, mas para a rosa em sua mão.

A irritação me veio com tudo.

— Por que isso? Estou tentando dizer que ontem à noite não foi culpa sua e você está sendo um babaca!

Um fogo azul surgiu na mão que segurava a rosa. Então, soltou uma fumaça tênue da mesma cor, que logo desapareceu. A flor permanecia intacta.

Eu me forcei a parar de olhar para a mão dele e procurei ser mais paciente.

Seria possível que qualquer conversa aquele dia terminaria em discussão? Os olhos de Seth ardiam quando finalmente encontraram os meus.

— Parece que cuidaram bem de você depois que fui embora. Ficou feliz por ter a companhia de Aiden? Imagino que sim.

Aquilo doeu e me confundiu.

— Não quero discutir com você.

As chamas azuis lambiam a rosa entre os dedos dele muito mais lentamente agora. Uma fumaça azul voltou a se formar.

— Então é melhor não falar comigo.

Dei um passo atrás, esfregando meus braços.

— Por que você está putadaço comigo?

Seth piscou e o fogo azul evaporou, deixando a rosa íntegra.

— Acho que não é *putadaço* que se fala, Alex.

Passar o dia debaixo das cobertas começava a parecer a melhor opção.

— Então tá. Bom, valeu pela conversa. A gente se vê.

Seth voltou a pegar meu braço com a mão livre.

— Desculpa.

Fiquei chocada. Seth nunca pedia desculpa. Nunca mesmo.

O impossível aconteceu. A máscara que sempre usava deixou seu rosto. De repente, Seth pareceu muito jovem e inseguro.

— Eu te senti hoje de manhã. Você ficou constrangida e chateada, depois puta. Desculpa pelo que te fiz passar. Eu devia ter... me contido.

Precisei de um momento para compreender a que Seth se referia.

— Não tinha nada a ver com você, Seth.

— Por que está tentando fazer com que eu me sinta melhor?

— É claro que estou constrangida, Seth. Fiquei dançando no seu quarto, persegui você. Não faltam motivos. Mas as outras coisas que você sentiu... foram por causa de Aiden.

— E não é tudo por causa de Aiden? — Seth soltou meu braço e se virou. — Ele finalmente professou seu amor eterno por você?

Dei uma risada dura.

— Não mesmo.

Seth se dirigiu a mim por cima do ombro:

— Meu olho roxo não acredita nisso.

— Ele só ficou comigo porque pegou no sono.

Seth baixou a cabeça. Eu me perguntei o que estaria fazendo.

— E você acreditou?

Pisquei para conter as lágrimas que, de repente, ameaçavam a rolar. Teria arriscado tudo aquela manhã se Aiden dissesse que me amava, porém ele não disse.

— Faz diferença?

Seth se virou e olhou para mim como se tentasse entender alguma coisa.

— Faz?

Uma brisa bateu, sacudindo as folhas e jogando meu cabelo na frente do rosto. Afastei algumas mechas, que logo voltaram a atrapalhar.

— Seth, você me pediu pra escolher anteontem. E eu escolhi.

Ele olhou para a rosa antes de olhar para mim.

— E essa escolha ainda vale?

Era uma boa pergunta. Como poderia quando uma hora atrás eu estava disposta a abrir mão de tudo por Aiden se ele dissesse que me amava? Mas Aiden não falou que me amava. Desviei o rosto, me perguntando o que eu estava fazendo. Aquilo era justo com Seth? Porque Aiden tinha razão: eu estava meio que me acomodando com ele. Por outro lado, Seth nunca disse que o que sentia por mim era sério. Ele nem me pediu em namoro. O que Seth sugeriu foi que víssemos o que acontecia, sem rótulos ou expectativas. E, se eu fosse sincera comigo mesma, me importava com ele. Me importava muito.

Mordi os lábios.

— Escolhi você. Isso ainda importa pra você?

Seth riu, depois ficou em silêncio. Percebi que ele tentava se fechar novamente, sem sucesso. Eu nunca o havia visto tão vulnerável. Em uma tentativa de lhe dar espaço, eu me aproximei do muro e fiquei observando de lá.

— Importa sim.

Senti uma vibração dentro do peito.

— Então, bom... como ficamos?

Ele me entregou a rosa, em silêncio. Senti um leve choque na ponta dos dedos. A haste da flor estava quente e ainda havia um traço de azul nela, que deixava as pétalas orvalhadas violeta. Sem aviso, Seth me colocou em cima do muro e ficou com as mãos ao lado das minhas pernas.

— Alex.

Olhei em volta, balançando os pés.

— Seth.

— Isso tudo é bem esquisito.

— E ficou ainda mais agora.

— Só vai piorar. Se prepara.

— Ótimo. — Girei a rosa com a mão e tamborilei a coxa com a outra. — Mal posso esperar.

Seth sorriu.

— Sei que você está surtando.

Estreitei os olhos para ele.

— Você está fazendo aquilo, não está? Me lendo? Como é que consegue?

Fiquei surpresa quando ele respondeu à pergunta.

— Só abro minha mente e me sintonizo com você. É tipo um sinal de rádio bidirecional. Seus sentimentos chegam em ondas, às vezes bem audíveis. Outras vezes, não passam de uma pontada em um canto do meu cérebro. Você provavelmente conseguiria também, se tentasse.

— Vai ser sempre assim? Quando eu despertar, você sempre vai me sentir e vice-versa?

— Você pode bloquear seus sentimentos.

Eu me debrucei para a frente.

— Como eu faço isso?

Seth riu baixo.

— Posso te ensinar. Podemos incluir no treino, se te interessar.

— Podemos começar agora?

Um sorriso lento apareceu quando ele baixou a cabeça.

— Não é bem o que eu queria fazer no momento.

Senti um formigamento no corpo — em algumas partes mais do que em outras.

— Seth...

Ele me beijou. Não do jeito inebriado e profundo da noite anterior. Seus lábios foram doces, suaves. Sua mão acariciou minha bochecha antes de passar à minha nuca e subir pelo meu cabelo. Deixei meus olhos se fecharem e absorvi o calor vertiginoso de seus lábios. Por um breve momento, não pensei em *nada*. E era daquilo que eu mais gostava nos beijos de Seth. Eu não precisava pensar ou desejar. Nos braços dele, com seus lábios nos meus, sua presença obscurecia a dor e a abrandava.

O formigamento em meu corpo foi ficando cada vez mais forte, e era como se faíscas dançassem sobre minha pele. Minha palma coçava, queimava. Perdi o fôlego quando a boca de Seth desceu para meu pescoço, onde ele percebeu que meu coração passou de bater tranquilamente a martelar.

Ele pressionou os lábios bem ali, inspirou fundo e se afastou, passando os dedos pelas minhas bochechas coradas.

— Interessante.

— É... foi diferente — disse eu, sem ar.

Ele riu.

— Não o beijo. Não me entenda mal, o beijo foi interessante também, mas olha só.

— Hum?

Olhei para onde ele olhava, e um gritinho me escapou. A rosa que eu segurava pegava fogo novamente. Chamas azuis lambiam a haste, curvando-se sobre as pétalas frágeis. A rosa estremeceu, depois se desfez, deixando uma camada fina de pó azul em minhas mãos.

— Akasha — explicou Seth, baixo.

— Tá. — Soltei o ar, relaxando pela primeira vez em dias, talvez semanas. — Tá. Não sei o que isso significa, mas tudo bem.

Ele se sentou ao meu lado no muro. Ficamos um tempo assim, balançando as pernas no ar.

— O que você quer fazer? Ainda temos algumas horas antes da sua partida.

— Você não vai embora logo depois?

— Não. Lucian quer partir pela manhã, então vou ter que passar mais uma noite aqui.

Droga! Mais onze horas presa num carro com Aiden.

Seth cutucou meu ombro.

— O que foi?

— Eu estava meio que torcendo pra Lucian me deixar voltar de avião com vocês.

Ele pareceu surpreso.

— Você odeia avião. Morre de medo, não é? E não pode passar mais uma noite aqui. Você vai embora hoje, com Aiden.

— E Leon.

— É. — Ele suspirou, balançando as pernas no ar. — Quer ir nadar?

Dei risada.

— Não.

— Droga. Estava torcendo pra você cair nessa de novo.

Fiquei olhando para a passarela coberta de musgo, enquanto batia os calcanhares contra o muro.

— Seth?

— Oi?

— Quem você acha que foi responsável pela bebida?

Sua expressão endureceu.

— Não acho que tenha sido algo que o conselho decidiu.

— Se não foi o conselho, quem foi então?

— Pode ter sido um deles, ou até mais. Mas tenho certeza de que não foi aprovado. Lucian nunca permitiria algo do tipo.

Desdenhei daquilo.

— Você confia demais em Lucian.

— Não me entenda mal: ele é um babaca pomposo. — Seth sorriu para mim. — Mas nunca permitiria que algo assim acontecesse com você. Acho mesmo que pode ter sido alguém do conselho, agindo sem apoio oficial.

— Desculpa, mas não consigo confiar em Lucian.

Ele se virou para mim.

— Vai ter que começar a confiar. Lucian está determinado a garantir que você desperte, Alex. E não faria nada para colocar isso em risco.

— Não acredito nisso também. Por que Lucian ia querer dois Apôlions se a ideia aterroriza qualquer outro puro?

— Porque Lucian quer ver uma mudança e somos o veículo dessa mudança. Você não quer que a sociedade mude, melhore? Lucian também quer.

— E desde quando Lucian gosta de meios-sangues?

— Você não conhece seu padrasto, Alex. Nunca tentou conhecer.

Balancei a cabeça.

— Desculpa, mas você não passou catorze anos com ele. Lucian é frio, conivente e nunca foi grande fã de meios-sangues. Ninguém vai me convencer do contrário.

Seth suspirou.

— Eu apostaria em Telly, mas parece óbvio demais, e ele é bem tradicional. Tenho certeza de que foi um deles, ou alguns.

Abracei meu corpo, estremecendo só de pensar no que poderia ter acontecido.

— Não precisavam ter feito algo tão horrível.

Ele estendeu o braço e me puxou de modo que minha cabeça descansasse em seu colo. A princípio, foi meio esquisito, mas logo depois eu me deitei de costas e fiquei olhando para as nuvens cinza.

— Vamos primeiro sair desse lugar, depois a gente descobre — disse Seth. — Lucian já está...

— Você contou pra ele?

— Lucian precisava saber. — Seth afastou uma mecha de cabelo da minha testa. — Nem preciso dizer que ficou puto.

Gemi e levei as mãos aos olhos.

— Ele atirou algum objeto delicado? Em geral, Lucian atira algo pequeno e muito caro.

Seth riu.

— Pior que jogou. Acho que era um ovo Fabergé.

— Ah. Que beleza.

Ele pegou meu mindinho e olhou para mim.

— Do que está se escondendo?

Refleti por um momento.

— Não sei. De tudo?

— Ótimo plano.

Levei as mãos à barriga. Seth não soltou meu mindinho.

— Meio infantil, né?

Ele envolveu minhas mãos com as suas.

— Tudo bem. Você pode se esconder mais um pouco. Mas depois vai ter que encarar... tudo.

— Eu sei.

Seth sorriu para mim.

— Pelo momento, relaxa.

Quando voltássemos à Carolina do Norte, eu precisaria retomar as aulas, dessa vez com Olivia me odiando. E precisaríamos descobrir quem havia armado para mim na noite anterior. E ainda tinha a questão do instrutor Romvi. Estremeci.

— Podemos ficar aqui mais um pouco?

— Claro. — Seth se debruçou e pressionou os lábios contra minha testa. — Se você quiser...

O que eu queria não importava, mas fechei os olhos e sorri mesmo assim.

O sol já havia se posto quando os servos desceram com minha mala. Seth e eu aguardamos na passagem de vidro do lado de fora do salão. Tentei não reparar nas Fúrias, porém meus olhos ficavam voltando a elas.

— Acha que vou ver Laadan antes de partir? — perguntei.

Seth se recostou na parede em frente a mim.

— Acho que sim.

Escorreguei pelo vidro até o chão e cruzei as pernas.

— Queria que a gente se encontrasse... Espero que ela não se sinta... — olhei em volta antes de prosseguir. — Culpada ou nada do tipo.

— É compreensível. — Ele olhou na direção do salão, parecendo irritado. — Quanto tempo será que essa porcaria ainda vai durar?

— Vai saber... — murmurei.

Telly havia reunido todos os puros para uma cerimônia de encerramento. Estiquei as pernas e olhei para Seth. Ele usava seu uniforme de sentinela, com adagas e tudo. Apertei os olhos para uma arma em sua coxa que me parecia nova. — Posso ver?

— Hum? — Ele baixou os olhos e pegou a arma. — Isso aqui?

Movimentei os dedos.

— Me deixa ver.

Seth se aproximou para entregá-la.

— Cuidado. Os dois lados são bem afiados.

— Eu sei. Aiden me mostrou uma vez. — Eu me levantei, já me imaginando cortando fora a cabeça de um daímôn meio-sangue com ela. — Isso daqui deve fazer o maior estrago.

Seth fez menção de pegar a arma, mas eu recuei um passo. Ele pareceu achar graça.

— Nunca usei, mas duvido de que seja bonito.

Movimentei a foice no ar outra vez, então me lembrei do que havia percebido quando Aiden a mostrou a mim. Olhei para Seth.

— E depois que eu despertar? Você vai ter poderes ilimitados, não é?

— Não sei. — Ele olhava para a arma com cautela. — Acho que vai ser diferente. Talvez já seja diferente agora. A gente não sabe os detalhes.

Seth continuava totalmente concentrado na lâmina.

— O que vai acontecer comigo quando você se alimentar da minha energia?

Seus olhos procuraram meu rosto no mesmo instante.

— Não sei.

Apertei a pegada na arma.

— Não sei se acredito em você.

Seth manteve os olhos fixos nos meus.

— Nunca menti pra você.

Engoli em seco. Seth tinha razão, mas, se soubesse que algo de ruim aconteceria, contaria para mim?

Leon adentrou a antessala, mas parou assim que viu o que eu tinha na mão.

— Pelo amor dos deuses, quem te deu isso?

Usei a arma para apontar.

— Seth.

Seth arqueou uma sobrancelha para mim.

— Nossa! Valeu mesmo.

— Por favor, devolva antes que qualquer dano seja causado. — Leon franziu a testa ao me ver girando a arma. — Você vai acabar perdendo uma mão ou um braço. Essa é a lâmina mais afiada que existe.

Revirando os olhos, parei de girá-la. Mas não a devolvi. Estava gostando dela.

— Eles já vão acabar? Estou ficando meio...

Uma sirene disparou à distância, um ruído baixo de início, que subiu até quase estourar os tímpanos e não parou mais. Pulei uns bons dez centímetros do chão. Trocamos olhares, parecendo pensar a mesma coisa por um momento. Eu nunca havia tido o azar de ouvir uma sirene no Covenant, mas sabia que só podia significar uma coisa: falha na segurança.

Em geral, uma falha gravíssima.

26

Virei para a parede de vidro que dava para o jardim.

Vários guardas chegaram de trás de nós. Vozes exaltadas vinham do salão de festa.

— Protejam os portões! Isolem a escola! — um dos guardas que passavam por nós gritou.

Então, as sirenes cessaram e um arrepio frio desceu pelos meus braços.

— Alarme falso?

— Não sei. — Seth tirou a arma da minha mão. — Mas é melhor eu ficar com isso. Obrigado.

Mal dei atenção a ele. As luzes dos postes espalhados do lado de fora começaram a piscar e enfraquecer. Quando olhei para trás, deparei com Leon segurando uma foice em uma mão e uma adaga na outra.

— Acalmem-se todos! — gritou um guarda por cima das vozes em pânico. — A sirene parou de tocar. Está tudo bem. Agora, se acalmem e voltem para o salão.

Marcus e Aiden desviavam dos puros curiosos e assustados entrando. Minha imaginação fértil me dizia que os olhos de Aiden haviam revistado a multidão até me encontrar, e um lampejo de alívio tomou sua expressão depois disso.

Ele atravessou o espaço com uma adaga na mão. Devia ter vestido o uniforme para a cerimônia de encerramento.

— O que está acontecendo? — perguntou Aiden, parando ao lado de Leon.

— Não sei. — Leon balançou a cabeça. — Mas não estou com um bom pressentimento.

Voltei a para olhar para fora. À distância, perto das árvores, alguém pareceu se mover — uma multidão, na verdade. Guardas e sentinelas, concluí.

Marcus se juntou ao nosso grupinho.

— Telly vai manter todos os puros no salão, para garantir.

Ele olhou para mim com a testa franzida, como se só então tivesse me notado.

— Oi — falei, sacudindo os dedos *sem armas*.

Sua testa se franziu ainda mais.

— Você vem comigo, Alex.

Foi a minha vez de fazer careta.

— Não vou me esconder em um salão com um bando de puros surtados.

Aiden se virou para mim, com os olhos cinza como nuvens de tempestade.

— Não seja ridícula.

Olhei feio para ele.

— Achei que eu fosse *irracional*.

Aiden olhou para mim como se quisesse me chacoalhar... ou coisa pior.

— Não discuta, Alex — Marcus insistiu. — Você vai para lá.

Explodi.

— Se me derem uma arma dessas, posso lutar.

Seth me pegou pelo braço.

— Muito bem, pequeno Apôlion... Considerando que ainda nem concluiu seu treinamento e está começando a me dar nos nervos, você vai com seu tio.

Eu me soltei e me virei para ele.

— Mas posso...

As luzes se apagaram lá fora, deixando tudo na escuridão. Momentaneamente esquecida, eu me virei para o vidro. Apertei os olhos para enxergar além do reflexo do interior iluminado e vi as sombras dos guardas formando uma fileira. No entanto, parecia haver algo de errado na formação. Ela avançava na nossa direção, em vez de se afastar.

— Hum... pessoal — disse, começando a recuar.

Leon deu um passo à frente.

— Para o salão, srta. Andros. Agora.

Alguém pegou meu braço e me puxou. Eu me virei para olhar, achando que seria Seth, mas era Aiden.

Seus olhos se mantinham fixos na parede de vidro.

— Alex, uma vez na vida...

Um estalo alto fez nossa atenção retornar ao vidro. Meu queixo caiu. Vidro estilhaçou com o impacto de um corpo.

Eu recuei.

— Puta merda!

A parede explodiu, lançando cacos grandes no ar. Corpos caíram com um baque no piso de mármore. A cor dos uniformes os tornava inconfundíveis, apesar do sangue manchando as camisas e calças brancas. Os guardas do conselho nem tinham sacado suas armas. As gargantas haviam sido cortadas, revelando uma carne rosada, que lembrava gelatina. Alguns ainda se debateram antes que seus olhos se tornassem totalmente vidrados.

Aiden me empurrou na direção de Marcus.

— Vai!

Meu tio segurou meu braço com força e atravessou o espaço correndo enquanto os sentinelas entravam, sacando suas armas. Eu me soltei e segui na direção oposta.

— Alexandria! Não! — gritou Marcus.

— Só um segundo!

Corri até um dos corpos, procurando não olhar muito. Com uma careta, peguei uma foice e uma adaga para mim. De jeito nenhum que ficaria desarmada enquanto daímônes nos cercavam.

Um grito capaz de provocar calafrios e parar corações irrompeu em meio à comoção, abafando todo o resto. O pavor penetrou meus músculos quando os uivos sem alma atingiram uma agudeza intensa. Apertei a pegada nas armas e me levantei. Sombras caíram, como uma onda de morte avançando incrivelmente rápido.

Eram daímônes, daímônes aos montes.

A visão de tantos rostos pálidos, com veias pretas pulsando sob a pele fina como papel e buracos vazios onde os olhos deveriam estar, me aterrorizou. Meus pesadelos ganhavam vida em detalhes assustadores. Havia pelo menos doze deles, gritando com suas bocas cheias de dentes afiados. Alguns rostos, no entanto, não pareciam nem um pouco diferentes.

Eram daímônes meios-sangues.

Os sentinelas, incluindo Aiden e Seth, correram na direção deles, desaparecendo na multidão. Lâminas se chocavam e iam ao chão, gritos se misturavam ao som de roupas e carne sendo cortadas.

— Alexandria! — Marcus gritou. — Me solta! Tenho que ir atrás dela!

Virei para ele. Um guarda do conselho puxava Marcus na direção do salão, onde uma fortaleza era montada. Outro guarda apareceu para ajudar a colocar meu tio em segurança. Corri até eles, e os alcancei bem quando empurravam Marcus para dentro do salão e fechavam a porta revestida de titânio. Meu tio bateu, gritando algo que o metal grosso que nos separava abafou.

— A porta não vai voltar a abrir — disse o guarda, olhando bem no meu olho.

Era o puro que havia seguido a ordem de Telly.

— Obrigada — disse eu, entre os dentes cerrados.

Depois, respirei fundo e me virei para encarar o inferno que se desenrolava.

Havia sangue por todo lado, literalmente. Eu soube no mesmo instante que os ataques em escala menor aos Covenants nos últimos meses haviam sido treinos. Eles estavam testando como se infiltrar, se preparando para um ataque em grande escala ao conselho. Minha mãe havia me avisado, e eu havia avisado os puros — eles não quiseram me ouvir.

Idiotas.

Meus olhos encontraram Seth lutando contra um daímôn meio-sangue. Com um chute no peito de seu adversário, ele o levou ao chão. Então, em uma demonstração impressionante de brutalidade e graça, Seth cortou o ar com a foice.

Aiden e Leon, por sua vez, estavam de costas um para o outro, enquanto quatro daímônes puros os cercavam. Pareciam encrencados.

Lutar estava no meu sangue, e não fugir. Aquele era meu lugar e eu definitivamente não era uma novata. Avancei, desviando de todo tipo de corpos. Os daímônes que cercavam Leon e Aiden não me viram chegar. Cravei a adaga nas costas daquele que estava mais perto de Aiden.

Leon conseguiu derrubar outro, então se lançou sobre ele. Aiden ficou com os últimos dois, claramente se esforçando para que se concentrassem nele.

— Atrás de você, Alex!

Eu me virei, segurando firme a adaga na mão direita. Uma daímôn saltava na minha direção, mas consegui me abaixar a tempo. Acertei um chute em seu peito, como vi Seth fazer. Ela ficou apoiada em um joelho, eu avancei com tudo e cravei a adaga em seu estômago. Sorri para Aiden, através da nuvem de pó azul.

— Já são dois.

— Eu estou no quinto — retrucou ele, cortando a garganta de um daímôn.

Puxei minha adaga de volta.

— Bom, isso...

Mãos agarraram meus ombros e me jogaram para trás. Caí de costas em uma mistura de vidro e sangue, deslizei alguns metros e acabei soltando a adaga. Atordoada, deparei com o rosto de uma daímôn meio-sangue.

— Alex! — gritou Aiden, claramente em pânico.

A daímôn se inclinou na minha direção para farejar.

— Apôlion...

Eu me lembrava bem do que havia acontecido quando tentei lutar com uma daímôn meio-sangue: não foi bonito. Afastando as recordações, procurei me levantar. Vidro cortou minhas palmas e meu sangue se misturou aos dos mortos. Minha mão roçou algo úmido e mole. Passaram-me pela cabeça uma variedade de imagens horríveis do que poderia ser aquilo em que eu havia tropeçado.

A daímôn meio-sangue, uma sentinela treinada, abriu a boca e uivou. Ela pulou no ar e lançou uma adaga na minha cabeça. Ouvi apenas um estalo antes que a daímôn se transformasse em uma bola de fogo vindo na minha direção. Rolei para fora do caminho, enquanto ela gritava e se debatia. Então me virei para Aiden, que assentiu para mim antes de baixar a mão e voltar a enfrentar outro daímôn.

Estremeci ao olhar para a daímôn. Ela se levantava devagar, uma mistura fedorenta de pele e tecido carbonizados.

— Pelos deuses... — murmurei, em uma tentativa de ganhar tempo. — Não encosta em mim.

Ela abriu a boca para dizer alguma coisa, então sua cabeça foi em uma direção e seu corpo em outra. Leon surgiu atrás dela, com a foice na mão.

— A senhorita não deveria se encontrar na segurança do salão? — perguntou ele, com toda a educação.

— A ideia era essa.

Olhei em volta. Havia muitos corpos no chão, alguns de meios-sangues transformados, outros não. Seth encurralou dois daímônes e lutava com entusiasmo. Sorri, muito embora não fosse a reação mais adequada.

Aiden olhou para onde eu estava olhando.

— Vou ter que ficar com metade do crédito dessa última, Leon. Então são seis e meio.

Ele se virou e correu para impedir um daímôn que segurava um guarda contra o chão.

Leon deu de ombros.

— Por mim tudo bem. Já estou em dez.

Um uivo me obrigou a virar. Dois daímônes meios-sangues avançavam na direção de Leon. Era como se eu nem estivesse lá.

— E agora vão ser doze — o sentinela concluiu, com toda a tranquilidade.

— Onze — eu o corrigi, passando a foice para a mão direita.

Leon olhou para mim.

— Você vai acabar morta.

Nós os encontramos no meio do caminho. Um deles finalmente me notou e tentou agarrar meu braço, mas eu me esquivei para a direita. Ele era muito maior do que eu, talvez do tamanho de Aiden, então eu sabia que não podia deixar que me derrubasse. Acertei um belo chute, que quase não surtiu efeito.

Aquilo não era bom.

Defendi um soco, mas ainda assim fui lançada alguns passos para trás. Consegui manter o equilíbrio e movimentei a foice no ar. Ele se abaixou rapidamente e desferiu um golpe violento em retaliação, com o objetivo de me derrubar. Senti o vento da lâmina passando pela minha cabeça. Pulei para o lado, porém aquele daímôn meio-sangue era rápido demais e ainda conseguiu acertar um soco no meu estômago. Cambaleei para trás, sem ar.

O daímôn meio-sangue riu.

— Pronta para morrer?

— Na verdade, não. — Endireitei o corpo. — Essa palidez toda de viciado não cairia bem em mim. Você mesmo parece meio abatido. Não está precisando de éter?

Ele inclinou a cabeça de lado e sorriu.

— Vou te rasgar toda, sua...

Eu me abaixei e lhe dei uma rasteira. Ele caiu, o que abriu uma breve brecha para um ataque. Saltei e tentei cortar sua garganta com a foice. Não encontrei resistência.

Ergui a lâmina, com os olhos arregalados.

— Esse troço é afiado *mesmo*.

Eu me virei para comentar aquilo com Leon, mas fiquei cara a cara com um daímôn puro.

Ele umedecia os lábios.

— Apôlion...

— Ah, pelo amor, não é possível que vocês sejam capazes de farejar...

Virei a foice e cravei a outra ponta da arma em seu estômago.

— Você cheira a calor e verão — comentou Seth, aparecendo ao meu lado. — Já falei que você tem um cheiro bom.

— E você cheira a... a...

Ele ficou aguardando, com as sobrancelhas erguidas.

Arregalei os olhos. Por cima de seu ombro, vi pelo menos cinco daímônes puros vindo pelo corredor.

— Daímônes.

— Eu cheiro a daímônes? — ele perguntou, decepcionado.

— Não, seu idiota, tem mais daímônes vindo.

Seth olhou por cima do ombro.

— Ah. Droga. Devem ter derrubado os bloqueios.

— Isso não é nada bom.

Outro barulho forte sacudiu o corredor, mas não de vidro quebrando. Parecia mais com o de um escultor trabalhando com mármore. Seth e eu nos viramos ao mesmo tempo. Não sei quem notou primeiro, porém ambos demos um passo para trás.

Uma teia de rachaduras se espalhava pelo mármore branco que prendia as Fúrias. Pedaços de pedra se soltaram e foram ao chão. Pele rosada e luminosa aparecia por entre as frestas. Uma corrente elétrica percorreu todo o meu corpo.

— Pelos deuses... — sussurrei.

O braço de Seth cravou uma adaga no peito de um daímôn puro. Seus olhos não deixaram as estátuas quebrando nem por um momento.

— Pois é.

Uma risada suave e tilintante se sobressaiu aos ruídos da batalha, fazendo tudo e todos pararem no corredor. Em transe, fiquei vendo o que restava do mármore cair, como uma cobra trocando de pele. Então ali estavam as três, assomando sobre o campo de batalha improvisado. Belas de uma maneira absolutamente selvagem.

Os deuses haviam libertado as Fúrias.

Seus vestidos brancos diáfanos contrastavam fortemente com o sangue em volta. De pele clara, loiras e perfeitas, as três voltavam seus olhos brancos para a carnificina à sua frente. Moviam-se pelo ar parado usando asas transparentes de aparência delicada, sem produzir nenhum som. As Fúrias eram deusas menores, porém sua presença dominava o espaço.

Eu nunca havia visto um deus, muito menos três deusas juntas, no entanto elas pareciam exatamente como eu imaginei. Irresistíveis. Lindas. Assustadoras. Dei um passo na direção delas e logo me dei conta de que Seth havia feito o mesmo. Não tínhamos como evitar. *Deusas* haviam aparecido bem à nossa frente. Nenhum dos outros meios ou puros se moveu, todos parecendo atordoados demais para fazer o que quer que fosse.

Os daímônes se afastavam de seus adversários para farejar, com a atenção centrada nas Fúrias. Alguns começaram a se lamentar, outros a rosnar. Concluí que era por conta do éter que fluía pelas deusas. Se Seth e eu éramos contrafilé, as Fúrias eram o filé-mignon mais suculento que havia.

Um daímôn meio-sangue soltou um uivo baixo e atacou.

A Fúria do meio pousou seus pés descalços sobre sangue e vidro. Cachos loiros e grossos esvoaçavam ao redor de sua cabeça, enquanto suas asas continuavam batendo sem produzir ruído. Um brilho perolado irradiava de sua pele quando ela inclinou a cabeça para o lado e sorriu. Com simplesmente a mão erguida, ela congelou o daímôn que foi para cima dela.

Seu sorriso era inocente, quase infantil, mas tinha um toque de crueldade. A Fúria estendeu o outro braço e agarrou o peito do daímôn, voando e levando-o consigo. Então, no ar, rasgou seu corpo em dois.

Perdi o ar.

— Puta...

— Merda... — concluiu Seth.

Em seguida, as Fúrias se transformaram e suas versões belas se foram. Sua pele e suas asas se tornaram cinzentas e leitosas, o cabelo escureceu e afinou em mechas pretas viscosas. Então percebi que eram cobras. Elas tinham *cobras* no lugar do cabelo!

A Fúria do meio gritou, fazendo vários puros caírem de joelhos. Recuei um pouco, trombando com Seth. Ele abraçou minha cintura e me puxou para si. Uma das Fúrias mergulhou, agarrou um daímôn e o atirou longe. Outra pegou um sentinela com as garras dos pés e o despedaçou enquanto ele gritava. A terceira aterrissou perto de um aglomerado de daímônes e uma cobra de seu cabelo perfurou o olho de um guarda enquanto ela mesma eviscerava um daímôn puro.

Não importava quem estivesse no caminho: as Fúrias destruíam tudo.

Notei Leon se agachando sob uma asa cinza e puxando Aiden para fora do alcance de uma das Fúrias. Deslumbre e horror dominavam as feições de Aiden enquanto ele atacava um daímôn próximo que nem lhe dava atenção.

Uma Fúria voou junto ao teto, com os olhos totalmente brancos brilhando de maneira muito parecida com os olhos de Seth quando ele estava puto. Um segundo depois, a Fúria se virou em nossa direção e soltou um grito estridente. Ela ficou olhando para nós, com os braços estendidos, as garras apontadas.

Seth pegou minha mão livre.

— Vem!

Deixei que ele me puxasse.

— E quanto a Aiden e Leon?

— Não tem nenhuma Fúria focada neles. Agora vamos!

Corremos na direção do salão. Os guardas continuavam à porta, protegendo os puros. Olhei para trás. Meu coração parou quando vi que a Fúria vinha em nossa direção.

— Seth!

— Eu sei, Alex, eu...

Ele parou quando viramos uma esquina.

Trombei com suas costas. Olhei por cima do ombro dele e senti o medo revirar minhas estranhas. Daímônes lotavam os corredores. Corpos de servos meios-sangues forravam o chão, com pescoços quebrados, as vísceras arrancadas. Entorpecidos como viviam, ficavam totalmente indefesos contra os daímônes. Guardas lutavam contra a maré, tentando segurá-los.

A Fúria gritou e mergulhou. Seth se virou, me jogou no chão e protegeu meu corpo com o seu. Pela graça dos deuses, não o cortei acidentalmente com a foice. Meu coração acelerou e o medo me dominou quando senti o ar agitado pelas asas da Fúria. O corpo de Seth ficou tenso com a aproximação dela, porém os daímônes sentiram a presença de uma deusa abarrotada de éter e a cercaram.

Seth se apressou em levantar e me colocar de pé para que voltássemos a fugir. Passamos por cômodos e mais cômodos lotados de corpos. Em meio ao caos, vi o servo de olhos castanhos lutando contra daímônes na companhia do meio-sangue mais jovem com quem havia falado no refeitório aquela manhã. Ele se movia com a graça de um sentinela e derrubou um daímôn usando um candelabro de titânio.

Seth e eu chegamos ao salão de festa bem quando uma onda de pânico e gritos aterrorizados obrigou os guardas a se virarem. As portas se abriram e puros-sangues saíram em debandada, passando por cima deles, empurrando uns aos outros em sua tentativa de escapar. A manada de puros assustados passou por nós, me separando de Seth. Pessoas vestindo vermelho e branco trombavam comigo de todos os lados.

— Seth! — gritei, me esforçando para me manter de pé.

Corpos vindos de todas as direções me empurravam. Um ministro acabou me derrubando. Senti uma dor forte na cabeça. Tentei me levantar, porém a multidão histérica impedia. Larguei a arma, me encolhi toda e procurei proteger minha cabeça. Havia pés em toda parte, me pisoteando, me chutando. Eu ia acabar morrendo não lutando, não caindo em uma armadilha de um membro do conselho determinado a me destruir, mas pisoteada por um bando de puros-sangues. Entre todas as maneiras possíveis de morrer.

Eu ia fazer questão de assombrar cada um deles pelo resto da vida.

Senti a lateral do corpo latejando e tive certeza de que havia quebrado uma costela. O caos imperava, com os daímônes matando e os puros correndo, e eu não fazia ideia de onde as Fúrias tinham ido parar. Fechei os olhos, gemendo a cada pisada. Quando achei que não aguentaria mais, a multidão tinha diminuído o bastante para que eu conseguisse recuperar minha arma.

Abalada e machucada, eu me pus de pé. Puros lotavam o corredor, cheirando a fumaça, suor e medo. Não vi Seth. Cambaleei na direção do salão, seguindo contra a maré de puros.

Marcus estava ali dentro, assim como Laadan e Lucian.

Avancei pelo espaço antes grandioso, agora destruído, examinando os corpos no chão. Marcus e eu não conseguíamos nos dar bem por mais de cinco segundos, porém ele era a única pessoa que restava no mundo que era sangue do meu sangue. Eu não queria encontrar seu cadáver ali. Não sabia o que faria. Não sabia mesmo.

Várias portas laterais haviam sido arrombadas. Alguns daímônes perseguiam os puros que restavam. Vi um daímôn atacar uma puro-sangue com cabelo loiro-acobreado, bronzeada e muito bonita.

Dawn Samos.

O daímôn cravou os dentes no braço dela. Gritando, Dawn tentou puxar o braço de volta, porém não havia como. Pelo menos, ela teve sorte. Ele poderia ter mirado sua garganta. Uma vozinha lá no fundo sussurrou para mim: *Deixa. Ela gosta de Aiden.*

Aquilo, no entanto, era *muito* errado. Absurdo até.

Reuni o que me restava de forças, ignorei a dor e segui na direção dela. Matar um daímôn só era fácil quando ele estava marcando algum outro infeliz. Eu sabia bem daquilo. Meus olhos encontraram os olhos cor de ametista de Dawn quando cravei a ponta afiada da arma nas costas do daímôn. A explosão de pó azul que ele se tornou sujou as belas vestes brancas dela.

Dawn se afastou, com o rosto contorcido em dor e terror. Dei as costas para ela e encarei a carnificina. Daímônes, fossem meios ou puros, sugavam todo o éter, alimentando-se dos que haviam caído. Segui na direção deles, até que um grito fez meu coração parar.

Eu me virei.

As três Fúrias se encontravam à porta, com as cobras do cabelo se movimentando. Havia um guarda sem sorte entre mim e elas, que não durou muito. A mais feia das Fúrias, cujo vestido estava todo manchado de sangue, quebrou seu pescoço com as mãos.

O medo e a raiva me invadiram, entorpecendo a dor profunda que eu sentia. Em reação, a sensação contida em meu estômago se espalhou por meus braços e pernas. Senti um feixe de energia atravessando minha palma, incendiando minha mão. Ele subia pelo meu braço, depois se retorcia dentro de mim, tocando músculos nunca antes usados. Talvez fosse akasha, talvez fosse algo muito mais forte e muito mais mortífero, porque tudo brilhava como uma joia, como se alguém tivesse mergulhado um pincel em tinta âmbar e pintado todo o salão.

Avancei, com os dedos formigando na foice. A Fúria mais feia riu. As outras duas avançaram. Eu ouvia os guardas lutando contra os daímônes atrás de mim, mas me concentrava nelas.

As duas se entreolharam e lamberam os beiços.

— Está sugando o poder do primeiro, pequeno Apôlion? — uma delas perguntou. — Ou ele que está concentrando em você? Ele deveria ser mais cuidadoso.

— Não é o suficiente — a outra disse. — Você não pode nos matar.

— Mas posso tentar — eu disse, segurando a arma com firmeza.

A Fúria riu.

— Experimente e morrerá.

Então elas se lançaram contra mim. Eu me virei e corri na direção da parede, então pisei nela para pegar impulso e me voltei contra as duas, descendo a foice em um golpe amplo. Caí de cócoras atrás delas, com os braços abertos. As duas Fúrias cambalearam para trás, então seus corpos caíram para a frente, sem cabeça. Fogo azul saía de seus pescoços, consumindo seus corpos.

A Fúria mais feia voltou a rir e eu me virei para encará-la. Ela pairava a vários metros do chão, as cobras em seu cabelo se movimentando.

— Você não matou minhas irmãs, mas Tânatos não ficará satisfeito com o retorno delas.

— Que peninha...

Ela sorriu, reassumindo sua versão tão bonita que até fazia meus olhos doerem.

— Você é uma ameaça e deve ser tratada como tal. Não é nada contra você.

— Não ameacei ninguém — garanti. — O problema não sou eu.

— Ainda não, mas será. Sabemos o que fará.

A Fúria tentou pegar minha arma, revelando-se incrivelmente rápida. Chutei o braço dela.

— E o que é que eu vou fazer?

— De que adianta me enfrentar? Se me matar, eu voltarei depois. — A Fúria pulou e me agarrou pela blusa. Escapei por pouco de suas garras. — É o que fazemos. Continuaremos voltando. Caçaremos até que a ameaça esteja erradicada.

— Ótimo. Tipo herpes. Quando aparece, é pra sempre.

Ela piscou algumas vezes.

— Como?

Ignorando a pontada aguda de dor que sentia, desferi um chute bem quando suas garras agarravam meu braço e me puxavam para a frente. Eu deixei me levar e trombei com ela. Por um segundo, a Fúria estava embaixo de mim, rosnando enquanto eu assumia uma posição vantajosa. Enfiei o joelho nela e me deliciei com o lampejo de surpresa que passou por seu rosto.

Ela olhou para mim, a face estampada com beleza e inocência.

— Que caminho, que caminho os poderes escolheram. Você será a ferramenta deles. Por isso é uma ameaça.

Eu congelei.

— O oráculo me disse isso...

Seu rosto se transformou novamente, as cobras do cabelo tentando me morder. Passei a foice em seu pescoço e cortei sua cabeça fora. Segundos depois, chamas azuis tomaram conta de seu corpo, embora ela ainda risse. Por um momento, fiquei deitada de costas, olhando para o teto. Matar uma Fúria contava três vezes mais? Elas deviam ter sido o bastante para que eu vencesse Aiden e Leon de lavada.

Eu me coloquei de pé e limpei a bochecha na manga. Então me virei e deparei com várias pilhas de pó azul e meios-sangues transformados agora mortos. Restava um único guarda no salão, o puro-sangue. Entre todas as pessoas que poderiam ter sobrevivido e foi justo ele. O pensamento deveria me deixar péssima, mas não deixou.

Suspirei e segui devagar em sua direção. Ele tinha uma mancha roxa no maxilar, mas só.

— Que maluquice!

O guarda girou a adaga na mão e então se virou para os dois puros que restavam. Dawn estava encolhida atrás de uma estátua de Têmis, segurando o braço junto ao peito. Sangue pingava em suas vestes brancas. Um puro várias décadas mais velho que ela a abraçava, dizendo algo com o intuito de acalmá-la. A garota parecia surtada. Eu não podia culpá-la. Chegou bem perto do fim.

Passei a mão no nariz e não fiquei nem um pouco surpresa quando ela voltou manchada de sangue.

— Ela está bem? — perguntou o guarda.

O puro ergueu a cabeça. Tinha uma marca feia e profunda no ponto onde o ombro e o pescoço se encontravam.

— Acho que sim. Mas precisa ser examinada. — Então, ele se dirigiu a mim. — Você foi impressionante. Nunca vi nada igual.

— Fui mesmo, né...? — murmurei, querendo me sentir bem por ter vencido a briga, ainda que as palavras da Fúria continuassem ecoando em minha mente. Ela havia me fornecido mais uma peça do quebra-cabeça, alinhada com o que o oráculo havia professado. Ainda não fazia sentido. Que poderes? Como eu me tornaria uma ferramenta?

O puro já estava virado para Dawn novamente.

— Acabou — disse ele. — Já acabou.

Era verdade, porém eu preferia não deixar a foice de lado, só para garantir. Continuava tendo visões de monstros de filmes de terror me atacando. Fui até uma porta arrombada e olhei para fora. Não identifiquei nenhum movimento, o que parecia ser um bom sinal. Quando as Fúrias retornariam? Em cinco segundos? Um dia, uma semana, um mês?

— Alexandria?

Eu me virei.

— Oi?

O guarda sorriu.

— Você se saiu muitíssimo bem. Talvez seja a primeira pessoa na história a ter enfrentado uma Fúria e sobrevivido. Agora três? Foi... impressionante.

Contra minha vontade, um calor me inundou. Aquilo era significativo, vindo de um guarda puro-sangue do conselho, ainda que ele tivesse recebido ordens de matar Hector. Tive que abrir um sorriso.

— Obrigada.

Ele levou a mão ao meu ombro e apertou.

— Sinto muito por isso.

Meu sorriso fraquejou.

— Isso o quê?

— As Fúrias tinham razão. Não pode haver dois. Você é um risco.

Um arrepio percorreu minha espinha. Tentei me afastar, porém o guarda só segurou meu ombro com mais força, para me manter no lugar. Meus olhos arregalados encontraram os dele. Uma única palavra saiu.

— Por favor.

Não havia nem um pingo de arrependimento ou dúvida nos olhos do guarda.

— Precisamos proteger o futuro da nossa raça.

Então, ele apontou a adaga para o meu peito.

27

Ele vai me matar.

As palavras passaram pela minha cabeça e eu reagi por instinto. No fundo, sabia que cravar uma lâmina em seu peito era muito diferente de fazer isso em um daímôn ou mesmo em uma Fúria. A foice pesou em minha mão e o barulho que a pele fazia quando perfurada por metal afiado pareceu mais alto.

A maior diferença, no entanto, era que guardas puros-sangues não desapareciam no ar, deixando apenas pó azul para trás. Ele permaneceu de pé, com uma expressão horrorizada. Acho que acreditava mesmo que eu estava vencida, que não havia cravado uma lâmina em seu peito.

Gritei e puxei a ponta afiada da arma de volta. Então, ele caiu. Primeiro de joelhos, depois de cara no piso de mármore. Ergui a cabeça, com a arma ensanguentada na mão trêmula. Eu não sabia nem o nome daquele guarda e o havia matado.

O puro que consolara Dawn havia se levantado em algum momento e olhava para mim, igualmente horrorizado.

Ele abriu a boca, mas nada saiu.

— Fui obrigada — tentei me explicar. — Ele ia me matar. Tive que fazer isso.

Dawn saiu de trás da estátua de Têmis, que foi danificada durante a batalha. A balança que ela carregava pendia para um lado, em vez de estar em equilíbrio.

Tantas regras governavam os meios-sangues que eu não conseguia nem me lembrar de todas. Duas, no entanto, era impossível esquecer: meios-sangues não podiam se envolver com puros-sangues e não podiam matar puros-sangues. Mesmo que em legítima defesa. A vida de um puro era e sempre seria mais valorizada que a minha. Meu status de Apôlion não me colocava acima da lei. Quebrar uma regra já parecia ruim o bastante, mas duas...

Eu estava ferrada.

Passos ecoaram pelo salão, o único som que parecia mais alto que o do meu coração martelando o peito. De alguma maneira, reconheci quem eram. Como sabiam onde eu estava? Seth saberia, claro. Ele sempre sabia onde eu estava.

Aiden entrou primeiro. Os dois pararam a alguns passos de distância. Eu só podia imaginar o que viam: pilhas e pilhas de pó azul, corpos, portas arrombadas, dois puros encolhidos atrás de uma estátua.

E eu, com uma foice ensanguentada na mão, um guarda do conselho morto aos meus pés.

— Alex, você está bem? — Aiden veio em minha direção. — Alex?

Ele contornou o corpo do guarda caído para ficar frente a frente comigo. Tinha um hematoma sob o olho direito, um arranhão na bochecha esquerda. Sua camisa estava rasgada, porém a adaga presa à sua calça permanecia limpa.

— O que aconteceu, Alex?

Sua voz soava desesperada, seus olhos procuravam os meus. Pisquei algumas vezes, sem conseguir esquecer o rosto do guarda.

Seth observava a bagunça com uma expressão quase animal.

— Alex. Conta o que aconteceu — pediu ele.

Saiu tudo de uma vez só:

— Enfrentei as Fúrias, e ele me disse que eu tinha feito um bom trabalho, Aiden. Depois pediu desculpa. Fui obrigada. Ele disse que não pode haver dois de nós, que precisava proteger sua raça. Ele ia me matar. Eu... não tive escolha. Não sei nem o nome dele, mas matei o guarda.

Dor e pânico passaram pelos olhos de Aiden. Então eles se tornaram duros como aço, resolutos. O fogo vermelho da Fúria ardia mais atrás. Seth se abaixou e virou o corpo do guarda.

— Certo — disse Aiden, então estendeu a mão para pegar minha arma. — Me dê a foice, Alex.

— Não. — Balancei a cabeça. — Tem minhas digitais. É *minha*.

— Você precisa me passar a arma, Alex.

Balancei a cabeça, segurando-a com mais força.

— Fui obrigada.

Aiden tirou a foice da minha mão com delicadeza.

— Eu sei, Alex. Eu sei. — Ele olhou por cima do ombro antes de voltar a falar comigo. — Não diga nem uma palavra a respeito disso a ninguém, entendido?

— Mas...

Ele ergueu a voz.

— Alex. Nem uma palavra. *Nunca*. Entendido?

— Entendido.

Minha respiração saía curta.

Aiden se virou para Seth.

— Tira Alex daqui. Vá com o jatinho de Lucian até a Carolina do Norte. Use coação se for preciso, para que concordem em ir embora sem ele. Não me importo. Se alguém parar vocês ou perguntar por que estão indo embora, diga que os daímônes planejavam levar o segundo Apôlion. Que é arriscado demais permanecer aqui.

Seth assentiu, com os olhos brilhando.

— E quanto a eles?

Aiden olhou para os dois puros.

— Eu lido com eles — falou, baixo. — O que aconteceu aqui nunca sairá daqui. Podem acreditar.

— Tem certeza? — Seth franziu a testa. — Pode ser o fim de Alex. E se...

— Não vamos matar essas pessoas — Aiden sibilou. — Sei o que estou fazendo!

Os olhos de Seth se arregalaram.

— Você é maluco. Tão maluco quanto Alex. Se alguém descobrir o que está prestes a fazer...

— Eu sei. Agora vão. Antes que alguém mais chegue. Eu cuido disso.

Será que Aiden usaria coação com outro puro? Aquilo era proibido, outra regra que seria quebrada. De que outra maneira ele garantiria que os dois mantivessem segredo? Principalmente Dawn. Ela era membro do conselho e, portanto, tinha a obrigação de relatar o que havia acontecido.

Aiden usaria coação. E o resto se encaixaria. Os meios-sangues transformados tinham adagas. Quem encontrasse o guarda acreditaria que um daímôn meio-sangue deu um fim à vida dele.

No entanto, se alguém descobrisse a verdade, Aiden seria considerado um traidor. E seria executado.

Dei um passo à frente.

— Não. Você não pode fazer isso. Não vou permitir. Você não vai morrer para...

Aiden se virou para mim e segurou meus ombros.

— Farei isso. Uma vez na vida, por favor, não discuta comigo. Só faça o que digo. — Ele olhou bem nos meus olhos. Quando voltou a falar, sua voz mal passava de um suspiro. — Por favor.

Fechei os olhos, para segurar as lágrimas.

— Não faz isso.

— Tenho que fazer. Eu disse que nunca deixaria nada acontecer com você e estava falando sério. — Aiden se virou para Seth. — Agora, vão embora.

Seth pegou minha mão com firmeza. Havia tanto que eu queria dizer a Aiden, porém não tive tempo, porque Seth já me arrastava pelos corpos, deixando os puros chocados para trás. Consegui dar uma última olhada nele, pelo menos.

Aiden já colocava seu plano em andamento. Ele se agachou diante de Dawn e disse algo depressa, baixinho, assim como havia feito comigo naquela primeira noite.

Coação. Ele estava mesmo usando coação em outros puros.

Seth puxou minha mão.

— Temos que ir.

Corremos pelos corredores, evitando as áreas com maior concentração de gente. Às vezes um choro baixo preenchia o silêncio entre nossas passadas, às vezes corpos de meios-sangues forravam o chão. Enquanto Seth pegava um molho de chaves de um guarda morto, olhei para uma sala escura. Estava lotada de servos meios-sangues, mortos ou morrendo, e ninguém parecia se importar. Ninguém os atendia. Tudo o que eu ouvia era gemidos e pedidos de misericórdia. Pedidos de ajuda, uma ajuda que nunca viria. Fiz menção de entrar.

— Não temos tempo. Sinto muito, anjo. Não temos tempo mesmo. Precisamos ir — disse Seth, me puxando para longe.

Por dentro, eu estava entorpecida. Tão entorpecida que não sentia os hematomas que os golpes haviam deixado para atrás, a dor que cada passo provocava. Encontrar um veículo foi menos difícil que ignorar o som de luta em volta. Meu instinto exigia que eu voltasse para a briga, mas eu duvidava de que Seth deixaria.

Olhei para a propriedade e fiquei aliviada ao confirmar que os guardas conseguiam proteger a escola. Os daímônes não tinham entrado. Pelo menos os alunos estavam em segurança.

Mas e quanto aos servos?

Enquanto nos dirigíamos ao aeroporto, Seth dava andamento ao plano. Após várias tentativas malsucedidas, ele conseguiu encontrar Marcus. Fiquei olhando pela janela, ainda entorpecida.

Seth fez exatamente como Aiden havia instruído, dizendo a Marcus que os daímônes tinham tentando me levar.

— Precisamos tirar Alex daqui ainda hoje, no avião de Lucian — ele concluiu.

Meu tio pareceu concordar com a ideia.

— Lucian sobreviveu. Eu aviso a ele.

Parte da tensão deixou meu corpo com a confirmação de que Lucian e Marcus estavam vivos, porém havia muitos outros cujo destino permanecia desconhecido. Eu tinha visto tantos mortos, tantos daímônes. E quanto a Laadan?

Seth e eu não nos falamos até estarmos a bordo do jatinho de Lucian. Eu me sentei à janela, enquanto ele *convencia* o piloto e os servos a decolarem sem Lucian.

Apoiei a cabeça no vidro frio e fechei os olhos. Meu estômago parecia vazio. Em algum momento depois que o avião decolou, parei de pensar. Fiquei apenas ali, existindo em um mundo em que eu talvez nem tivesse futuro. Muitas coisas poderiam dar errado. A coação talvez não funcionasse.

Se fosse o caso, os guardas estariam esperando por nós, quando o avião aterrissasse. Mesmo que Aiden se saísse bem, coações não eram necessariamente permanentes. Podiam perder a força com o tempo.

E então Aiden e eu perderíamos tudo.

Seth se sentou no banco ao meu lado. Ergui a cabeça para olhar para ele, que tinha dois copos nas mãos, com algo que parecia alcoólico dentro.

— O que é?

— Não é poção. — A piada não teve graça, mas abri um sorriso fraco e aceitei um copo. — É uísque. Deve ajudar.

Virei minha dose e devolvi o copo para ele.

— Obrigada.

— Você venceu mesmo as Fúrias?

Assenti.

— Cortei a cabeça das três. Mas elas disseram que voltariam.

— Só um deus pode matar outro deus. — Ele ficou em silêncio por um momento. — Ou um Assassino de Deuses. Mas se você cortou a cabeça das três, acho que elas vão ficar fora de circulação por um tempo.

— Seth, elas disseram... elas disseram que a ameaça era eu. — Mordi o lábio e estremeci. — Deuses... matei um puro.

— Shh. Nunca mais diga isso. Você sabe o tanto que Aiden está arriscando. Não permita que seja à toa. — Seth chegou mais perto de mim e passou o braço pelos meus ombros. Depois de alguns segundos, voltou a falar. — Ele... não é mesmo como os outros puros, Alex.

— Eu sei... — sussurrei.

Aiden não era como ninguém que eu conhecesse. Suas ações naquela noite não podiam ser atribuídas a um senso de dever exagerado.

Porém não havia nada que eu pudesse fazer a respeito no momento.

Olhei para a noite escura pela janelinha do avião. Abaixo, as luzes diminuíam cada vez mais, até se tornar insignificantes e desaparecer quando adentramos nuvens agourentas. Tentei respirar fundo, mas não consegui. Tinha matado um puro-sangue e o homem que eu amava estava lá embaixo, encobrindo tudo, arriscando tudo por mim.

O que eu havia feito?

Em retrospectiva, eu percebia que, nos segundos em que eu vi o puro erguer a adaga, poderia ter evitado o golpe. Eu era rápida. Poderia simplesmente ter me esquivado. Poderia ter corrido. Não precisava matá-lo.

Seth me abraçou com mais força, como se pudesse ler minha mente.

— Foi legítima defesa, Alex.

— Foi?

— Foi. Eles declararam guerra contra a gente. Você não tinha escolha.

— Sempre temos escolha.

Meus olhos passaram da janela a Seth. *Sempre temos escolha.* Só que eu possuía o péssimo hábito de fazer as escolhas erradas e agora precisaria lidar com aquilo. Assim como Aiden. Assim como Seth.

Ele estendeu a mão devagar, como se com medo de me assustar, então pegou meu queixo com as pontas dos dedos, sem dizer nada. Não que precisasse, porque a ligação entre nós estava ali, viva.

Eu precisava daquilo. Precisava de Seth.

Fechei os olhos e permiti que ele deitasse minha cabeça em seu ombro. Quando consegui respirar direito pela primeira vez, quando fiz minha escolha, permiti que nossa ligação me dominasse por completo. A presença e o calor de Seth me cercavam. Eu sentia as ondas de conforto vindo, desfazendo os nós no meu estômago. Sem preencher todos os buracos, sem preencher os que haviam se aberto nas Catskills, mas preenchendo o bastante para que eu me sentisse um pouco melhor, um pouco mais sã.

CENAS EXTRAS

CENA EXTRA

PONTO DE VISTA DE SETH

Vi Dawn colocar a mão no braço de Aiden e mais uma vez fiquei grato por Alex ter decidido não vir ao baile. Se ela visse isso, talvez arrancasse cada fio de cabelo da puro-sangue.

Imagens de Alex saindo na mão com outra garota invadiram minha mente e uma risadinha me escapou. Aiden ergueu as sobrancelhas.

— Tudo bem por aí?

Revirei os olhos, sem me dar ao trabalho de responder. Se eu estava ao seu lado, era porque Aiden representava a opção menos indesejável no momento, o que não significava que íamos ficar de conversinha. Em um dia bom, a animosidade entre nós ficava no nível "alerta vermelho". Em um dia ruim, ia para o nível "vou matar esse cara".

Os dias ruins excediam os bons. Os olhos cinzentos do puro se estreitaram antes que ele se virasse para um dos filhos de um membro do conselho, que, naquele momento, discursava sobre como era emocionante velejar em mar aberto. Eu ia acabar morrendo de tédio. Meus olhos encontraram Lucian, cercado de ministros. Até mesmo ele parecia estar torcendo por uma companhia mais estimulante.

Aiden soltou um suspiro baixo, porém alto o bastante para que eu conseguisse ouvir. Por pouco não ri.

Aparentemente, compartilhávamos dois sentimentos: tédio e...

A consciência fez um arrepio percorrer minha pele. Senti minhas marcas formigando em resposta à presença dela. Alex.

Eu virei devagar, procurando-a. O que ela estava fazendo a... Meu cérebro se esvaziou de qualquer pensamento racional.

Alex estava logo à entrada do salão, parecendo tão aterrorizada quanto uma dríade que acabou de cair nas graças de Apolo. Ela exalava ansiedade, mas não era aquilo que eu sentia. Embora sentisse *alguma coisa*.

Alex sempre tivera certa beleza — uma beleza bruta, que a marcava como única àqueles à sua volta. Aquela noite, no entanto, usava um vestido vermelho que caía tão bem em seu corpo que deveria ser proibido... Eu já havia visto Alex usando roupa de treino, seus pijaminhas que sempre me distraíam e roupas normais. Mas *nossa*. Sua juba emaranhada estava presa, e seus olhos...

Eu nunca havia visto nada tão bonito quanto ela aquela noite.

Vi quando Alex se afastou de Laadan e Lucian, parecendo deslocada, como se seu lugar não fosse com eles.

Hades, aquele não era mesmo seu lugar.

Finalmente, depois do que pareceu uma eternidade, seus olhos encontraram os meus. Alex ergueu uma taça, em um brinde silencioso. Senti todos os músculos do meu corpo se contraírem, e só depois me dei conta de que a estava secando, como um idiota.

— Puta merda... — murmurei.

Senti a tensão de Aiden ao me lado, e me perguntei se de alguma forma ele sabia que ela estava lá, se aqueles dois tinham algum tipo de vínculo, muito mais poderoso que minha ligação com Alex. Impossível... mas ainda assim...

Então ele olhou por cima do ombro, e pelos deuses... eu nunca havia visto um homem mais surpreso com uma garota de vestido. Bom, mentira. Eu fiquei igualmente surpreso, e se metade das coisas que haviam passado pela minha cabeça passassem pela dele agora, seria o suficiente para eu ficar com ainda mais vontade de sair no braço com Aiden que de costume.

A expressão dos dois me deixou mesmo com vontade de bater em alguma coisa — não, de aniquilar alguma coisa. Eles ficaram se olhando bem ali, na frente de todos.

E a coisa só podia piorar. Aiden simplesmente foi na direção dela. Cerrando os dentes até ter certeza de que quebrariam, deixei o grupo para trás, passando por Lucian e por Marcus. Laadan olhou para mim quando cheguei perto.

— Ela não é para o seu bico... — murmurou a puro-sangue, por cima da borda do copo, sem que o sorrisinho sabichão que ostentava se desfizesse. Eu não me interessava como ela sabia. — Cuidado, Seth...

— Ninguém pediu sua opinião.

Laadan arqueou uma sobrancelha, porém não disse mais nada, o que para mim estava ótimo. Apesar de todos os puros que eu conhecia, ela me dava arrepios. Passei por ela e segui na direção de Alex. Considerei pegar um guardanapo e lhe oferecer dizendo que era para secar a baba, porém imaginei que Alex não ia gostar da brincadeira.

Suspirando, me aproximei por trás dela e levei a mão a seu ombro. Alex não esboçou reação, ao contrário de mim. Zeus poderia passar a mão na garota que ela nem perceberia agora. Aiden, no entanto, notou. E não fez nenhum esforço para esconder a fúria em sua expressão geralmente neutra.

Abri um sorriso torto.

Aiden olhava para mim como se pudesse me bater, o que eu meio que queria que ele tentasse. Adoraria poder dar um chute bem no... Mas aquilo não terminaria bem para Alex.

Eu me inclinei em sua direção, sentindo um perfume de pêssego e algo misterioso que era só seu.

— As pessoas estão começando a notar.

Alex não estava nem aí e eu sabia, o que me deixava com vontade de esganá-la. Aiden, como sempre, demonstrou algum bom senso. Parou na hora, cerrando os dentes com a mesma força que eu havia cerrado.

Desci minha mão por seu braço e entrelacei nossos dedos. Então, disse a coisa mais irônica possível:

— Ele não é para o seu bico.

— Eu sei... — ela sussurrou, e seu desespero e sua dor me soaram tão fortes que precisei me esforçar para não me afogar neles, enquanto Aiden dava meia-volta. Parte de mim queria que ele voltasse para ela, só para que ela não sofresse.

Uma parte muito pequena de mim, que não tive problema nenhum em sufocar.

— Quer dançar? — perguntei.

Ela ergueu o queixo. Seus olhos pareciam mel.

— Não.

Baixei os olhos.

— Quer ficar aqui?

— Sei lá.

A indecisão era a melhor amiga do homem. Sorri e falei, com os lábios roçando sua orelha:

— Não nos encaixamos aqui, Alex. Com eles.

Alex desviou os olhos dos meus e chupou o lábio inferior. Estava confusa, o que em geral despertava seu lado menos tolerante. No entanto, ela voltou a me encarar.

— Vamos — insisti.

Seus dedos tremiam quando ela deixou a taça de vinho de lado. Saímos, mesmo eu sabendo que não era em mim que Alex pensava. Seus pensamentos e seu coração estavam sempre empenhados no lugar errado.

Só por enquanto, lembrei a mim mesmo, *só por enquanto*.

Eu a conduzi lá para fora, sem lhe dar opção a não ser me seguir. Alex estremeceu no ar fresco e permaneceu o tempo todo em silêncio, o que devia ser um recorde para ela. Minha mão livre se cerrou em punho. Sua perturbação me corroía como ácido. Ela não fazia ideia do quanto transmitia através de nossa ligação.

— Vamos fazer uma besteira — falei.

Ela olhou para mim.

— Você quer fazer uma besteira agora?

— Consegue pensar em um momento melhor?

Seus lábios se retorceram.

— Tá. Eu topo.

— Ótimo.

Era ótimo mesmo. Incrível. Maravilhoso. Eu a puxei pelo labirinto, lutando contra a raiva que crescia dentro de mim.

— Vamos treinar?

Balancei a cabeça e acelerei o passo.

— Não. Não vamos treinar.

As portas não estavam trancadas. Sorri assim que vi a piscina. Nós dois estávamos precisando fazer uma besteira.

— Vamos nadar? — ela perguntou, parecendo incerta.

— Vamos.

— Está menos cinco graus lá fora.

Abri a porta e fui recebido por um cheiro forte de cloro.

— E daí? Aqui dentro está tipo uns quinze.

Alex se afastou de mim e se aproximou da borda da piscina. Fiquei a observando enquanto tirava meus sapatos. Ela olhou para mim, e eu lhe lancei uma piscadela.

— Você é ridículo — falou Alex.

— Você também. — Deixei o paletó no chão, sem nunca tirar os olhos dela. Não era eu que estava no controle, mas o que havia dentro de mim... o que havia dentro dela. Não podia fazer nada, imaginava. — Somos parecidos, Alex.

Ela pareceu querer discordar, então seu rosto assumiu a expressão de quando considerava algo a sério. Com as sobrancelhas e o nariz franzidos, os lábios entreabertos. Era fofo.

— Fui assim tão óbvia? — perguntou Alex.

Precisei de um momento para entender a que ela se referia. Então proferi mentalmente uma sequência de palavrões, alguns muito criativos.

— Não sei o que se passa na sua cabeça, Alex. Não consigo ler seus pensamentos. Só percebo suas emoções.

Ela fez uma careta.

— Que bom!

— Concordo. — Comecei a desabotoar a camisa. — De qualquer maneira, eu nem precisaria ser capaz de captar suas emoções pra saber. Talvez seja melhor deixar pra lá a impressão que deu.

— Mas eu quero saber.

Aquilo não era sábio, mas quem era eu para negar? Suspirei.

— Você estava olhando para ele como uma garota feia olha para o último cara bonitinho no bar quando avisam que é a última rodada.

Uma risada pareceu escapar dela.

— Ah! Nossa! Valeu.

Droga! Ergui as mãos.

— Você que perguntou.

— É. Então fiz papel de boba na frente de todo mundo?

Papel de boba? Teria sido melhor.

— Não. Tudo o que eles viram foi uma meio-sangue bonita. — Desviei o rosto, percebendo que era hora de mudar de assunto. — Posso te contar uma coisa?

Ela se virou para a piscina.

— Claro.

Me aproximei dela, em parte porque *precisava*, em parte porque sabia que Alex odiava quando eu me movia depressa.

— Prefiro você sem luvas.

— Ah!

Ela me observava com cautela.

Tirei uma luva, surpreso que Alex deixasse, depois a outra, então joguei as duas para longe da água. Se me dava a mão, eu queria o braço. Passei os dedos pelas marcas nos braços dela antes de me afastar.

Alex baixou os olhos.

— Melhor assim?

— Muito.

Cruzei os braços e fiquei olhando para ela. Alex sempre despertava minha curiosidade. Não deveria, mas despertava. Talvez fosse aquilo que a tornasse um mistério tão grande para mim. Ainda que na metade do tempo eu soubesse o que ela estava sentindo, nunca tinha ideia do que ia fazer.

— Seda pode molhar? — ela perguntou.

Seria possível que ela estivesse mesmo pensando em entrar na água com aquele vestido? Aquilo me surpreenderia.

— Acho melhor não.

Alex tirou os sapatos.

— Que pena!

Meus olhos se arregalaram.

— Você vai mesmo...

Alex mergulhou. Ri ao presenciar o choque da água fria nela, igualmente chocado. Fui até a beirada da piscina. Quando ela voltou à tona, sorri.

— Que infantilidade, Alex! Você estragou o vestido da mulher.

— Eu sei. Sou péssima.

— Péssima... — murmurei, e fiquei só observando enquanto Alex voltava a mergulhar.

Ela se manteve debaixo da água por tempo o bastante para eu começar a me perguntar se não teria um pouco de Poseidon em si.

Um tremor percorreu meus sinais e eu me afastei da beirada. Ergui os braços, fechei os olhos e me alonguei, tentando aliviar a tensão que crescia dentro de mim, tentando aplacar a maneira como os sinais formigavam e queimavam.

Abri um olho e dei com Alex me observando enquanto boiava.

— Para de me secar.
— Não estou te secando.
Dei risada.
— Como está a água?
— Gostosa.

Os sinais estavam me deixando maluco. Pareciam zumbir com o poder que ganhavam. Deixei os braços caírem nas laterais do corpo e respirei fundo.

— Você se lembra da última coisa que eu te disse no treino?

Ela nadou até a beirada.

— Você me diz um monte de coisa no treino. Sinceramente, nem presto tanta atenção.

Que bom! Tive que rir.

— Você faz maravilhas pela minha autoestima.

Alex empurrou a parede da piscina com os pés e boiou de costas para mais longe. O vestido flutuava à sua volta, como se ela fosse uma náiade.

— Me sinto uma sereia.

Eu sentia muitas coisas.

— Amanhã, quando perguntarem o que aconteceu em Gatlinburg, responda apenas o necessário.

Ela suspirou.

— Eu sei. O que acham que vou dizer? Que adoro daímônes?

Eu não ficaria surpreso.

— Só não quero que se estenda muito sobre nada. Responda sim ou não, e só.

— Não sou tonta, Seth.

Arqueei uma sobrancelha. Tonta? Não. Imprudente? Sim.

— Eu não disse que você era. Mas sei que tem uma tendência a... falar bastante.

— Olha só quem...

Mergulhei e segui imediatamente na direção dela. Tentei pegar seu vestido, porém Alex afastou minha mão. Voltei à tona e sacudi a cabeça, espirrando água para todo lado.

Ela espirrou água em mim também.

— Você fala mais do que eu.

Fui até um canto, apoiei o braço na borda e me virei para ela. Pelos deuses, a água fazia bem àquela garota.

— Você parece um macaco afogado.

— Quê? Pareço nada. — Ela passou a mão pelo cabelo e pelos olhos. — Espera. Pareço mesmo?

Fiz que sim, lutando contra a necessidade que me consumia de me atirar sobre ela.

— Sinceramente, você ficou toda zoada. Foi uma ideia ruim. No que eu estava pensando?

— Cala a boca. Você também não está lá essas coisas.

Uma faísca de interesse contrariava o que ela dizia. Sorri e aproximei a mão da superfície.

— Olha só isso.

— Isso o quê? — ela perguntou, tentando segurar a saia do vestido.

Fiz a água girar, depois explodir, lançando um redemoinho na direção dela. Aquilo deu início a uma guerrinha de água. Muito embora soubesse que não era páreo para mim, Alex não desistiu. Nem mesmo quando a brincadeira se tornou mais física e eu a suspendi no ar, chutando e gritando como uma *banshee*. Pela primeira vez em muito tempo, eu estava me divertindo. De um jeito infantil e bobo, mas, mesmo assim, me divertindo.

No fundo, eu sabia por que a havia levado para a piscina, porém da terceira vez que a lancei uns bons seis metros no ar, fiquei só olhando enquanto ela voltava para mim, esquecendo o motivo à medida que uma ideia melhor se insinuava.

Alex sorriu para mim.

Suspirando, eu a devolvi à água.

— Agora você está mesmo a cara de um macaco afogado.

— Valeu.

Ela começou a nadar para longe de mim.

Deixei que se afastasse um pouco, só para depois enlaçar sua cintura e a virar para mim.

— Aonde acha que vai?

Eu não sabia bem o que estava fazendo. Beleza, eu vivia dando em cima dela e ultrapassando os limites, mas sempre houve uma linha invisível entre nós, com um nome: Aiden. No momento, entretanto, a linha parecia estar submersa.

Alex levou as mãos aos meus ombros. Eu cerrei os dentes.

— Não me joga mais.

— Não vou jogar você.

— Então eu ganhei?

— Não — falei, olhando para a curva do pescoço dela. Mal dava para notar as marcas ali.

— Droga! Bom, acho que você tinha que ser melhor do que eu em alguma coisa mesmo. Parabéns.

— Sou melhor que você em tudo. Sou...

— Egoísta? — ela me cortou. — Narcisista?

Inclinei o queixo para baixo e a empurrei até que suas costas tocassem a parede da piscina.

— Tenho algumas palavras pra te definir também. Que tal teimosa? Despudorada?

A respiração dela acelerou.

— Despudorada? Você está fazendo aquele lance de tentar falar uma palavra difícil por dia?

Levei um dedo a seus lábios.

— Se você quiser posso até usar "despudorada" em uma frase.

— Não precisa.

Apoiei as mãos na borda da piscina, uma de cada lado do corpo de Alex e notei como seus cílios encharcados se levantavam, seus olhos encontrando os meus. Foi como levar um soco no estômago. A mistura de confusão e atração fez o fundo da minha garganta queimar.

Ela mesma irradiava uma boa dose de nervosismo, tendo seus motivos para tal, e engoliu em seco.

— Acho que... é hora de voltar. Estou com frio e é tarde.

Sorri.

— Não.

— Não?

— Ainda não acabei de fazer besteira. — Eu me inclinei e cheguei tão perto dela que as pontas do meu cabelo roçaram em sua testa. — Na verdade, ainda tenho muita besteira em mim.

Alex apoiou as mãos no meu peito. Uma onda de eletricidade percorreu meu corpo. A incerteza estava clara em suas feições, porém ela não me afastou, o que recebi como um bom sinal. Minhas mãos encontraram sua cintura sem pensar muito. O tecido do vestido era tão fino que eu sentia o calor de sua pele.

— Quer saber? — falei. — Eu poderia fazer muitas besteiras, mas quero fazer a maior besteira possível.

— Que é...?

Inspirei fundo, para sentir seu cheiro.

— Beijar você.

Ela ficou tensa.

— Você é maluco. Não sou Elena... nem as várias outras.

— Eu sei. Talvez seja por isso que eu queira — admiti.

Alex era diferente. Nenhuma outra menina fazia minha pele se arrepiar. Talvez não fosse ela, mas o que havia dentro dela. De qualquer maneira, eu sabia que a queria porque era aquilo que o que eu aguardava dentro de mim queria.

Alex virou a cabeça para me encarar. Outro bom sinal.

— Você não quer me beijar.

— Quero sim.

Meus lábios roçaram sua bochecha macia.

Suas mãos agarraram a borda da piscina.

— Não quer.

Dei risada, então comecei a subir os dedos por sua coluna, até curvar a mão sobre sua nuca.

— Está discordando de mim em relação ao que *eu* quero?

— Você é que está discordando de mim.

— Você é ridícula. — Por um momento, sorri, antes de perceber que estava tocando o hematoma que o mestre havia deixado. A raiva tomou conta de mim, fazendo a tensão aumentar ainda mais. — É uma característica sua bem irritante e estranhamente fofa.

— Bom... Você também me irrita.

Ri de novo, porque ela era engraçada. Estava sempre discutindo, sempre negando o que se encontrava bem à sua frente.

— Por que ainda estamos falando?

Ela apoiou a bochecha em meu ombro e eu senti o movimento de seus cílios.

— Essa é sua única chance de falar comigo sem que eu te mande calar a boca, porque não estamos fazendo... mais nada.

— Tem ideia de como te acho divertida?

Cheguei mais perto. Minha mão passou pela curva de sua cintura e desceu pela coxa. Alex fez menção de me parar, mas não foi rápida o bastante e eu sabia que ela podia ser *bem* rápida quando queria. Enrosquei sua perna na minha e tive que me segurar para não gemer.

— O que você... está fazendo? — ela sussurrou.

— E sabe por que te acho tão divertida?

— Por quê?

— Porque sei que você está louca pra me beijar.

Com a outra mão, peguei seu queixo e inclinei sua cabeça para trás.

— Não é verdade.

A mentirosa... A necessidade era tão forte nela quanto em mim, o que confundia os limites de quem éramos.

— Por que está mentindo? Não tenho ideia. — Beijei sua bochecha e depois seu pescoço, seu ombro, enquanto minha mão descia um pouco mais por sua coxa. Ela estremeceu, o que me fez sorrir. — Sinto o que você sente. E sei que você quer que eu te beije.

Ela cravou as unhas nos meus braços.

— Não é...

— Não é o quê?

Ergui a cabeça e levei minha boca para bem perto da dela.

— Eu...

— Me deixa te beijar.

307

Eu sabia que ela queria que eu a beijasse, que *precisava* que eu a beijasse. Nosso vínculo deixava aquilo claro e eu sentia os sinais na minha pele, passando por mim. Alex resistia porque era o que costumava fazer. Mas tinha outra questão: a sensação de culpa que ela emanava.

Alex abriu os olhos.

— Isso é real?

— Muito real. — Afastei algumas mechas molhadas de sua bochecha, me perguntando se eu estava mentindo ou não, e se deveria me importar caso estivesse. — Me deixa te beijar, anjo.

Seus lábios se entreabriram a menos de três centímetros do meu, e eu senti um friozinho na barriga. Tão perto... então senti a culpa crescendo, se tornando mais poderosa que o desejo. Os sinais em minha pele congelaram. Alex não estava pensando em mim agora, droga. Eu a soltei. Meu rosto se contraiu quando seu corpo bateu contra a parede da piscina.

— Você está pensando em Aiden.

Ela mordeu o lábio, mas eu podia ler a verdade em seus olhos.

— Não da maneira que você imagina.

A frustração tomou conta de mim e eu soube que precisava partir antes que fizesse ou dissesse alguma coisa de que me arrependeria. No entanto, voltei a me aproximar, ficando cara a cara com ela.

— Não sei o que é pior. Eu ter sido tolo o bastante a ponto de querer te beijar ou você continuar ligada a alguém que nem te quer.

Seus olhos brilharam.

— Nossa. Pegou pesado.

Fui um completo idiota, mas ela precisava entender.

— É verdade, Alex. Mesmo que ele professasse seu amor eterno, vocês não poderiam ficar juntos.

Alex me deu as costas e saiu da piscina. A água escorreu de seu vestido, formando poças a seus pés.

— Não podermos ficar juntos não muda como me sinto em relação a ele.

Foi a gota d'água. No passado, talvez eu tivesse deixado aquilo passar, porém não deixaria agora. Saí da água tão rápido que ela recuou um passo.

— Se você sente um amor épico desses por Aiden, como podia estar louca para me beijar até agora há pouco?

Suas bochechas ficaram vermelhas de raiva e eu mesmo estava puto.

— Eu não te beijei, Seth! Você já tem a resposta pra essa pergunta!

— Mas você quis beijar. Pode acreditar, eu sei que você quis. — Sorri. — E muito.

Ela ficou me olhando por um momento, depois cerrou as mãos em punho.

— Não sei o que eu quero! Como você saberia? Como saberia que não é a conexão entre nós em vez de algo real?

Aquela era a pergunta de um milhão de daímônes. Eu não sabia com certeza, porém havia mais do que apenas nossa ligação. Quando Caleb morreu, parte do motivo que me levou a ficar com ela foi a tristeza que a devorava, porém parte foi o fato de que eu simplesmente *queria*. Tanto que impedi Aiden de vê-la.

Sim, nossa ligação sempre estaria lá, mas era como deveria ser, como tínhamos sido criados. Não havia nada de errado naquilo. Seria falso negar. Explicar aquilo a ela não me levaria a lugar nenhum. Alex não entendia. Ainda não.

— Você acha que é a conexão? Acha mesmo que é tudo o que sinto por você?

Ela soltou uma risada dura.

— Você diz isso o tempo todo! Sempre que faz algo legal por mim, diz que foi forçado por nossa conexão.

— Nunca te ocorreu que podia estar brincando?

— Não! Por que me ocorreria? Você disse que nossa conexão só ficaria mais forte. Por isso você quer me beijar. Não é real.

Às vezes eu tinha vontade de esganá-la.

— Sei por que quero te beijar, Alex, e não tem nada a ver com o fato de sermos Apôlions. Aparentemente, tampouco tem a ver com você ter algum bom senso.

Agora era ela que parecia querer me esganar.

— Ah, cala a boca. Cansei dessa...

— Sei exatamente por que quero te beijar. — Eu me aproximei, obrigando Alex a recuar até que suas costas batessem contra a parede. — Não consigo acreditar que vou ter que desenhar pra você.

Ela estremeceu, com as mãos espalmadas contra o cimento.

— Ninguém está te obrigando.

— Você é a pessoa mais irritante que eu conheço.

Alex revirou os olhos.

— E isso te faz querer me beijar? Você é muito perturbado.

— Está sentindo a conexão entre nós agora?

Ela franziu a testa.

— Na verdade, não, mas não sei como é...

Não sei por que fiz o que fiz. Raiva? Frustração? Desejo? Talvez tenha sido apenas para provar que, mesmo amando outra pessoa, ela me queria, o que na minha opinião só provava que o amor era uma das coisas mais idiotas e inconstantes que os deuses haviam criado. Segurei seu rosto e levei a boca à dela.

Alex congelou, mas não resistiu quando aprofundei o beijo, passando pela sensação deliciosa da primeira vez para mergulhar de vez. Deuses, eu poderia devorá-la. Ela estava certa. A ligação entre nós alimentava o desejo, mas eu não me importava. Aquilo era importante, tudo aquilo tinha um propósito, não que eu conseguisse recordá-lo ou pensar no que quer que fosse além da maciez de seus lábios, do fato de que eu apostaria minha vida que ambrosia tinha exatamente o gosto dela.

Finalmente, Alex se mexeu. Seus braços enlaçaram meu pescoço, seus dedos se enfiaram em meu cabelo, e ela retribuiu o beijo como se não houvesse amanhã. Eu adorei. Adorava que quando Alex finalmente decidia fazer alguma coisa, lançava-se de todo, fosse certo ou errado.

Uma frieza se mantinha no fundo da minha mente, no entanto. Uma noção. Aquela era minha chance. A única chance que eu teria.

Eu me afastei, pegando seu lábio inferior nos dentes. O ruído que ela produziu em resposta não parecia justo.

— Agora não vai me dizer que não gostou disso. — Voltei a beijá-la, incapaz de me segurar, após tanto tempo. — E não vai se atrever a dizer que não me beijou de volta.

— Eu... não sei o que foi isso.

Ri, movimentando a boca contra a dela.

— Você tem uma escolha, Alex.

Seus olhos se abriram na mesma hora. Ela ficou observando os sinais no meu rosto, que zumbiam em aprovação, de maneira quase obsessiva.

— Que escolha?

Desci as mãos até sua cintura e a mantive no lugar.

— Você pode escolher continuar sofrendo por algo que nunca vai poder ter.

— Ou?

Hum... ela não tinha negado aquilo de pronto. Sorri.

— Pode escolher não fazer isso.

— Seth, eu...

Lá íamos nós.

— Olha, sei que você não o superou, mas também sei que gosta de mim. Não estou sugerindo nada. Não estou pedindo um rótulo qualquer ou que me prometa qualquer coisa. Expectativa zero aqui.

Sua respiração estava curta.

— O que está sugerindo?

— Que você escolha ver no que dá. — Eu a soltei, recuei e passei as mãos pelo cabelo, porque precisava de espaço. — No que a gente dá. Que você escolha a gente.

Alex abraçou o próprio corpo, parecendo incrivelmente pequena. Era um risco, deixar as coisas tão às claras, porém eu devia ter feito isso antes. Devia expor o que queria.

Abri um sorriso fraco.

— Pelo menos pense a respeito.

Então eu a deixei, para lhe dar tempo para pensar, o que talvez não fosse uma boa ideia. Alex tinha o péssimo hábito de tomar decisões ruins. Foi com movimentos um pouco bruscos que peguei minha camisa e voltei a vesti-la. O tecido roçou nos sinais agora sensíveis, porém eu estava me acostumando com a sensação.

— Seth?

Eu me virei de lado enquanto terminava de abotoar a camisa.

— Alex?

Suas bochechas ficaram vermelhas.

— Eu... escolho você. Ou sei lá o que você disse. — Ela franziu o nariz. — Digo, escolho esse lance de ver no que...

Minha boca a interrompeu. Meus braços a envolveram para colocar meu paletó sobre seus ombros gelados. Quando vi, eu a levantava do chão. Um fogo varreu nós dois e ela se moveu deliciosamente em meus braços. Os sinais queimavam na minha pele, indo para onde suas mãos tocavam, exigindo contato, exigindo marcar a pele de Alex novamente.

Então ela enfiou as mãos por baixo da minha camisa. *Rápido demais.* Eu recuei, com a respiração pesada. Ela era minha, mas aquilo era rápido demais. Meus lábios se abriram em um sorriso que alcançava cada parte minha.

— Você não vai dormir naquela cama, naquele quartinho horrível, esta noite.

CENA DELETADA

(ALEX E AIDEN)

Aiden jogou as mãos para o alto. O gesto ocupou praticamente todo o espaço daquele lugar tão apertado.

— Não acha que minha decepção pode não estar relacionada à presença de Seth no seu quarto, mas ao fato de você ter infringido as regras de novo?

— Até parece, Aiden. Eu infrinjo as regras o tempo todo.

— É exatamente disso que estou falando — ele pontuou, seco.

Não tenho ideia do que me levou a dizer as palavras seguintes. Talvez a frustração acumulada. Todas as vezes em que treinávamos juntos e ficávamos ao mesmo tempo muito próximos e muito distantes um do outro. Talvez eu só quisesse irritá-lo.

— A decepção é porque ele se deitou na cama comigo, e não você. Qualquer outra pessoa seria capaz de admitir isso.

Um suspiro estrangulado escapou dele e eu soube que tinha ido longe demais. Aiden ia gritar comigo. Ia me dar um sermão, porque nunca penso direito. Pior ainda: eu sabia, tinha certeza, que ele diria que eu havia entendido tudo errado. Que ele deixou para trás o que quer que tivesse acontecido entre nós. Se Aiden o fizesse, eu ia chorar. Ou bater nele. De qualquer maneira, não seria divertido. Portanto, eu precisava dizer alguma coisa para anular o que havia falado segundos antes.

— Você disse que eu era bonita — soltei depressa. — Ainda acha isso?

Notei frustração em seus olhos, e algo mais. Talvez desejo? Aceitei aquilo e segui em frente.

— Eu... não diria bonita. Diria extraordinária. — Aiden pôs a mão sobre a minha. — Sempre.

— Extraordinária? — Abri um sorriso largo. — Gostei.

— Claro que gostou — ele disse, com um suspiro.

Um calor maravilhoso se espalhou por meu corpo.

— Tem mais alguém que você acha extraordinário?

Aiden inclinou a cabeça de lado. Mechas de cabelo escuro caíram sobre sua bochecha. Ele voltou a suspirar.

— Não faça isso, Alex.

Suas palavras pareceram uma súplica gentil, que não teve nenhum impacto em mim.

— Acha? Diz que acha e eu paro. Fico quieta. Tipo, uma semana inteira. É só me dizer que sente o mesmo em relação a outra pessoa.

Seus olhos passaram de cinza-claro à prata. Um instante depois, Aiden me puxou para si.

— Você sempre insiste.

— É mesmo...? — sussurrei, sentindo meu sangue pulsar.

Eu era como uma criança. Qualquer atenção era boa. Desde que fosse dele. Eu queria que Aiden me tocasse, que me desejasse tanto quanto eu o desejava.

E consegui.

Nossos lábios se encontraram, sem que ele me desse nenhum aviso. Com sua boca tocando a minha, todos os pensamentos se foram. Perdidos naquele simples toque, naquele ato proibido, ambos arriscávamos tudo. Uma necessidade ardia entre nós e aprofundava o beijo. As mãos de Aiden desceram até minha cintura, seus dedos esquentando minha coluna. Um anseio suntuoso floresceu e saiu de controle. Cravei as unhas em sua pele, e ele me agarrou. Bati contra um carrinho e lençóis foram ao chão. Aiden chegou ainda mais perto. Uma mão desceu pelo meu quadril e outra pela minha coxa, depois ele enroscou minha perna na sua.

Estando ambos com tão pouca roupa, fui imediatamente lembrada daquela noite em seu quarto, em sua cama. A lembrança alimentou o medo e minhas mãos se enfiaram entre as mechas de seu cabelo.

Os lábios de Aiden me deixavam tonta, ofegante. Era como se eu não conseguisse obter o bastante dele. Meus quadris se projetaram em sua direção, minhas mãos desceram por seus ombros, seus braços, entraram por baixo da camiseta. As coisas saíam do controle rapidamente. Onde quer que ele me tocasse, minha pele ardia e minha alma cantava.

Muito embora eu me sentisse a ponto de me desfazer a qualquer segundo, aquilo era muito mais que apenas físico. Havia desespero em cada beijo, no jeito como nossos corpos se colavam, do peito aos joelhos. Tanto que eu podia sentir seu coração martelando. Em meio àquelas sensações gloriosas, eu me dei conta de algo muito importante, muito potente.

Aiden podia até me dizer que não sentia o mesmo que eu. Podia lutar noite e dia contra o que havia entre nós. Podia mentir depois. Não importava.

Eu sempre, *sempre*, saberia a verdade.

Mesmo que estivéssemos fisicamente separados, mesmo que uma dezena de regras se impusessem entre nós, mesmo que nunca conseguíssemos ficar juntos, eu sempre saberia. Então por que sentia tanta vontade de chorar?

Aiden se afastou, com a respiração pesada. Seus braços continuavam me envolvendo.

— Eu não deveria ter feito isso.

CENA DO ZOOLÓGICO

(PONTO DE VISTA DE AIDEN)

Eu me encontrava ao lado de Alex, fingindo olhar para o lince, quando na verdade era para ela que olhava. Desde que enfrentara a mãe em Gatlinburg, uma expressão distante e sombria se tornou dolorosamente familiar em seus olhos. Ouvir sua risada e ver seus lábios se curvarem num sorriso que sempre fazia com que eu sentisse como se alguém apertasse meu peito provavam que aquele passeio valia os riscos envolvidos.

Ela já havia enfrentado coisas demais, coisas que teriam arrasado alguém mais fraco. E eu tinha a terrível sensação de que seu futuro não seria mais fácil do que ficou para trás.

Se eu tivesse como impedir que Alex fosse acometida por mais dor e sofrimento, impediria. Faria qualquer coisa.

— Acha que ele sabe o que somos? — perguntou.

Eu me apoiei na grade.

— Não sei.

Seus olhos continuaram acompanhando os movimentos ágeis do predador.

— Minha mãe achava que sim. Ela dizia que os animais sentiam que éramos diferentes dos mortais, principalmente os felinos.

Enquanto eu assistia à brisa fazendo seu cabelo esvoaçar, compreendi de onde vinha sua fascinação por zoológicos.

— Sua mãe gostava de felinos?

Ela deu de ombros.

— Acho que tinha a ver com meu pai. Sempre que a gente vinha, dava pelo menos uma passadinha aqui. — Ela olhou por cima do ombro e acenou com a cabeça para os bancos antigos. — Ficávamos vendo os felinos sentadas.

Eu me aproximei dela, não sei se propositalmente ou não.

Alex voltou a olhar para o lince, com um sorriso no rosto.

— Era o único momento em que minha mãe me falava do meu pai. E, mesmo assim, não revelava muita coisa. Só que ele tinha olhos castanhos calorosos. Eu ficava pensando se ele tinha alguma relação com animais, sabe? Bem, da última vez que viemos, ela me disse seu nome e que ele estava morto. Na verdade, ela escolheu meu nome em homenagem a ele, sabia? Acho que é por isso que Lucian odiava quando minha mãe me chamava de Alex. Então, depois de um tempo, ela começou a me chamar de Lexie. O nome do meu pai era Alexander.

Algum tempo se passou sem que ninguém dissesse nada.

— É por isso que você gosta tanto do zoológico.

— Pois é. — Ela riu, com as bochechas coradas.

— Querer estar perto de algo que te lembra das pessoas que ama não é motivo de vergonha.

— Eu nem conheci meu pai, Aiden.

— Ainda assim, ele era seu pai.

Alex ficou em silêncio, observando o lince rodear os limites de seu confinamento. Em segundos, meus olhos retornaram a ela. Sua bochecha estava corada, seus olhos pareciam mais claros. Eu me virei para o lince, pensando em como ela era parecida com ele. Poderosa e graciosa, presa no confinamento daquilo que viria a se tornar. Aquilo se aplicava a todos os meios-sangues, de certa forma. Eles estavam entre as criaturas mais poderosas a caminhar no reino dos mortais, no entanto eram prisioneiros de seu próprio sangue.

Por um breve segundo de insanidade, pensei em levá-la para longe da ilha Divindade. De maneira semelhante a alguns mortais, que quando viam animais selvagens enjaulados só pensavam em libertá-los. No caso dela era impossível, no entanto. O conselho a encontraria. Talvez os próprios deuses a encontrassem.

Seth a encontraria.

Soltei o ar devagar, me preparando para o que eu tinha que fazer.

— Odeio dizer isso, mas precisamos ir, Alex.

— Eu sei.

Enquanto voltávamos, eu me perguntava o que Alex estaria pensando. Queria voltar para o Covenant? Ainda queria ser parte daquele mundo, mesmo depois de tudo o que havia acontecido? A raiva me consumiu como fogo. Não importava o que ela queria e aquilo me deixava puto. E me deixava ainda mais puto o fato de que eu disse que ela era a única que tinha controle sobre seu destino. Afinal, era mentira.

Meu cérebro retornou à ideia insana de libertá-la. Dinheiro não seria problema. Graças aos meus pais, eu tinha o bastante para sustentá-la por décadas. Eu tampouco teria dificuldade em matriculá-la em uma escola mortal, porque podia recorrer à coação. Segurança seria o problema. Daímônes certamente voltariam a encontrá-la. O conselho mandaria sentinelas. Seth provavelmente reviraria o mundo atrás de Alex. Mas eu poderia escondê-la bem o bastante para que ninguém a encontrasse, poderia mantê-la protegida do... Onde eu estava com a cabeça?

Senti que todo o ar deixava meus pulmões enquanto abria a porta do motorista e entrava.

Eu podia escondê-la? Podia mantê-la a salvo?

Eu era sentinela, e sentinelas seriam enviados para recuperá-la. Tirá-la do Covenant envolveria infringir tantas leis que me deixava até tonto. Ser punido não era o que me preocupava. O que me preocupava era a punição que *ela* receberia, porque *ela* arcaria com as consequências daquela tolice. Eu não seria mais sentinela, porém minha vida seguiria. Alex provavelmente receberia o elixir, independentemente de ser o Apôlion.

Mas levá-la de volta... deuses, Alex merecia muito mais. E não deveria ter que lidar com tudo sozinha.

Virei para ela, sentido o peito cada vez mais apertado. As palavras saíram antes que eu pudesse impedi-las.

— Sei que você é uma pessoa muito corajosa, Alex. Mas não precisa ser assim o tempo todo. Tudo bem deixar que alguém seja corajoso por você de vez em quando. Não é nenhuma vergonha. Não para você, que provou ter mais dignidade que qualquer puro-sangue.

Ela arregalou os belos olhos. Pelos deuses, o efeito que eles tinham em mim...

— Acho que você comeu açúcar demais.

Ri. Aparentemente, não tinha nenhum controle sobre minha boca.

— É que você não vê o que a gente vê, Alex. Mesmo quando está sendo ridícula por algum motivo, ou quando não está fazendo nada, é difícil não notar. E, como puro-sangue, é a última coisa que eu deveria notar. — Fechei os olhos por um momento, ordenando a mim mesmo que calasse a boca, porque o que tinha dito nunca poderia ser retirado. E, mesmo se pudesse, eu não sabia se ia querer retirar. — Acho que você nem faz ideia.

— Não faço ideia do quê? — ela perguntou, baixinho.

Eu parecia incapaz de manter o bico calado.

— Desde que te conheci, quero quebrar todas as regras. — Virei o rosto para o para-brisa, sentindo o corpo tenso. — Um dia, você vai se tornar o centro do mundo de alguém. E ele vai ser o filho da puta mais sortudo do mundo.

Ela puxou o ar de um jeito que atraiu minha atenção. Ela era tão linda que às vezes chegava a doer, mas parecia não saber. Meus músculos abdominais se contraíram. A pressão no meu peito aumentou. Inspirei fundo, mas não adiantou.

— Obrigada — Alex disse, me encarando. — Obrigada por fazer tudo isso por mim.

Meu desejo por ela me devorava por dentro, levando o bom senso e me fazendo esquecer as consequências.

— Não precisa agradecer.

— Nunca vai me deixar agradecer por nada?

Certamente não agora, era o que eu queria dizer. Não quando estava a segundos de fazer algo que nenhum de nós poderia desfazer, quando estava perto de arriscar seu futuro e sua liberdade.

— Vou. Quando for por algo digno de agradecimento.

Não sei como aconteceu. Meu cérebro gritava para que eu parasse. Alex se inclinava na minha direção, e eu me inclinava na direção dela. Meu cérebro desligou e meu corpo assumiu o controle.

Levei as mãos a suas bochechas e Alex tocou meu peito. Minha boca encontrou a dela. Meu coração batia como se eu tivesse dezesseis anos e beijasse uma garota pela primeira vez. Era ridículo, mas era o efeito que ela causava em mim. Sempre.

Não foi um beijo delicado ou suave. Não foi um beijo hesitante. Eu a queria e a tomei. Queria mais do que qualquer outra coisa, e os deuses sabiam que havia muitas coisas que eu queria, mas Alex vinha em primeiro lugar e nunca tinha saído daquela posição.

Tocá-la, descer as mãos por seus braços, até onde ela agarrava minha blusa, beijá-la... tudo isso era apenas um vislumbre provocativo do que poderia vir a acontecer. Não bastava. Não quando seus lábios tinham gosto de algodão-doce e luz do sol. Se a luz do sol tivesse gosto, seria o dela.

Alex gemeu contra minha boca, e aquele gemido percorreu meu corpo todo. Eu a segurei mais forte, e ela estremeceu, depois eu estremeci. Eu precisava parar. Beijei-a de novo, absorvendo tudo. Eu precisava parar. Eu a devorei com a boca. Tinha seu futuro em minhas mãos. Então parei.

Me afastei e apoiei a testa na dela, respirando com dificuldade. O que eu queria de Alex era algo que nunca poderia lhe pedir.

Suas mãos relaxaram. Apesar de sua respiração trêmula, as palavras saíram fortes e inconfundíveis:

— Eu te amo.

Me afastei ainda mais, de olhos arregalados. A princípio, meu coração pulou, literalmente, mas então a realidade se impôs. Eu queria poder riscar aquelas três palavrinhas no ar entre nós, porque elas eram uma sentença de morte pra Alex.

— Não. Alex. Não diga isso. Você não pode... você *não pode* me amar.

Ela começou a estender as mãos para mim, mas depois as recolheu junto ao peito.

— Mas amo.

Fiquei olhando para ela, dividido entre emoções conflitantes. Ouvir Alex dizer aquelas palavras e reafirmá-las era como ser atingido por um raio. Em outro mundo, num mundo no qual Alex e eu não fôssemos tão diferentes, tais palavras teriam me levado à loucura no sentido certo.

No entanto, naquele momento elas destruíram parte de mim.

Fechando os olhos, me inclinei até ela e lhe dei um beijo na testa, desejando algo diferente, qualquer outra coisa.

Pelos deuses, a culpa era minha. Encadeei mentalmente palavras que deixariam Deacon orgulhoso. Ela não podia me amar de jeito nenhum. Me permiti demorar um pouco naquilo, então voltei a mim.

Esfreguei os olhos, sentindo que ela me observava.

— Alex...

— Ah, deuses... — ela sussurrou. — Eu não deveria ter dito isso.

— Tudo bem. — Pigarreei. — Não tem problema.

Eu sabia que não era o que ela queria ouvir, o que esperava ouvir. Ela arfou de um jeito que fez meu peito rachar ao meio. Olhei para Alex. Ela mantinha o rosto voltado para a frente, os lábios pressionados a ponto de deixar a pele em volta da boca mais clara. No entanto, o que me matou foi o brilho nublado de seus olhos cor de uísque. A pá de cal sobre meu túmulo foi o silêncio que recaiu como chumbo entre nós. O modo como suas mãos tremiam sobre as pernas me fazia querer socar alguma coisa.

Eu nunca havia me odiado tanto.

No entanto, seria o melhor, porque amor entre nós dois só poderia terminar em tragédia, e Alex já havia tido sua cota de tragédia na vida.

CENA DA POÇÃO

(PONTO DE VISTA DE AIDEN)

Meu rosto doía de tanto me esforçar para manter as aparências e sorrir ao longo de conversas com as quais eu não me importava nem um pouco e de apresentações a puros-sangues que já não lembrava quem eram. Aquele era o último lugar onde eu queria estar, mas se fosse embora cedo demais, pessoas importantes e poderosas começariam a fazer perguntas.

Alguém do conselho disse alguma coisa, e eu assenti, sem ter ideia do que fora. Só conseguia pensar em Alex... sob efeito da poção, a sós com Seth. Naquela situação, eu não confiaria em nenhum homem com dois olhos. Alex ficaria... eu nem me permiti concluir o pensamento.

Naquele caso, eu não tinha certeza de que poderia confiar nem em mim. Mas Seth jurara que ia cuidar dela.

Senti uma mão quente subindo pelo meu braço. Quando me virei, deparei com uma puro-sangue que devia ser uns cinco anos mais velha que eu. Seus lábios com batom vermelho se abriram em um sorriso largo e ela se inclinou em minha direção.

— Aiden St. Delphi — ronronou a mulher, levando a outra mão ao meu peito. — Você deveria agraciar Catskills com sua presença mais vezes. Suas visitas são espaçadas demais.

Eu não fazia ideia de quem era ela. Com toda a educação possível, tirei sua mão do meu peito e me afastei. A mulher me seguiu. Seus olhos pareceram se acender diante do desafio.

— Desculpe — falei — Mas não estou interessado.

Ela inclinou a cabeça para o lado de modo que seu cabelo cor de mel cascateou sobre o ombro.

— Por quê? Prefere companhia masculina? — Ela simulou recato. — Não tenho problema algum em dividir.

Apenas arqueei uma sobrancelha, sem querer dar continuidade, porque minha presença era necessária em outro lugar.

— Não estou interessado em companhia de nenhum tipo. Boa noite.

Dei meia-volta e revirei os olhos quando ela proferiu um palavrão.

Saí do salão, me despedindo de Marcus e da ministra-chefe apenas com um aceno de cabeça. Por sorte, eles não me detiveram.

Levei uma eternidade para chegar ao andar de Seth. Bati à porta, torcendo para não acordar Alex caso estivesse dormindo. Com sorte, em vez de sentir os efeitos da poção, ela apenas dormiria. Quando ninguém atendeu, abri a porta. Meus olhos foram direto para a cama vazia, depois para o sofá.

Meu estômago se revirava.

— Onde ela está? Seth?

Entrei no quarto, respirando profundamente. Ruídos chegavam de dentro do banheiro. Ouvi uma voz abafada, depois passos. Eu me inclinei para recolher uma blusa de frio do chão. Era de Alex. Meus olhos retornaram à cama.

Havia uma calça jeans ali, dela, além de... deixei a blusa de frio cair e peguei o tecido preto de renda. Seth chegou. Sem camisa. Com o botão da calça aberto. O cabelo desgrenhado. Eu ia matá-lo.

— Olha, sei o que parece, mas não é o que você pensa.

Uma fúria que eu nunca havia sentido fez meu sangue fervilhar e um monstro surgir. Meus dedos se fecharam com mais força no tecido. Eu queria ter uma adaga para enfiá-la embaixo do queixo dele.

— Não é o que eu penso? Sério? Porque acho que *isto* é dela.

Seth balançou a cabeça, como se não tivesse nada a dizer. Deixei a peça de lado e passei por ele para chegar à porta do banheiro.

Não sei bem o que me fez perder o controle tênue que me restava. Se foi ver Alex no chão, com o cabelo suado, o rosto mortalmente pálido e contraído. Se foi o fato de que eu não estava presente enquanto ela passava mal. Ou se foi o fato de que ela vestia apenas uma camisa de Seth.

Seus olhos lacrimejantes encontraram os meus. Sua voz saiu fina e fraca.

— Aiden, não é...

Eu lhe dei as costas.

— Eu confiei em você, Seth.

— Olha, eu sei, mas não...

Dei um soco nele. Uma dor forte e bem-vinda irradiou imediatamente dos nós dos meus dedos.

Eu não ligava nem um pouco para o que ele tinha a dizer. Para mim, a situação era clara. Alex estava sob influência da poção. Seth havia se aproveitado dela. Não havia nuances.

Seth nem mesmo se defendeu. Nem quando voltei a atingir seu maxilar com um soco. Só ficou ali. E aceitou, porque sabia, *sabia*, que tinha cometido um erro, que havia feito algo horrível. Vi a culpa passar por seus olhos. Claro que fazia diferença ter sido com Alex, mas era repulsivo que agisse daquela maneira com qualquer mulher que não estivesse em condições de fazer as próprias escolhas.

De novo, reparei na pouca roupa que ela usava. Não me restava nenhum autocontrole. Eu me lancei sobre Seth e o derrubei no chão. Ele começou a revidar, desferindo golpes no ar. Eu mal os sentia e continuei batendo.

Seth se cansou de apanhar, claro. Ele me tirou de cima e eu caí contra a cômoda. Então me levantei e fui para cima dele de novo, socando e chutando, incapaz de empregar as técnicas que havíamos aprendido em nosso treinamento de sentinela.

Aquilo estava mais para luta livre.

Alex entrou cambaleando no quarto, pendendo perigosamente para um lado.

— Para com isso, gente... vocês estão sendo bobos.

Não paramos. Já tínhamos ido longe demais. Empurrei Seth para longe de Alex. Seus olhos a encontraram, por cima do meu ombro, mas eu não ia permitir nem que ele tivesse o privilégio de olhar para ela. Ataquei de novo, derrubando Seth no piso duro.

— Aiden! Para! — Alex veio em nossa direção, xingando. — Seth, sem estrangular!

Acabei deitado de costas, de modo que Seth agora tinha a vantagem. Ele ergueu o braço. Uma luz azul cintilava em volta de seu punho. Filho da puta...

Alex agarrou Seth no mesmo instante em que soquei a barriga dele. Ele caiu para trás e a levou consigo. Alex gritou quando seu ombro bateu na beirada da cama. O som de sua dor quebrou a névoa da fúria.

Fiquei de pé, agarrei Seth pela camisa rasgada e o afastei de Alex. Ela virou de lado e deu de cara com o sutiã. Suas bochechas ficaram vermelhas na hora. Ela fechou os olhos.

— O que é isso? — alguém gritou. Foi Leon. — Vocês perderam a cabeça?

Seth se pôs de joelhos e passou a mão pelo lábio cortado.

— Ah, a gente só estava treinando.

Olhei com desprezo para ele e me ajoelhei ao lado de Alex.

— Alex, você está bem? — Pus as mãos debaixo de seus braços para ajudá-la a se sentar. — Diga alguma coisa.

— Estou... ótima.

Afastei sua cabeleira emaranhada do rosto e fiz uma careta.

— Desculpa. Eu não deveria...

— Sei que você está puto, Aiden, mas...

— Puto? Você se aproveitou dela, Seth. — A raiva me obrigou a levantar. — Seu filho da...

— Parem! — ordenou Leon. — Vocês dois vão atrair todos os guardas do prédio para este quarto. Seth, saia daqui agora.

— O quarto é *meu*. — Ele se pôs de pé. — E se esse idiota me desse cinco...

Grunhi.

— Vou matar você.

— Ah, tá. — Seth se virou. Seus olhos haviam assumido um tom de âmbar intenso. — Quero ver você tentar.

Alex também se levantou, para se dirigir a mim.

— Chega. Por favor. Não foi culpa de... opa.

— Alex?

Eu me virei em sua direção. Seu corpo se inclinou para a direita e não parou mais. Eu a segurei pela cintura antes que fosse ao chão. Alex tinha apagado. Merda. Passei o braço por trás de seus joelhos e a peguei no colo.

Seth se aproximou, enfiando as duas mãos no cabelo.

— Ela...?

— Fora! — rosnei.

— Eu...

— Fora.

Leon deu um passo à frente e levou a mão ao ombro de Seth.

— Acho melhor a gente ir, meu amigo.

Seth olhou nos meus olhos por um segundo, depois afastou a mão de Leon de seu ombro.

— Não sou seu amigo.

Sem dizer mais nada, ele saiu, batendo a porta.

Leon suspirou.

— Posso ficar com ela, caso acorde de novo.

— Não. — Eu me virei para a cama e a deitei com cuidado. — Não vou deixar Alex sozinha. Não devia ter deixado que ela subisse com Seth.

— Não é culpa sua, Aiden. — Ele ficou em silêncio por um momento. — E você pode confiar em mim.

Soltei uma risada breve e amarga, depois cobri as pernas dela.

— Não confio em ninguém.

— E confia em si mesmo? — perguntou ele, de repente atrás de mim. Eu nem ouvi Leon se mover. — Porque, se ela acordar, provavelmente ainda vai estar sob efeito da poção. Entende o que quero dizer?

Eu me virei para ele devagar e o encarei.

— Vou ficar com ela.

— Sou a última pessoa do mundo com quem você precisa se preocupar quando se trata de Alex.

Eu não disse nada, porque não havia o que pudesse me convencer do contrário. Eu já havia falhado permitindo que Seth subisse com ela para o quarto. Não cometeria o mesmo erro duas vezes.

Leon manteve os olhos fixos nos meus, depois balançou a cabeça.

— Esquece. Quem tem a perder é você. — Ele se virou e seguiu para a porta, mas se deteve antes de sair. — Vou ficar de guarda aqui fora.

Antes que eu pudesse agradecer, Leon já havia ido embora. Xingando baixo, voltei a me virar para a cama. Alex estava deitada de lado, com uma bochecha apoiada nas mãos. A cor voltara a seu rosto e ela parecia tranquila.

Balancei a cabeça enquanto ia me sentar no sofá, esfregando o maxilar dolorido. Só podia torcer para que ela dormisse por tempo o bastante para que o efeito da poção passasse.

Eu deveria saber que não teria aquela sorte.

— Aiden — disse ela, menos de uma hora depois.

Ergui a cabeça. Alex estava sentada na cama, livre das cobertas que escondiam suas pernas compridas.

— Sim?

— Você está aqui.

— Estou.

Ela inclinou a cabeça para o lado e sorriu. Foi um sorriso lindo, deslumbrante, que pareceu envolver meu peito e o apertar.

— Você está aqui.

Meus lábios se abriram em um sorriso.

— Sim, Alex, eu estou aqui.

— Que bom. — Ela inclinou a cabeça para trás e suspirou. Aguardei, cauteloso. — Eu queria você aqui. Sempre quis você aqui. — Tentei não sentir nada por conta daquelas palavras. Alex baixou o queixo. — Você estava quase sorrindo, mas parou.

— Estou bem. É melhor você se deitar ou vai passar mal de novo.

— Estou ótima. — Alex se deitou de costas. — Você já se deitou nessa cama? Pelos deuses, Aiden, é maravilhosa. Eu me casaria com ela, sabia?

Não consegui evitar: deixei uma gargalhada escapar.

— Você se casaria com essa cama?

Alex soltou um ruído descontente.

— Seth também riu.

A menção ao nome dele fez a coisa toda perder a graça.

— Se você se deitasse aqui só um pouquinho — disse ela, dando batidinhas na cama. — Entenderia do que estou falando. — Alex se sentou de novo. — Aiden?

O modo como ela disse meu nome me fez entrar em estado de alerta. Era como se Alex o tivesse provado e decidido que o gosto era bom. Era como a mulher no salão havia falado, mas minha reação a Alex foi completamente diferente. Meu corpo ficou todo tenso e duro no mesmo instante. Minha voz saiu rouca demais:

— Sim?

Ela ficou de quatro e eu agradeci aos deuses por não estar sentado na cama.

— Fico feliz que você esteja aqui.

A camiseta ficava larga demais no pescoço dela. Desviei o rosto.

— Eu... fico feliz de estar aqui.

Alex se sentou na beirada da cama, com as pernas para fora.

— É esquisito eu querer me casar com uma cama?

Aquilo me pegou de guarda baixa.

— Um pouco.

— Porque é um objeto inanimado?

Sorri, porque ela falava sério, o que era fofo.

— É. Por isso e outros motivos.

— Eu me casaria com você, se você quisesse.

As palavras me deixaram. Fiquei sem saber o que dizer.

— Você não é um objeto inanimado — disse, se levantando e revelando uma firmeza surpreendente. As minhas pernas, por outro lado, bambeavam. — Mas você nunca pediu. Então vou pedir. Quer se casar comigo?

Um calorzinho se espalhou por meu peito.

— Alex...

Ela fez bico por um segundo. Então saltou para a frente, literalmente, parando a alguns centímetros de onde eu me encontrava sentado.

— Mas você não vai pedir. Então aceito um beijo no lugar.

A tensão retornou.

— Não.

Ela estreitou os olhos.

— Sei que você quer.

Minha boca abriu automaticamente.

— Não minta — ela insistiu. — Mentir é feio e sem sentido. Você quer me beijar. E quer fazer mais. — Alex avançou até que suas pernas roçassem as minhas. Ela baixou os olhos. Fiquei imóvel. — Eu sei que você quer.

Droga!

— Me beija.

Minhas mãos se cerraram em punhos.

— Eu não vou te beijar, Alex.

Os cantos de seus lábios se ergueram.

— Tá. Mas pelo menos admite que está com vontade.

Olhei para ela com neutralidade. Seu sorriso se ampliou. Ela insistiu:

— É só admitir. Quero ouvir você dizer. Depois vou voltar pra cama, como uma boa menina.

Eu duvidava daquilo.

— Não acredito em você — falei.

— Pode acreditar — sussurrou Alex.

Senti o impacto das palavras. Eu sabia que não deveria. Sabia mesmo. No entanto, eram apenas palavras.

— Sim.

Seus lábios se entreabriram.

— Sim o quê?

— Sim, Alex, eu quero beijar você.

Ela soltou um suspiro alto, depois se moveu mais rápido do que eu esperava. Um segundo depois, estava montada em mim, com as mãos nas minhas bochechas, baixando minha cabeça. A camisa... droga, a camisa subiu revelando suas coxas e chamando minha atenção por tempo demais.

Alex sorriu.

— Me beija.

Eu a segurei pelos braços.

— Alex, juro pelos deuses...

Às risadinhas, ela enfiou as mãos por baixo da minha camisa e tocou minha barriga. Meu corpo todo estremeceu com o toque.

— Jurar pelos deuses, é errado...

— O que você está fazendo é errado.

Tentei tirá-la do meu colo, porém Alex parecia um polvo, envolvendo meu pescoço e se segurando a mim. Suas coxas seguravam as minhas com uma força surpreendente. Não pude evitar pensar naquilo e em tudo o que implicava.

— Alex...

— Aiden — disse, recostando a cabeça no meu ombro. Seus lábios se moveram pelo meu pescoço, quentes e úmidos. O leve toque era sentido em cada parte do meu corpo. — Seu cheiro é tão bom. Deviam engarrafar e vender você. Ganhariam milhões. Nossa.

Minhas sobrancelhas se ergueram.

Então senti seus dentes roçando meu pescoço e tive certeza de que estava no inferno mais doce possível. Tranquei o maxilar para reprimir um gemido enquanto ela se esfregava em mim. O desejo me inundava. Minhas mãos pegaram seus braços mesmo sem eu querer. Ela mordeu o lábio inferior. Nossos olhos se encontraram, e eu perdi o fôlego. Alex não rompeu o contato visual nem mesmo quando começou a movimentar os quadris, traçando círculos, colocando peso em mim.

— Por Hades... — gemi.

Eu me levantei, e ela foi comigo. Alex voltou a me beijar, no maxilar, debaixo do queixo. Eu me aproximei da cama, o que só contribuiu para seu entusiasmo. Os gemidos que sua garganta produzia eram inebriantes e tornaram o que fiz em seguida incrivelmente difícil.

Eu a larguei na cama. Seu corpo quicou no colchão e seus olhos se arregalaram.

— Ei!

— Chega! — avisei, quando tentava se levantar.

Alex insistiu, e eu a segurei pelos ombros, a deitei e segurei ali até que parasse de resistir. Então ela olhou bem para mim, com as bochechas coradas.

— Você me quer.

Os deuses sabiam que sim, provavelmente mais do que eu já havia desejado qualquer outra coisa. De certa maneira, aquilo indicava que eu não era melhor do que Seth. A única diferença era que não havia agido, independente do quanto quisesse.

Passamos o que pareceram horas daquele jeito, com ela me atacando e eu a devolvendo à cama, até que Alex finalmente pareceu cansar. Meu alívio foi curto, porque assim que sossegou ela começou a tremer. Nada a esquentava. Um cobertor a mais não fez diferença. E eu não tinha como controlar a temperatura do quarto.

— Está tão frio aqui.

Seus dentes batiam enquanto ela se encolhia, com o corpo todo tremendo.

Fiquei ao pé da cama, impotente, frustrado de mais maneiras do que julgava possível. Vê-la daquele jeito era uma tortura. Tremia tanto que a cama toda se movia junto. Convencido, fui até o outro lado da cama. Era arriscado, mas eu não podia tolerar mais. Subi, abracei sua cintura e a puxei para junto de mim.

— O-obrigada — ela murmurou, um pouco depois.

Fiquei quieto, porque, embora aquilo fosse bom para ela, para mim era péssimo. Fechei os olhos e tentei visualizar o alfabeto grego.

Após um momento de silêncio, ela disse:

— Desculpa.

Meus olhos se arregalaram.

— Por quê?

— Por... por tudo isso. — Ela ficou em silêncio por um momento, tremendo. — Sei que preferia não estar aqui.

Meu coração parou.

— Não é verdade.

Alex não respondeu e nada mais foi dito pelo restante da noite. Ela pegou no sono e eu só conseguia pensar em como suas palavras haviam sido equivocadas. Por mais errado que fosse, por mais que devesse ser a última coisa na minha cabeça, eu me encontrava exatamente onde queria estar.

Feitos um para o outro

(DEACON E LUKE)

O cômodo girava como se Deacon St. Delphi estivesse pendurado de cabeça para baixo em uma roda-gigante. Mas por que estaria pendurado de cabeça para baixo em uma roda-gigante? Parecia idiotice.
Mas ele se sentia mesmo um idiota naquele momento.
Deacon fechou os olhos e procurou se concentrar em sua respiração. Inspira. Expira. Inspira. Expira. Ele continuou repetindo aquilo pelo tempo que julgou necessário para o cômodo se endireitar e, quando abriu os olhos, viu que havia funcionado.
Só que não tinha a menor ideia de onde se encontrava.
Se o irmão o visse, ficaria louco. Daria o maior sermão sobre como precisava entrar na linha. Parar de beber. Parar de usar drogas. Parar com a farra. Se concentrar na escola. Blá-blá-blá.
Ele nunca seria como Aiden.
Deacon virou a cabeça para a direita e franziu a testa. Havia um quadro na parede, dos doze deuses do Olimpo. Todos de vestes brancas, sorrindo para ele como se aprovassem o estado em que se encontrava.
Ele se sentou e gemeu quando seu estômago se revirou como um Pégaso bêbado. Então enfiou a mão no cabelo. Cachos loiros caíram para a frente e roçaram suas sobrancelhas conforme Deacon colocava os pés para fora da cama.
No chão, perto da mesa de cabeceira, havia uma cueca preta que certamente não era dele. Ao lado, um sutiã vermelho de renda, que tampouco era. Hum. Deacon olhou por cima do ombro para se certificar de que a cama em que havia acordado estava vazia. Estava. Então ele olhou para o próprio corpo.
A camiseta estava ao contrário.
O botão da calça jeans estava aberto.
A noite devia ter sido boa.
Ele ajeitou sua roupa, se levantou e decidiu que precisava voltar para o dormitório ou para a casa na praia antes que as repercussões do que havia acontecido na noite anterior o alcançassem.
Ou Aiden.
Não precisava se preocupar com o irmão, no entanto. Ele continuava em Nova York. Deacon não fazia ideia do que estava acontecendo. Alex e Seth haviam retornado, mas... não estavam agindo normalmente.

Por outro lado, Alex vinha agindo de maneira estranha desde a morte de Caleb.

Ela estava completamente apaixonada por Aiden. O que era muito zoado, considerando que isso provavelmente terminaria em servidão ou morte. No entanto, Deacon notava como Alex olhava para seu irmão e tinha certeza de que era amor. Tampouco lhe passava despercebido o modo como Aiden olhava para ela quando pensava que ninguém estava prestando atenção.

Eles tinham sido feitos um para o outro. Merda. Deviam enxergar aquilo. Deacon sabia que Alex já tinha percebido, e o irmão não era idiota. Devia saber também. Só não fazia ideia de como aquilo poderia terminar bem.

No entanto, não queria pensar a respeito, porque, embora não fosse um bom irmão, amava Aiden e gostava muito de Alex. E sabia onde aquilo ia terminar.

Deacon saiu e fez uma careta ao deparar com o brilho duro do sol refletido na areia branca. Ele precisava de óculos escuros imediatamente.

Por algum motivo, os deuses pareciam continuar sorrindo para ele porque conseguiu atravessar a ponte que ligava a ilha Divindade e a maior parte do campus sem se deitar na areia e desistir.

Ele passou por uma dezena de sentinelas e guardas a posto. Nenhum lhe deu atenção, enquanto se arrastava pelas passarelas de mármore ou cortava o pátio. Deacon parou abruptamente ao fazer a curva em um muro de pedra alto, escapando por pouco de uma trombada.

— Merda! — soltou uma voz grave, enquanto um corpo alto recuava.

Deacon levantou a cabeça e, em seguida, mais um pouco. Ele não era baixo, mas aquele cara era muito maior. Seus olhos prateados encontraram um par de olhos azul-marinho emoldurados por cílios escuros. Ele os reconheceu na hora.

Sabia quem era.

Luke.

Luke estava sempre com Alex. Era meio-sangue e treinava para ser sentinela. Também sabia que o cara não gostava de mulher. Deacon, por outro lado, topava tudo. Homens. Mulheres. Pessoas não binárias. O que fosse. Quase dois metros de pura gostosura não tinham como passar despercebidos. Como passariam? Aquele cabelo acobreado. Aqueles músculos. Ele baixou os olhos. A camiseta simples do uniforme dos sentinelas em treinamento se esticava sobre o peitoral muito bem definido de Luke.

Delícia.

Luke piscou e murmurou:

— Desculpa.

— Não precisa pedir desculpa — garantiu Deacon.

Luke assentiu brevemente e fez menção de desviar dele, que impediu sua passagem. Luke ergueu as sobrancelhas e franziu a testa, intrigado.

— Eu te conheço — anunciou Deacon, com um sorriso torto.

Uma sobrancelha de Luke se abaixou.

— E eu te conheço.

Deacon inclinou a cabeça para um lado.

— Assim parece que você está falando de algo que comeu e não gostou.

Luke ficou surpreso. Abriu a boca e voltou a fechá-la imediatamente. As palavras perduraram no ar entre eles.

Deacon já havia infringido a regra e ficado com meios-sangues. Não era algo que descartasse logo de cara. O segredo era ser discreto e não deixar a coisa ficar séria. Não porque se preocupasse consigo mesmo. Nada aconteceria com ele. Já com o meio-sangue... Naquele ponto, ele e o irmão divergiam. Deacon corria riscos. Aiden, não.

Mas talvez Aiden viesse a correr um dia.

Vai saber.

Naquele momento, Deacon não se importava. Ele notou que Luke ficou sem resposta. O sorriso em seu rosto se alargou.

— Exagerei? — perguntou Deacon, mas, na verdade, não ligava para a resposta.

Luke baixou os olhos e balançou a cabeça.

— Fiquei sem palavras.

— Costumo ter esse efeito — brincou Deacon.

Luke levantou a cabeça.

— Sou imune a você.

Deacon riu.

— Ninguém é imune a mim.

O meio-sangue voltou a franzir a testa, mas sem a mesma seriedade.

— Que seja!

Deacon sentia que Luke logo levaria aquela bela bunda dali e não queria aquilo, porque estava se divertindo demais.

— Sou muito encantador.

— E muito bêbado — retrucou. — Está cheirando à bebida.

Deacon arregalou os olhos, se fingindo de inocente.

— Que ofensa!

Aquilo fez o outro retorcer os lábios.

— Por algum motivo, desconfio que você não é do tipo que se ofende.

— Verdade... — murmurou Deacon. — Mas não estou bêbado. Assim que eu dormir, passa.

Luke pareceu duvidar daquilo.

— E esse cheiro que você está sentindo é de perfume, não de bebida.

O azul-escuro dos olhos dele pareceu se acender.

— Talvez você devesse pensar em trocar de perfume.

Deacon riu.

— Pra onde você estava indo?

— Pra longe daqui.

— E esse lugar tem um nome?

Luke cruzou os braços e a atenção de Deacon foi atraída imediatamente para os bíceps dele, que também eram *muito* interessantes.

— Tem. Refeitório.

— Legal. Estou com fome.

Luke pareceu achar graça.

— Não me lembro de ter te convidado pra ir junto.

— Tudo bem. Sei que você é tímido.

Uma risada surpresa escapou de Luke.

— Cara... não vou conseguir me livrar de você, né?

— Não.

Luke suspirou, mas não pareceu nem um pouco incomodado.

— Então vem. Tenho quarenta e cinco minutos antes da aula. — Ele parou por um momento. — Aquilo que você deveria estar presente, sabe?

— Hum... — murmurou Deacon.

Luke começou a andar.

— Ei. — Deacon o impediu.

Quando seus olhos voltaram a se encontrar, ele sentiu um aperto no peito e outro muito mais embaixo. Não era a primeira vez que sentia algo do tipo, mas agora parecia mais forte. Mais profundo. Era interessante.

— Acho que posso gostar de você.

— Acho que não estou nem aí — retrucou Luke.

O puro sorriu e se aproximou. Luke não se afastou, ainda que Deacon estivesse bem em cima dele. Não era do tipo que fugia de nada, o outro concluiu. O sorriso de Deacon se alargou.

— Acho que está sim.

Os lábios de Luke voltaram a se retorcer.

— Acho que você é problema.

— Mas um problema bom — disse Deacon. — Ou pelo menos foi o que me disseram.

Luke não desviou os olhos. Deacon não acreditava naquela história de faíscas até então, mas as sentiu. Foi como se uma descarga elétrica percorresse seu corpo, lambesse sua pele. Ele soube, simplesmente soube, que Luke sentiu o mesmo. Suas pupilas se dilataram ligeiramente. Seus lábios se entreabriram. Seu peitoral definido subiu depressa.

Um momento se passou. Uma eternidade. Então Luke disse:

— Vamos ver.

Depois, abriu um sorriso. Não foi apenas os cantos de seus lábios que se ergueram. Não foi um sorriso torto. Ele sorriu de modo que revelava seus dentes brancos. Sorriu de verdade.

Sim, Deacon podia gostar daquele cara.

E muito.

Agradecimentos

Agradecimentos são complicados. Sempre sinto que estou esquecendo alguém superimportante. Então, vou começar pela parte mais profissional. Muito obrigada a Kate Kaynak, Rich Storrs, Kendra, Marie, Osman, Carol e Rebecca Mancini. Sem vocês, esta série não existiria.

Muito obrigada a minha família e meu marido pela paciência e pelo apoio constantes, mesmo quando ignoro vocês para escrever. Amo vocês. Agradeço à minha agente Kevan Lyon por tudo o que fez, à minha assistente pessoal Malissa Coy e à minha editora Wendy Higgins.

Também agradeço aos meus amigos Lesa Rodrigues, Julie Fedderson, Dawn Ransom, Cindy Thomas, Carissa Thomas e todos os outros por serem quem são e por sempre estarem presentes quando preciso me distanciar um pouco de pessoas que não são reais, ou quando preciso de ideias.

Falando nisso, não sei o que eu faria sem Lesa, Julie, Carissa e Cindy.

Vocês são maravilhosas. São um molho incrível, com mais uma porção de molho incrível à parte.

Julie, você continua sendo minha estrela do rock.

Um agradecimento GIGANTESCO a todos os blogueiros, leitores e Book-Tokers, que espalham seu amor pela leitura e descobrem novos autores. Vocês fazem tudo isso de graça, no tempo livre, e são a quem sempre recorro.

Sem vocês, sinceramente, esta série não teria alcançado metade do sucesso que alcançou. Vocês não chegam nem perto de receber todo o agradecimento que merecem.

ESTA OBRA FOI COMPOSTA EM ADRIANE TEXT POR BR75 E IMPRESSA EM OFSETE PELA GRÁFICA BARTIRA SOBRE PAPEL CHAMBRIL AVENA PARA A EDITORA SCHWARCZ EM MARÇO DE 2025.

A marca FSC® é a garantia de que a madeira utilizada na fabricação do papel deste livro provém de florestas que foram gerenciadas de maneira ambientalmente correta, socialmente justa e economicamente viável, além de outras fontes de origem controlada.